KIT DE WAAL

MEIN NAME IST
LEON

Roman

Aus dem Englischen von
Katharina Naumann

Rowohlt Polaris

Die Originalausgabe erschien 2016 unter dem Titel «My Name is Leon»
bei Viking / Penguin Random House Group, London.

Deutsche Erstausgabe
Veröffentlicht im Rowohlt Taschenbuch Verlag,
Reinbek bei Hamburg, Juni 2016
Copyright © 2016 by Rowohlt Verlag GmbH,
Reinbek bei Hamburg
«My Name is Leon» Copyright © 2016 by Kit de Waal
Redaktion Susann Rehlein
Umschlaggestaltung any.way, Hamburg,
nach der Originalausgabe von Viking / Penguin Books, London
Satz aus der DTL Documenta, InDesign
Gesamtherstellung CPI books GmbH, Leck, Germany
ISBN 978 3 499 27230 1

Für Bethany und Luke

1

2. April 1980   Niemand muss Leon sagen, dass das hier ein besonderer Moment ist. Im Krankenhaus scheint es plötzlich ganz still und leer zu sein. Die Krankenschwester sagt ihm, er soll sich die Hände waschen und sich gerade hinsetzen.

«Vorsichtig», sagt sie. «Er ist kostbar.»

Aber das weiß Leon schon. Die Krankenschwester legt ihm das nagelneue Baby so in die Arme, dass sie sich gegenseitig anschauen können.

«Jetzt hast du einen Bruder», sagt sie. «Und du kannst auf ihn aufpassen. Wie alt bist du denn? Zehn?»

«Er ist fast neun», sagt Leons Mum und sieht zu ihnen herüber. «Acht Jahre und neun Monate. Ein bisschen mehr.»

Leons Mum redet gerade mit Tina darüber, wie es war, als das Baby rauskam, wie viele Stunden und Minuten es gedauert hat und wie weh es getan hat.

«Na ja», sagt die Krankenschwester und zupft dem Baby die Decke zurecht, «du bist ganz schön groß für dein Alter. Ein richtiger kleiner Mann.» Sie klopft auf Leons Kopf und streicht ihm mit dem Finger über die Wange. «Und hübsche Jungs seid ihr beide.» Sie lächelt Leon an, und er weiß, dass sie nett ist und dass sie gut auf das Baby aufpasst, wenn er nicht da ist. Das Baby hat die kleinsten Fingerchen, die Leon je gesehen hat. Wenn es die Augen zu hat, sieht es aus wie eine Puppe. Es hat seidige weiße Haare ganz oben auf dem Kopf und winzige Lippen, die sich ständig öffnen und schließen. Durch die löchrige Decke spürt Leon die Babywärme auf seinem Bauch und seinen Beinen, und dann fängt das Baby an zu zappeln.

«Ich hoffe, du hast einen schönen Traum, Baby», flüstert Leon. Nach einer Weile fängt Leons Arm an weh zu tun, und gerade als es richtig schlimm wird, kommt die Krankenschwester wieder. Sie nimmt das Baby hoch und will es Leons Mum geben. «Er muss gleich gestillt werden», sagt sie.

Aber auf dem Schoß von Leons Mum liegt schon die Handtasche. «Kann ich das gleich machen? Tut mir leid, aber ich wollte gerade ins Raucherzimmer.» Vorsichtig stemmt sie sich hoch und hält sich dabei an Tina fest. «Leon, du passt auf ihn auf, Liebling», sagt sie noch, dann humpelt sie weg.

Leon beobachtet die Krankenschwester, wie sie seiner Mutter hinterherschaut, aber als sie ihn ansieht, lächelt sie wieder.

«Pass auf, wir machen das so», sagt sie und legt das Baby in das Bettchen neben dem Bett. «Du bleibst hier und plauderst ein wenig mit deinem Bruder und erzählst ihm alles von dir. Aber wenn deine Mum zurückkommt, dann muss er erst mal gestillt werden, und du musst dann nach Hause gehen. Alles klar, Schätzchen?»

Leon nickt. «Soll ich mir noch mal die Hände waschen?», fragt er und hält ihr seine Handflächen hin.

«Ich glaube, das brauchst du nicht. Du bleibst einfach hier stehen, und wenn er zu weinen anfängt, holst du mich. Okay?»

«Ja.»

Leon macht eine Liste im Kopf und fängt dann am Anfang an.

«Ich heiße Leon, und ich bin am fünften Juli neunzehnhunderteinundsiebzig geboren. Dein Geburtstag ist heute. Schule ist ganz in Ordnung, aber man muss da fast jeden Tag hin, und Miss Sheldon erlaubt keine richtigen Fußbälle auf dem Spielplatz.

Auch keine Fahrräder, aber ich bin sowieso zu groß für meins. Ich habe zwei Ostereier, und in einem ist Spielzeug. Wahrscheinlich darfst du noch keine Schokolade. Die beste Fernsehserie ist *Ein Duke kommt selten allein*, aber es gibt auch Serien für Kleine. Die gucke ich natürlich nicht mehr. Mum sagt, dass du erst in meinem Zimmer schlafen darfst, wenn du ein bisschen älter bist, so ungefähr drei, hat sie gesagt. Sie hat dir einen Einkaufskorb mit einer Decke drin gekauft. Da kannst du schlafen. Sie sagt, dass Moses so eins hatte, aber deins sieht ganz neu aus. Mein Dad hatte ein Auto ohne Dach, und er hat mich mal mitgenommen. Aber dann hat er es verkauft.»

Leon weiß nicht, was er über den Dad des Babys sagen soll, weil er ihn noch nie gesehen hat, also erzählt er von ihrer Mutter.

«Du darfst sie Carol nennen, wenn du willst, wenn du sprechen kannst. Wahrscheinlich weißt du es noch nicht, aber sie ist sehr schön. Alle sagen das immer. Ich finde, du siehst aus wie sie. Ich nicht. Ich sehe aus wie mein Dad. Mum sagt, dass er farbig ist, aber Dad sagt, dass er schwarz ist, aber das stimmt beides nicht, weil er nämlich dunkelbraun ist und ich hellbraun bin. Ich bringe dir die Farben und die Zahlen bei, weil ich der Schlauste in der Klasse bin. Am Anfang muss man seine Finger dazu benutzen.»

Leon betastet vorsichtig den Flaum auf dem Kopf des Babys.

«Du hast blonde Haare, und sie hat blonde Haare. Wir haben beide dünne Augenbrauen und lange Finger. Schau mal.»

Leon hält die Hand hoch. Und das Baby öffnet die Augen. Sie sind graublau mit einer tiefschwarzen Mitte, wie ein Punkt am Satzende. Das Baby blinzelt und macht kleine Kussgeräusche mit dem Mund.

«Manchmal bringt sie mich zu Tante Tina ein Stockwerk höher. Ich darf auch allein zu Tante Tina gehen, aber wenn du mitwillst, muss ich dich im Korb nach oben tragen.»

Das Baby kann ja nicht sprechen, bis es viel größer ist, also redet Leon einfach weiter.

«Ich lass dich nicht fallen», sagt er. «Ich bin groß für mein Alter.»

Er sieht zu, wie das Baby ihm Luftküsse zuwirft, beugt sich über das Bettchen und berührt die Lippen des Babys mit der Fingerspitze.

Seine Mum und Tina und die Krankenschwester kommen alle gleichzeitig wieder. Leons Mum tritt direkt an das Bettchen und legt den Arm um Leon. Sie küsst ihn auf die Wange und auf die Stirn. «Zwei Jungs», sagt sie. «Ich habe zwei wunderschöne, wunderschöne Jungs.»

Leon schlingt die Arme um die Taille seiner Mum. Sie hat immer noch einen runden Bauch, als ob das Baby noch drin wäre, und sie riecht anders. Vielleicht ist das aber auch nur das Krankenhaus. Die ganze Babykriegerei hat Leons Mum ganz aufgedunsen und rot im Gesicht gemacht, und jetzt ist sie fast wieder sie selbst. Bis auf den Bauch. Er berührt seine Mutter vorsichtig auf ihrem geblümten Nachthemd.

«Sind da noch mehr drin?», fragt er.

Die Krankenschwester und Tina und seine Mum lachen alle gleichzeitig los.

«So sind sie, die Männer», sagt die Krankenschwester. «Die reinsten Charmebolzen.»

Aber Leons Mum beugt sich herunter und kommt Leons Gesicht ganz nah. «Keine mehr», sagt sie. «Nur ich und du und er. Für immer.»

Tina zieht ihren Mantel an und legt zehn Zigaretten auf das Bett, damit Carol sie später rauchen kann.

«Danke, Tina», sagt sie, «und danke, dass du wieder auf Leon aufpasst. Ich komme wohl am Dienstag raus, wie es aussieht.»

Carol schiebt sich mühevoll ins Bett, und die Krankenschwester legt ihr das Baby in die Arme. Es macht kleine Schnaufgeräusche, die so klingen, als ob er gleich anfängt zu weinen. Leons Mum knöpft ihre Strickjacke auf.

«Ist er nicht süß, Leon? Du benimmst dich aber, ja?» Und sie küsst ihn wieder.

Das Babyköpfchen passt genau in ihre Hand.

«Komm zu Mami», flüstert sie und drückt ihn zärtlich gegen ihre Brust.

Tinas Wohnung ist ganz anders als Leons, aber gleichzeitig genauso. Beide Maisonettewohnungen haben zwei Schlafzimmer und ein Badezimmer oben und eine Küche und ein Wohnzimmer unten.

Leons Wohnung liegt im Erdgeschoss des ersten Häuserblocks an der Schnellstraße, und Tinas Wohnung ist einen Treppenabsatz darüber. Die Schnellstraße ist sechsspurig, und die Autos fahren so schnell, dass man eine Absperrung gebaut hat. Wenn Leon und Carol jetzt über die Straße wollen, müssen sie ewig zum Fußgängerüberweg laufen, einen Knopf drücken und warten, bis es piept. Beim ersten Mal war das noch aufregend, aber jetzt dauert es nur länger, bis man morgens in die Schule kommt.

Tina lässt Leon mit ihrem Kind im selben Zimmer schlafen. Sie macht ihm immer ein weiches, gemütliches Bett, wenn er bei ihr übernachtet. Sie nimmt zwei Sofakissen, wickelt sie in ein Laken und legt ein kleines Babydeckchen über ihn, wenn er liegt. Dann wirft sie ein paar Jacken darauf und legt eine Tagesdecke darüber. Das ist dann wie ein Nest oder eine Höhle, weil ihn darunter niemand sehen kann, wie Tarnung im Dschungel. Sein Lager sieht aus wie ein Haufen Kleider in der Ecke, aber dann,

«Aaarrggg!!!», ist da ein Monster drunter, und es springt auf und frisst dich. Tina lässt im Flur immer das Licht an, ermahnt ihn aber, ganz leise zu sein, wegen des Babys.

Ihr Baby ist groß und schwabbelig, und sein Name passt zu ihm. Bobby. Schwabbel-Bobby. Sein Kopf ist zu groß für den Körper, und wenn Leon mit ihm spielt, kriegt er seinen Sabber an die Hand geschmiert. Bobbys schwabbeligen Sabber. Leons Bruder wird bestimmt nicht so wie Bobby, der den ganzen Tag auf seinen Plastikspielsachen herumlutscht und immer ein klatschnasses Lätzchen hat. Er kippt bestimmt nicht vornüber aufs Sofa, weil sein Kopf zu schwer ist, und bleibt dann da liegen, bis ihn jemand woanders hinträgt. Leon richtet Bobby immer wieder auf, aber Bobby denkt dann, dass das ein Spiel ist, und macht das gleich noch mal.

Bobby liebt Leon. Er kann nicht sprechen und hat auch sowieso ständig einen Schnuller im Mund, aber sobald Leon durch die Tür kommt, wackelt Bobby über den Teppich auf ihn zu und hält sich an seinen Beinen fest. Dann reckt er die Arme, damit Leon ihn hochnimmt. Wenn Leons Bruder größer ist, können sie zusammen spielen, mit Spielzeugsoldaten und den Action-Man-Figuren. Dann haben sie beide Spielzeugmaschinenpistolen, rennen durchs ganze Haus und spielen Auf-Ziele-Schießen. Bobby kann zugucken.

In Tinas Wohnung ist immer ein Fenster zum Lüften offen, und es riecht nach Babylotion. Tina sieht selbst ein bisschen aus wie ein Baby, weil sie ein rundes Gesicht mit dicken Backen und runden, hervorstehenden Augen hat. Sie färbt sich ständig die Haare, ist aber nie zufrieden damit, und Carol redet immer auf sie ein, dass sie sich blond färben soll.

Tina sagt dann: «Wenn ich dein Gesicht hätte, Carol, wäre sowieso alles egal», und Leon findet, dass sie recht hat.

Tina hat ein Ledersofa, das sich kalt und rutschig an seinen Beinen anfühlt, und ein Schaffell vor dem Gasofen und einen riesigen Fernseher. Sie will nicht, dass Leon sie Tina nennt, so wie er seine eigene Mum Carol nennt. Er muss sie Tante Tina und Carol Mum nennen, weil sie sagt, dass Kinder Respekt haben sollen. Und sie lässt Leon nicht vor dem Fernseher essen. Er muss an einem Holztisch in der Küche sitzen, wo nicht viel Platz ist, weil sie einen riesigen Kühlschrank mit Gefrierfach hat, in dem Eiscreme ist. Bobby sitzt in seinem Hochstuhl und lächelt Leon an, und Tina legt zwei Kugeln in Leons Schüssel und eine in Bobbys. Leons Bruder bekommt dann bestimmt nur eine halbe Kugel, weil er der Kleinste ist.

Manchmal kommt Tinas Freund, wenn er Leon sieht, sagt er immer: «Schon wieder?», und Tina antwortet: «Ich weiß.»

2

Als Carol das Baby zum ersten Mal mit nach Hause bringt, warten Tina und Leon und Bobby schon vor der Tür. Carol hält den Korb ganz vorsichtig mit beiden Händen, kommt herein und flüstert: «Er ist gerade eingeschlafen.»

Sie stellt den Babykorb auf den Fußboden, und Leon schleicht sich auf Zehenspitzen an. Das Baby ist gewachsen, und sein Gesicht sieht ganz anders aus. Es trägt einen neuen hellblauen Strampler mit einem passenden Mützchen, und ein flauschiges, gelbes Deckchen liegt über seinen Beinen. Tina und Bobby gehen nach Hause, und Carol und Leon sitzen auf dem Teppich und beobachten das Baby. Sie schauen zu, wie es den Kopf dreht und die Lippen bewegt. Sie schauen zu, wie es eines seiner winzigen Händchen bewegt, und als es gähnt, gähnen sie beide mit ihm.

Carol legt den Kopf schief. «Ist er nicht niedlich?», fragt sie.

«Ja.»

Leon und Carol lehnen sich gegen das Sofa und halten sich an den Händen.

«Haben wir nicht ein Glück?», fragt sie.

Den ganzen Tag und auch den nächsten ist das Baby wie ein Fernseher. Leon kann gar nicht aufhören, ihm und seinen Babybewegungen zuzuschauen. Es weint kaum, und wenn, dann klingt es wie ein kleines Kätzchen oder ein Welpe. Leon schaut zu, wie Carol ihm auf einer speziellen Plastikunterlage mit Schaukelpferdchen drauf die Windeln wechselt. Das Baby hat einen richtig kleinen Pimmel, aber ziemlich große Eier. Leon hofft, dass der Pimmel noch nachwächst. Babys Kacke hat eine komische Farbe – sie ist nicht braun, sondern grünlich gelb –, und Carol muss die ganze Kacke mit einer besonderen Babylotion abwischen. Carol und Leon baden das Baby zusammen. Carol hält es in ein paar Zentimeter Wasser, und Leon spritzt Wasser über sein Bäuchlein und den Po. Das Baby hat ein eigenes weißes Handtuch ganz für sich allein, und wenn es darin eingewickelt ist, sieht es aus wie das Jesuskind in seiner Krippe, findet Leon. Vielleicht hat Mum dem Baby deshalb dieses Moseskörbchen gekauft, weil es von Gott gekommen ist.

Das Baby blinzelt und starrt Leon an, als ob es darüber nachdenkt, wer er ist.

«Ich bin dein Bruder», sagt Leon. «Dein großer Bruder.»

Das Baby antwortet nicht.

«Dein. Großer. Bruder», wiederholt Leon. «Ich. Heiße. Leon. Ich bin achtdreiviertel. Ich bin ein Junge.»

Das Baby streckt sich, um zu sagen, dass es das verstanden hat.

Leon erzählt allen in der Schule von seinem neuen Bruder. Sein Lehrer sagt, er darf es der ganzen Klasse erzählen, also steht er nach dem Morgenkreis auf.

«Ich habe einen Bruder bekommen. Er ist ganz klein und schläft fast die ganze Zeit. Das ist normal, weil er sich so aufs Wachsen konzentrieren muss. Meine Mum sagt, jedes Baby ist anders, die einen schlafen, die anderen schreien. Sie sagt, als ich ein Baby war, war ich ganz brav, außer wenn ich Hunger hatte. Ich passe auf mein Baby auf, wenn Mum nicht da ist. Als das Baby auf die Welt kam, hatte es einen komisch geformten Kopf, aber jetzt ist sein Kopf ganz rund.»

Alle klatschen, und dann malt Leon ein Bild und nimmt es mit nach Hause. Seine Mum heftet es mit einem Magneten an den Kühlschrank, neben das richtige Foto, das Tina im Krankenhaus gemacht hat.

Nach ein paar Wochen soll Leon nicht in die Schule, weil es zu nass und regnerisch ist. Das bedeutet, dass Leon den ganzen Tag spielen und fernsehen und sich Toast machen darf, wenn er Hunger hat. Carol lässt ihn aufpassen, wenn sie zur Telefonzelle geht. Wenn sie wiederkommt, ist sie ganz außer Atem und fragt, ob es dem Baby gutgeht. Leon würde nie zulassen, dass dem Baby etwas passiert, also macht sie sich umsonst Sorgen.

Wenn Tina kommt, klopft sie an die Tür und schließt dann mit ihrem Schlüssel auf. Sie sagt immer, immer dasselbe; «Cal? Ich bin's, Tina. Nur Tina», und als Leon noch klein war, dachte er, dass das ihr Name ist: «Nurtina». Sie bringt massenweise abgelegte Kleidung von Bobby und eine ganze Tüte mit Spielsachen. Einige davon sind noch ganz gut, obwohl sie für Babys sind, und Leon versteckt die besten in seinem Zimmer.

Tina und seine Mum sind in der Küche.

«Du siehst immer noch müde aus, Cal. Schläft das Baby nicht durch?»

Tina klingt wie die Schwester im Krankenhaus, ein kleines bisschen herrisch. Carol fängt an zu weinen. Sie weint in letzter Zeit ständig.

«Es ist nicht so wie letztes Mal. Ich fühle mich nur irgendwie niedergeschlagen, weißt du. Es ist schon in Ordnung, es ist nur alles so viel.»

Tina macht eine ganze Weile «Schsch», und dann hört er, dass sie Tee aufsetzt. Manchmal, wenn sie zu Besuch ist, wäscht sie auch ab und macht ihm Bohnen auf Toast.

«Geh zum Arzt, Cal. Ehrlich, du musst wirklich zum Arzt.»

«Ich geh ja, ich geh ja.»

«Du musst ja nicht nur an das Baby denken, sondern auch an Leon.»

«Leon geht es gut», sagt Carol und schnieft. «Er ist ein guter Junge, er kommt prima zurecht. Er hat das Baby lieb, wirklich, aber alles andere kriegt er gar nicht mit. Er denkt immer nur an Spielzeugpistolen und Autos.»

«Isst du denn überhaupt?»

«Als Leon noch klein war, ist Byron jeden Tag gekommen. Er hat das Kochen übernommen und ist toll mit Leon umgegangen. Hat mich ein bisschen entlastet.»

Leon hört, dass Tina den Wasserhahn aufgedreht hat und das Geschirr in den Ausguss stellt.

«Wenn ich du wäre, Cal, würde ich zum Arzt gehen.»

«Dann ist er eingebuchtet worden, und ich hatte Depressionen, und sie wollten, dass ich zweimal die Woche in so ein bescheuertes Zentrum gehe. Und ich hatte einen Säugling zu Hause und fühlte mich beschissen. So wie jetzt.»

«Ich begleite dich, wenn du willst. Bobby ist jetzt jeden Vormittag in der Krippe. Wir könnten gleich morgens gehen.»

«Und von den Tabletten, die die mir gegeben haben, hatte ich Albträume.»

«Du musst aber etwas nehmen, Cal.»

«Ich weiß.»

Später, als Leon schon im Bett liegt, kommt Carol noch mal zu ihm. «Ich hab ihn gerade schlafen gelegt», sagt sie und setzt sich auf die Bettkante. «Hat er dich geweckt?»

«Ich kann nicht schlafen, Mum.»

«Versuch's», sagt sie.

«Ich kann aber nicht. Erzählst du mir eine Geschichte?»

Carol schweigt einen Moment, und er denkt schon, dass sie nein sagt oder dass sie zu müde ist, aber sie atmet einmal tief durch und fängt an zu erzählen. «Diese Geschichte hat mir mein Vater immer erzählt.»

«Ist sie gruselig?»

«Gruselig?» Carol schüttelt den Kopf und lächelt. «Nein, hör zu. Es war einmal eine Mutter, die hatte zwei Jungs, einer war noch ein Baby. Der ältere Junge war sehr laut. Er hatte eine sehr kräftige Stimme, und er schrie und schlug auf seiner Trommel herum und trat gegen die Tür und sang so laut, wie er konnte, und die Mutter schimpfte immer mit ihm. ‹Pssst›, sagte sie, ‹du weckst noch das Baby auf.› Und der Lehrer des Jungen sagte: ‹Pssst, du störst den Unterricht.› Und der Pfarrer in der Kirche sagte: ‹Pssst. Wir sind hier an einem heiligen Ort.› Und der Junge fühlte sich einsam und dachte, dass niemand ihn liebhat. Er beschloss, wegzulaufen. Aber als er ans Ende des Dorfes kam, sah er einen großen bösen Wolf, der alle auffressen wollte. Er war aber schon zu weit weg, als dass er hätte zurücklaufen und alle warnen können, also riss er den Mund auf, so weit er konnte, und brüllte: ‹DA KOMMT EIN WOLF!› Und so rettete er das ganze Dorf und seine Mutter und seinen Bruder, und niemand sagte mehr, dass er leise sein sollte.»

«Ist das das Ende der Geschichte?»

«Ja. Und wenn sie nicht gestorben sind, dann leben sie noch heute. Jetzt ist Schlafenszeit. Kuschel dich ein. Morgen ist Schule, mein Liebling», sagt sie und streichelt ihm die Stirn.

«Bin ich krank? Ich bin vielleicht krank», schlägt er vor.

«Nein, du bist nicht krank. Morgen gehst du auf jeden Fall zur Schule.»

Carol sagt das jeden Abend, aber Leon war schon seit fünf Tagen nicht mehr in der Schule.

«Wenn du nicht in die Schule gehst, lernst du nichts, Leon. Wenn du nichts lernst, bekommst du keinen guten Job und kannst dir kein schönes Haus und keine Spielsachen leisten. Du magst doch Spielsachen, oder? Ich habe dich doch gesehen! Ich habe gesehen, dass du Spielsachen in deinem Zimmer versteckt hast! Na? Na?» Carol krabbelt mit ihren Fingern auf seiner Brust herum, und er muss lachen. «Und außerdem langweilst du dich dann zu Hause und machst mich ganz wahnsinnig.»

«Ich kann dir mit dem Baby helfen», sagt Leon.

«Jake. Er heißt Jake.»

«Du hast gesagt ...»

«Das ist der zweite Vorname seines Dads. Na ja, ich habe Jack in Jake geändert, weil mir das so besser gefällt. Dir auch, Leon?» Sie gibt ihm einen Gutenachtkuss und macht dann das Licht aus, aber Leon küsst sie nicht zurück. Sie hat versprochen, dass er das Baby Bo nennen darf, nach Bo Duke aus *Ein Duke kommt selten allein*. Bo hat ein rotes Auto und blonde Haare. Sein echter Name ist Beauregard Duke, und er ist der Beste in der ganzen Serie. Jakeregard klingt doof. Leon kennt niemanden in der Schule, der Jake heißt, und im Fernsehen heißt auch niemand so. Es gibt einen Laden auf der anderen Seite der Schnellstraße, der «Jake's Bakes» heißt. Da verkaufen sie Kuchen und Pommes, und wenn das Baby zur Schule geht, werden ihn die anderen damit aufziehen. Leon grübelt, wie er seine Mum dazu bringen kann, es sich noch mal zu überlegen. Jake ist der schlimmste Name, den er je gehört hat.

Leon kapiert langsam, was seine Mum zum Weinen bringt: Wenn Jake sehr laut ist, wenn sie kein Geld hat, wenn sie von der Telefonzelle zurückkommt, wenn Leon zu viele Fragen stellt und wenn sie Jake anstarrt.

Schon die dritte Nacht schlafen Leon und Jake bei Tina. Das machen sie in letzter Zeit dauernd. Carol bringt sie nach oben zu Tina, und dann lässt sie sie ein paar Tage lang dort. Letzte Woche waren es zwei, die Woche davor drei Nächte, und manchmal kommt es ihm so vor, dass sie nie wieder nach Hause gehen. Jakes Korb steht neben Leons Höhlenbett. Leon beobachtet Jake ein paar Minuten lang, weil er so komische Pfeifgeräusche macht, wenn er ausatmet, und er ballt seine kleinen Hände zu Fäusten wie Muhammad Ali. Jake öffnet die Augen und weint nicht mal. Seine Augen sind inzwischen leuchtend knallblau, aber die Mitte ist immer noch ganz schwarz, wie ein Tropfen Tinte im Meer. Leon und Jake sehen sich gern eine Weile an, und dann singt Leon ein Schlafliedchen oder flüstert etwas.

«Geht es dir gut, Jake? Schlafenszeit, Schlafenszeit. Mach die Augen zu. Du bist prima, Jakey. Alles ist gut. Schlafenszeit, Jakey.»

Es ist friedlich und gemütlich im Zimmer mit Jake und Schwabbel-Bobby und unter den schweren Jacken. Er beobachtet einen Lichtstreifen an der Wand, hört den Kleinen beim Atmen zu und hört das Rauschen der Reifen auf dem nassen Asphalt draußen.

Am nächsten Tag kommt Carol, um sie von Tina abzuholen. Sie klingt aufgeregt und glücklich und bleibt ewig in Tinas Küche sitzen, deshalb schleicht Leon in den Flur.

«Ich habe ihn gefunden. Ja, ich bin zur Wohnung seines Kumpels gegangen und habe einfach immer wieder geklopft. Ich wusste ja, dass jemand da war, und ich habe durch den Briefschlitz gerufen, dass ich ihm nur eine Nachricht überbringen will. Ich habe immer wieder geklopft, und dann hat er aufgemacht. Tony selbst. Einfach so. Ich war total überrascht. Er auch. Ich hab dir ja gesagt, dass er mir nicht aus dem Weg geht. Er hat nur nicht gewusst, dass der Geburtstermin schon war. Ich meine, ich habe es ihm natürlich gesagt, aber er hat es wieder vergessen. Er hat gesagt, dass er auswärts gearbeitet hat. Mit Terminen hat er's sowieso nicht so.»

Tina stellt keine Fragen wie sonst. Also erzählt Carol einfach weiter.

«Er hat gesagt, dass er nicht lange reden kann, weil er nach Hause muss. Er wohnt immer noch bei dieser Kuh. Ich weiß gar nicht, warum er bei ihr bleibt. Er wohl auch nicht. Ich habe ihm gesagt, dass er zu uns ziehen kann. Ich weiß, dass er Jake gern sehen würde, aber er muss vorsichtig sein, weil, wenn sie es herausfindet, dann darf er sein kleines Mädchen nicht mehr sehen, und er hängt doch so sehr an ihr. Sie hat das schon mal gemacht, sie benutzt seine Tochter, um ihn an sich zu binden. Das würde ich nie tun.»

Tina bietet Carol einen Keks an. Tinas Keksdose ist immer voll bis zum Rand. Manchmal lässt sie Leon alle zerbrochenen herauspicken und aufessen.

«Nein, danke. Jedenfalls hat er gesagt, dass er auszieht. Sie weiß es noch nicht, und er will es ihr auch nicht sagen, bis alles geregelt ist. In seinem Alter will er sich endlich für den Rest seines Lebens festlegen.»

«In seinem Alter?»

«Er ist neununddreißig. Würde man aber nicht meinen. Er ist ja nicht alt oder so.»

«Er ist fast vierzig.»

«Neununddreißig. Ehrlich, er sieht überhaupt nicht so aus. Er sieht aus wie wir.»

«Wie fünfundzwanzig?»

«Na ja, vielleicht Anfang dreißig, aber egal, ja, er hat gesagt, dass es schon seit Jahren nicht mehr so richtig läuft zwischen ihnen. Du kennst mich, Tina. Ich würde nie jemandem weh tun, aber er war schon lange nicht mehr glücklich, bevor er mich getroffen hat. Wenn er es gewesen wäre, hätte er doch nie was mit mir angefangen, oder? Er hat mir mal erzählt, dass er Verwandte in Bristol und Wolverhampton hat. Er weiß noch nicht genau, wo er hingeht, aber wenn er geht, dann nur mit mir.»

«Und mit den Kindern», sagt Tina.

«Ja, natürlich. Das meinte er. Ich, er und die Kinder.»

«Und was ist mit seiner Tochter?»

«Die kommt dann auch mit.»

«Ach so», sagt Tina nach einer Weile. «Und das hat er dir gesagt?»

«Wir hatten ja nur ein paar Minuten, aber ja.»

Leon geht zurück ins Wohnzimmer, um nach Jake in seinem Körbchen zu schauen. Er ist jetzt fast vier Monate alt und langsam zu groß für den Korb. Er stößt dauernd überall an und will raus, und dann wird er wütend und macht Geräusche wie eine Katze. Leon ist einmal ausgeschimpft worden, weil er ihm helfen wollte aufzustehen, also sieht er ihm jetzt nur noch dabei zu und erzählt Jake verschiedene Dinge, die er wissen sollte, zum Beispiel, wer der beste Fußballer ist. Aber er erzählt ihm lieber nicht von einem Leben mit einem Mädchen und einer Kuh in Bristol, weil Jake sonst vielleicht zu weinen anfangen würde.

4

Leon isst seinen Toast auf dem Teppich vor der Terrassentür. Eigentlich ist Sommer, aber der Himmel hat dieselbe Farbe wie die Terrassenplatten, trist und grau, wie die Straße zur Schule, die Abkürzung durch das Viertel oder der schmutzige Weg zwischen den Hochhäusern und Etagenwohnungen.

Ein Haufen Holz liegt in einer Ecke des Gartens, als ob jemand mal den Zaun hätte reparieren wollen, es dann aber vergessen hat. Stattdessen haben die Leute in der Etagenwohnung nebenan das Loch mit Stacheldraht geflickt, wegen ihres Hundes und des Streits, den sie mit Leons Dad hatten, als der noch bei ihnen wohnte. Leons Dad stand im Garten, zeigte mit dem Finger auf das Loch und sagte (und Leon erinnert sich an jedes Wort): «Wenn das beschissene Vieh in unseren Garten kommt und mein Kind beißt, reiße ich ihm sein beschissenes Herz raus, ist das klar, Phil?»

Der Hund heißt Samson und hat nach einem Kampf kein Fell mehr auf der Brust. Stattdessen ist da ein haarloser Kreis rosafarbener Haut, und Leon stellt sich vor, wie sein kleines Hundeherz darunter schlägt und sein Vater Samsons Vorderpfoten greift und sie auseinanderreißt, bis der Hund heult.

Leon weiß, wie es klingt, wenn ein Hund heult, und wenn er Samson im Nachbargarten sieht, geht er hin, und sie sehen sich durch den rostigen Stacheldraht hindurch an.

Aber heute ist Samson nicht in seinem Garten, und Leon sitzt mit seinem alten Action Man und seinem neuen Action Man bei der Hintertreppe. Carol hat ihm den neuen Action Man zum Geburtstag gekauft, und Tina hat ihm Anziehsachen dazu geschenkt. Sein Dad hat ihm eine Glückwunschkarte mit Geld darin geschickt, davon hat Leon bessere Anziehsachen mit Kampfstiefeln und einem Gewehr gekauft. Zu Weihnachten wünscht sich Leon noch zwei Action-Man-Figuren mit Armeeuniformen. Dann hat er vier, und bald hat er eine ganze Action-Man-Armee. Leon hört die Türklingel und eine Männerstimme. Er nimmt seinen neuen Action Man, und sie robben beide auf den Ellenbogen über den Teppich und hinter das Sofa, von wo aus sie durch die Türritze spähen können. Ein Mann steht in der Tür und lässt kalte Luft herein. Er ist stämmig und groß, trägt einen langen schwarzen Ledermantel und darunter einen Anzug, wie einer von James Bond. So, wie er die Hände in den Taschen hat, hat er vielleicht sogar eine Pistole.

Wenn er eine Pistole hat und zu schießen versucht, tritt Leon die Tür aus den Angeln und greift ihn an, bevor er abdrücken kann. Leon kennt die Bewegungen genau, die die Leute machen, bevor sie schießen, zum Beispiel in den Westernfilmen, wo sie die Hand an die Hüfte legen. Wenn Tina da ist, kann Leon auch an dem Mann vorbeiflitzen und sie um Hilfe bitten. Oder die Polizei anrufen. Leon wünscht sich, dass er nicht immer sofort aufs Klo muss, wenn er aufgeregt ist oder Angst hat. Er greift sich vorn an die Hose und presst sich auf den Teppich, damit das Pipi nicht rauskommt. Der Mann spricht langsam mit zur Seite geneigtem Kopf, als ob seine Mum ein Baby wäre oder ein bisschen langsam im Kopf.

«Jetzt blas es nicht zu etwas auf, das es nicht ist, Carol.»

Carol weint und sagt die ganze Zeit «Tony», aber der Mann hört gar nicht hin.

«Ich bin verheiratet. Sozusagen. Ich wollte kein zweites Kind, und ich will auch nicht noch eine Freundin. Ich will nicht, dass andauernd jemand bei mir zu Hause klingelt, und ich will auch nicht, dass jemand ständig bei meinen Freunden auf der Matte steht und einen Aufstand macht.»

Carol macht Schluckgeräusche.

«Hab ich das nicht schon gesagt?», sagt der Mann, dessen Kopf immer noch zur Seite geneigt ist und dessen Hand immer noch auf der unsichtbaren Pistole liegt. «Und hör auf, mir über meine Freunde ständig irgendwelche Botschaften ausrichten zu lassen. Das nervt mich total. Hör einfach damit auf, Carol.»

Carol versucht ein paarmal, etwas zu sagen, aber sie kriegt nicht genug Luft, deshalb kommen ihre Worte stückchenweise und unverständlich heraus.

«Du hast ihn noch nicht mal gesehen, Tony. Was soll ich denn tun? Was soll ich davon halten, wenn ich dich nicht mal bitten kann, ihm eine Rassel zu kaufen?»

«Komm mal runter, Süße. Geht es dir ums Geld?»

Carol schüttelt den Kopf.

«Nein», fährt er fort, «hier geht es um den Schwachsinn, den du dir einredest, um ein paar Monate Vögeln auf dem Rücksitz meines Wagens in Liebe zu verwandeln, oder?»

Carol schweigt.

«Ich weiß nicht, was mit dir los ist, Carol. Sogar mit Rotz im Gesicht bist du noch eine hübsche kleine Maus, aber dein Hirn ist wie ein rostiger Motor.» Der Mann nimmt eine Hand aus der Manteltasche und tippt sich gegen die Schläfe. «Genau. Rostig. Funktioniert nicht richtig. Kein TÜV mehr drauf. Kaputt. Bringt dich nicht ans Ziel. Schlimmer noch, er macht einen schrecklichen Scheißlärm.»

Leon und Carol hören es beide. Sie hören, dass die Stimme

des Mannes plötzlich ganz hart ist. Leon weiß, dass Carol es auch hört, weil ihr Kopf ruckt, als hätte er sie geschlagen. Leon richtet sich auf und hält seinen Action Man mit beiden Händen fest.

«Hör zu, ich bin kein Arschloch. Okay? Aber reiß dich endlich zusammen, verdammt noch mal. Keine beschissenen Anrufe mehr. Hier.» Der Mann steckt die Hand in die Tasche seines Jacketts. «Nimm das hier für das Kind und mach einfach weiter mit deinem Leben. Such dir einen netten Jungen, der Staubsauger oder gebrauchte Reifen verkauft. Jemanden, der um halb sechs von der Arbeit kommt und mit dir zum Bingo geht. Okay? Ich bin nicht der Richtige, Süße. Ich bin es einfach nicht.»

Er versucht, Carol etwas zu geben, aber sie rennt stattdessen ins Wohnzimmer, direkt an Leon vorbei, hebt Jake aus seinem Körbchen und flitzt zurück zur Wohnungstür.

«Er ist von dir, Tony, und dir ist das vollkommen egal. Kannst du nicht wenigstens reinkommen, aus Mitleid wenigstens? Spiel ein bisschen mit ihm.»

Der Mann tritt zur Seite, und dann sieht er Leon. Er zwinkert ihm zu und legt Zeige- und Mittelfinger zusammen, die er dann wie eine Pistole auf Action Man richtet. «Peng», sagt er. Leon lächelt. Dann legt der Mann wieder den Kopf schräg. «Hör auf, Carol», sagt er. «Mehr gibt es nicht zu sagen.» Er tritt einen Schritt zurück und schließt die Tür. Carol dreht sich um und schreit Leon an.

«Was lauschst du da? Wenn du hier nicht rumgeschlichen wärst, wäre er reingekommen und hätte zwei Minuten mit seinem einzigen Sohn verbracht. Warum bist du bloß so verdammt neugierig, Leon? Hä? Immer kriechst du überall herum und lauschst. Geh ins Bett und bleib da!»

Leon geht auf Zehenspitzen hoch ins Badezimmer und versucht, ganz leise zu sein, indem er vorsichtig gegen die Seite der Kloschüssel pinkelt. Er zieht nicht die Spülung und wäscht sich nicht die Hände. Er versucht, die Dreiecke auf der Tapete in seinem Zimmer zu zählen, aber es sind zu viele. Er teilt sie in dunkelblaue und hellblaue Dreiecke auf und versucht, ein Muster in Form eines Panzers darin zu sehen, indem er die Augen zusammenkneift und durch die Wimpern guckt. Carol hat sich früher immer bei ihm entschuldigt, wenn sie ihn angeschrien hat, aber in letzter Zeit vergisst sie das. Deshalb wird er sich morgen zwanzig Pence aus ihrem Portemonnaie nehmen. Für zwanzig Pence bekommt er ein Twix auf dem Heimweg von der Schule, und er wird das Einwickelpapier einfach auf den Boden werfen, weil ihm nämlich alles egal ist.

Leon hat ein schlechtes Gewissen, dass er den Mann angelächelt hat, der Carol zum Weinen gebracht hat, aber wenn er zurückkommt, können sie vielleicht beide so tun, als hätten sie Waffen, und aufeinander schießen. Andererseits hofft er, dass Jake nicht so wird wie sein Dad, wenn er groß ist, und mit leiser Stimme gefährliche Dinge sagt. Leon hat nur gelächelt, weil er höflich sein wollte. Wenn der Mann wiederkommt, wird Leon nicht noch mal lächeln. Er wird aufpassen und Carol und Jake beschützen, und dann wird er auch nicht angeschrien werden.

Am nächsten Tag steht seine Mum früh auf und sagt, dass jetzt alles anders wird. Sie sagt, dass es ihr sehr leidtut und sie sich mehr Mühe geben will, also macht sie ein riesiges Frühstück mit Pfannkuchen und Sirup, genau so, wie sie es mal in einem Kochbuch gesehen hat. Es schmeckt nicht besonders, und sie bricht in Tränen aus, weil Leon nicht aufisst. Sie zermatscht einen Pfannkuchen mit etwas Milch für Jake, aber sobald er etwas davon im Mund hat, übergibt er sich. Sie nimmt Leon das Versprechen ab, dass er zur Schule geht, damit er schlau wird und nicht so leben muss wie sie.

«Ich will, dass es meine Jungs mal besser haben», sagt sie, als Leon sich auf dem Sofa an sie kuschelt. «Ich will, dass ihr beide ein tolles Leben und ganz viele schöne Dinge habt. Ich will, dass ihr in einem schicken Haus mit einem richtigen Garten wohnt, und ich will, dass ihr euch immer liebhabt. Ich will keinen Streit. Ich habe die Streiterei so satt. Und ich will, dass du aus diesem Dreckloch rauskommst. Bloß raus hier, so weit weg von hier, wie es geht. Und schau nicht zurück. Dafür musst du lernen und eine Ausbildung machen. Werde nicht so wie ich oder dein Dad. Du bist so schlau, Leon. Du musst mir was versprechen, ja, Liebling?»

«Ja, Mum.»

«Pass auf ihn und auf dich auf. Mach etwas aus deinem Leben.»

«Okay, Mum.»

«Ihr beide. Tu es für euch beide.» Sie drückt Leon so fest, dass er sie ein bisschen von sich wegschieben muss, weil er nicht atmen kann. «Ich gehe jetzt hoch, Schatz. Pass auf Jake auf.»

An manchen Tagen geht Leon gar nicht zur Schule, sondern bleibt die ganze Zeit mit Jake zu Hause, während sie schläft. Aber wenn er doch geht, muss Leon seine Mum vorher aufwecken und sie an Jake erinnern. Manchmal sagt sie, er soll weggehen, und er denkt den ganzen Tag an Jakes Abendessen oder an sein Mittagsschläfchen. Aber es kommt auch vor, wenn er Fußball spielt oder so, dass er vergisst, was zu Hause los ist. Zum Beispiel, als da dieser neue Junge in die Klasse kam und der Lehrer Leon sagte, dass er in der Mittagspause auf ihn aufpassen sollte. Der neue Junge ist viel kleiner als Leon, und er sah ganz ängstlich aus. Leon hat ihm erklärt, wo alles ist, und dann mussten sie sich in der Essenschlange anstellen. Der neue Junge heißt Adam, und er hat lange

Haare. Er sagte, dass sein Dad Lehrer an einer anderen Schule ist. Und dass er einen Hund hat.

«Was denn für einen Hund?», fragte Leon. «Einen Schäferhund oder einen Dobermann?»

«Es ist ein Pudel», sagte er. «Er gehört meiner Mum. Sie nennt ihn Candy.»

«Oh», sagte Leon. «Ein Pudel.»

«Ja, aber ich habe ihm beigebracht, Leute zu beißen.»

«Echt?»

«Ja. Ich könnte ihn mal mit in die Schule bringen und alle in der Klasse beißen lassen.»

«Wirklich?»

«Klar, wenn ich will.»

Sie verbrachten den ganzen Nachmittag damit, über das Abrichten von Hunden zu reden und darüber, wie scharf Hundezähne sind und welche Hunderasse die Beste ist. Pudel kamen dabei nicht vor.

Auf dem Nachhauseweg überlegte Leon, ob er Carol um einen Hund bitten sollte, den er dann abrichten kann. Er könnte ihn darauf abrichten, Jakes Vater zu beißen. Oder die alte Frau vom Flur nebenan, die ihn immer so ansieht und dabei den Kopf schüttelt. Er könnte ihn darauf abrichten, Tinas Freund zu beißen und den Briefträger. Und wenn Jake dann älter wäre, könnten sie zusammen als Hundetrainer berühmt werden. Die besten Hundetrainer der Welt.

5

Gleich als die Sommerferien anfangen, ist zu Hause alles durcheinander. Leon kann ins Bett gehen, wann er will, manchmal kann er sogar auf dem Sofa schlafen, weil seine Mum es gar nicht merkt. Er kann essen, was er will, aber weil der Kühlschrank und der Vorratsschrank leer sind, zählt das nicht. Er muss fast jeden Tag auf Jake aufpassen, und Carol weint immer nur und geht ständig zur Telefonzelle und lässt Leon allein mit Jake, und einmal, als er ihn hochgenommen hat, hat er so gezappelt, dass er auf den Teppich gefallen ist. Bis Carol wiederkam, hat er nicht mehr geweint, aber Leon ist wütend auf sie gewesen, deshalb hat er ihr zwanzig Pence aus dem Portemonnaie geklaut. Er hätte auch das ganze Geld nehmen können, weil sie sowieso nicht weiß, wie viel drin ist.

Frühmorgens, wenn es gerade hell wird, fängt Jake an zu weinen, und Leon steht mit ihm auf. Seine Windel ist immer ganz schwer und nass, aber sobald Leon ihm eine neue angezogen hat, lächelt Jake wieder und lacht. Jake will immer dasselbe zum Frühstück, und Leon hat jetzt ein gutes System entwickelt. Er hat ein paar Wochen gebraucht, es hinzukriegen, aber jetzt könnte er jedem genau erklären, was man tun muss, wenn man am Morgen auf ein Baby aufpasst.

Die Windel wechseln (dran denken, die weiße Creme zu benutzen, sonst ist der Babypo am nächsten Morgen rot). Das Baby füttern, aber die Treppe nur ganz vorsichtig runtergehen, weil

Babys auf dem Arm zappeln und ganz schön schwer sind. Wenn man das Frühstücksfläschchen nicht schnell genug macht, weint das Baby wieder los. Sechs Messlöffel Babynahrung in das Fläschchen füllen und warmes Wasser aus dem Kessel draufgießen. Vorher kurz probieren, damit es nicht zu heiß ist. Manchmal, wenn das Baby ganz doll Hunger hat, muss man ein bisschen mehr Pulver und einen Löffel Zucker hineintun. Am schlimmsten ist es, wenn das Baby kotzt. Das macht eine Menge Dreck, und es dauert ewig, bis man alles wieder sauber hat.

Nicht mal Carol kennt den Ablauf so gut wie Leon, und manchmal vergisst sie Jake in seinem Hochstuhl, und Leon muss ihn rausnehmen. Sie geht immer nur ins Bett, also muss Leon alles machen. Wenn er in ihr Zimmer geht, liegt sie unter der Decke verkrochen. Die Tabletten sind auf dem Nachttisch, einige in einem weißen Fläschchen, und dann noch welche, die man aus einer silbernen Karte herausdrücken muss. Er hat mal eine rausgedrückt. Sie sah aus wie ein Bonbon, aber dann hat er sie angeleckt und sie das Klo hinuntergespült.

Manchmal geht Carol auch raus und lässt ihn fernsehen. Dann setzt sie Jake in den Buggy und bleibt stundenlang mit ihm weg, und wenn sie dann nach Hause kommt, ist sie müde, und Jake weint. Sie lässt den Buggy im Flur stehen und geht einfach nach oben und redet dabei mit sich selbst. Leon muss dann Jakes Gurte öffnen, seinen Babyanzug ausziehen und ihn füttern, und manchmal machen Leon all die Dinge, die er tun muss, so müde und wütend.

Es kommt ihm so vor, als hätte Jake tagelang nur geschrien. Wenn er nicht aufhört, muss Leon zu Tina gehen und sich dort Geld leihen. Wenn Tina nicht da ist, muss er zu der Frau nebenan, die ihn nicht mag. Er hat schon in Carols Portemonnaie nachgeschaut, aber da ist nicht genug drin, um Essen oder Windeln für Jake oder ein paar Süßigkeiten für ihn zu kaufen. Da ist überhaupt kein Geld drin, nur ein paar Kassenzettel, ein altes Foto und ein Ohrring. Leon hat die ganze Geldbörse umgeklappt. Er hat zwischen den Sofakissen gesucht und in den Küchenschubladen und in den Taschen von Carols Mantel und auch sonst überall.

Jake trägt nicht mal mehr eine Windel, weil die alte so stank und es keine neuen mehr gibt. Er musste Jake auf einem Handtuch in sein Körbchen setzen und ihm ein paar Spielzeuge dazulegen, aber er kommt jetzt da raus und kann überall rumkrabbeln, und dauernd auf Jake aufzupassen wird viel zu schwierig. Und sie sind in letzter Zeit beide ständig hungrig. Jake weint seit Stunden, und Carol tut einfach nichts.

Jeden Morgen ist es jetzt Leon, der Jake holen und ihn hochnehmen muss und mit ihm ein bisschen herumlaufen, bis er aufhört zu weinen. Man könnte glauben, seine Mum wäre taub, so wie sie sich benimmt. Leon hat sie geschüttelt, hat gebettelt und an ihren Armen gezogen, aber nichts passiert. Obwohl sie wach ist, sagt sie nichts. Sie isst auch nicht und steht nicht auf. Das war gestern so und vorgestern auch, und jetzt, heute, muss Leon etwas unternehmen. Er geht wieder nach oben in ihr Schlafzimmer. Rosa Licht dringt durch die dünnen Vorhänge, und die Luft ist ganz schwer, und es ist so still, als ob jemand den Atem anhält. Carols Hand liegt auf dem Laken. Leon berührt sie mit der Fingerspitze. Sie bewegt sich nicht, aber ihre papiernen Lippen kräuseln sich immer wieder, als ob sie ein Goldfisch im Glas wäre.

«Mum?»

Carol dreht den Kopf zur Wand.

«Ich hab Hunger, Mum.»

Er merkt, dass es im Zimmer riecht wie Leons Windel und dass seine Mum wieder ins Bett gemacht hat. Er öffnet das Fenster, aber nur einen Spalt, damit Carol nicht kalt wird.

Wenn Leon zu Tina geht und von ihr ein bisschen Geld bekommt, dann muss ja keiner erfahren, dass Carol wieder krank ist. Leon kann sie gesund machen, wenn ihm jemand ein bisschen Geld gibt. Als es das letzte Mal so war, musste er bei einer Frau und deren Mann und einer Katze wohnen, und sie haben ihn immer in die Kirche mitgenommen, und er musste ganz still dasitzen, und es war ganz schrecklich, also kümmert er sich lieber um Carol und Jake, er wird ihr Tee und Toast machen und ihr helfen, sich aufzusetzen, er wird ihr Tablett abräumen, und dann wird er ihr Bett neu beziehen und so tun, als ob. Jake weint unten, also geht Leon runter und gibt ihm ein Küsschen.

«Du bleibst hier und spielst mit deinen Spielsachen. Hör mal auf zu weinen, Jake.»

Er lässt die Tür einen Spalt offen und geht nach oben zum nächsten Treppenabsatz. Er klingelt an Tinas Tür.

«Alles in Ordnung, Kleiner?», fragt sie.

«Meine Mum fragt, ob du Geld hast.»

Tina schaut den Flur entlang und dann über das Treppengeländer. «Wo ist sie denn, Leon?»

«Sie schläft, aber sie will, dass ich einkaufen gehe.»

«Warst du heute in der Schule?»

«Nein, die Schule hat letzte Woche aufgehört. Sie fragt, ob du vielleicht ein Pfund für uns hast?»

Tina sieht ihn die ganze Zeit an, und dann geht sie zurück in die Wohnung. Sie kommt mit Schwabbel-Bobby und ihrer Handtasche wieder und schließt die Tür hinter sich.

«Ich gehe mal mit dir runter und schaue nach ihr.»

Leon folgt ihr und hofft, dass seine Mum wach und angezogen

ist und dass Jake aufgehört hat zu weinen. Aber als Tina in die Wohnung geht und er das Geräusch hört, das sie macht, weiß er, dass sie alles herausfinden wird.

Sie geht in die Küche und schüttelt den Kopf. «Herrgott», sagt sie. Sie geht ins Wohnzimmer und schlägt die Hand vor den Mund. Sie sieht, wie unordentlich Leon gewesen ist, weil er seine Frühstücksflocken vor dem Fernseher direkt aus der Packung gegessen hat. Dass er Jakes Windeln nicht in den Mülleimer geworfen hat. Dass er das Fenster hätte zum Lüften öffnen müssen, so wie es Tina in ihrer Wohnung macht, damit alles nach Babylotion duftet. Leon sieht plötzlich alles, was Tina sieht. Warum hat er nur nicht aufgeräumt, bevor er sie um Geld gebeten hat? Tina kommt zurück in den Flur.

«Carol? Carol?», ruft sie. Sie stellt Bobby in Jakes Laufställchen und rennt die Treppe hoch. Leon folgt ihr.

«Verdammter Mist!» Tina schüttelt Carol und zieht an ihrem Arm. «Cal! Cal!» Sie sieht Leon an. «Hat sie was genommen? Wie lange liegt sie hier schon so? Cal?»

Plötzlich fängt Carol an zu stöhnen. «Lass mich in Ruhe! Lass mich in Ruhe!»

Tina gibt Carol kleine Ohrfeigen, aber sie wehrt sich nicht und öffnet noch nicht mal die Augen. Leon weiß das, denn er hat es schon seit Tagen versucht. Tina nimmt Leon an die Hand und geht aus dem Zimmer. Dabei schüttelt sie die ganze Zeit den Kopf und sagt immerzu «Herrje» oder «Mein Gott».

Sie gehen zusammen die Treppe runter. Tina hebt Jake aus seinem Körbchen und wickelt ihn in ein Handtuch. Bobby nimmt sie auch hoch. Sie trägt jetzt zwei Kleinkinder und ist ganz außer Atem.

«Hol mal meine Tasche, Leon. Komm mit.»

Sie gehen zur Telefonzelle am Ende der Straße, und sie lässt

Leon Jake auf den Arm nehmen und draußen warten. Die Tür schließt nicht richtig, deshalb hört er alles mit.

«Krankenwagen, glaube ich», sagt sie. Dann wartet sie eine Minute und nennt die Adresse seiner Mum. Dann sagt sie, dass sie auch das Sozialamt braucht. Sie legt auf und sagt sich immer wieder eine Nummer vor, die sie dann wählt. «Sozialamt?», fragt sie.

Tina versucht, die Tür zuzuziehen, aber sie schließt einfach nicht.

«Zwei Kinder, die schon mindestens ein paar Tage dort sind. Ja. Ja. Nein, das ist schon eine ganze Weile so. Ja. Der Krankenwagen kommt. Ja. Ein Stockwerk höher, 164E. Ich weiß nicht genau, neun, und vier oder fünf Monate ungefähr. Carol Rycroft. Ja. Leon und Jake. Jake ist der Säugling. Ich weiß nicht. Nein. Schrecklich. Ich weiß es nicht.»

Sie hört ewig zu und sagt dann: «Ich nehme sie mit zu mir nach Hause, aber sie können da nicht bleiben. Nein, tut mir leid. Können Sie nicht jemanden vorbeischicken? Wann? Herrje. In Ordnung, dann nur für eine Nacht. Ich habe kein Telefon. Nein. Ja, 164E, erster Treppenabsatz, ja. Ich werde da sein.»

Als sie wieder rauskommt, atmet sie so schwer, als ob sie gerannt wäre.

«Kannst du ihn tragen, Leon?», fragt sie. «Wenn wir langsam gehen?»

Bobby weint, und Jake zappelt die ganze Zeit, aber Leon schafft es, mit Tina Schritt zu halten, obwohl sie doch nicht langsam geht. Als sie zurück in Tinas Wohnung sind, steckt sie Jake und Bobby sofort in die Badewanne und zieht Jake Bobbys Kleider an. Er weint immer noch, aber dann gibt sie ihm ein Fläschchen, und er schafft nicht mal die Hälfte, da schläft er schon.

Tina sagt immer wieder, wie leid es ihr tut und dass sie keine

Wahl hat. Eine Frau vom Krankenwagen kommt an die Tür, und Tina lässt sie herein.

«Jemand ist unten bei der Mutter. Sie haben die Kinder hier bei sich?»

«Es geht den beiden gut», sagt sie und zeigt auf Jake, der fest eingeschlafen ist, und dann auf Leon, der neben ihr sitzt.

«Er ist neun, und Jake ist ungefähr vier Monate alt. Ich habe dem Baby ein Fläschchen gegeben und wollte gerade Leon etwas zu essen machen. Ich glaube, dass er Hunger hat, stimmt doch, mein Kleiner?»

Leon wischt sich über das Gesicht.

«Und du machst dir ein bisschen Sorgen um deine Mum, nicht?», sagt die Frau vom Krankenwagen. Sie hockt sich vor Leon hin und drückt seinen Arm, erst den einen, dann den anderen.

«Du hast bestimmt schon eine ganze Weile Hunger.»

Leon schüttelt den Kopf. «Nein, ich bin satt.»

Als sie anfangen, über seine Mum zu flüstern, will er ihnen sagen, dass sie freundlich und nett ist, aber sie hören gar nicht zu. Die Krankenwagenfrau geht zu Jake, und als sie sieht, dass er schläft, geht sie wieder runter.

Als sie weg ist, macht ihm Tina Bohnen auf Toast, und er geht in die Badewanne. Er zieht eins von Tinas T-Shirts an und darf ein paar Chips vor dem Fernseher essen. *Ein Duke kommt selten allein* läuft, aber mittendrin fängt Jake an zu weinen, und Tina legt ihn auf Leons Schoß, damit er ihm sein Fläschchen geben kann.

«Du bist ein guter Junge, Leon», sagt sie. «Du verdienst das nicht.»

«Wo ist meine Mum?», fragt er.

«Sie haben sie ins Krankenhaus gebracht, Schätzchen. Man hat ja gemerkt, dass es ihr nicht gutgeht. Du hättest hochkommen und es mir sagen sollen. Sie ist schon letzte Woche so gewesen, oder? Ich hab es in ihrem Blick gesehen, als sie an mir vorbeigegangen ist. Wie lange geht das schon?»

Leon weiß es nicht.

«Diesmal geht es ihr wirklich richtig schlecht, Kleiner. Schlechter als je zuvor. Ich weiß nicht, was jetzt passiert.»

Aber Leon weiß es.

Die Leute vom Jugendamt kommen erst am nächsten Abend. Es sind zwei. Die eine hat schwarze Haare mit weißen dazwischen, wie ein Zebra. Sie sitzen ewig in der Küche rum und reden über seine Mum. Er hört, dass Tina ihnen alles erzählt.

«... wochenlang, eigentlich schon bevor das Baby auf der Welt war, wenn ich recht darüber nachdenke. Sie hatte auch nach Leon eine Depression, aber da kannte ich sie noch nicht. Ich glaube, dass er schon öfter bei Pflegeeltern war. Sie schien mir ganz in Ordnung zu sein, bevor das Baby kam, aber irgendwie ist sie eben auch nicht ganz in Ordnung. Ich meine, die Dinge, die sie so tut... und sie lädt die Kinder einfach so woanders ab. Meistens bei mir. Und ständig hat Leon auf das Baby aufpassen müssen, immer mal hier fünf Minuten und da fünf Minuten. Er ist auch nicht mehr zur Schule gegangen.»

Niemand sagt ein Wort, und dann fängt Tina wieder von vorne an, erzählt wieder dasselbe, redet schlecht über Carol und tut so, als ob Leon sich nicht gut genug um Jake gekümmert hätte.

«Es ging ihr einfach immer schlechter, und ich habe es nicht gemerkt», sagt Tina. «Wir hatten Krach vor ein paar Wochen, weil sie sich ständig bei mir Geld leiht. Und sie zahlt es nie zurück. Und ich habe die Kinder wirklich öfter bei mir gehabt, als ich zählen kann. Es sind wirklich süße Kinder, aber trotzdem. Und ich hab ihr damals gesagt, genug ist genug. Sie ist richtig auf mich losgegangen. Also habe ich mich zurückgezogen und nicht mehr so genau hingesehen. Früher habe ich das getan, aber ich muss mich ja noch um meine eigene Familie kümmern. Es ist vollkommen aus dem Ruder gelaufen, als der Vater vom Baby mit ihr Schluss gemacht hat. Tony heißt er, glaube ich. Den Nachnamen kenne ich nicht. Das hat sie nicht gut aufgenommen. Ich meine, gar nicht gut.»

«Was ist mit Leons Vater? Ist er da?»

«Der? Byron? Der doch nicht, der ist abgehauen. Carol hat erzählt, dass er vor Gericht musste und das nicht ertragen konnte. Aber auch als er noch da war, war er zu nichts zu gebrauchen. Der kam und ging, wie er wollte. Mal war er ein paar Wochen bei ihr, dann war er wieder weg. Dann war er kurz im Knast, und als er wieder rauskam, haben sie die ganze Zeit nur gestritten. Dazu der Alkohol. Sie haben beide getrunken. Und als sie dann auch noch von Tony schwanger war, hat es sich richtig zugespitzt.»

Leon sieht, dass Tinas Handtasche auf dem Sofa liegt. Er lässt die Tür offen, findet ihre Geldbörse und nimmt fünfzig Pence heraus. Er steckt sie in seine Hosentasche und legt alles dorthin zurück, wo es war. Auf Zehenspitzen schleicht er zur Küchentür zurück.

«Wie ich schon sagte, ich habe es wirklich versucht. Ich hatte die beiden monatelang immer wieder hier, und wissen Sie, sosehr ich auch helfen möchte, das muss ein Ende haben. Ich meine, sie hatte doch einen richtigen Zusammenbruch, oder?»

Leon macht die Tür ganz weit auf. Sie sehen ihn alle an. Sozialarbeiter haben zwei So-tun-als-ob-Gesichter, Glücklich-Tun und Traurig-Tun. Sie dürfen zum Beispiel nicht böse werden, also tun sie so, als wären sie traurig. Jetzt tun sie so, als ob ihnen etwas an ihm und Jake und ihrer Mum läge.

«Ich will meine Sachen holen», sagt er.

Sie sehen sich alle an.

Das Zebra bringt ihn runter in seine Wohnung. Tina hat ihr den Schlüssel gegeben. Sie sieht sich in der Küche um und macht den Kühlschrank auf. Sie macht die Hintertür auf und sieht die ganzen Windeln, die Leon rausgeworfen hat. Sie geht langsam die Treppe hoch und hilft ihm dabei, ein paar Sachen für Jake und für sich selbst einzupacken, aber er darf nur eine Tüte mit Spielsachen mitnehmen.

«So viel, wie in deinen Rucksack passt», sagt sie. «Wir können den Rest wann anders holen.»

Leon muss eine seiner Action-Man-Figuren dalassen, weil er noch Platz für Jakes Spielsachen braucht, und alles passt nicht in seinen roten Rucksack. Als das Zebra einen Koffer gepackt hat, gehen sie in Tinas Wohnung zurück. Sie nimmt Jake hoch und wickelt ihn in ein Handtuch. Tina versucht, Leon ein Küsschen zu geben.

«Es wird schon alles gut, Leon. Tut mir so leid, Kleiner.» Sie beugt sich zu ihm runter, aber er dreht sein Gesicht zur Wand. Er hält sich den Rucksack vor den Bauch. Er hört, dass sie schnieft und weint, und er denkt an die fünfzig Pence in seiner Hosentasche und die Süßigkeiten, die er sich davon kaufen kann.

Auf der Fahrt zur Wohnung der Pflegemutter redet das Zebra die ganze Zeit, aber Leon sitzt auf dem Rücksitz neben Jake und hat den Rucksack auf seinem Schoß und tut, als hörte er nichts. Jake ist in dem Kindersitz eingeschlafen, und Leon ist froh, dass er nicht gehört hat, wie Tina gelogen hat und das Zebra ihn die ganze Zeit ausgefragt hat und ihn dazu hat bringen wollen, schlecht über seine Mum zu reden.

Am nächsten Morgen macht Leon die Augen auf und lauscht. Er hört Jake gar nicht weinen. Dann fällt es ihm wieder ein. Er ist im Haus der Pflegemutter. Als sie gestern Abend mit dem Zebra ankamen, öffnete die Frau die Tür, nahm Jake und küsste ihn, obwohl sie ihn noch nie gesehen hatte.

«Du lieber Himmel», sagte sie.

Die Frau schob Leon in ein Zimmer mit einem Fernseher drin und sagte ihm, dass er sich hinsetzen sollte.

«Du kannst schauen, was du willst, Kleiner», sagte sie, aber man konnte nur die Nachrichten sehen. Er hörte, wie das Zebra in der Küche sprach, und obwohl ein Teil von ihm das gar nicht wollte, musste er doch lauschen. Das Zebra flüsterte ganz schön laut.

«... er hat sich gekümmert... um das Baby und die Mutter, ja, um beide... unterernährt... Entwicklungsverzögerung... Drogenabhängigkeit... Krankenwagen...»

Die ganze Zeit machte die Frau immer wieder «Hm» und sagte «Verstehe», und das Zebra redete weiter und weiter.

«... Zusammenbruch... Notvermittlung... Gerichtsbeschluss ... Vernachlässigung... Zustand der Wohnung...»

Und dann, mitten im Satz, sagte die Frau, dass das Zebra nach Hause gehen sollte. Er hörte, wie die Haustür sich öffnete und wie sie sagte: «Ja, Judy, ja, ich hab's verstanden. Ja, das können wir alles morgen noch machen. Ist gut, ja. Geh schon. Tschüs.»

Die Frau gab ihm einen großen Keks aus einer goldenen Dose und fragte ihn, ob er noch einen wollte, also aß Leon insgesamt drei zu seinem warmen Kakao, und als er ins Bett ging, schlief er so fest, dass er nicht mal träumte.

Der Duft von Frühstück dringt Leon jetzt in die Nase und lässt seinen Bauch weh tun. Er will keinen Lärm machen, weil Jake noch schläft. Er schläft wohl noch, denn er weint gar nicht. Leon liegt in einem weichen, warmen Bett unter einer Decke mit schwarz-weißen Fußbällen darauf. Flugzeuge aus Holz hängen unter der Decke und bewegen sich in der kühlen Brise, die durch das offene Fenster kommt. Sogar die Vorhänge haben ein Fußballmuster. Auf der Tapete sind ganz viele Soldaten in roten Uniformen mit schwarzen Gewehren, und das Beste von allem ist, dass Jake nicht weint. Der Essensduft ist jetzt so stark, dass Leon die Treppe runtergeht. Er hört, dass die Frau ein Kinderlied singt und Jake lacht. Er hört das Klappern von Tellern und Messern und Gabeln. Er geht auf Zehenspitzen zur Küchentür und lauscht, aber die Frau muss ihn trotzdem gehört haben.

«Komm rein, Schlafmütze. Es gibt Schinkensandwich mit Ketchup. So viel du willst.»

Leon setzt sich an den gelben Küchentisch, und die Frau legt ihm ein riesiges Schinkensandwich auf den Teller, das sie in zwei Teile zerschneidet. Dann knallt sie die Flasche mit dem Ketchup daneben und sagt: «Hau rein, Schätzchen.»

Jake trägt ein Lätzchen mit einem Dinosaurier darauf. Er sieht sauber und frisch aus, wie er da in seinem Hochstuhl beim Fenster sitzt, und die Frau geht zu ihm und deutet auf Dinge im Vorgarten.

«Vogel», sagt sie. «Vogel. Ein hübscher kleiner Vogel.»

Sie redet die ganze Zeit mit Jake, und der versucht etwas zu antworten, damit Leon in Ruhe sein Sandwich essen kann. Es schmeckt wie das Allerleckerste auf der ganzen Welt, mit weichem Brot und ganz viel Schinken, und Ketchup tropft auf den Teller, und er hat auch noch ein riesiges Glas Orangensaft bekommen, der süßer schmeckt als Cola, und dann nimmt er einen Bissen salzigen Schinken und einen Schluck vom süßen Orangensaft, und das macht er so lange, bis alles weg ist.

Dann legt ihm die Frau noch ein Sandwich auf den Teller.

«Du bist doch ein Junge im Wachstum. Aber ich wette, das hier schaffst du nicht mehr.»

Doch Leon isst alles auf, mit einem zweiten Glas Orangensaft, wobei er beim zweiten Sandwich schon zuhört, was die Frau sagt. Er wartet darauf, dass sie Fragen über seine Mum stellt.

«Na, bestimmt sieht nicht jeder die Ähnlichkeit zwischen euch», sagt sie und verschränkt die Arme vor ihrem großen Busen, «aber Maureen sieht sie wohl.» Sie lächelt und deutet auf ihre Stirn. «Das bin ich, Maureen, und ich hab ein gutes Auge für Kinder.»

Leon leckt sich Ketchup von den Fingern und schaut sich um. In Maureens Haus riecht es nach Süßigkeiten und Toast, und wenn sie am Küchenfenster steht und hinter ihr die Sonne scheint, wirkt ihre fusselige rote Frisur wie ein flammender Heiligenschein. Sie hat Arme wie ein Boxer und einen mächtigen Bauch wie der Weihnachtsmann. An der Küchenwand hängt ein riesiger Holzlöffel, auf dem steht «Allerbeste Mum», und daneben ein Gemälde mit Jesus und seinen Jüngern, und er zeigt ihnen das Blut auf seinen Handflächen.

«Du bist also neun», sagt Maureen, nimmt seinen Teller und gießt ihm wieder Orangensaft ein.

Leon nickt.

«Und er ist fast fünf Monate alt.»

Leon nickt.

«Und du bist der Stille von euch beiden.»

«Ja.»

«Aber er ist der Boss.»

Sie lächelt, also lächelt Leon zurück.

«Ich verstehe», sagt sie. «Ich wette, er scheucht dich ganz schön herum. Wenn er reden könnte, würde er dir Befehle erteilen, oder?»

Sie geht zu Jake und gibt ihm einen Plastikkochlöffel. Jake schlägt damit auf das Tischchen an seinem Hochstuhl. Leon und Maureen halten sich die Ohren zu.

«Habe ich da womöglich einen Fehler gemacht?», fragt sie, und Leon lacht.

«Also, welchen Rhythmus ist er denn gewohnt?», fragt sie und setzt sich ihm gegenüber an den gelben Tisch. Sie nimmt einen Notizblock und einen Bleistift und schreibt «Jake» ganz oben auf den Zettel. «Du sagst mir einfach, was er mag und was nicht, damit ich nichts falsch mache.»

«Er wacht zu früh auf», sagt Leon.

Sie schreibt es auf.

«Und wenn man etwas isst und er es auch will, dann muss man ihm ein Stückchen geben, aber nur wenn er es auch darf, weil es nämlich manchmal Kaugummi ist.»

«Kein Kaugummi.» Sie schreibt es auf.

«Er mag den *Rosaroten Panther*, aber er versteht natürlich nichts. Aber ich schon, also erzähle ich ihm immer, was da passiert.»

«*Rosaroter Panther* mit Leon», sagt sie und schreibt es auf.

«Wenn man ihm sein Oberteil anzieht und er darin hängenbleibt, dann wird er ganz wütend und fängt an zu weinen, und dann kann man ihn gar nicht mehr anziehen, also muss man abwarten, bis er es wieder vergessen hat. Aber manchmal, wenn man ihn in den Kinderwagen setzen muss, dann kann man nicht warten, also muss man einfach …»

Leon weiß nicht, ob er ihr erzählen soll, dass er schon mal die Geduld mit Jake verloren und ihn angeschrien hat.

«Man muss ihm einfach sagen, dass er leise sein soll?»

«Genau», sagt Leon.

«Ich verstehe», sagt sie und schreibt «Quälgeist».

Leon erzählt ihr alles. Dass man, wenn man will, dass Jake einschläft, ihm den Kopf oder die Wange streicheln muss. Dass Jake alles in den Mund steckt und man immer aufpassen muss, sodass man nicht mal mehr fernsehen kann. Und dass es manchmal wirklich zu schwer mit ihm ist.

Schließlich hat Maureen zwei Seiten vollgeschrieben und lehnt sich in ihrem Stuhl zurück.

«Danke, Schätzchen. Du warst wirklich eine große Hilfe. Sicher muss ich dich hin und wieder etwas fragen, aber ich glaube, das Wichtigste habe ich verstanden. Und jetzt hätte ich gern, dass du mich ein wenig allein lässt, damit ich sehe, ob ich mit Ihro Gnaden allein zurechtkomme, während du nach oben in die Badewanne gehst.»

Sie hebt Jake aus seinem Kinderstuhl und küsst ihn wieder. «Was für hübsche Augen!» Sie dreht Jake zu Leon herum, sodass er ihn ansehen kann. «Er möchte danke sagen, Leon, Schätzchen. Danke, dass du dich so gut um mich gekümmert hast. Das würde er sagen, wenn er sprechen könnte.»

Sie gehen alle zusammen hoch, und Maureen gießt blaues Zeug in die Wanne, und oben kommt Schaum, so dicht, dass er nicht mal mehr das Wasser sehen kann. Er sitzt in der Wanne und hört zu, wie Jake quiekt und lacht und Maureen ihm die Namen von allen Dingen sagt, die sie sehen.

7

Manchmal, obwohl wirklich alles sehr nett ist in Maureens Haus, kann Leon nicht schlafen. Er und Jake teilen sich ein Zimmer. Jake geht zuerst schlafen, und Leon guckt noch ein bisschen fern mit Maureen oder spielt mit seinen Spielsachen. Er darf immer mit ganz viel Schaum baden und bekommt immer einen Keks, und dann muss er sich die Zähne putzen. Er hat nie Hunger, aber manchmal kann er einfach nicht schlafen. Jake liegt in seinem Bettchen und atmet leise und tief, aber Leon starrt dann an die Decke und beobachtet die Muster, die das Licht auf die Wand wirft. Es wird später und später, und schließlich hört er, wie Maureen nach den Nachrichten heraufkommt, um ins Bett zu gehen. Er schleicht auf Zehenspitzen zu ihr.

«Was ist das denn?», fragt sie. «Kannst du nicht schlafen?»

Leon nickt.

«Fünf Minuten», sagt sie und klopft auf den Platz neben sich im Bett.

Leon kuschelt sich neben sie ein und bittet sie um eine Geschichte.

«Ich glaube nicht», sagt sie, «Geschichten erzählen ist nicht so meins. In den meisten sehe ich einfach keinen Sinn. All die Wölfe und Riesen und Sachen, die es gar nicht gibt. Ich mag Erinnerungen. Dinge, die wirklich passiert sind.»

Leon schweigt, und Maureen stupst ihn an.

«Na los. Erzähl Tante Maureen eine Geschichte, die wirklich passiert ist.»

Also erzählt Leon ihr die Geschichte, wie sein Dad von Jake erfuhr und nicht mehr zurückkam: Es war Schlafenszeit, und sein Dad hatte ihn ins Bett gebracht und ihn zugedeckt, und gerade als er am allerschönsten träumte, hörte er immer wieder «Schlampe».

Leon versuchte, in seinem Traum zu bleiben, aber die Worte von unten kamen ihm immer wieder in die Quere. In seinem Traum war er Soldat. Er hatte zwei Tapferkeitsorden und einen dafür, dass er der beste Schütze war. Er war stark und groß, noch größer als sein Dad, und er hatte ein Tuch um den Kopf gebunden und Armeehosen mit ganz vielen Taschen an und zwei Munitionsgurte über der Brust. Er robbte mit seinen Männern durch den Urwald und hatte ein Gewehr und eine Pistole, und in seiner Socke steckte ein geheimes Messer. Er wusste genau, wie er es benutzen musste. Ein Zweig knackte, und sie ließen sich alle flach auf die Erde fallen. Jemand schrie «Schlampe» und «Verdammte Scheiße», und Leon wusste, dass er sich nicht mehr rühren konnte und dass seine Männer ohne ihn weitergehen würden. Das war schon mal passiert, als er gerade einen schönen Traum hatte.

Die Worte ließen ihn nicht, aber Leon versuchte trotzdem, weiterzurobben und seine Männer einzuholen. Er hatte das Kommando, und er musste ihnen sagen, dass sie auf keinen Fall auf die Lichtung durften, wo sie einer nach dem anderen erschossen werden konnten. Er musste ihnen sagen, dass sie Handzeichen machen und ganz still sein sollten, aber die ganze Zeit hörte er das Geschrei von unten, das durch die Türritze drang und im Zimmer herumflog wie ein Schwarm wütender Fledermäuse. «Verdammte Scheiße, Carol!»

Genau diese Sorte Geschrei brachte seine Truppe in Lebensgefahr, und Leon konnte sich nicht entscheiden, ob er aufwachen oder bei seinen Männern bleiben sollte. Wenn er bei seinen Männern blieb, würde er weiter die Worte hören und dann irgendwann ins Bett machen. Aber wenn er aufwachte und aufs Klo ging, würde er hören, was sein Dad sagte, und als er das letzte Mal beim Lauschen erwischt wurde, hatte er ihn auf die Beine gehauen.

Feindliche Soldaten hatten sich im Dschungel versteckt. Es war ihr Dschungel, deshalb kannten sie die besten Verstecke, unter Blättern und zwischen Felsen. Einer rannte heraus, schrie «Ajjiiieee!», und warf eine Handgranate. Sie explodierte, und Leons Männer flogen in die Luft. Sie waren alle tot. Auch Leon war tot und sah auf seine khakigrüne Uniform und sein in der Hitze des Dschungels verschwitztes Gesicht und den Bach klebrigen Blutes herab, der aus seinem Mundwinkel floss, und er stieg über sich selbst aus dem Bett.

Er schlich in den Flur und ging aufs Klo. Er spülte nicht, weil ihn sein Dad dann gehört hätte. Auf Zehenspitzen schlich er wieder zurück in sein Zimmer und ließ die Tür halb angelehnt.

Manchmal war es Carol, die die ganze Zeit herumschrie, und manchmal sein Dad. Mitten im Streit lachte sein Dad manchmal und sagte, dass seine Mum wahnsinnig sei. Sein Dad muss alles immer zehnmal sagen, «wahnsinnig, wahnsinnig, wahnsinnig, wahnsinnig», und dann redet er ganz schnell in seinem kreolischen Dialekt, den niemand verstehen kann.

Als sie mal bei Tina zu Hause waren, hatte Leon gehört, wie Carol sagte: «Wenn Leon nicht wäre, würde ich ihm sofort sagen, dass er sich verpissen soll», und dann war sie in Tränen ausgebrochen. Leon wollte Carol sagen, dass er schon ganz viele Flüche gehört hatte und sie seinetwegen so oft «verpissen» sagen konnte, wie sie wollte.

Aber am Morgen schien die Sonne durch die Vorhänge, unten lief das Radio, und er hatte keine Schule. Vielleicht war ja doch alles in Ordnung.

Er stand auf, öffnete die Zimmertür und horchte. Er hörte Carol singen, also ging er nach unten. Die ganze Zeit lauschte er, ob sein Dad da war. Er schaute in die Küche, aber da war niemand, also machte er die Tür zum Wohnzimmer auf.

Die schicken Jalousien waren unten, und das ganze Zimmer war voller Rauch. Sein Dad war nicht da, und Carol stand am Gasofen und schaute in den Spiegel und sang mit ganz brüchiger Stimme. Ihr blondes Haar klebte am Hinterkopf, und ihre Locken waren ganz platt gelegen. Alles war viel zu laut, die Musik und ihre Stimme und der komische Geruch. Carols Gesicht war auf der einen Seite ganz rot, und ihre Augen waren verquollen und halb zu. Es war genau so, wie sie selbst oft gesagt hatte: Nur weil man singt, heißt das nicht, dass man froh ist.

Sie wedelte mit der Zigarette in seine Richtung. «Hol dir was zum Frühstück, Leon, und zieh dich an. Ich bin müde.»

Leon kann sich nicht erinnern, was danach passierte, also kann er Maureen seine Geschichte nicht weitererzählen. Es ist warm und gemütlich in Maureens Bett, und er ist kurz davor einzuschlafen.

«Hoch mit dir», sagt sie und bringt ihn zurück in sein eigenes Zimmer. Sie streichelt ihm die Stirn und zieht ihm die Decke bis hoch zu den Ohren. «Heute Nacht träumst du etwas ganz Schönes, Leon, Liebling. Pst, schöne Träume. Versprochen.»

Man kann bei Maureen einfach kein Lieblingsessen haben. Alles hat einen lustigen Namen, so wie Arme Ritter oder Würstchen im Schlafrock oder Falscher Hase, und es gibt jedes Mal eine andere Soße dazu, Apfelmus oder Minzsoße oder Brotsoße, aber Leon mag die Brotsoße nicht, weil er mal gesehen hat, wie sich eine Katze übergeben hat, und das sah genauso aus wie die Soße. Und zwischen den Mahlzeiten bietet Maureen Leon Snacks an. Wenn er spielt oder fernsieht, kommt sie einfach so mit einem Plastiktellerchen rein, und darauf ist dann ein Sandwich oder zwei Kekse oder ein kaltes, in Stückchen geschnittenes Würstchen oder ein Stück Kuchen. Und sie sagt dann immer: «Bitte schön, Spatz. Das bringt dich in Schwung.»

Aber um Weihnachten herum nehmen die Snacks überhand, und Leon schafft nicht mehr alle. Kurz vor Weihnachten fängt Maureen damit an, Kuchen und Früchtebrot und Weihnachtspudding zu backen, und sie kauft noch mehr Essen, als sie sowieso schon haben. Es passt alles gar nicht mehr in die Vorratsschränke. Und überall stehen Blechdosen mit Keksen und Schokolade herum. Maureen merkt gar nicht, wenn etwas davon fehlt. Am Weihnachtsabend setzt sich Maureen in der Küche Leon gegenüber, während er sein Abendessen isst. Sie stellt zwei Scheiben Brot und Butter neben ihn.

«Lammauflauf mit Kartoffeln», sagt sie. «Das hier brauchst du für die Soße.»

Leon sagt nichts, weil er den Mund noch voll hat, und Maureen möchte gern, dass er gute Tischmanieren hat.

«Also, weißt du, was morgen für ein Tag ist?»

Leon nickt.

«Und hast du an den Weihnachtsmann geschrieben?»

Maureen denkt wohl, dass er noch an den Weihnachtsmann glaubt. Alle wissen, dass die Eltern die Geschenke kaufen. Leon weiß, dass Carol verschwunden ist, denn jedes Mal, wenn die Sozialarbeiterin kommt, hört er, wie sie in der Küche Sachen zu Maureen sagt wie «Immer noch kein Lebenszeichen» oder «Wir haben nichts gehört». Und einmal hat sie gesagt: «Rein rechtlich ist das Kindesaussetzung», und Leon weiß genau, was das bedeutet. Die Sozialarbeiterin spricht nie von Leons Dad. Sie hat bloß gesagt: «Wenn die ihn kriegen, sieht er lange Zeit kein Tageslicht mehr. Der fällt also auch aus.» Deshalb weiß Leon, dass er zu Weihnachten nichts von seinen Eltern bekommt, und wenn er morgen aufwacht, wird nichts da sein, was er auspacken darf. Leon legt den Löffel auf den Tisch. Er wischt sich den Mund mit Küchentuch ab und schiebt den Teller von sich weg.

«He? Was ist los? Magst du das nicht?»

«Ich hab keinen Hunger.»

«Seit wann das denn?»

«Ich muss das hier nicht essen.»

«Nein, das stimmt. Aber du brauchst auch nicht unfreundlich zu sein.»

Leon sagt nichts. Maureens Abendessen liegt ihm im Magen wie ein Sack voll Sand, und er wird jetzt langsam sauer auf sie.

«Also willst du auch keinen Nachtisch?»

«Nein.»

«Nein?»

«Nein danke.»

«Nein danke zu Roter Grütze mit Vanillesoße?

«Ja.»

«Ja, du möchtest keine Rote Grütze, oder ja, du möchtest welche?»

Nach einer Weile benutzt Leon das Stück Küchenrolle, um sich die Augen abzutupfen.

«Muss ich raten, oder willst du es mir sagen?»

«Die Geschenke sind mir ganz egal.»

«Oh, verstehe.»

«Und du denkst, dass ich noch ein Baby bin. Du denkst, dass ich noch an den Weihnachtsmann glaube. Aber das tue ich nicht. Alle wissen, dass Mum und Dad sie kaufen müssen. Ich bin doch nicht dumm.»

Maureen schiebt ihren Stuhl zurück und hebt die Augenbrauen, weil sie überrascht ist, dass er über den Weihnachtsmann Bescheid weiß. Sie hat ihm nicht erlaubt, vom Tisch aufzustehen, also muss er sitzen bleiben und warten. Statt etwas zu sagen, isst sie seine Butterbrote auf. Als sie fertig ist, verschränkt sie die Arme vor ihrem Bauch und atmet einmal tief durch.

«Also», sagt sie, «du hast die Sache mit dem Weihnachtsmann also erraten. Ich hatte mich schon gefragt, wann das passieren würde. Was sollen wir mit Jake machen?»

«Was meinst du damit?»

«Na ja, sollen wir's ihm sagen? Sollen wir ihm sagen, dass er nichts zu Weihnachten bekommt?»

«Aber er kriegt doch was!», sagt Leon. «Ich habe ihm was von meinem Taschengeld gekauft. Er kriegt die Babytrommel.»

«Ja, das hast du gemacht. Obwohl ich dir gesagt habe, dass du das noch bereuen wirst. Aber trotzdem hast du die Babytrommel gekauft, und schon am zweiten Weihnachtstag wirst du dir wünschen, es nicht getan zu haben. Was glaubst du denn, was er noch bekommt?»

«Weiß ich nicht.»

«Bin ich nicht auch noch da? Glaubst du nicht, dass ich was für Jake gekauft habe? Und seine Sozialarbeiterin? Meinst du nicht, dass sie Jake ein Geschenk gekauft hat?»

Leon sieht Maureen an und nickt.

«Genau. Iss dein Abendbrot, und morgen früh sehen wir dann ja, wie die Lage ist.»

Am Morgen, ganz früh, hört er, wie Maureen nach ihm ruft, und Jake versucht, ihn ebenfalls zu rufen.

«Jeeeijii! Jeeeijii!»

Leon rennt nach unten ins Wohnzimmer. Maureen hat Jake auf dem Arm, und Jake hält ein großes Geschenk in silbernem Geschenkpapier fest.

«Sag danke, Leon.»

«Danke, Jake.»

Leon setzt sich auf den Fußboden und macht es auf. Schon bevor er das Papier aufgerissen hat, weiß er, dass es ein Action Man ist, aber er weiß noch nicht, welcher.

«Das ist ein Scharfschütze! Sieh mal!» Maureen dreht Jake zu sich herum, sodass er sie ansieht. «Jake! Du schlauer kleiner Junge! Woher hast du gewusst, dass Leon den will?»

Dann öffnen sie Jakes Geschenk von Maureen, und darin ist ein Glücksbärchi. Dann ist Maureen an der Reihe, ein Geschenk aufzumachen. Sie sucht sich ein großes Paket mit ganz vielen Briefmarken drauf aus. Es ist von einem ihrer Kinder, und ein Backbuch ist drin.

«Wunderbar», sagt sie und küsst es.

Dann macht Leon ein Geschenk von Maureen auf, eine Carrerabahn mit «Ein Duke kommt selten allein»-Autos, dann noch eins für Jake von Gill von nebenan, ein Babyklavier, für das man Batterien braucht, und Maureen sagt, dass sie die nie im Leben kaufen wird. Gill von nebenan hat für Leon einen Pulli mit einem Streifen um die Brust gekauft. Er ist rot und blau. Dann bekommt Maureen noch ein Kochbuch von jemand anderem, und sie sagt, dass es für den Schongarer ist. Dann macht Leon das Geschenk von seiner Sozialarbeiterin auf, etwas von Meccano, und dann noch ein ganz anderes Meccano-Set von «dem ganzen Highfield-Jugendamt-Team», und als er schon denkt, dass es keine Geschenke mehr zum Aufmachen gibt, zieht Maureen etwas hinter dem Sofa hervor.

«Und das hier ist dein letztes», sagt sie.

Es ist ein Action-Man-Cherilea-Amphibienfahrzeug mit Anhänger. Es ist genau dasselbe, das er mal in einem Werbeprospekt gesehen hat. Genau dasselbe! Er springt auf und umarmt Maureen und wirft sie dabei fast um.

«Vorsichtig, mein Spatz», sagt sie, umarmt ihn aber auch und küsst ihn auf die Wange. «Frohe Weihnachten, Leon, mein Schatz.»

Direkt unter der Wölbung seines Schädels, genau dort, wo die knubbeligen Wirbel ins Hirn ragen, hat Leon eine kleine Delle. Es ist eine Mulde, die zwischen zwei harten Knochen liegt, und Maureen hat sie gemacht.

Sie muss in den sechs Monaten, die er schon bei ihr lebt, dort die Delle hinterlassen haben, die er da ertasten kann. An genau der Stelle, wo sie ihre dicken Finger hineindrückt, wenn er etwas tun soll oder irgendwo hingehen, wenn er etwas aufheben oder aufpassen soll. Geh ins Bett. Sie drückt nie doll, aber immer auf die gleiche Stelle, genau im Nacken. Leons Dad hat immer so lustige Wörter benutzt, und er hätte diese Stelle bestimmt «Nackenpo» genannt. Aber Leon hat seinen Dad schon so lange nicht mehr gesehen, dass er fast vergessen hat, was er immer gesagt hat und wie lustig er immer gesprochen hat. Leons Dad sagte immer «Kjarell» statt «Carol» und «bald komme», wenn er aus dem Haus ging. Und dann war Leons Mum immer sauer auf ihn, weil er nämlich nie bald und manchmal auch gar nicht wiederkam, obwohl er es gesagt hatte. Und jetzt macht sie genau dasselbe.

Leon lehnt sich auf dem Sofa zurück. Jake schläft auf seinen Beinen. Jake wird immer ganz heiß und schwitzt, wenn er schläft, und die Tröpfchen auf seiner Stirn glitzern im Licht des Fernsehers. Seine blonden Löckchen werden braun, und zwei runde rosafarbene Flecken erscheinen auf seinem sahnigen Gesichtchen.

Leon schaut Jake gern beim Atmen zu. Jake atmet durch seine winzigen, perfekten Nasenlöcher am Schnuller vorbei. Und immer, wenn der Schnuller gerade herausfallen will, saugt ihn Jake im Schlaf wieder ein, nuckelt dreimal daran und macht weiter. Einatmen. Ausatmen. Den Schnuller auffangen. Dreimal nuckeln. Einatmen. Ausatmen.

Aber manchmal, vielleicht wenn Jake gerade träumt, dann murmelt er etwas oder schreit auf, und der Schnuller fällt auf seinen Schlafstrampler, und Leon muss ihn dann auffangen und ihm für die drei Nuckler zurück in den Mund stecken, bevor er sein Fehlen bemerkt und aufwacht. Wenn nämlich Jake aufwacht, bevor Leon es schafft, ihn zurückzustecken, dann hat hier niemand mehr Ruhe. Am wenigsten Leon, weil Jake immer Leons Spiele durcheinanderbringt und Maureen fast immer auf Jakes Seite ist, und das war's dann.

«Komm hoch, Schatz.»

Maureen hebt das feuchte Baby vorsichtig von Leons nackten Beinen, und sobald Jake in ihrer Armbeuge liegt, schiebt sie Leon zur Treppe. Schiebt ihn, indem sie die Finger in seinen Nackenpo legt. Leon merkt dann, dass seine Spielsachen aufgeräumt und die Kissen wieder aufgeschüttelt an Ort und Stelle gelegt worden sind, während er mit seinem Bruder auf dem Sofa gesessen hat.

Jemand kommt. Die Luft hat sich verändert. Und es hat Anrufe gegeben. Und Sally oder wie sie heißt ist gekommen und hat Jake auf dem Schoß geschaukelt und gesagt, wie niedlich er ist und dass er eine Chance verdient hat. Vielleicht kommt Carol zurück. Vielleicht geht es ihr wieder besser. Und Sally hat Leon traurig angelächelt, als wäre er krank oder hingefallen und hätte sich das Knie aufgeschlagen. Es ist auch kein Traurig-Tun. Und Maureen schüttelt immer wieder den Kopf und sagt, dass es einfach nicht richtig ist. Maureen ist schon seit Tagen ziemlich still und sieht ihn ständig an und sagt immer wieder: «Ich weiß nicht, ich weiß nicht. Die Welt ist schlecht, wirklich schlecht.»

Seit gestern ist die Luft anders.

«Hoch mit dir, Leon, Schatz. Geh hoch und schrubb dir ordentlich das Gesicht und zieh ein nettes Hemd an. Hoch mit dir. Schnell wie der Blitz. Und wasch dir auch die Hände.»

Sie schüttelt die Kissen auf und setzt sich genau auf die Stelle, auf der er gesessen hat, weil sie von dort gleich aufstehen und die neue Sozialarbeiterin einlassen kann. Er beobachtet sie von der Treppe aus, wie sie ihre Nase an Jake drückt, und er weiß genau, was sie da tut. Sie riecht seinen Babyduft. Sein Babyleben. Seine Vollkommenheit.

Maureens breiter Rücken verdeckt Jake ganz, und weil sie ihr orangefarbenes Haar gerade gewaschen hat, ringelt es sich wie feuchte Schlangen ihren sommersprossigen Rücken herunter. Es ist heiß im Haus, und Maureen trägt ein pinkfarbenes Jeanskleid ohne Ärmel, aber mit einer großen Tasche vor dem Bauch, als wäre sie ein riesiges Känguru. Leon geht mit einem frischen Gesicht und einem frischen Hemd die Treppe hinunter. Er setzt sich neben die Sozialarbeiterin, weil fast alle Sozialarbeiterinnen als Erstes sagen: «Komm, setz dich neben mich.» Und so macht es am wenigsten Umstände.

«Erinnerst du dich an mich?», fragt sie. «Salma? Ich war gestern da, um mit Maureen über dich und Jake zu sprechen. Weißt du noch, Leon?»

Das war erst gestern, und seitdem ist nichts mehr wie vorher, deshalb erinnert sich Leon natürlich an sie. Sie hat jetzt wieder dieses traurige Lächeln im Gesicht, es liegt auch Angst darin. Maureen hat ebenfalls ein anderes Gesicht. Wenn die Sozialarbeiterin nicht da wäre, würde Maureen ihre Schwester anrufen und sagen: «Weißt du was, Sylvia? Die gehen mir echt auf den Senkel, wirklich. Das Jugendamt ist eine verdammte Platzverschwendung, wenn du mich fragst.» Aber sie flucht niemals, wenn die Sozialarbeiterinnen da sind. Leon auch nicht.

Dann fängt Salma an zu reden. Maureen lässt Jake auf ihrem Schoß hoch- und runterhüpfen. Sie schüttelt immer wieder den Kopf, als ob sie am liebsten *nein, nein, nein* sagen würde, aber sie sagt kein Wort. Leon sagt ja zu allem, was Salma sagt.

«Jake ist noch ein sehr kleines Baby.»

«Ja», sagt Leon.

«Er braucht eine Familie.»

«Ja», sagt Leon.

«Es gibt viele Familien, die gern ein Baby hätten.»

«Ja», sagt Leon.

«Du hast Jake lieb, nicht wahr, Leon?»

«Ja.»

«Wir wissen alle, wie sehr du deinen kleinen Bruder liebhast. Auch wenn ihr ganz unterschiedlich ausseht, merkt man doch gleich, dass ihr Geschwister seid und euch liebhabt. Maureen erzählt mir immer, dass du ihn mit deinem Spielzeug spielen lässt und dass er nur auf deinem Schoß einschläft, nirgends sonst. Und das ist wirklich schön.»

Leon nickt.

«Würdest du dich nicht auch freuen, wenn Jake in einer Familie mit Mum und Dad wäre?»

«Ja.»

«Siehst du, wir möchten das auch. Wir wollen für jedes Kind das Beste. Für dich und Jake und für all die anderen Kinder, für die ihre eigenen Familien nicht sorgen können.»

Salma nimmt Leons Hand aus seinem Schoß, und er freut sich jetzt, dass er noch daran gedacht hat, sie zu waschen.

«Du bist jetzt kein kleiner Junge mehr, Leon. Du bist schon neun. Du bist neun Jahre alt und so groß, dass du aussiehst wie elf oder zwölf, nicht wahr? Ja. Oder wie dreizehn. Viele Leute halten dich für älter, als du in Wirklichkeit bist. Und du bist auch schon sehr vernünftig. Du musstest dich ziemlich lange um andere Leute kümmern, nicht wahr, und das hat dich sehr schnell groß werden lassen. Oh, ich weiß schon, dass du deine Spielsachen und deine Spiele immer noch gern magst, aber trotzdem.»

Salma schaut sich Leons Hand an und legt sie dorthin zurück, wo sie war. Dann räuspert sie sich. Leon bemerkt ihren Blick, der jetzt auf Jake liegt. Dann sieht sie Maureen an, und er überlegt, ob sie eine Frage gestellt hat, weil eine ganze Weile niemand etwas sagt.

Also sagt Leon: «Ja.»

«Leon, wir haben jetzt eine Familie gefunden, die sich gern um Jake kümmern will. Sie wollen Jakes neue Eltern werden. Ist das nicht schön, Leon? Jake wird eine neue Mum und einen neuen Dad haben.»

«Ja.»

«Und bald, eines Tages, kommt eine Familie, die dich als ihren kleinen Jungen haben will.»

Leon nickt.

«Verstehst du, Leon? Jake wird adoptiert. Das bedeutet, dass er eine neue Für-immer-Familie hat. Aber auch wenn er nicht mehr bei dir wohnt, wirst du trotzdem noch Briefe von ihm bekommen und alles von ihm erfahren können.»

Leon sieht zu Maureen hin, bevor er etwas sagt. «Jake kann nicht schreiben.»

Salma lacht ganz laut, und Leon merkt sofort, dass sie nur so tut, als ob.

«Natürlich kann er das nicht! Er ist doch erst zehn Monate alt!

Nein. Seine neue Mum und sein neuer Dad schreiben dir Briefe und schicken dir vielleicht sogar Fotos. Verstehst du?» Sie hält wieder seine Hand. «Ich weiß, dass das für dich schwer ist, Leon. Sehr schwer. Wir wünschten auch, dass es anders wäre, aber wenn Jake eine Chance haben soll ...»

Maureen steht auf. «Danke, Salma. Er versteht schon, nicht wahr, Spatz?»

Maureen tippt ihn auf den Nackenpo und macht eine Kopfbewegung in Richtung Küche. «Curly Wurly?»

Leon steht auf und geht in die Küche. Heute ist nicht Samstag. Es ist auch nicht Weihnachten, und sein Zimmer ist sehr unordentlich, warum er also ein Curly Wurly kriegt, ist ihm ein Rätsel. Andererseits war er sehr höflich. Er hat niemanden unterbrochen, hat nicht frech geantwortet oder neunmalkluge Bemerkungen gemacht. Im Schrank liegen drei Curly Wurlys, und er weiß, dass er der Einzige im Haus ist, der sie isst. Leon lächelt. Vielleicht bekommt er jedes Mal ein Curly Wurly, wenn Salma kommt und er nicht die Beherrschung verliert. Er isst es in der Küche, aber noch bevor er fertig ist, ruft ihn Maureen zurück, damit er sich von Salma verabschieden kann, während sie Jake im Badezimmer die Windeln wechselt. Salma legt ihm ihre Hand auf die Schulter und zeigt ihm wieder ihr trauriges Lächeln.

«Du bist ein guter Junge, Leon. Ich weiß, dass es schwer für dich ist, und du bist Jake ein guter Bruder, aber wir müssen an seine Zukunft denken.»

«Ja.»

Später, als Jake in seinem Bettchen liegt und Leon fernsieht, fragt ihn Maureen, was Salma gesagt hat. «Sie meint es wirklich so, weißt du, Schätzchen. Hast du das verstanden, Leon? Jake wird adoptiert.»

«Was bedeutet adoptiert?»

«Jake bekommt eine neue Mum und einen neuen Dad.»

«Warum?»

«Einfach so, Schatz. Einfach so. Weil er ein Baby ist, ein weißes Baby. Und du bist das nicht. Ganz offensichtlich. Weil die Leute schrecklich sind und weil das Leben nicht gerecht ist, Spatz. Überhaupt nicht gerecht. Und wenn du mich fragst, ist es schlicht falsch, und …» Sie unterbricht sich plötzlich und zwinkert ihm zu. «Ich sag dir was. Jetzt, wo Ihro Gnaden endlich schläft, können wir die Keksdose rausholen.»

Sie kommt mit einem riesigen Becher Kaffee und der goldenen Dose zurück, die eigentlich, wie alle wissen, im Wohnzimmer gar nicht erlaubt ist, aber Leon sagt nichts. Maureen stopft sich ein Kissen in den Rücken und seufzt laut auf, und Leon findet, dass der Seufzer ein bisschen zittrig klingt. Er kann etwas in ihrer Kehle hören, wenn sie spricht.

«Du bleibst hier mit deiner Tante Maureen, Liebling. Nicht? Wir sind auch so glücklich, oder? Du bleibst hier bei mir.»

Leon weiß genau, dass Salma falschliegt und es gar nicht sehr viele Familien gibt, die Babys haben wollen, weil der Februar schon halb rum ist und Jake immer noch über die 43 Allcroft Avenue herrscht. Leon muss immer noch sein Spielzeug teilen, und Jake will immer noch am liebsten auf Leons Beinen einschlafen. Das Einzige, was sich verändert hat, ist, dass Jake unten zwei Zähne bekommt, und dort, wo er hinsabbert, ist sein Kinn inzwischen ganz rot und entzündet. Leon muss den Sabber ganz vorsichtig abtupfen, sonst schreit Jake stundenlang, und niemand hat mehr seine Ruhe.

Und dann, eines Tages, holt ihn Maureen allein von der Schule ab.

«Wo ist Jake?», fragt er.

«Salma und eine nette Frau und ihr Mann passen eine halbe Stunde lang auf ihn auf. Wir haben mal Zeit für uns. Toll, oder?»

Leon weiß sofort, dass sie nur so tut, als ob. Maureen nimmt ihn an die Hand, als sie über die Straße gehen, das hat sie ewig nicht mehr getan. Sie sagt, dass sie den längeren Weg nach Hause nehmen, durch die Unterführung und quer durch den Park. Sie geht sehr langsam und hält immer wieder an, um die Häuser und Pflanzen zu betrachten, und fragt Leon nach der Schule. Dann zieht sie ein Päckchen Kaugummi aus ihrer Tasche.

«Bitte, Liebling. Nimm sie, aber spuck sie aus, bevor wir wieder zu Hause sind. Ich möchte kein Kaugummi auf dem Teppich.»

Nur Salma und Jake sind zu Hause, als sie zurückkommen, und Leon sieht schon, als er noch in der Tür steht, dass Salma Maureen zunickt. Das Nicken verdirbt Maureen für den Rest des Tages die Laune. Am nächsten Tag ist Samstag, also spielt Leon so leise, wie er kann, mit Jake, und sie schauen zusammen Babysendungen im Fernsehen. Am Nachmittag glaubt er, dass Maureens schlechte Laune sich gebessert hat, weil sie ihn in die Küche ruft, als Jake sein Nickerchen macht. Sie stellt zwei Stühle ganz nah zusammen. Sie setzt sich auf den einen und lässt ihn sich auf den anderen setzen.

«Du weißt, dass Jake diese Woche ein paarmal Besuch hatte, oder? Als du in der Schule warst, waren hier ein netter Mann und eine nette Frau, und die haben ein bisschen Zeit mit ihm verbracht. Sie haben mit ihm gespielt und sind mit ihm im Park spazieren gegangen.»

Leon sagt nichts.

«Tja, und diese Leute holen Jake heute ab, Schatz.»

Sie zieht seinen Kopf an ihre Schulter und fängt an, vor und zurück zu schaukeln. Leon wird ein bisschen übel von der Schaukelei, und dann denkt er, dass er heute wohl das falsche Unterhemd angezogen haben muss, weil sich seine Sachen plötzlich so kratzig und eng anfühlen. Es ist sehr ungemütlich, viel zu nah neben Maureen zu sitzen.

«Wir sagen auf Wiedersehen zu Jake, und dann können wir ordentlich zusammen weinen, wenn wir wollen.»

Sie ist sehr heiß. Leon versucht, sich aufzurichten. Er will ihr eine Frage stellen, es ist dieselbe Frage, die er auch Salma vier- oder fünfmal zu stellen versucht hat, aber er weiß, dass alles nur noch schlimmer wird, wenn er die Frage gestellt hat und die Antwort kriegt. Und wenn er die Frage nicht stellt, bleibt alles, wie es ist. Aber jetzt weiß Leon, dass er keine Zeit mehr hat, weil die

Leute Jake abholen. Er schafft es, sich aus Maureens Umarmung zu lösen und ihr ins Gesicht zu schauen. Es ist ganz rosa und fleckig, und ihre Brust geht die ganze Zeit hoch und runter. Sie hat ohne ihn angefangen zu weinen.

«Gehe ich mit ihm weg?»

Maureen antwortet nicht sofort, sondern schluckt etwas runter. Als sie dann anfängt zu reden, klingt es komisch, und ihre Unterlippe ist ganz nass und schlaff. «Nein, Spatz. Nein. Du bleibst bei deiner Tante Maureen.»

Kaum hat sie das gesagt, klingelt es an der Tür, und Maureen steht auf. Sie legt Leon die Hand auf die Schulter und drückt zu.

Salma und zwei andere Leute kommen herein. Sie lächeln ihn die ganze Zeit an, und sie reden alle gleichzeitig, einer netter als der andere, und wenn man bedenkt, dass Jake oben schläft, sind sie alle viel zu laut. Zuerst holt Maureen den kleinen blau karierten Koffer und gibt ihn der Frau, die ihn dem Mann gibt, der sagt, dass er ihn sofort ins Auto tragen will. Dann geht Maureen nach oben und holt Jake, der gerade erst aufwacht. Wenn man Jake schlafen und schlafen und schlafen lässt, ohne ihn zu stören, wacht er immer sehr gutgelaunt auf. Er lächelt schon, bevor er die Augen öffnet, und das Blaue glitzert hell, und das Schwarze darin glänzt. Er winkt und ruft etwas, und sogar der Ausschlag am Kinn macht ihm nichts aus, und er lacht einfach. Leon sieht Jake, geht sofort zu ihm, und Jake lehnt sich aus Maureens Armen und zieht Leon an den Haaren.

«Vorsichtig, Jake!», sagt die Frau.

«Er tut mir nicht weh», sagt Leon. «Das macht er immer so. Er will mit mir spielen.»

Die Frau sieht Leon nicht an, sie sieht immer nur Jake an, aber ihre blauen Augen sind jetzt auch ganz glitzerig und hell, weil sie versucht, nicht wie Maureen zu weinen.

Leon biegt das Fäustchen seines Bruders auseinander und küsst hinein. Jake versucht, sich aus Maureens Umarmung zu winden, und Leon weiß, dass er den gelben Laster auf dem Teppich gesehen hat. Plötzlich sind Leons Hosen viel zu eng, und er muss Pipi machen, und seine Beine fühlen sich ganz weich an, und er ist sehr böse auf Maureen. Er hebt den gelben Laster auf und gibt ihn Jake und versucht, ganz still zu stehen. Etwas in ihm befiehlt ihm, wegzulaufen oder die Frau zu schlagen, aber Leon bleibt ganz still stehen. Alles wird still. Maureen gibt Jake der Frau, und Salma streichelt Maureen den Rücken. Der Mann sagt immer wieder danke und berührt Jakes Kopf. Niemand merkt, das Leon in die Küche geht. Niemand merkt, dass er die goldene Dose in den Garten trägt, die einfachen Kekse über den Zaun wirft und sieben Schokoladenkekse in seine Tasche stopft. Als er wieder reingeht, stehen Salma und Maureen an der Tür und winken.

«Komm winken, Schatz», sagt Maureen, aber Leon geht einfach an ihr vorbei und die Treppen hoch in sein Zimmer. Er nimmt die Kekse aus seiner Tasche und knallt sie auf seine Kommode. Er will sie essen, alle, einen nach dem anderen oder sogar alle zusammen, aber er hat irgendwie keinen Platz in seiner Kehle oder in seiner Brust oder seinem Bauch.

Leon fängt an zu summen. Er hält den Mund fest geschlossen und presst das Geräusch durch seine Nasenlöcher und zwischen seinen Lippen hervor. Er summt die Titelmelodie von *Ein Duke kommt selten allein*, und während er das tut, reißt er alle Decken vom Bett. Er summt die Titelmelodie von Jakes Babysendung und tritt die Schranktür auf und wirft all seine Kleider auf den Boden. Die Frau, die ihn mitgenommen hat, wird sich noch ganz schön wundern, wenn der Schnuller rausfällt. Leon kennt den Text zur Babymelodie, also singt er jetzt, statt zu summen. Er singt, so laut er kann. Er schiebt und schiebt seine Matratze, bis sie vom Bett auf den Boden rutscht und singt, bis sich sein Hals ganz rau und wund anfühlt. Er reißt seine Sachen aus der Kommode und schleudert sie durchs Zimmer und singt und singt. Er türmt eine Decke auf seinen Kopf und setzt sich auf das Durcheinander, das er veranstaltet hat, und er singt, bis jedes Wort herausgekommen ist und er wieder Platz in seiner Brust und in seinem Bauch hat, bis er nicht mehr wütend auf Maureen ist. Als sie seine Zimmertür aufmacht, will er sie nicht mehr schlagen.

Eine Weile sagt sie gar nichts, und dann steigt sie über seine Matratze und zieht die Vorhänge zu.

«Kommst du runter zum Abendbrot, Schatz?»

Er weiß, dass sie die Kekse sieht, die auf den Boden gefallen sind. Wenn sie ihn jetzt ausschimpft, muss er wieder wütend auf sie sein. Aber sie geht nur vorsichtig durch das Durcheinander, hebt die Kekse auf und legt sie auf seinen Nachttisch neben ein Foto, das ihm erst jetzt auffällt. Es zeigt ihn und Jake auf einem dicken cremefarbenen Teppich, aufgenommen, bevor Jake seinen Ausschlag am Kinn hatte. Und Maureen hat Jakes Glücksbärchi neben den Rahmen gesetzt.

«Du brauchst etwas, das dich an deinen Bruder erinnert. Jake braucht das Glücksbärchi dort, wo er jetzt ist, nicht mehr. Er bekommt ganz viele neue.» Maureen nimmt das Glücksbärchi mit seinem hellblauen Satinband und versucht, es an Leon zu schmiegen. Sie tut so, als könnte das Glücksbärchi sprechen, und lässt es hin und her wackeln.

«Zeit fürs Abendbrot», sagt Maureen und versucht, dabei nicht die Lippen zu bewegen.

«Ich hab keinen Hunger.»

«Ich auch nicht», entgegnet sie. Dann küsst ihn Maureen auf den Scheitel, was sie erst ein Mal getan hat, als er einen Albtraum hatte, in dem er ertrunken ist. Sie berührt ihn leicht an seinem Nackenpo.

«Na komm», sagt sie mit ihrer eigenen Stimme. «Wir lassen das Abendbrot heute ausfallen. Wir essen einfach gleich unser Eis. Das hier räumen wir später auf.»

Leon steht auf und geht hinter Maureen her.

Zuerst glaubt Leon, dass er träumt: Er kämpft gegen einen Drachen. Aber dann schüttelt Maureen ihn, und er kriegt die Augen nicht auf.

«Leon! Leon!»

Irgendwie sitzt er neben ihr auf dem Bett, und als er die Augen schließlich doch aufkriegt, sieht er ihr sofort an, dass irgendwas nicht stimmt.

«Du knirschst wieder mit den Zähnen, Leon! Es ist vier Uhr morgens, verdammt. Wach auf!»

Die eine Seite seines Gesichts tut weh, und er hat das Gefühl, keine Sekunde geschlafen zu haben. Er hat gegen ein böses Ungeheuer gekämpft, das mit seinen Klauen Menschen hochgehoben und aufgefressen hat. Das Blut ist von seinem Maul getropft, und davon ist etwas auf Leon gespritzt, und dann hat das Monster ihn gesehen und hat ihn verfolgt. Leon ist gerannt und gerannt, und als er nicht mehr rennen konnte, hat er sich umgedreht, und gerade als er das Ungeheuer erstechen wollte, hat ihn Maureen aufgeweckt.

«Ehrlich, Leon. Ich wünschte, du könntest dich hören. So was habe ich noch nie gehört. Das geht mir durch und durch. Leon! Nicht wieder einschlafen! Leon!»

Zuerst schickt sie ihn aufs Klo, obwohl er gar nicht muss. Sie bleibt an der Tür stehen, und der Badezimmerboden ist ganz kalt unter seinen nackten Füßen. Sie sagt, er soll sich zum Pipimachen hinsetzen. Wenn er nämlich zu müde zum Stehen ist, ist es zu schwierig, sich auf das Pipimachen zu konzentrieren. Sie lässt ihn nicht aufstehen, bis er fertig ist. Mittendrin fällt er fast vom Klo, sodass er sich mit einer Hand am Waschbecken festhalten muss. Dann fühlen sich die Stufen ganz kippelig unter seinen Beinen an, und er ist dankbar, dass Maureen sagt, dass er sich auf den Küchenstuhl setzen und einen Keks essen darf.

«Na, und woher kommt das alles?», sagt sie und füllt ihren fleckigen Becher mit kochendem Wasser. «Das ist ja wohl ganz klar.»

Leon versucht, seinen Kopf auf den Tisch zu legen, aber sie lässt es nicht zu. Sie sagt ihm, er soll sich gerade hinsetzen, wie in der Schule, und seinen Saft trinken. Er versucht seinen Keks zu essen, aber er ist so schwer und fällt auf seinen Schoß und dann auf den Boden. Leon ist so müde und so wütend auf Maureen.

«Gut», sagt Maureen und pikst ihn in seinen Nackenpo. «Ich weiß, dass du aufgewühlt bist, aber du und ich reden jetzt miteinander. Nimm das hier und wisch dir das Gesicht ab.»

Sie gibt ihm ein Geschirrtuch, damit er sich die Tränen abwischen kann. Es riecht nach Kartoffelbrei.

«Rein mit dir, auf das Sofa, und deck dich mit der grünen Wolldecke zu. Na los.»

Er tut, was sie ihm sagt, und zieht sich die grüne Wolldecke über die Beine, obwohl er gar nicht krank ist. Maureen setzt sich neben ihn und stellt ihren Kaffee auf den Boden.

«Also, Mister. Bist du jetzt wach? Hörst du mir zu?»

Leon nickt.

«Antworte mir mal auf diese Frage. Wie viele Pflegekinder hatte ich im Laufe der Jahre? Ich weiß, dass du das weißt, weil ich gesehen habe, dass du gelauscht hast, als ich mich neulich mit den neuen Nachbarn unterhalten habe. Also, schieß los. Wie viele?»

«Zweiundzwanzig», antwortet er.

«Ganz genau. Ich hatte also zweiundzwanzig Kinder in Pflege. Wie viele eigene Kinder habe ich? Die Stiefkinder nicht mitgezählt, zu denen kommen wir gleich.»

«Robert und Ann.»

«Zweiundzwanzig und zwei?»

«Vierundzwanzig.»

«Wie viele Kinder haben Robert und Ann zusammen?»

Leon zieht die Brauen zusammen, um nachzudenken.

«Drei, Leon. Drei. Ich sehe sie nun nicht ganz so oft, weil sie im Ausland leben, aber wir zählen sie mal mit, weil ich auf sie aufgepasst habe, als sie noch hier waren. Also, wir waren bei vierundzwanzig und zählen drei dazu.»

«Siebenundzwanzig.»

«Gut. Wie viele Stiefkinder?»

«Zwei.»

«Siebenundzwanzig und zwei, Leon. Ich weiß, dass du noch halb schläfst, aber pass gut auf, weil das hier wichtig ist.»

«Neunundzwanzig.»

«Neunundzwanzig. Wir runden mal auf dreißig auf, weil du ja auch noch da bist. Du bist Nummer dreißig. Also, glaubst du, dass ich von Kindern was verstehe, Leon?»

«Ja.»

«Glaubst du, es gibt jemanden, der mehr von Kindern versteht als ich?»

«Ein Lehrer?»

«Nein, ein Lehrer sicher nicht, weil der Lehrerjob um halb vier endet, und meiner endet nie. Und mein Job endet nie, weil ich mich sogar dann um dich kümmere, wenn du nicht hier bist,

weil ich an dich denke und du mir wichtig bist und ich dich lieb-
habe. Du und all die Kinder, um die ich mich gekümmert habe.
Verstehst du das, Leon?»

«Ja.»

«Okay. Jetzt hör mal gut zu. Ich möchte, dass du etwas verstehst, und ich sage das nicht zu allen Kindern, weil es nämlich
nicht immer stimmt, aber bei dir stimmt es, also musst du es
glauben. Und wenn du es glaubst, hörst du mit dem Zähne-
knirschen auf, und ich komme vielleicht noch zu fünf Minuten
Schlaf vor Sonnenaufgang. In Ordnung?»

«Ja.»

«Es wird alles gut.»

Maureen wischt Leons Gesicht mit dem Saum ihres Morgenmantels ab, aber weil er aus demselben seidigen Stoff besteht wie
die Kissen, ist sein Gesicht immer noch feucht und fängt an zu
jucken.

«Es wird alles gut, Leon. Es wird alles gut.»

Leon nimmt wieder das Geschirrtuch, weil es für die Tränen
besser ist.

«Und eines Tages», sagt sie, «siehst du deinen Bruder wieder.
Er findet dich, oder du findest ihn, und dann erzählst du ihm,
was du in der Zwischenzeit gemacht hast, von deinem Fußball und deinem Spielzeug und deinen Fernsehsendungen. Du
kannst ihn fragen, was er gemacht hat. Er ist natürlich noch nicht
so groß wie du, also tut er wahrscheinlich bloß Babydinge, nicht?
Du bist dann wahrscheinlich schon erwachsen und spielst nicht
mehr mit Spielsachen. Aber du siehst Jake wieder. Er ist nicht für
immer fort.» Sie geht in die Küche und holt ihm noch einen Keks,
aber diesmal ist Schokolade drin. Leon fällt auf, dass er gar nicht
gehört hat, dass sie den Deckel der goldenen Dose aufgemacht
hat, also hat Maureen wohl ein geheimes Versteck.

«Ich sage das so oft, bis du es mir glaubst, Leon. Es wird alles gut, und das, Mister, ist ein Versprechen. Ich weiß, dass du ihn vermisst, Spatz, und die Zukunft kommt dir furchtbar weit weg vor, aber ich weiß, wovon ich rede. Das war's, du kannst noch ein bisschen Saft trinken, und dann geh noch mal Pipi machen, damit du nicht ins Bett pullerst.»

Auf dem Weg die Treppe hoch denkt er über eine Frage nach, aber als er im Bett ist, hat er sie wieder vergessen. Es ging irgendwie darum, wie weit entfernt die Zukunft genau ist, aber ihm fallen die Wörter nicht ein.

Maureen gibt ihm einen Kuss, und kurz bevor er das Licht ausmacht, hört er, dass sie vor sich hin redet.

«Ich hätte ihn seine verdammten Zähne putzen lassen sollen.»

12

«In Ordnung, Salma, meine Liebe. Komm rein.»

Leon steht oben an der Treppe, wo man ihn nicht sehen kann. Wenn er seinen Kopf ganz ruhig hält, kann er durch die kleine Lücke im Treppengeländer sehen, wer an der Tür ist. Wenn er in seinem Zimmer ist und mit seinen Spielsachen spielt und die Klingel hört, steht er vom Bett auf und schleicht auf Zehenspitzen über den braunen Teppich zum Treppenabsatz. Er hockt sich hin, und wenn sie nicht gerade flüstern, hört er genau, was sie sagen. Er hat Maureen schon ganz oft fluchen gehört, zum Beispiel, als sie Margaret Thatcher eine blöde Kuh genannt hat, wegen der Bergarbeiter. Und einmal hat sie gesagt, dass Margaret Thatcher sie mal am Arsch lecken kann. Leon musste lachen und wurde erwischt. Maureen sagt, dass seine Ohren irgendwann wie Backpflaumen zusammenschrumpfen und abfallen, wenn er nicht aufhört, anderer Leute private Gespräche zu belauschen. Nachts betastet Leon sie für alle Fälle immer mal.

Maureen führt Salma direkt in die Küche. Sie macht bestimmt Kaffee, und dann reden sie über ihn. Er schleicht auf Socken die Treppe runter, bis zum Wohnzimmer, und setzt sich ganz still vor den Fernseher. Salmas Tasche liegt auf dem Sofa. Salma hat immer eine Handtasche und eine zweite Ledertasche bei sich, in der ihre Akten sind. Die Akten gucken heraus, und der Reißverschluss ihrer Tasche ist offen. Er hört ihre traurige Stimme.

«Sein letztes Zeugnis war ein bisschen besorgniserregend, das stimmt.»

«Ein bisschen besorgniserregend? Er hat keine Freunde. Bleibt in der Pause allein. Macht seine Hausaufgaben nicht. Es ist ja nicht so, dass er dumm wäre. Er trauert, wenn du mich fragst.»

«Ich bin sicher, dass er sich daran gewöhnt, Maureen. Es war sicher ein Schock für ihn, aber wir sind zuversichtlich, dass wir das Richtige getan haben. Es geht ja nicht nur um ihn. Einzeln haben sie eine Chance, aber zusammen …»

Maureen schnaubt. «Jake hat eine Chance, meinst du. Du hast sie voneinander getrennt, und meiner Meinung nach ist das eine Sünde, und diese Meinung werde ich auch nicht ändern.»

«Was hättest du denn getan, Maureen? Beide nicht adoptieren lassen? Weil das nämlich die Alternative gewesen wäre.»

«Ich habe keine Ahnung, was ich getan hätte, Salma.» Maureen wäscht das Geschirr ab und lässt es im Spülbecken klappern. «Deshalb bin ich auch keine Sozialarbeiterin. Aber abgesehen davon, wie geht es ihm?»

Leon zieht an den Riemen von Salmas Handtasche, bis sie direkt neben ihm liegt. Er lässt seine Hand hineingleiten und tastet nach dem Portemonnaie. Sein Blick liegt auf der Tür. Seine Ohren sind in der Küche.

«Gut. Die neue Mum und der neue Dad sind offenbar ganz entzückt. Er gewöhnt sich gut ein. So gut, wie man es erwarten kann. Es ist noch ein bisschen zu früh, um es abschließend sagen zu können, aber sie scheinen gut zueinander zu passen.»

Leon öffnet das Portemonnaie und steckt zwei Finger hinein. Er fühlt das kalte Metall einer Münze mit Ecken. Fünfzig Pence. Er holt sie heraus, legt sie in die andere Hand und schließt die Finger darum. Macht das Portemonnaie wieder zu und spürt, dass kalter Schweiß seinen Rücken herunterläuft. Er schubst die

Tasche mit dem Ellenbogen, bis sie wieder dort liegt, wo sie sie hingelegt hat. Er kann kaum atmen.

Salma redet immer noch.

«Sie werden eine wunderbare Familie, Maureen. Sie haben einen großen Garten.»

«Ein Garten also?», sagt Maureen. «Wie reizend.» Sie knallt den Kochtopf ins Spülbecken. «Und was ist mit diesem Brief, den er bekommen sollte? Warte mal kurz, ich schaue nach Leon, dann will ich noch was mit dir besprechen, Salma.»

Die Küchentür öffnet sich schnell, aber Leon ist vorbereitet. Er steht vor dem Fernseher und drückt auf den Knopf, um umzuschalten. Er dreht sich nicht um.

«Alles in Ordnung, Schatz?», fragt Maureen. Sie geht zurück in die Küche, und die Tür fällt ins Schloss.

Leon flitzt nach oben, schneller als ein Gepard. Er steckt die fünfzig Pence unter seine Matratze. Später will er sie woanders hinlegen. Er rennt so schnell und leichtfüßig die Stufen runter, dass er wieder außer Atem ist. Aber er landet auf seinem Platz und lehnt sich gegen das Kissen und hat bloß zwanzig Sekunden gebraucht. Aus der Küche nur Gemurmel. Er rückt seinen Sessel etwas näher an Salmas Ledertasche, damit er auch näher an der Tür ist, aber er kann nichts verstehen. Salmas Akten ragen aus der Tasche, braune Pappmappen mit weißen Papieren darin. Das sind die Akten, die die Sozialarbeiter immer in der Hand haben, wenn er nach seiner Mum fragt. Sie blättern durch die Papiere und prüfen Daten und Adressen, aber sie lassen ihn nie selbst hineinschauen. Dabei ist er ein guter Leser. Er blättert vorsichtig durch die Mappen, ohne sie herauszunehmen. Er sieht seinen Namen und sein Geburtsdatum. Er sieht Jakes Namen und sein Geburtsdatum. Er sieht den Namen seiner Mutter und ihr Geburtsdatum. Er quetscht seine Hand zwischen die Seiten und zieht.

Aufgrund von Carol Rycrofts unstetem Lebenswandel und unter Berücksichtigung ihres gesundheitlichen Zustands ist eine umfassende und detaillierte Einschätzung schwierig. Carol wurde die Möglichkeit gegeben, Leon und Jake einmal wöchentlich zu besuchen, um ihr Pflichtbewusstsein und ihre Fähigkeit einschätzen zu können, für ihre Kinder zu sorgen. Sie blieb den vereinbarten Terminen ohne Erklärung fern. Ebenso versäumte sie die vier bisher vereinbarten Besuchstermine bei der Pflegefamilie, wiederum ohne Erklärung. Carol Rycroft erschien jedoch ohne Termin im Familien-beratungszentrum, wo sie zwanzig Minuten mit der diensthabenden Sozialarbeiterin über ihr neues Leben und ihre Zukunftspläne sprach, in denen von Leon und Jake nicht die Rede war.

Die aktuelle psychiatrische Beurteilung Carol Rycrafts, erstellt durch Dr. Ann Mulroney (s. Anlage), kommt zu dem Schluss, dass Carol Rycroft eine emotional instabile Persönlichkeitsstörung hat, die sich in unangepasstem Verhalten zeigt und der Grund für ihre mentalen Probleme zu sein scheint. Sie zeigt eine Reihe von Ver-haltensauffälligkeiten wie Angstzustände, Unruhe, Stumpfheit und vorübergehende Stimmungsschwankungen bis hin zu Hypomanie. Sie berichtet von einer leichten bis mittelschweren Postpartum-Depression nach der Geburt ihres ersten Kindes Leon, der in der Folge immer wieder kurzzeitig in Pflegefamilien untergebracht werden musste. Sie berichtet überdies, dass sowohl ihre Mutter als auch ihre Großmutter mütterlicherseits beide unter psychischen Störungen litten. Das konnte jedoch nicht nachgeprüft werden. Sie ist nicht gewillt oder nicht in der Lage, Einzelheiten über die biologi-schen Väter ihrer Kinder zu liefern. Allerdings konnte Tina Markham hierzu einige Einzelheiten liefern (siehe unten).

Carol Rycrofts gegenwärtiger Zustand wird durch ihre Medika-mentenabhängigkeit und ihren Alkoholmissbrauch erschwert. Ihre

Persönlichkeitsstörung zeigt sich in ihrem ausgeprägten Egoismus, der in starkem Gegensatz zu den Interessen ihrer Kinder steht. Die psychologische Beurteilung kommt zu dem Schluss, dass Carol Rycroft kaum in der Lage ist, für ihre Kinder zu sorgen, wenn sie sich nicht bereiterklärt, sich einer nicht weniger als achtzehn Monate dauernden psychologischen Therapie zu unterziehen.

Er schiebt das Papier dorthin zurück, wo es war, und öffnet die Küchentür.

«Wann sehe ich meine Mum wieder?»

Salma kommt mit ihrem Gesicht ganz nah an Leon heran und lächelt. «Weißt du noch, was wir besprochen haben, Leon? Wir haben gesagt ...»

«Warum muss ich immer warten?»

«Na ja, das liegt daran, dass ...»

«Ich hab Hunger», sagt er.

Salma lächelt wieder und streichelt seine Schulter, als ob er hingefallen wäre. «Natürlich.»

Salma trinkt ihren Kaffee weiter, während Maureen den Deckel der Keksdose aufmacht. «In einer halben Stunde gibt es Abendbrot», sagt sie.

Leon knabbert an dem Keks und starrt sie an.

«Was?», fragt Maureen und verschränkt die Arme. «Hast du schon wieder gelauscht? Irgendwann hörst du dabei etwas, was dir gar nicht gefällt.» Sie berührt seine Wange. «Heute aber nicht. Heute ist alles in Ordnung. Na los, geh schon. Eine halbe Stunde Fernsehen, und dann setze ich den Tee auf. Es gibt Fischstäbchen. Also hopp.»

Sie schließt die Tür hinter ihm, und er setzt sich neben die Akten, in denen so schreckliche Dinge über seine Mum stehen. Er stößt mit dem Ellenbogen gegen Salmas Tasche, und als sie umkippt, fällt alles heraus, und er tritt dagegen, sodass die Papiere alle durcheinandergeraten. Er steht über dem Durcheinander und lässt den Kekssabber aus seinem Mund auf die Zettel tropfen, eine braune, klebrige Flüssigkeit mit Krümeln darin. Dann hebt er sie auf und stopft sie in Salmas Tasche zurück.

Als Leon am nächsten Morgen aufwacht, ist es ganz still im Haus. Draußen auf der Straße läuft ein Automotor, und weit, weit weg hört er einen Zug vorbeifahren. Leon ist noch nie Eisenbahn gefahren, aber er weiß, dass sie einen durch das ganze Land bringen kann, und zwar schneller als ein Auto. Er hat mal eine Werbeanzeige gesehen. Eines Tages will er in einen Zug steigen und seine Mum suchen.

Ein Vogel trillert im Baum nebenan. Es gibt Vögel, die trillern, und welche, die gurren. Leon hat manchmal Vogelgezwitscher für Jake nachgemacht, und Jake hat dann an Leons Lippen gezogen, als ob er das Geräusch packen wollte, bevor es herauskam. Jake fasste immer alles an – wenn er nicht Leon anfasste, dann seine Autos und seine Spielsachen, und wenn er in seinem Bettchen lag, hielt er sich an Leons Fingern fest.

Manchmal wird Leon ganz übel, wenn er an Jake denkt.

Noch bevor er die Augen öffnet, weiß er schon, dass Maureen noch schläft, weil sein Zimmer über der Küche liegt, und morgens kocht sie immer als Erstes Kaffee. Sie nennt ihn ihr «Hexengebräu». Einmal hat sie Leon probieren lassen, und er findet, dass sie damit recht hat. Sie muss drei Zuckerwürfel reintun, damit er überhaupt genießbar ist.

Dass Maureen noch im Bett ist, liegt daran, dass sie nicht aufstehen muss. Jake hat sie jeden Morgen aufgeweckt, und ohne Jake bleibt Maureen immer länger im Bett. Sie sagt, es wäre wegen ihrer Brust, aber Leon kennt den wahren Grund. Die Stille im leeren Haus ist viel lauter als Jake, wenn er nach seiner Flasche schreit. Sie ist auch lauter als sein Lachen. Lauter als die Babytrommel. Und wenn sich Leon umdreht und Jakes Bettchen in der Zimmerecke sieht, dann weiß er, dass er wieder wütend wird auf Maureen, also zupft er an einem Riss in der Tapete und steckt sich die Fetzen in den Mund. Sie schmecken nach Fischstäbchen.

Leon geht nach unten. Maureen ist immer noch in ihrem Zimmer. Er macht sich ein paar Weetabix und isst sie vor dem leise gestellten Fernseher. Er hat das Wohnzimmer ganz für sich und kann schauen, was er will, er muss keine Babysendungen gucken, und kein Jake schreit oder zieht an seinen Haaren. Er macht sich noch ein paar Weetabix und streut massenweise Zucker darüber. Dann isst er drei von den Joghurts, die Maureen extra für Jake gekauft hat, weil keine Stückchen drin sind. Maureen kommt runter und sagt ihm, er soll seine Sachen aufräumen, aber als er in die Küche geht, packt sie ihn und knuddelt ihn, bis er am liebsten losheulen würde.

«Also, Mister», sagt sie und räumt auf, «was machen du und ich an so einem erbärmlichen Samstag wie heute?»

Leon zuckt mit den Achseln.

«Wir haben diese *Dumbo*-DVD für später», sagt sie, «und ich muss ein paar Sachen einkaufen, aber das dauert nicht lange. Schade, dass es regnet.» Maureen steht in der Tür und hält ihren speziellen Rosa-Herzchen-Kaffeebecher in den Händen. «Weißt du was? Wir machen eine kleine Busfahrt», sagt sie. «Wir besuchen Sylvia. Hab sie ewig nicht gesehen.»

Maureens Schwester wohnt ganz weit weg. Sie müssen umsteigen. Der erste Bus hält an einer Hauptverkehrsstraße, wo es viele Läden gibt und viel zu viele Leute. Maureen hält seine Hand ganz fest, und die Leute denken bestimmt, dass Maureen seine

Mum ist. Sie ist dick, und ihr Haar ist orange, und er will nicht, dass jemand glaubt, dass seine Mum nicht hübsch ist, deshalb versucht er sich loszumachen und die Hand in die Hosentasche zu stecken.

Maureen bleibt immer wieder vor den Schaufenstern stehen und sagt, wie teuer doch alles ist. Der einzige gute Laden hat ganz viel Spielzeug im Schaufenster – *Kampf der Titanen*-Figuren mit Charon und Calibos –, aber Maureen will nicht stehen bleiben, weil sie den Anschlussbus finden müssen, und das dauert ewig. Sie fahren an Fabriken und Läden und riesigen Häusern vorbei, die ganz heruntergekommen und mit Brettern zugenagelt sind. Endlich steigen sie aus und stehen am Fuß eines steilen Hügels. Maureen schaut hoch, schüttelt den Kopf und atmet einmal tief durch.

«Na, dann mal los», sagt sie.

Erst geht sie langsam und bleibt alle paar Schritte stehen, hält sich an Zäunen und an Hecken fest, weil sie schwer Luft kriegt. Sie sagt Leon, dass er ihre Einkaufstasche tragen soll, und schlurft den Gehweg entlang. Dabei hat sie eine Hand auf die Brust gelegt. Die andere schwingt hin und her. Sie sieht aus, als ob sie weinen muss, und Leon hofft, dass sie nicht damit anfängt, bevor sie dort sind, wo sie hinwollen. Sie brauchen ewig, bis sie endlich oben ankommen und den Weg zum Bungalow entlanggehen.

Sylvia schnappt nach Luft, als sie die Tür aufmacht. «Was um alles in der Welt? Maureen! Kommt rein.» Sie hilft Maureen hinein.

Maureen kann nicht reden und sagen, was ihr fehlt, also bringt ihr Sylvia ein Glas Wasser.

«Was ist passiert?», fragt sie, schiebt ihre Zigarette in den Mundwinkel und befühlt Maureens Stirn. Leon hat Sylvia schon kennengelernt, weil sie zum Weihnachtsessen gekommen ist. Sie hat die ganze Zeit geraucht und kein einziges Wort mit Leon gesprochen. Sie hat Jake und ihm nicht mal ein Geschenk mitgebracht. Sie sieht auch nicht aus wie Maureen. Sie ist ganz dünn und hat dunkellila Haare, die aussehen, als wären sie auf ihre Haut ausgelaufen. Sie hat lange Fingernägel in derselben Farbe wie ihre Lippen und schwarze Strumpfhosen, die überall Löcher haben. Sie hat die gleichen Schuhe an wie Carol, als sie zu Weihnachten mit Tina ausgegangen ist. Aber wenn man Tinas und Carols Alter zusammenrechnet, wären sie immer noch nicht so alt wie Sylvia. Plötzlich wendet sie sich an Leon und zeigt mit der Zigarette auf ihn.

«Hast du gesehen, was passiert ist?»

Leon schüttelt den Kopf und setzt sich neben Maureen, die ihm den Rücken tätschelt. «Ist schon gut, Leon, mein Schatz», flüstert sie. «Sie gibt dir nicht die Schuld.»

«Hattest du einen Anfall, Mo?», fragt Sylvia.

«Ich habe nur ein bisschen Druck auf der Brust, das ist alles. Ich habe so einen pfeifenden, rasselnden Atem, wenn ich mich anstrenge.» Maureen trinkt ihr Wasser und verzieht das Gesicht. «Kaffee, Sylvia, wenn es dir nichts ausmacht. Drei Zuckerstücke.»

«Das ist bestimmt dieser Zucker, der dich so pfeifen lässt, wenn du mich fragst.»

Sylvia geht in die Küche, und Maureen zwinkert Leon zu. «Sie ist schon in Ordnung, diese Sylvia, wenn man sie erst mal fünfzig Jahre lang kennt.»

Leon spielt auf dem Boden mit seinem Action Man. Im Fernsehen läuft ein Pferderennen. Maureen und Sylvia lachen den ganzen Tag, und manchmal kann Maureen kaum atmen, weil sie einen Witz so lustig findet.

«Erinnerst du dich an Janet? Janet Blythe? Rückgratverkrümmung und diese komische Nase?»

«Ja.»

«Sie hat Gordon geheiratet.»

«Gordon Gordon? Reden wir über denselben Gordon?»

«Ja, Gordon. Goldfisch-Gordon mit den Lippen.»

«Nein.»

«Doch.»

«Nein. Das glaub ich einfach nicht.»

«Stell dir mal ihre Kinder vor.»

«Die sind doch viel zu alt für Kinder, Sylvia.»

«Ich weiß, aber stell dir das nur mal vor.»

Dann macht Sylvia eine hässliche Grimasse, zieht die Unterlippe runter, schiebt ihren Unterkiefer vor, und Maureen muss sich aufs Sofa legen und sagt immer wieder: «Nicht. Nicht.»

Obwohl Leon seinen Action Man hat, ist es sehr langweilig bei Sylvia. Sie reden immer nur über die alten Zeiten, als sie noch jung waren, und über Sylvias Freunde und die ganzen Leute, die sie kennen, und wer verheiratet und wer getrennt ist und wer mit wem fremdgeht.

Sylvia holt ein Fotoalbum und sagt Leon, dass er sich zwischen sie und Maureen setzen soll.

«Warte, bis du unsere Mo auf diesen Bildern siehst.»

Das Album liegt schwer auf seinen Beinen, und er muss die Füße auf die Zehenspitzen stellen, damit es nicht auf den Boden fällt.

«Da ist sie.»

Sylvia zeigt auf ein schwarzweißes Foto von zwei Mädchen mit komischen Frisuren in engen Tupfenkleidchen. Ihre Gesichter kann er nicht erkennen, weil das Foto ganz verschwommen ist.

«Das ist sie. Wie findest du das?»

Sylvia stupst ihn die ganze Zeit an, aber er weiß gar nicht, was er sagen soll, weil das Mädchen auf dem Foto überhaupt nicht so aussieht wie Maureen. Das Bild sieht eher aus wie aus einem Film über den Zweiten Weltkrieg.

«Guck dir mal das hier an», sagt Sylvia und schlägt eine andere Seite auf, und Maureen schnappt nach Luft.

«Du meine Güte, das habe ich ja noch nie gesehen. Wo hast du das denn aufgetrieben? Wo ist es aufgenommen? Southend?»

«Nicht Southend, Mo. Das war, als wir mit Percy und Bob am Strand waren.»

«Das ist Southend, Sylv.»

Sylvia nimmt das Foto heraus und zeigt auf seine Rückseite. «Was steht da? Morton's Ferienpark, Hastings, Juni 1949.»

«Donnerwetter. Da war ich noch dünn.»

«Und sieh mich mal an!», lacht Sylvia. «Ich sehe aus wie ein verdammtes Flittchen, so wie ich da die Möpse rausstrecke.»

Maureen wirft Sylvia einen warnenden Blick zu und schaut dann zu Leon. «Sie braucht eine Kasse, in die sie jedes Mal ein paar Penny einzahlt, wenn sie flucht, oder, Leon?»

Aber Sylvia blättert schon weiter und achtet gar nicht auf sie, und so geht das ewig. Sie nehmen Fotos heraus und lesen, was auf der Rückseite steht, und reden darüber, wo die Fotos aufgenommen wurden und wo sie gewohnt haben und wer dünn und wer dick ist, wer noch lebt und wer schon tot ist, wer damals gut aussah und wer jetzt gar keine Zähne mehr hat. Es geht immer und immer so weiter, bis sie Leon erlauben, den Fernseher anzumachen und nachzusehen, ob vielleicht ein Fußballspiel läuft.

Und als sie dann glauben, dass er nicht mehr zuhört, fangen sie an zu flüstern. Maureen redet über Carol und erzählt Sylvia all das, was sie ihr schon am Telefon gesagt hat. Sie erzählt davon, dass Jake fort ist und wie wütend sie das gemacht hat und dass Leon so schlimm mit den Zähnen geknirscht hat, und sie sagt, dass Carol nicht kommt, um ihre Kinder abzuholen, und Sylvia raucht und nickt und schüttelt den Kopf und sagt Dinge wie «Kaum zu glauben» oder «Niemals», als hätte sie das alles noch nie gehört.

Leon fragt, ob er aufs Klo gehen kann.

«Es ist hinten im Flur, Schatz», sagt Maureen. In Sylvias Bungalow gibt es keine Stufen, nur einen langen Flur. Leon macht eine Tür auf. Das Schlafzimmer ist hellblau gestrichen, und auf dem Bett liegt ein Überwurf mit Rüschen. Dazu gibt es passende Vorhänge. Es sieht aus, als ob darin eine Prinzessin schlafen würde. Sylvia ist viel zu alt, um eine Prinzessin zu sein, aber es riecht hier nach ihrem muffigen Parfüm. In den anderen Schlafzimmern stehen Einzelbetten auf einem rosafarbenen Teppich, und direkt neben dem Badezimmer steht ein hoher Schrank mit Bettlaken und Kissenbezügen und Handtüchern und Pappschachteln. Auf dem Weg zurück vom Klo kommt er an einer Tür vorbei, die in den Garten führt. Der Schlüssel steckt im Schloss, also dreht er ihn um und geht raus, er geht ganz langsam und sieht sich immer wieder nach rechts und links um. Manche Leute haben Hunde im Garten.

Aber da ist kein Hund, nur ein quadratisches Fleckchen Rasen und eine grüne Plastikwanne mit gelben Blumen drin. Sylvias Unterhosen hängen an der Leine, und sie haben dieselbe Farbe wie ihr Bettüberwurf.

Maureen und Sylvia reden immer noch. Er geht leise auf das Wohnzimmerfenster zu, aber durch die Gardinen kann er nichts sehen.

«Sozialarbeiter sind so überflüssig wie ein Kropf, wenn du mich fragst, Mo.»

«Einige von ihnen.»

«Ich kann sie nicht leiden. Hatte wirklich eine Überdosis von denen, als ich in diesem Heim gearbeitet habe. Sich draußen um Menschen zu kümmern ist das eine. Aber sie in deinem eigenen Haus zu haben ist eine ganz andere Sache, Mo. Zu dir kommen diese Sozialarbeiter doch ständig, immer machen sie ihre verdammten Besuche, kontrollieren dich, versuchen, dich bei etwas zu erwischen. Sie kommen und trinken Kaffee und reden dann doch nur den halben Tag von sich selbst. Wenn ich Freunde will, suche ich mir welche. Und ich weiß gar nicht, warum du das in deinem Alter noch auf dich nimmst.»

«Ich bin gut darin. Und ich tu es für die Kinder.»

«Der wird doch sowieso bald adoptiert, oder, wie heißt er noch?»

«Leon. Keine Chance, sagen sie.»

«Tja, na ja, das ist schade für ihn, aber ich weiß nur, dass du dich damit vollkommen fertigmachst.»

Leon schleicht geduckt unter dem Fensterbrett entlang und geht dann wieder rein. Er verschließt die Tür und steckt den Schlüssel in seine Tasche. Als er wieder ins Wohnzimmer kommt, hören sie auf zu reden.

«Hast du dir die Hände gewaschen?», fragt Maureen.

Leon nickt.

Maureen wuchtet sich mühsam hoch.

Sylvia umarmt sie und fasst sie an die Schultern.

«Versprich es mir, Mo. Der Arzt.»

«Ich geh hin, Sylv.»

«Ich kenne dich doch.»

«Nein, ich mach's wirklich. Ich fühle mich schon seit ein paar Wochen nicht gut.»

«Versprich's mir.»

«Ja, mach ich. Morgen.»

«Sonntag?»

«Dann übermorgen.»

«Schwöre. Wir haben schon so oft darüber geredet, und dann hast du es immer wieder vergessen.»

«Ich schwör's, ja. Leon erinnert mich daran, oder, Schatz?» Leon nickt, und Sylvia knufft ihn in den Rücken.

«Du passt verdammt noch mal auf. Wenn du nicht aufpasst und ihr irgendwas passiert, dann wird es dir noch leidtun.»

Am nächsten Tag steht Maureen gar nicht auf. Sie lässt Leon ihr Hexengebräu und einen Toast machen. Er ist ganz vorsichtig mit dem Gebräu, weil er das Wasser im Kessel zum Kochen bringen und sich dann auf einen Stuhl stellen muss, damit auch alles im Becher landet. Dann macht er den Toast und schmiert Butter und Aprikosenmarmelade drauf und stellt alles auf ein Tablett. Er trägt es in ihr Zimmer. Maureen setzt sich im Bett auf und streicht die Decke auf ihrem Schoß glatt. Sie schüttelt den Kopf.

«Du bist wirklich ein Held, Leon. Mein bester und wunderbarer Junge. Ich kann kaum glauben, dass du das alles ganz allein gemacht hast. Neun Jahre alt und schon ein Chefkoch.» Sie zeigt auf die einzelnen Dinge. «Toast, Marmelade, der kleine Frühstücksteller, Kaffee in meinem Lieblingsbecher, und du hast keinen einzigen Tropfen verschüttet. Guter Junge. Du hast einen Job fürs Leben, das weißt du, oder?»

Leon lächelt, und sie nimmt seine Hand.

«Es wird alles gut, Schatz. Wir beide zusammen. Wir machen das schon, und du kannst so lange bei Tante Maureen bleiben, wie du willst. Du darfst dir keine Sorgen machen.»

«Du musst zum Arzt gehen», sagt Leon. «Morgen musst du zum Arzt gehen.»

«Ja, ja. Mal sehen, wie ich mich morgen früh fühle.»

Aber Leon hört das Rasseln genau, das aus ihrem Hals kommt, wie Husten, der nicht rauskann. Und ihr Gesicht hat die Farbe der Bettwäsche angenommen. Er weiß genau, wann Maureen sich Sorgen macht, und jetzt weiß er auch, warum Sylvia sie dazu gezwungen hat zu versprechen, zum Arzt zu gehen.

14

«Leon! Leon!»

Den ganzen Tag hat Maureen schon diese strenge Stimme. Die hatte sie schon, bevor Leon ganz wach war, sie hat in ihrem Zimmer am Telefon geredet und schlimme Dinge über seine Mutter gesagt. Schon wieder. Leon hat alles gehört.

«Das muss ja eine verdammte Überraschung gewesen sein, als sie sich beim Jugendamt gemeldet hat. Sie hatte zwei, als sie abgehauen ist. Jetzt hat sie nur noch den einen, und der kann im Zweifelsfall ganz schön wütend werden. Kein Wunder, bei dem Leben, das er bisher hatte. Offenbar war sie krank, das sagt jedenfalls die Sozialarbeiterin. Krank und immer wieder in der Anstalt. Ja, ja, irgendwo oben im Norden, dann in Bristol und weiß der Teufel wo noch. Tja, ich weiß nicht, irgendein Zusammenbruch. Ich hab es schon mal gesagt und wiederhole es auch gern: Man muss schon ganz schön krank sein, wenn man seine Kinder im Stich lässt, wenn du weißt, was ich meine …»

Leon versteht nicht, warum Maureen plötzlich von seiner Mutter redet. Sie kennt sie doch nicht mal. Leon ist der Einzige, der weiß, wie Carol wirklich ist, und selbst er hat sie schon lange, lange nicht mehr gesehen.

«Leon! Komm runter, hab ich gesagt!»

Er ist fast so groß wie Maureen und sieht ihr direkt in die Augen.

«Na los. Heute kommt jemand, um sich dich anzusehen.»

«Wer?»

Maureen knufft ihn den ganzen Weg in die Küche und sagt ihm, dass er sich die Hände waschen soll, und zwar unter ihren Augen.

«Gründlich, Leon. Ich bleibe hier stehen.»

Sie verschränkt die Arme, und dann sieht Leon, dass ihr Gesicht wieder weicher wird.

«Na komm, Schatz. Dafür brauchst du doch nicht den ganzen Tag. Du hast Besuch. Ich wusste nicht genau, ob sie kommt oder nicht, deshalb habe ich dir nichts davon erzählt. Wir hatten das ja schon mal, nicht wahr? Dass sie gesagt hat, sie kommt, und dann ist sie nicht gekommen, oder? Aber jetzt ist sie offenbar auf dem Weg, also beeil dich.»

Leon schweigt. Maureen sagt oft Sachen, die gleichzeitig nett und gemein sind. Sie gibt ihm das Handtuch und legt ihm die Hand auf die Wange, während er sich die Hände abtrocknet.

«Deine Mum war sehr krank, Schatz. Und dass du sie gesehen hast, ist schon ziemlich lange her, oder? Fast ein Jahr, und das ist in deinem Alter beinahe für immer. Also geh es langsam an mit ihr, okay? Sie ist vielleicht, na ja ... ein bisschen anders, weißt du? Nicht so, wie du sie in Erinnerung hast, verstehst du?»

Leon ist übel, aber er kann es Maureen nicht sagen, weil sie dann vielleicht sagt, dass er seine Mum nicht sehen darf.

«Möchtest du ein KitKat?», fragt sie.

Er nickt.

«Mach erst mal Pipi. Du weißt doch, wie das ist, wenn du aufgeregt bist. Zuerst aufs Klo, und dann kriegst du ein KitKat.»

Sie warten zusammen am Fenster. Es ist einer dieser Tage, an denen es nie richtig hell wird. Es regnet zwar nicht, aber der Bürgersteig ist feucht und sieht im nebligen Licht aus wie schmutziges Metall. Maureen atmet keuchend hinter ihm und hält den Vorhang beiseite. «Die könnten auch mal wieder eine Wäsche vertragen», sagt sie. «Morgen nehmen wir sie alle runter. Und wischen die Fensterbretter ab. Willst du dir ein bisschen Taschengeld verdienen, Leon?»

Wenn sie aufgeregt ist, redet Maureen immer die ganze Zeit. Plötzlich biegt ein Sportwagen in die Straße ein, wird langsamer und hält direkt vor dem Haus.

«Jetzt», sagt sie und lässt den Vorhang los.

Leon weicht Maureens Hand aus, die sich auf seine Schulter legen will. Im Sportwagen sitzen Carol und ein Mann. Der Mann ist weiß, daran sieht Leon, dass es nicht sein Dad ist, aber er sieht auch nicht aus wie Jakes Dad. Leon und Maureen setzen sich beide aufs Sofa. Sie sagen kein Wort. Leon wartet, dass es klingelt. Es dauert ewig. Warum kommt sie nicht rein? Warum kommt sie ihn nicht holen? Vielleicht fährt sie wieder weg, und Leon sieht sie nie wieder. Viele, viele Wörter, die meisten davon ganz schlecht, drängen in seinen Mund, und Leon muss sie runterschlucken. Sie kommt nicht rein, aber er hasst sie sowieso. Leon steht auf und geht zur Hintertür.

«Warte!», flüstert Maureen.

Er hört eine Autotür zuschlagen, dann eine zweite. Er rennt zur Haustür und macht auf, und da ist sie, ehrlich, wahrhaftig, tatsächlich, und kommt den Gartenweg entlang auf ihn zu. Der Mann ist auch dabei, er geht ein paar Schritte hinter ihr, die Hände in die Hosentaschen gesteckt. Carol lächelt, aber sie weint gleichzeitig, und Leon möchte zu ihr rennen, um sie zu trösten, aber bevor er sich rühren kann, sackt sie zusammen und fällt auf die Knie, und der Mann fängt sie auf und hilft ihr hoch.

«Danke. Es geht mir gut. Es geht mir gut. Ich will selbst gehen.»

Sie breitet die Arme aus, und Leon geht ganz langsam, damit sie nicht wieder zusammenbricht. Sie wischt sich mit dem Ärmel über das Gesicht, und dann küsst sie ihn. Sie versucht etwas zu sagen, aber es kommt kein Wort heraus. Leon ist froh, dass sie weint, weil Maureen jetzt sieht, dass ihr sehr wohl etwas an ihm liegt.

«Komm rein, Kindchen», ruft Maureen von der Tür. «Komm rein, und bring deinen Freund mit.»

Der Mann schüttelt den Kopf und geht zurück zu seinem Wagen.

«Bin bald wieder da, Carol, Schatz. Alles okay mit dir?»

Carol wedelt ihn mit der Hand weg, und sie gehen alle rein und setzen sich aufs Sofa. Carol küsst Leon noch mal, viel zu heftig, aber Leon beschließt, lieber nichts zu sagen, damit es nicht komisch klingt oder er auch noch anfängt zu heulen.

«Wie geht es meinem kleinen Jungen?», fragt Carol, aber sie sieht ihn dabei nicht an. Sie sucht ihre Zigaretten. Das tut sie immer, und Leon muss dann die Tasche holen und sie für sie finden. Er versucht, ihr die Tasche abzunehmen, aber sie reißt sie ihm aus der Hand, und er sieht, dass Maureen die Stirn runzelt. Er weiß, dass Maureen später am Telefon wieder schlecht über Carol redet, dass sie geweint und geraucht hat und mit einem Mann gekommen ist. Also setzt er sich ganz nah neben seine Mum, weil er zu ihr gehört und sie zu ihm.

«Ich hab hier was für dich», sagt Carol. «Das hab ich für dich gekauft.»

Es ist ein Schreibset in einer Holzschachtel. Es sieht aus, als ob es einem Lehrer oder einem Professor gehört.

«Ich hab nicht mehr geschafft, es einzuwickeln, Leon, Schatz. Gefällt es dir?» Carol balanciert ihre Zigarette zwischen den Lippen, und ihre Hand schwebt in der Luft, so als ob sie nicht weitermachen kann, bis er ja sagt.

«Ja.»

«Gut.» Sie lässt das Feuerzeug schnappen und bläst dann heftig den Rauch aus. Als sie zu reden anfängt, merkt Leon, wie sehr sie sich verändert hat. Ihre Zähne und Fingerspitzen sind gelblich braun, wie Senf, und ihre Wangen sind ganz eingefallen, wie bei einem Skelett. Und sie riecht anders. Sie lässt die Zigarette ganz, ganz lange im Mund, und wenn sie spricht, fällt Asche von der Spitze, und Rauchfahnen kräuseln sich um ihre Worte.

«Alles gut mit dir?», fragt sie und nickt, damit er weiß, wie seine Antwort sein muss.

Maureen bringt zwei Tassen Kaffee herein.

Carol nimmt eine Tasse, und Leon sieht, wie sie in ihrer Hand zittert.

«Ich hab die Dinge neuerdings irgendwie nicht mehr unter Kontrolle», sagt sie und versucht zu lachen. «Ist aber nicht mehr so schlimm, wie es mal war. Bei weitem nicht. Ich war vollkommen durch den Wind», sagt sie. «Mir ging es so schlecht, dass ich mich nicht mal mehr an meinen eigenen Namen erinnern konnte.»

Maureen schüttelt den Kopf.

«Sie haben gesagt, dass ich nach der Schwangerschaft diese postnatale Depression bekommen habe. Meine Mum hatte dasselbe, als sie mich gekriegt hat, und sie haben sie in die Psychiatrische eingewiesen. Damals hat man dann Elektroschocks verabreicht.»

Leon beobachtet, wie sie versucht, die Tasse mit beiden Händen zu halten und gleichzeitig ihre Zigarette zu rauchen.

«Und dann hatte ich keinen Kontakt mehr zu Tony, das ist Jakes Dad. Ich dachte, er wäre der Richtige, das habe ich wirklich geglaubt. Jedenfalls, danach bin ich vollkommen zusammengebrochen. Daran hat niemand schuld. Habe Monate gebraucht, bis es mir besserging. Ich war kurz im Krankenhaus, und dann haben sie mir ein Zimmer im Maybird Centre gegeben.»

«Maybird Centre?», fragt Maureen nach.

«Zwei Sozialarbeiter sind dort, rund um die Uhr. Es war so laut, dass ich fast verrückt geworden bin, deshalb bin ich da ausgezogen. Ich dachte, es wäre für alle das Beste, wenn ich mich ein bisschen fernhalte, wisst ihr, erst mal wieder in Ordnung komme, und das schaffe ich auch. Wirklich. Aber als ich beim Jugendamt angerufen habe, haben die gesagt, dass sie mein Baby weggegeben haben. Das hat mir das Herz gebrochen.»

Sie schweigen alle.

«Sie haben mir mein Baby weggenommen», sagt sie und fängt wieder an zu weinen, sodass der Kaffee fast überschwappt. «Mein Baby.»

Maureen legt ihre Hand auf Carols und drückt sie.

«Leon hat es auch schwer getroffen, Carol», sagt Maureen.

Leon will Maureen sagen, dass sie sich um ihre eigenen Angelegenheiten kümmern soll. Sie soll ihn und seine Mum in Ruhe lassen. Carol schnieft.

«Ich weiß nicht, was ich tun soll. Ich mache einen Schritt vorwärts, und dann komme ich plötzlich nicht mehr klar.»

Maureen nimmt Carol die Tasse aus der Hand und gibt ihr ein Taschentuch, damit sie sich die Tränen abwischen kann. Leon bekommt einen Keks.

«Leon hat dich vermisst, Kindchen. Nicht wahr, Leon?», sagt Maureen in einem künstlichen Tonfall.

Leon sagt nichts.

«Er hofft, dass du wieder auf die Beine kommst. Er kommt in der Schule gut zurecht, aber er hat ein-, zweimal seine Ziele nicht erreicht, nichts Ernstes, aber das alles hat ihm doch etwas ausgemacht. Stimmt doch, Leon?»

«Nein.»

Maureen schüttelt den Kopf. «Ziehst du denn jetzt wieder hierher, Carol? Jetzt, wo es dir ein bisschen bessergeht?»

Seine Mum hört gar nicht zu. Sie starrt mit leerem Blick in den Fernseher. Sie sieht aus, als ob sie Zeitung liest, weil sie die Lippen dabei bewegt. Maureen und Leon sehen sich an, weil sie nicht wissen, was sie sagen sollen. Schließlich fängt Carol wieder an zu sprechen.

«Der Tag, an dem ich Alan getroffen habe, war der beste meines Lebens. Das ist der, der mich hergebracht hat. Er ist toll zu mir. Hat sein eigenes Unternehmen. Eine Snooker-Halle.» Sie tätschelt Leon zweimal den Oberschenkel. «Er will, dass wir alle ans Meer fahren. Wir können in seinem Sportwagen hinfahren. Du findest Autos doch toll, oder? Er hat gesagt, dass er mit dir zum Autoscooter geht. Hättest du Lust dazu?»

Leon sagt gar nichts. Er will seine Mum nicht die ganze Zeit teilen. Er will seine Mum nicht mit Maureen teilen. Er will seine Mum nicht mit Alan teilen.

«Jedenfalls», fährt sie fort, «gebe ich mir Mühe, und das ist das Wichtigste. Ich bin mir meiner Probleme und meiner Verhaltensweisen bewusst.» Sie redet, als hätte sie die Wörter gerade neu gelernt. «Ich spreche die Probleme an. Versuche es. Ich muss es langsam angehen. Ich kann nur kommen, wenn Alan mich in seinem Auto hierherfährt, weil ich nicht gut Bus fahren kann. Das macht mich krank.»

Leon sieht, dass Maureen eine Braue hebt und die Arme verschränkt. «Das geht uns allen so, Kindchen», sagt sie. «Also, möchtest du Leons Zimmer sehen? Er sammelt jetzt Fußballkarten.» Sie macht eine Handbewegung, damit Leon aufsteht. «Geh du vor, Leon.»

Leon hilft Carol beim Aufstehen und bringt sie in sein Zimmer. Es ist komisch, dass sie in seinem Zimmer ist. Sie weiß gar nicht, wo sie sich hinsetzen soll.

«Es ist nett hier», sagt sie. Sie sieht sich die Poster an den Wänden an, und dann schaut sie aus dem Fenster.

«Wie spät es jetzt wohl ist», sagt sie. Sie sieht sich die Fußballkarten an, die er gesammelt und in die Stecktabelle eingeordnet hat. Sie sagt die ganze Zeit «Das ist aber nett» und «Toll», und sie freut sich, dass alles so hübsch und ordentlich ist.

«Du hast es gern, wenn alles an seinem Platz ist. Du warst immer schon gut darin, aufzuräumen und es gemütlich zu machen. Ich erinnere mich daran, weißt du, Leon. Ich erinnere mich, dass du dich um mich gekümmert hast.» Sie beugt ihren Kopf zu seinem, und ihre Stirnen berühren sich. Sie legt ihm die Hände auf die Wangen und lässt sie langsam um seinen Nacken gleiten, zieht ihn zu sich, aber dann weicht sie plötzlich zurück und atmet tief durch. «Ist es hier so warm, oder bin ich das?», fragt sie. Sie öffnet seinen Kleiderschrank und starrt seine Sachen an, als ob sie sie zählen will. Sie fummelt an dem Türknauf herum und sieht die Urkunde, die er von der Schule bekommen hat, weil er ein ganzes Halbjahr lang keinen einzigen Tag gefehlt hat, und sie sagt, dass sie kaum glauben kann, wie groß seine Füße geworden sind.

«Die sind ja riesig, Leon. Du wirst bestimmt so groß wie mein Dad. Der war über eins neunzig, und ...»

Sie sieht das Foto von Jake auf dem weißen Teppich und sackt zusammen.

«Mama, Mum!», schreit Leon, aber sie schaukelt immer nur vor und zurück und hat die Hand nach dem Foto ausgestreckt. Leon rennt die Treppe runter, um Maureen zu sagen, dass sie kommen und ihm helfen soll, sie wieder auf die Beine zu bekommen. Zusammen setzen sie Carol aufs Bett, und sie fängt schon wieder an zu weinen und sagt ständig «Oooh, oh».

Maureen sagt ihr jetzt mit einer ganz anderen Stimme, dass sie sich beruhigen soll. «Du machst ihm Angst, Carol. Reiß dich zusammen.»

Carol zündet sich eine Zigarette an.

«Und Rauchen ist hier oben nicht erlaubt.» Maureen hilft Carol auf und nimmt sie beim Arm. «Na komm, hoch mit dir. Wir gehen zusammen runter. Leon und ich helfen dir.»

Sie setzen sie aufs Sofa.

«Kann ich das Foto von meinem Baby haben?», fragt sie. «Nächste Woche hat er Geburtstag. Und ich habe gar kein Foto von ihm. Niemand hat mir auch nur ein Foto gegeben.»

Maureen macht ein komisches Gesicht, so als ob sie versucht, die richtigen Worte für eine Erklärung zu finden.

«Ähm, nein, Carol. Nein, das Foto kannst du nicht haben. Ich habe es für Leon gemacht. Von meinem Geld bezahlt. Er hat ja sonst nicht viel, nicht wahr? Er hat kein Zuhause, in dem er mit dir leben kann, und seinen Bruder hat er auch nicht mehr, was er ganz schön beschissen findet, wenn du mir die Ausdrucksweise verzeihst.» Maureen verschränkt die Arme, als ob sie fertig wäre, aber das ist sie nicht. «Und du sagst, es geht dir nicht gut. Das ist auch nicht leicht für einen Neunjährigen. Ich weiß das, weil er bei mir wohnt und ich es sehen kann.»

Carol steht plötzlich auf.

«Er lässt in der Schule nach. Und hat noch keine Freunde, nicht wahr, Leon? Und er hat angefangen zu klauen. Ich würde mir Sorgen machen, wenn er mein Sohn wäre.»

Carol zieht die Gardinen zurück und späht durch die Scheibe. «Alan ist gleich hier. Ich mache mich lieber schon fertig.» Sie zieht ihren Mantel an, hängt ihre Handtasche in die Armbeuge und öffnet die Haustür. Leon steht neben ihr, und sie nimmt seine Hand. Sie drückt seine Finger, und er spürt, wie ihre Liebe den ganzen Weg von ihrem Herzen in seins fließt. Es ist wie eine besondere Art von Elektrizität, ein Geheimnis. Sie halten nach dem Sportwagen Ausschau. Seine Mutter roch früher nach Shampoo und ihrer alten Wohnung. Sie roch nach ihrem Bett und ihrer Bettwäsche, sie roch nach anderen Zigaretten. Sie roch nach Bohnen auf Toast und Badezeit. Aber jetzt kann er nur Maureens Raumspray riechen, das den Geruch seiner Mum und seines alten Zuhauses überdeckt.

Maureen kommt und steht jetzt hinter ihnen. Leon spürt die ganzen Worte, die sie sagen will und bei sich behält, und alle ihre Gefühle gegenüber seiner Mum. Sie lässt nur ganz wenig davon heraus.

«Du hast mit Leon einen wunderbaren Sohn, weißt du. Er ist ein echter Goldschatz, und er vermisst dich.»

Carol schaut die Straße entlang und fummelt an ihrer Handtasche herum, als ob sie wieder eine Zigarette braucht. Sie drückt immer noch Leons Hand, aber sie sieht in die andere Richtung, und er weiß, dass sie versucht, mit ihren Fingern zu sprechen, Maureen zu sagen, dass sie den Mund halten soll, und Leon zu sagen, dass sie schöne Erinnerungen hat an die Zeit, als sie alle zusammen waren, und dass sie ihn immer noch liebhat, und warum mussten sie ihr Jake wegnehmen? Maureen redet jetzt ein bisschen lauter.

«Mein Haus ist immer offen für dich, wenn du ihn besuchen willst.»

Carol tritt auf den Gartenweg hinaus. «Alan passt auf mich auf, Leon, du musst dir keine Sorgen machen.»

Der Sportwagen hält vor dem Haus, und bevor sie geht, legt Carol ihre Stirn an seine und küsst ihn. Leon reißt sich los, rast nach oben in sein Zimmer, nimmt, so schnell er kann, Jakes Foto und rennt hinter ihr her.

«Mum! Warte!»

«Du bist ein kleiner Engel», sagt sie. Sie drückt das Foto an ihr Herz und geht langsam fort. Leon steht auf der Straße und sieht zu, wie sie in das Auto steigt. Sie sagt etwas zu dem Mann, und er lacht, dann biegt der Sportwagen um die Ecke und ist weg. Leon steht auf der Betonstufe zu Maureens Haus in der Biegung der Allee und starrt die Stelle an, an der seine Mum gerade gestanden hat. Er spürt einen zähen Kloß in seinem Hals und die Wärme ihrer Berührung an den Fingern. Leon geht rein, schaltet den Fernseher an und setzt sich aufs Sofa. Maureen schimpft mit ihm, weil es so laut ist.

«Du bist ein guter Junge, Leon. Ein verdammt gutes Kind, wenn man mal die Umstände bedenkt. Du verdienst das nicht. Ich weiß, dass es nicht ihre Schuld ist, aber Herrgott noch mal ... Die Welt ist nicht gerecht, das sag ich dir. Und das Foto war für dich, nicht für sie.»

Sie versucht ihn zu umarmen, aber er ist sehr wütend auf Maureen, weil sie seine Mum nicht mag und ihr nicht glaubt, dass sie wirklich krank ist. Leon hat schließlich mit seinen eigenen Augen gesehen, wie sie zusammengebrochen ist, als sie das Foto von Jake gesehen hat. Und er weiß, was seine Mutter weiß. Dass jemand anders Jake auf dem Arm hat und ihn küsst. Jemand anders schaut in das vollkommene Blau seiner vollkommenen Augen. Jemand anders riecht an ihm und berührt die weiche Haut seines Handrückens.

Später am Abend, als Leon auf seinem Bett liegt, vermisst er das Foto von Jake. Er muss die Augen zumachen, um sich daran zu erinnern. Er hält sich an dem Glücksbärchi fest und denkt über all die Dinge nach, die er seiner Mum nicht gesagt hat. Wie lange dauert es, bis sie wieder gesund ist? Wann kommt sie und holt ihn? Was ist mit dem anderen Spielzeug in ihrer alten

Wohnung passiert? Kommt sie wieder zurück? Wo ist sie? Wo ist Jake? Was kriegt er zum Geburtstag? Was stimmt eigentlich nicht mit ihr? Warum kommt sie nicht zurück?

Dann sagt er ganz leise, damit Maureen es nicht hört, all die bösen Wörter vor sich hin, die sich den ganzen Tag in ihm aufgestaut haben, seit seine Mutter gekommen ist, das Foto genommen hat und ohne ihn wieder weggefahren ist.

15

Der Krankenwagen kommt mitten in der Nacht. Maureen weckt ihn, weil sie immer wieder seinen Namen ruft. Leon springt aus dem Bett, macht das Licht an und rennt in ihr Zimmer. Ihr Gesicht sieht aus wie kalter Haferschleim, ihre Haare sind ganz nass und kleben ihr am Kopf. Sie hat sich halb aufgesetzt, und sie hat die Stimme eines alten Mannes.

«999», sagt sie. «999. Sofort.»

Er steht an der Wohnungstür, wie der Mann am Telefon es ihm eingeschärft hat. Er ist froh darüber, weil er Maureen nicht sehen will, wenn sie mitten in der Nacht klingt wie ein alter Mann. Er muss so nötig Pipi, dass sein Bein anfängt, sich von ganz allein zu bewegen. Der Krankenwagen kommt mit Blaulicht, und er lässt die Sanitäter rein und zeigt ihnen den Weg zu Maureens Zimmer. Als sie drin sind, rennt er zum Klo und macht so lange Pipi wie noch nie in seinem Leben. Er wartet unten im Pyjama, und sie sagen, dass er ein guter Junge ist und sehr mutig war, und Leon beschließt, später vielleicht Sanitäter zu werden, wenn er groß ist. Sie lassen ihn hinten in den Krankenwagen und setzen Maureen eine Maske aufs Gesicht. Einer von ihnen spricht in ein Walkie-Talkie; es knistert und zischt, und Leon wünscht sich auch so eins. Maureen streckt die Hand nach ihm aus, aber er hat Angst, sie zu berühren, für den Fall, dass sie stirbt. Jetzt gibt es vielleicht niemanden mehr, der sich um ihn kümmern kann.

Im Krankenhaus fragt ihn eine Polizistin über Carol und Jake aus. Er strengt sich an, nicht zu weinen. Aber als sie ihn kurz umarmt, ist es, als würde ein Glas Limonade umgestoßen, alles kommt im Schwall aus ihm heraus, und er kann die Tränen und das Geräusch, das aus seinem Herzen kommt, nicht mehr zurückhalten. Die Polizistin bringt ihn in ein anderes Zimmer und gibt ihm ein Papiertaschentuch. Sie sagt, dass Maureen nicht sterben wird.

«Sie wird nicht sterben, Leon, mein Kleiner, aber sie kann nicht sprechen, und im Moment kannst du sie nicht besuchen. Es bedeutet aber nichts Schlimmes, dass du sie nicht besuchen kannst. Es bedeutet bloß, dass sich Ärzte und Krankenschwestern um sie kümmern, während ich mich um dich kümmere.»

«Ja», sagt Leon.

«Und wenn es ihr wieder bessergeht, dann sagen sie es dir, weil du der mutige kleine Kerl bist, der ihr das Leben gerettet hat. Na, das ist doch mal was, worüber man sich freuen kann, oder? Du kannst es allen in der Schule erzählen. Du wirst der Held der Schule sein. Du bist ein Held. Ein mutiger Held und ein schlauer Junge. Na, da ist es ja, ein kleines Lächeln. Das ist aber das kleinste Lächeln, das ich je gesehen habe. Hast du dadrin noch eins? Ein größeres? Na, da ist es doch, das ist das Lächeln, das ich gesucht habe.»

Dann wird alles ein bisschen besser, weil ihn die Polizistin mit in die Cafeteria nimmt und ihm einen Doughnut mit Marmelade und einen Kakao kauft. Jemand gibt ihm einen Comic, und dann darf er sich in den Funkstreifenwagen setzen und auf die Knöpfe drücken, bis das Blaulicht angeht. Die Polizistin zeigt ihm ihr Walke-Talkie und sagt, er soll «Bitte kommen, bitte kommen» sagen, aber niemand antwortet. Sie sagt, dass sie allen auf der Polizeistation erzählen wird, wie mutig er war. Die Polizistin ist ein bisschen wie die Schwester im Krankenhaus, als Jake auf die Welt kam: Wenn sie etwas sagt, dann glaubt er ihr das. Sie sitzen in einem Wartezimmer, in dem ein Schwarzweißfilm im Fernsehen läuft. Vier Gangster in einem altmodischen Auto jagen einen Mann, der an einem Lastwagen hängt. Das Auto schleudert über die Straße, und genau in dem Moment, in dem die Gangster aufeinander schießen, platzt Sylvia ins Zimmer. Sie hockt sich vor seinen Stuhl hin und drückt seine Arme.

«Du hast ihr das Leben gerettet, Kindchen. Guter Junge, guter Junge. Danke schön.» Sie küsst ihn, und sie riecht nach Zigarettenqualm und nach alter Frau, schlimmer als Maureen. Er würde sie am liebsten wegstoßen wegen dieses Gestanks. Aber sie hält seine Hand fest und schüttelt sie. «Du bist ein richtiger kleiner Mann, das bist du wirklich.»

Später kommt die Notfall-Sozialarbeiterin, und schon steht ein Grüppchen zusammen in einer Ecke des Zimmers. Ein Arzt, die nette Polizistin, die Sozialarbeiterin und Sylvia. Sie stehen alle mit verschränkten Armen da und sprechen über ihn. Einer nach dem anderen sieht zu ihm herüber und schüttelt den Kopf, und selbst wenn er sich sehr viel Mühe gibt, kann er nur ein paar Worte verstehen.

«... Lungenentzündung mit Komplikationen ...»

«... eher Wochen als Tage ...»

«... angemessen untergebracht ... Die Polizei hat nachgeprüft ...»

Und Sylvia sagt immer wieder: «Das schaffe ich, das schaffe ich. Ich arbeite im Supermarkt nur Teilzeit. Er ist ein guter Junge. Er hat ihr verdammt noch mal das Leben gerettet, jawohl, das hat er. Mo hat immer gesagt, dass er ein gutes Kind ist. Ich nehme ihn zu mir. Ja, das tue ich. Gott segne ihn.»

Die Sozialarbeiterin fängt an, etwas auf einen Zettel zu schreiben und sagt: «Aber nur befristet, wir reden nur von einer kurzfristigen Unterbringung.»

Sie kommen alle gleichzeitig zu ihm.

Die Sozialarbeiterin kniet sich auf den Boden, bis ihr Gesicht nur noch ein paar Zentimeter von Leons entfernt ist. Sie trägt eine Brille, die ihre Augen so riesig macht wie bei einem Alien.

«Gut», sagt sie, «du gehst jetzt mit Sylvia zurück in Maureens Haus in dein eigenes Bett, und sie passt heute Nacht dort auf dich auf. Sie war mal eine amtlich registrierte Pflegekraft, daher weiß sie zum Glück, was zu tun ist. Du magst Sylvia, oder? Gut, gut. Du hast dich sehr erwachsen benommen, Leon, und wir sind alle sehr stolz auf dich. Maureen bleibt eine Weile im Krankenhaus, und morgen denken wir darüber nach, was wir auf Dauer mit dir anstellen sollen. Natürlich tun wir alles dafür, dass du zu Hause bleiben kannst. Ich glaube, dass du es in letzter Zeit nicht leicht hattest, und wir wollen es nicht noch schlimmer machen, nicht wahr?»

Sie sieht sich nach den anderen um. Alle nicken. Sylvia zündet sich eine Zigarette an.

«Wir tun also alle unser Bestes. Wir wollen, dass du das weißt, gut? Guter Junge.»

16

Es gibt einfach zu viele Dinge, die Leon nicht mag. Er hat eine Liste davon in seinem Kopf gemacht.

Sylvia.

Sylvias Haus.

Dass er in Sylvias Haus ziehen musste, obwohl sie gesagt haben, dass er in Maureens Haus bleiben kann, aber sie haben gelogen. Sylvia ist nur eine Nacht in Maureens Haus geblieben. Dann hat sie gesagt, dass es ihr reicht und dass sie in ihr eigenes Haus zurückwill, und er musste mitgehen.

Die Bettwäsche in seinem Bett in Sylvias Haus. Die ist rosa.

Dass Sylvia ständig Maureen besucht, tagsüber, wenn er in seiner neuen Schule ist.

Seine neue Schule. Schon wieder eine.

Dass Sylvia Maureen ständig «Mo» oder «unsere Mo» nennt, nur um Leon auszuschließen.

Dass ihn niemand über Jake reden lässt. Maureen hat ihn immer über Jake reden lassen, sie hat sogar mitgemacht.

Dass niemand sich daran erinnert, dass er noch einen Bruder hat.

Die beiden Mädchen in seiner neuen Schule, die ihn gezwungen haben zu fluchen, und dann hat er Ärger bekommen.

Sylvias Frühstücksflocken.

Dass Sylvia ihn samstags ständig zum Spielen rausschickt, obwohl da immer die besten Sendungen laufen.

Ihren Geruch.

Dass seine Mum nicht kommt, um ihn abzuholen.

Dass er seine Spielsachen nicht mit zu Sylvia nehmen durfte, weil sie nur Unordnung machen.

Dass niemand Jakes ersten Geburtstag auch nur erwähnt hat, weil sie ihn vergessen haben, aber Leon nicht.

Seine neue Sozialarbeiterin, weil es immer wieder andere sind, und diese hat Mundgeruch und sagt ständig: «Ich bin neu.»

Die Schlafenszeit bei Sylvia, weil sie viel zu früh ist und er nicht einschlafen kann, wenn es draußen hell ist.

Sylvias Lachen, wenn ihre Sendung läuft.

Dass die Leute immer bloß so tun, als ob.

All die Dinge, die er nicht mag, kommen immer wieder, und schließlich taucht sogar das Zebra auf. Sie sagt genau das, was die anderen Sozialarbeiterinnen schon gesagt haben, dass er nur befristet bei Sylvia wohnen soll und dass er wieder bei Maureen bleiben kann, wenn sie aus dem Krankenhaus kommt. Die ganze Zeit hat er nichts aus seinem Rucksack genommen, weil er ihnen geglaubt hat, aber dann waren es schon acht Tage, und sie haben gesagt, noch ein bisschen länger und dann noch ein bisschen länger, und dann musste er in eine andere Schule gehen. Deshalb hatte Leon eine gute Idee. Wenn sie seine Mum finden könnten, dann könnte er bei ihr bleiben, nur so lange, bis es Maureen bessergeht. Er könnte sich um Carol kümmern, das hat er ja schon früher gemacht, und es würde viel einfacher sein, weil sie ja nur noch zu zweit sind, seit Jake weg ist. Aber als er dem Zebra seine gute Idee erklärt, sagt sie einfach nein.

«Darüber haben wir doch schon geredet, Leon. Deine Mum ist nach Bristol gezogen, sie wohnt dort in einer offenen Einrichtung, das ist auf halbem Weg zwischen Rehabilitationszentrum und Krankenhaus, ein Zwischending, sozusagen, ein Halbwegshaus. Sie braucht eine Menge Unterstützung. Sie hat Termine mit Ärzten, nimmt ein neues Mittel und spricht mit anderen Leuten darüber, wie sie sich fühlt. Sie versucht, wieder auf die Beine zu kommen, aber das dauert. Sie erlauben dort keine Kinder, und außerdem, Leon, müssten wir erst einmal sicherstellen, dass sich deine Mum richtig um dich kümmern kann, wenn sie es überhaupt wollte.»

Leon wendet sich mitten im Satz von ihr ab. Das Zebra hat eine neue Frisur. Jetzt hat sie nicht nur zwei weiße Streifen an den Seiten, sondern auch noch welche am Hinterkopf. Sie findet bestimmt, dass sie toll aussieht, aber das stimmt gar nicht. Das Kostüm vom Zebra ist zu eng, und ihre weiße Bluse ist kurz vorm Aufplatzen. Aber von allen Sozialarbeiterinnen, die er bisher hatte, sieht sie ihn am häufigsten an. Wenn er sich wegdreht, hört sie auf zu sprechen, bis er sich wieder zu ihr umdreht.

Leon kratzt an einer verschorften Stelle an seinem Finger, weil er weiß, dass er gleich losheult. Oder wütend wird. Wenn er sich ganz stark auf etwas anderes konzentriert oder seinen Finger kratzt, bis es weh tut, dann hält es die Tränen auf. Wenn die Wut kommt, ist es am besten, so zu tun, als ob gar nichts passiert wäre, oder Bonbons zu essen oder sich was zum Spielen zu suchen. Manchmal klaut er zehn Pence aus Sylvias Portemonnaie.

«Warum?», fragt Leon.

«Warum was?»

«Warum kann ich mich nicht um sie kümmern? Das habe ich früher doch auch gemacht.»

«Weil das nicht die Aufgabe von Kindern ist, Leon. Du bist ein kleiner Junge, und deine Mum ist erwachsen, und sie muss sich um dich kümmern. Nicht andersherum. Wenn sie sich nicht um dich kümmern kann, sorgen wir dafür, dass es jemand anderen gibt, der es kann. Und jetzt ist dieser Jemand Sylvia.»

Sylvia steht in der Tür, hört zu, raucht und macht missbilligende Geräusche. Manchmal ist Sylvia wie ein Roboter. Ihre Hand steckt die Zigarette in ihren Mund und nimmt sie wieder raus und hält sie in der Luft. Dann macht die Hand dieselbe Bewegung wieder und wieder, bis die Zigarette aufgeraucht ist. Wenn sie nicht aufpasst, landet die Asche auf ihrer Bluse, und sie merkt es nicht mal.

«Warum darf ich Maureen nicht besuchen?»

«Ich hab dir doch gerade gesagt, warum. Es geht ihr noch immer nicht gut, Leon. Und jetzt hat sie auch noch ein Virus. Sie haben mich auch fortgeschickt. Niemand darf zu ihr.» Das Zebra streichelt Leons Arm. «Es ist schwer, nicht wahr, Leon?», sagt sie. «Aber weißt du was? Komm mal mit. Na komm schon.»

Sie steht auf und öffnet die Wohnungstür. Leon folgt ihr. Sie geht zum Kofferraum ihres Autos und klappt ihn auf. Sie beugt sich runter und holt ein Fahrrad raus.

«Was glaubst du, für wen das ist?»

Es ist nicht neu, aber es ist ganz eindeutig ein BMX-Rad. Leon tritt zur Seite, und sie stellt es auf den Bürgersteig. Er sieht das Zebra an, weil er nicht sicher ist, ob es wirklich stimmt. Dass sie es wirklich so meint.

«Na los», sagt sie. «Du kannst doch Fahrrad fahren, oder?»

Er springt auf und fährt ein paar Kreise.

«Guck mal!», ruft er. «Mein Dad hat mir das beigebracht.»

«Toll! Sei aber vorsichtig!»

Doch Leon will nicht vorsichtig sein. Er will so schnell fahren wie ein Auto. Schneller als ein Auto. So schnell wie eine Rakete. Er fährt den Hügel runter, fort von Sylvias Haus, und das Fahrrad wird immer schneller. Der Wind ist in seinen Augen, seinen Haaren, dringt durch sein T-Shirt, und er fährt immer weiter, fliegt ganz bis zum Ende der Straße, spürt, wie seine Beine heftig treten, wie sie schmerzen, ein angenehmer Schmerz in seinem Bauch; all die schlimmen Dinge und offenen Halbwegshäuser sind hinter ihm und können ihn nicht einholen. Er schießt in eine enge Kurve ganz am Ende der Straße und rast dann zurück, den Hügel wieder hinauf, schneller als alle Autos, die im Stau stehen, er fährt an Häusern vorbei, die verschwimmen, stößt seine Füße nach unten und hebt sie wieder, runter und hoch, runter und hoch, bis ganz auf den Hügel, diesmal direkt an Sylvias Bungalow vorbei, an dem Zebra auf dem Bürgersteig vorbei, bis hin zu der Ampel, und dann hält er an, um Atem zu schöpfen.

Alles fühlt sich so locker an in ihm, er wird stärker und stärker, und obwohl er keucht, ist er voller Luft, schwindelig und leicht. Er lächelt, als er einen Schwarzen auf einem Rennrad sieht, der genauso kräftig in die Pedale tritt wie Leon vorhin, und sich zwischen den Autos und Bussen hindurchschlängelt. Sein Rücken ist tief gebeugt, gewölbt, er trägt kein Hemd. Er hat eine glänzende Glatze und trägt eine große gelbe Sonnenbrille. Er sieht aus wie eine Wespe. Sein Rad ist rot, genau wie Leons, aber es ist viel schneller mit seinen schmalen Rädern, glatt wie eine Patrone. Der Mann neigt sein Rad zur Seite, sodass seine Knie fast über das Pflaster schürfen, und genau in dem Moment, in dem er beinahe umkippt, biegt er mit einer eleganten, schönen Bewegung um die Ecke.

Leon fährt langsam zurück zu Sylvias Haus. Das Zebra steht mit den Händen in den Taschen davor. Sie ist die beste Sozialarbeiterin der Welt.

«Sieh mal einer an», sagt sie. «Das Rad ist wie für dich gemacht, Leon.» Sie macht die Autotür auf. «Nächste Woche komme ich wieder, und wenn es ihr ein bisschen bessergeht, können wir vielleicht Maureen besuchen. Ich bringe dich hin.»

17

Am nächsten Tag nach der Schule fragt Leon Sylvia, ob er mit seinem neuen Fahrrad rausdarf. Sie hat die Vorhänge zugezogen, weil draußen die Sonne scheint und sie ihre Sendungen schaut, in der die Leute schwierige Fragen beantworten müssen. Sie denkt, dass sie die Antworten kennt, obwohl das gar nicht stimmt. Der Mann mit der Perücke im Fernsehen stellt die Fragen, und Sylvia antwortet genau in demselben Moment wie der Kandidat, als ob sie ganz schlau wäre. Dabei hat sie nicht mal gewusst, wer im Fußball gewonnen hat. Schließlich sagt Sylvia, dass er im Verkehr aufpassen und nicht zu lange wegbleiben soll.

Leon fährt zur Ampel. Er hält an einer Ecke, lehnt sich auf dem Sattel zurück und verschränkt die Arme vor der Brust. Die Leute in den Autos schauen ihn an, die Kinder auf dem Rücksitz können sein Fahrrad sehen, sein neues BMX-Rad. Er steigt ab, hockt sich hin, prüft die Reifen, steigt wieder auf, dreht die Räder und sieht, wie die Leute ihn beobachten. Er ist groß für sein Alter, wie zwölf oder dreizehn, und jetzt, mit seinem neuen Fahrrad, könnte er sogar für vierzehn durchgehen. Er sitzt da und versucht sich zu erinnern, wo der Wespenmann hingefahren ist.

Er überquert die Straße und biegt um die Ecke in eine lange, belebte Straße. Er fährt auf dem Bürgersteig zwischen den Gemüseständen hindurch, die vor den pakistanischen Läden stehen. Es gibt hier viel mehr Schwarze als dort, wo Sylvia wohnt, und viele Läden verkaufen komische dunkellila oder blassgrüne Gemüsesorten, und alles ist auf Milchkästen gestapelt, die fast überquellen vor Waren. Er fährt über eine zerdrückte Banane, und sein Vorderrad holpert und rutscht weg. Alte Inder mit Turbanen auf dem Kopf sitzen in Grüppchen auf kleinen Hockern vor ihren Läden, ihre langen weißen Bärte wehen im Wind. Zwei Schwarze hocken auf einem Rasenfleck, ein Schachbrett zwischen ihnen. Sie reden laut miteinander, um die Musik aus einem Plattenladen zu übertönen. Schwarze Frauen mit leuchtend buntem afrikanischem Kopfschmuck gehen langsam mit ihren Kindern an der Hand die Straße entlang, ihre großen Silberohrringe schaukeln beim Gehen. Einige von den schwarzen Männern haben gekräuselte Haare, die hochstehen oder wie ein pelziges schwarzes Seil ihren Rücken herunterhängen. Weil die Straße so eng ist, geht der Verkehr nur langsam voran, und die Leute in den Autos schreien sich gegenseitig an, wenn sie nicht weiterkommen. Niemand achtet auf Leon.

Schließlich kommt er an eine Kreuzung. Eine enge Straße endet an einem rostigen Eisengitter. Dahinter liegt ein riesiger, flacher Garten mit ganz vielen Hütten. Auf dem Schild steht «Rookery Road Schrebergärten». Er fährt langsam rein, einen kleinen Pfad entlang, der sich verzweigt und immer wieder abbiegt, und überall sind da ordentliche Blumen- und Gemüsebeete, Schuppen, Gewächshäuser, windschiefe Häuschen aus Wellblech und mit alten Fenstern, lange Plastikplanentunnel mit Pflanzen drin, und direkt neben dem Tor schwingt ein alter Mann ein großes, gebogenes Messer und schneidet damit einen Busch zurück. Leon schaut ihm zu. Das ist das tollste Messer, das er je gesehen hat, und obwohl der Mann schon so alt ist, lässt er seine Klinge durch den Busch gleiten, als wäre er ein Soldat im

Dschungel. Rechts, links, rechts, links. Der Busch ist zu einem nackten, knorrigen Stumpf zusammengestutzt.

Whoosh. Plötzlich rast ein Fahrrad so nah an Leon vorbei, dass er fast runterfällt. Es ist der Wespenmann mit der Glatze und der gelben Brille.

«Langsam, Kumpel!», ruft er.

Der Mann mit dem Messer dreht sich um und reckt den Arm in die Höhe. «Nicht hier drin!», ruft er. «Nicht hier drin!» Er zeigt mit dem Messer auf ein Schild, auf dem steht: «Hunde verboten. Ballspielen verboten. Radfahren verboten. Kindern ist das Betreten nur in der Begleitung Erwachsener erlaubt».

Aber Wespenmann rast weiter die kleinen Pfade entlang. Leon steigt von seinem Fahrrad ab und folgt ihm zum Rand des Schrebergartenbereichs zu einem Holzschuppen. Leon schiebt sein Fahrrad zu ihm hin.

«Yo, mein Freund», sagt Wespenmann. «Suchst du jemanden?»

Leon starrt ihn an. Der Mann trägt enge schwarze Leggings und kein Oberteil. Seine Haut ist so braun wie das Holz von Sylvias Kommode, so braun wie die seines Vaters, aber glänzend und muskulös wie beim Unglaublichen Hulk. Er hat drei Narben an der Schulter, als ob er angeschossen oder angegriffen worden wäre, und eine weitere Narbe auf der Wange. Er ist ein Krieger. Er hebt jetzt die gelbe Wespenbrille an. Seine Augen sind ganz schwarz, und wenn er lächelt, sieht es aus, als hätte er zu viele Zähne im Mund.

«Hast du dich verirrt?», fragt er.

«Nein», antwortet Leon. «Ich habe auch so ein Fahrrad wie du.»

«Ja? Das ist ein gutes Fahrrad, Kumpel. Lass mich mal gucken.»

Leon steigt ab, und Wespenmann beugt sich runter. Er nimmt

das Fahrrad und schiebt es ein paarmal vor und zurück und dreht die Pedale mit der Hand.

«Halt mal», sagt er und nimmt einen Schraubenschlüssel aus seiner Tasche. «Gut, dass ich gerade von der Arbeit komme.»

Er schraubt etwas lose und zieht den Sattel ein Stück höher. Er schraubt am Lenker herum und drückt ihn ein Stückchen runter. Er zieht alle Schrauben nach und schiebt das Fahrrad dann wieder Leon zu.

«Jetzt fährst du schneller. Es ist ein bisschen klein für dich, weißt du. Aber jetzt ist es besser.»

Leon setzt sich wieder drauf, und der Mann hat recht. Es ist wirklich besser. Er fährt einen kleinen Kreis.

«Yeah», sagt Wespenmann. «Jetzt hast du den Dreh raus.» Dann sagt er plötzlich: «Steig ab. Schnell. Sofort.»

Der Mann mit dem Messer kommt zu ihnen und sieht zuerst Leon an.

«Wer bist du?»

Leon antwortet nicht.

«Einen wunderbaren Morgen wünsche ich Ihnen!», sagt Wespenmann. Er lächelt sein großes Lächeln und salutiert.

«Mr. Burrows», sagt der Mann und zeigt mit dem Messer auf Leon. «Kinder sind hier nicht erlaubt.»

«Und das heißt?»

«Das heißt, egal wer er ist, er darf hier nicht ohne Begleitung eines Erwachsenen rein. Schon gar nicht auf einem Fahrrad. Sie übrigens auch nicht.»

«Ich darf hier auch nicht ohne Begleitung eines Erwachsenen rein?», erwidert Wespenmann, der noch immer lächelt.

Der Mann mit dem Messer schließt die Augen. An den Stellen, wo das Messer die Hecke geschnitten hat, sind grüne Streifen auf der scharfen Klinge. Sie sehen aus wie Alienblut. Der Griff ist aus schwarzem Holz, und daran hängt eine blaue Troddel, die so lang ist, dass sie fast auf den Boden hängt. Der Mann hebt das Messer und zeigt mit seiner Spitze auf Leons Hals.

«Sie wissen, was ich meine. Fahrradfahren. Mit dem Fahrrad innerhalb des Schrebergartenbereichs fahren.»

«Entschuldigung?», fragt Mr. Burrows nach und wendet dem Mann sein Ohr zu. «Das habe ich nicht verstanden. Mein Irisch ist nicht so gut. Was soll ich nicht tun?»

«Es ist Gälisch, nicht Irisch, und gerade jetzt habe ich Englisch gesprochen, wie Sie sehr wohl wissen.» Der Mann atmet tief durch und wiederholt langsam seine Worte. «Fahrradfahren. Innerhalb. Des. Schrebergartenbereichs.»

«Ah!», sagt Mr. Burrows. «Sie mögen Ihre Regeln, nicht war, Mr. Devlin?»

«Das sind nicht meine Regeln. Ich bin im Vorstand, und zufällig war das auch ihr Vater.»

«Tja, er ist aber nicht hier, ich jedoch schon. Ich komme gerade von der Arbeit, und Fahrradfahren ist keinesfalls verboten. Machen Sie sich also keine Sorgen.»

«Ich mache mir keine Sorgen. Das sind Vorschriften, Mr. Burrows. Ich habe sie nicht gemacht, wie Sie ganz genau wissen. Der Vereinsvorstand hat sie gemacht. Und zwar damit man sich hält dran.»

«Klar, das verstehe ich, wirklich», sagt Mr. Burrows, und er versucht, es genauso auszusprechen wie Mr. Devlin mit seinem komischen Akzent.

Mr. Devlin starrt ihn an, und Mr. Burrows hebt den Finger.

«Oh, und übrigens, Mr. Devlin, ich glaube, Sie haben Ihren Satz mit einer Präposition beendet.» Er droht ihm mit dem Finger. «Das ist gegen die Vorschriften.»

Die beiden Männer sehen sich an, als ob sie sich gleich an die

Gurgel gehen, aber Mr. Devlin hat eine gefährliche Waffe und Mr. Burrows nicht. Gerade als Leon überlegt, was er machen soll, geht Mr. Devlin weg, und Mr. Burrows schneidet eine Grimasse hinter seinem Rücken, genau wie Leon, wenn Sylvia mit ihm geschimpft hat.

«Dieser Mann», sagt er, «tut nichts weiter, als andere herumzukommandieren. Der glaubt, ihm gehört hier alles. Der ist so damit beschäftigt, allen hinterherzuschnüffeln, dass er gar nicht dazu kommt, sein eigenes Leben zu leben.»

Leon beobachtet Mr. Devlin. Er hinkt ein bisschen, aber von hinten wirkt er ganz jung mit seinen Militärstiefeln und der Tarnjacke. Er ist viel älter als Mr. Burrows, und seine weiße Haut sieht schmutzig aus, vielleicht auch nur von der Sonne gebräunt, aber er wirkt stark. Vielleicht hat er unter seinen Kleidern auch Narben auf der Brust.

«Willst du was trinken, Kumpel? Komm.»

Mr. Burrows schließt die Tür seines Schuppens auf. Es ist ganz staubig dadrin. An einer Wand sind Klappstühle aufgestapelt. In einem hohen Metallbehälter voller Wasser schwimmen Limonadendosen. Auf einem kleinen Metalltisch liegt eine Holzschachtel mit Domino. Leons Dad hatte auch ein Dominoset. Sein Name war auf dem Deckel eingraviert: «Byron Francis». Sein Dad ließ ihn immer damit spielen und sie aufstellen, sodass die Zahlen aneinander anschlossen. Leon nimmt die Schachtel und schüttelt sie.

«Du bist noch zu klein dafür», sagt Mr. Burrows und nimmt sie ihm aus der Hand. «Ein Spiel für große Leute.»

An der einen Wand des Schuppens hängen Bilder und Poster, und auf der anderen Seite sind drei breite Fenster, und unter den Fenstern stehen Reihen um Reihen schwarzer Plastiktabletts mit kleinen Pflanzen drauf. Im Schuppen riecht es nach warmer

Erde, süß und frisch. Leon geht mit dem Gesicht ganz nah an eine der Pflanzen. Die silbrig grünen Blätter sind so dünn und zart, dass er die winzigen Äderchen darin sehen kann. Sie sehen aus wie die Adern in Jakes Händen. Und auf einigen der Tabletts liegen braune Samen, die geplatzt sind. Kleine Keime ragen heraus und versuchen zu entkommen. Mit der Fingerspitze drückt Leon ganz vorsichtig die Erde an.

«Vorsichtig, vorsichtig», sagt Mr. Burrows und beugt sich vor, um zu sehen, was Leon getan hat. «Siehst du die hier?», fragt er. «Zucchini. Ich mag sie gar nicht besonders, aber sie wachsen hier gut. Gelbe Blüten.» Er zeigt auf ein anderes Tablett. «Und die hier sind Zuckererbsen. Ist das nicht toll? Sprich mir nach.»

«Zuckererbsen.»

«Man kann die ganze Schote essen, mit allem Drum und Dran.»

«Und was ist dadrin?»

«Noch gar nichts. Dieses Tablett wartet auf Stangenbohnen. Komm.»

Leon folgt Mr. Burrows zurück nach draußen.

«Cream Soda», sagt er zu Leon. «Kinder mögen Cream Soda. Erfrischt einen.»

Leon zieht den Ring von der Dose und trinkt.

«Das tut jetzt echt gut, oder?»

Leon nickt. «Wie heißt du?», fragt er.

«Alle nennen mich Tufty wegen meiner vollen Mähne», sagt Mr. Burrows und wartet, bis Leon lächelt. «Ja, ich habe schon in deinem Alter meine Haare verloren. Sie sind nie wiedergekommen. Meine Mutter hat mich Linwood getauft, aber alle nennen mich Tufty, außer dem Mann dort hinten. Er denkt, dass er hier der Boss ist. Der Befehlshaber einer Ein-Mann-Armee.» Tufty trinkt und tritt dabei mit der Fußspitze gegen die steinige Erde. «Ich muss noch die Pflanzen wässern, Unkraut jäten, säen, hacken. Ein Tag wie heute», sagt er, «ist wirklich kein guter Tag zum Umgraben, Kumpel, aber man muss eben mit den Jahreszeiten arbeiten. Warte.»

Tufty geht zurück in den Schuppen und kommt mit zwei Klappstühlen heraus, die er im Schatten aufstellt.

«Komm.»

Leon setzt sich neben ihn und tritt gegen die trockene, steinige Erde, genau wie Tufty gerade. Die Steinchen rollen unter seinen Füßen, und eine kleine graue Staubwolke senkt sich auf seine Turnschuhe.

Tuftys Körper bedeckt den gesamten Stuhl; es sieht fast so aus, als ob er in der Luft schwebt. Er schnürt seine Fahrradschuhe auf und zieht die Socken aus. Er stellt den nackten Fuß auf den Schuh und wackelt mit den Zehen.

«Die Sonne», sagt er, schließt die Augen und hebt sein Gesicht zum Himmel, «ist eine Heilerin. Wenn die Sonne scheint, lächeln alle. Die ganze Welt sieht anders aus. Bei Sonnenschein kann man Sachen schaffen, die man im Regen niemals zustande bringen würde. Das hat mein Vater immer gesagt. Deshalb lebt er nicht mehr hier.»

Leon hebt ebenfalls sein Gesicht und schließt die Augen. Er erinnert sich an einen Tag, als seine Mutter den Kinderwagen schob. Es regnete, und Leon hielt sich am Lenker fest. Sie hatte den Plastikregenschutz vergessen, und Jake wurde ganz nass, und sie beeilte sich, schob den Wagen mitten durch die Pfützen, sodass es überallhin spritzte. Als sie endlich zu Hause ankamen, waren sie alle völlig fertig. Seine Mum machte Jake ein Fläschchen, und als er schlief, küsste sie Leon ab und wiederholte immer wieder, dass es ihr leidtat. Sie ließ ihn lange aufbleiben und mit ihr auf dem Sofa unter der Decke fernsehen. Als er dann im Bett lag, küsste sie ihn wieder.

«Du bist so ein guter Junge, Leon. Ich bin leider nicht die beste Mum. Aber ich hab dich sehr lieb, weißt du.»

So fühlt sich der Sonnenschein an.

Leon öffnet die Augen und sieht sich um. Hier gibt es keine Zäune zwischen den Gärten, nur gerade Kanten in der Erde oder Graspfade. Außer Mr. Devlin machen noch andere Leute Gartenarbeit. In der Parzelle nebenan steht eine Frau in einem pinkfarbenen Sari. Ihr Mann trägt einen schwarzen Turban. Sie bücken sich, jäten Unkraut und reden dabei die ganze Zeit miteinander in ihrer Sprache. Die Frau richtet sich immer wieder auf und hält sich den Rücken, und ihr Mann zeigt auf einen Stuhl. Sie lacht und schüttelt den Kopf, winkt einer weißen Frau zu, die eine Weste anhat und eine schwere Eisenforke in die Erde rammt, dagegentritt und sie dann umdreht. Sie ist etwa so alt wie Maureen, und ihre Weste sitzt sehr knapp an der Brust. Sie trägt einen langen, geblümten Rock und hat sich ein gelbes Tuch in die Haare gebunden. Sie bemerkt, dass Leon herübersieht, und winkt ihm zu.

«Hilfe ist immer willkommen!», ruft sie.

Je mehr sich Leon umschaut, desto mehr Leute sieht er. Er begreift langsam, wie viele Schrebergärten es hier gibt; sie erstrecken sich, so weit sein Blick reicht.

Tufty nimmt plötzlich eine große Eisenforke und geht zum Rand seiner Parzelle. «Muss noch was tun», sagt er. «Du passt auf, Kumpel.»

Leon sieht ihm eine Weile zu und fährt dann los. Er lässt das Fahrrad zwischen den kleinen Parzellen ausrollen, nimmt sich Zeit, um zu schauen, was die Leute da machen. Manche haben wie Sylvia nur Blumen und einen kleinen Rasen mit Liegestühlen und Sonnenschirmen. Andere haben lange, gerade Beete angelegt, ganz buschig und ordentlich. Es gibt viele Parzellen, die aussehen wie Tuftys, wo in abgetrennten Beeten Pflanzen wachsen und drum herum nichts als die staubige, braune Erde ist. Es gibt hier keine Schaukeln oder Rutschen, aber es ist trotzdem besser als auf dem Spielplatz, weil hier jeder sein eigenes Stückchen Erde hat, um das er sich kümmern kann und mit dem er machen kann, was er will. Wenn Leon eine eigene Parzelle hätte, würde er daraus einen kleinen Fußballplatz oder eine geheime Höhle mit einem Tunnel machen.

Schließlich fährt Leon zurück, an Tufty vorbei und zum Eingang, wo er den Mann mit dem Messer wiedersieht, Mr. Devlin. Er stapelt die Äste und Blätter in eine Schubkarre. Das Messer liegt zu seinen Füßen. Leon steigt ab und geht ein wenig näher heran.

«Bleib mit dem Fahrrad weg», sagt Mr. Devlin.

«Was ist das?», fragt Leon und zeigt auf das Messer.

Der Mann dreht langsam den Kopf zu ihm hin. «Ein Kanetsune-Messer», antwortet er.

«Darf ich es anfassen?», fragt Leon.

«Nein», sagt der Mann. «Und wenn du hier noch länger bleibst, ist das widerrechtliches Betreten.»

«Sind Sie vom Militär?», fragt Leon und lässt sein Fahrrad auf einem Rad balancieren.

Der Mann nimmt die Schubkarre hoch und marschiert davon. Leon folgt ihm den kleinen Kiesweg entlang und sieht, dass er die Schubkarre abstellt und in eine Hütte geht, nur dass seine Hütte aus richtigen Steinen gebaut ist und ein ordentliches Dach mit Schornstein hat. Sie hat zwei Fenster mit einem Gitter davor und eine Holztür, an der drei Stahlschlösser hängen. Um die Hütte herum ist ein Fleckchen Gras mit Blumen, darauf stehen Holzfässer. Überall liegt Zeug: ein rostiges Rad, ein Stapel Töpfe, ein knorriger Ast, ein alter Lehnsessel ohne Sitzpolster und eine

Wäscheleine, an der noch ein blaues Hemd hängt. Leon fragt sich, ob Mr. Devlin wohl auch in einem offenen Halbwegshaus lebt wie seine Mum gerade. Er wartet und wartet, aber der Mann kommt nicht wieder, also fährt Leon auf dem Fahrrad zurück zur Ecke, durch die belebte Straße mit dem Gemüse auf dem Bürgersteig, über die Ampel und den Hügel hinunter zu Sylvias Haus.

18

Samstags nach dem Aufstehen darf Leon ganz allein vor dem Fernseher sitzen und Kindersendungen gucken. Trickfilme schaut Sylvia manchmal mit, aber dann redet sie die ganze Zeit oder lackiert ihre Fußnägel, und das stinkt dann. Sylvia nimmt immer Lila, weil es zu ihrer Haarfarbe passt. Danach müssen sie zu dem Laden, in dem Sylvia Teilzeit arbeitet, um ihren Lohn abzuholen.

Sie braucht immer ewig, wenn sie mit dem Mann redet, der ihr die braune Tüte gibt. Er hält sie fest, bis sie sie ihm mit einem künstlichen Lächeln wegschnappt, und wenn sie wieder draußen sind, nennt sie ihn einen Schweinehund. Auf dem Nachhauseweg kauft sie sich ihre Zeitschrift und Kuchen, und Leon kriegt einen Comic. Sylvia sitzt dann am Küchentisch und leckt ihre Fingerspitzen an und blättert die Seiten um und isst den Kuchen und leckt wieder ihre Fingerspitzen an. Sie kauft Leon immer einen Doughnut mit Loch in der Mitte, aber den darf er erst nach dem Mittagessen essen. Einmal hat sich Sylvia einen Blumenstrauß gekauft, der in knittriges rosa Papier gehüllt war. Ein Band war drum herum geschlungen. Sie sah ärgerlich aus, als sie ihn in die Vase stellte, aber als sie merkte, dass Leon ihr zusah, lächelte sie und sagte: «Wenn ich's nicht tue, wer dann?»

«Dad und Mum haben einen riesigen Garten», erzählt er Sylvia, als sie ihn ins Bett bringt. «Mit ganz vielen Bäumen und Gras und Blumen und einer Hütte. Ich habe immer Samen ausgesät und Pflanzen selbst gezogen. Zucchini und Zuckererbsen. Ich habe auch Bäume zurückgeschnitten, wenn sie zu groß wurden, und Unkraut ausgegraben. Mein Dad hat mir ein ganz scharfes Messer gegeben, und ich habe ihm geholfen. Es ist eine harte Arbeit, aber das macht mir nichts aus. Wenn ich nicht dort bin, kümmert sich niemand um den Garten.»

Sylvia macht das Licht aus.

«Tja, warum schläfst du dann nicht schnell ein und träumst was Schönes von eurem Garten? Nacht, Nacht.»

Leon kann es gar nicht leiden, wenn sich die Vorhänge im Wind bauschen, aber er hat zu viel Angst, aufzustehen und das Fenster zu schließen. Er dreht sich auf die Seite und versucht, an etwas Schönes zu denken, zum Beispiel, als Carol einen ganz besonderen Blumenstrauß zum Geburtstag bekam. Er war in eine Plastikfolie gewickelt, mit einer Schleife aus weißem Satin, aber weil sie keine Vase hatte, musste sie die Blumen in den Ausguss stellen und dann in die Badewanne. Immer wenn sie den Strauß anschaute, sagte sie: «Der muss ein Vermögen gekostet haben.» Später am Abend, als sein Dad kam, hörte Leon sie sagen: «Byron, hör auf!», aber sie lachte dabei, deshalb machte er sich keine Sorgen.

Sylvias Hausarbeit dauert bis zum Mittagessen. Dann macht sie ihm ein Sandwich, und er darf seinen Doughnut essen. Aber seit er das neue Fahrrad hat, will Leon nicht mehr fernsehen.

«Darf ich bitte mit meinem Fahrrad raus?»

Er steht an der Hintertür und hat die Hand schon auf der Klinke. Er nimmt immer seinen Rucksack mit, weil er Tufty die Fußballkarten zeigen will, die er sammelt, oder Fahrradfotos, weil Tufty sich damit ganz toll auskennt. Leon weiß den Weg inzwischen auswendig, und er weiß auch, dass er besser vom Fahrrad absteigt, wenn Mr. Devlin in der Nähe ist.

«Wohin fährst du?», fragt sie und blinzelt, weil ihr der Rauch ihrer Zigarette in die Augen zieht.

«Bloß ein bisschen die Straßen lang, immer auf dem Bürgersteig.»

«Dann ist es in Ordnung. Aber nur um den Block. Du fährst zur Ampel und biegst rechts ab, dann wieder rechts, bis du wieder zum Hügel kommst. Zeig mir, wo rechts und wo links ist.»

Er hält die Hand hoch, mit der er schreibt. «Rechts», sagt er.

«In Ordnung. Aber pass auf den Verkehr auf. Und wenn du dich verirrst, fragst du einen Polizisten. Nein, lieber nicht, wenn du dich verirrst, fragst du eine Frau, irgendeine Frau. Du sagst ihr unsere Adresse und bittest sie, dir den Weg zu beschreiben.»

«Okay», sagt Leon und macht die Tür auf.

«Warte mal. Wie heißt die Adresse hier, Leon?» Sie neigt den Kopf und sieht aus wie eine Lehrerin.

«10, College Road.»

Sylvia hebt die Augenbrauen. «Dann los mit dir. Sei zum Abendbrot zurück.»

Er setzt den Rucksack auf und schiebt sein Fahrrad durch den Gang zwischen den Häusern hindurch und auf die Straße. Er fährt zur Ampel und dann rüber, fährt die stark befahrene Straße entlang und den ganzen Weg zu den Schrebergärten. Vor dem Gitter steigt er vom Fahrrad, für den Fall, dass Mr. Devlin da ist, und schiebt es den Pfad an Mr. Devlins Ziegelhütte vorbei. Dann, als er ganz sicher ist, dass Mr. Devlin nicht da ist, steigt er wieder auf, um die siebenunddreißig Sekunden zu Tuftys Holzschuppen richtig schnell fahren zu können.

Es ist ein superklarer Tag, weil es geregnet hat und das Grün viel grüner und das Blau viel blauer aussieht. Die blutroten Blumen in Mr. und Mrs. Atwals Garten sind vom Wind umgeknickt, und Wasser tropft von den Kirschblüten auf Leons Rücken, als er darunter durchrast. Tufty winkt, als er Leon sieht, und ruft ihn zu sich. Er gibt ihm eine Tüte Samen.

«Ich kann die kleine Schrift nicht lesen, Kumpel. Lies mir das mal vor.» Er gibt Leon das Tütchen und verschränkt die Arme.

Leon liest langsam, aber laut und deutlich. «Die rotblütige Stangenbohne Scarlet Emperor eignet sich hervorragend zum Einfrieren und zur Dekoration. Stangenbohnen liefern viel Vitamin C und Eisen. Sie haben einen hohen Ballaststoffanteil. Höhe: 3 m (10 Fuß). Breite: 30 cm (12 Inch).»

«Hmm», macht Tufty. «Was steht da, wann man sie aussäen soll?»

«Da steht: ‹Ideal für den Küchengarten. Blütezeit Juli, August. Aussaat April, Mai, innen. Nach außen verpflanzen, wenn keine Frostgefahr mehr besteht. Standort: volle Sonne.›»

Tufty nickt. «Okay, gut.»

«Besteht jetzt keine Frostgefahr mehr?»

«Na ja», erwidert Tufty, «da kann man nie ganz sicher sein. Aber jetzt haben wir schon den sechzehnten Mai. Sonnig und warm. Und in meiner kleinen Hütte sind sie sicher. Ja, heute machen wir's.»

Er geht zurück in seinen Schuppen, und als er wieder herauskommt, hat er die Fahrradhosen gegen ausgebeulte Shorts, einen Pulli und staubige beigefarbene Stiefel ohne Schnürsenkel getauscht. Er setzt sich einen Strickhut auf die Glatze.

«Komm rein», sagt er zu Leon. «Da kannst du was lernen.»

Leon tritt in Tuftys Schuppen. Darin hängt noch immer dieser ganz spezielle Geruch: wie in den Gärten, aber stärker und süß. Trotz des Klappstuhlstapels ist hier viel Platz. Es gibt einen kleinen Petroleumofen, einen Hocker, einen Kochtopf und ein paar Metallteller und Becher. Wenn es auch noch ein Bett gäbe, könnte das hier auch ein offenes Halbwegshaus sein. Aber auf allem liegt Staub und Schmutz, und auf dem Boden sind kleine Erdhäufchen; an mehreren Stellen drängen Pflanzenranken von draußen herein. Leon nimmt seinen Rucksack ab und besieht sich aufmerksam die Bilder an den Wänden. Dort hängen nur Poster von schwarzen Männern: Einer ist in Anzug und Krawatte und hat einen Schnauzbart, einer sieht aus wie ein König, und ein anderer hat die Faust in die Luft gereckt und trägt eine Medaille um den Hals. Leon guckt sich einen nach dem anderen an. Sie sehen alle ernsthaft aus, nicht so wie Tufty mit seinem breiten Lächeln und den großen Zähnen. Die Männer schauen auf Leon herab, und er stellt sich vor, wie sie reden und was sie sagen, und überlegt, ob ihm wohl einer von ihnen helfen würde, seinen Bruder zu finden. Er streckt die Hand aus und berührt den Mann mit der Medaille. Das Poster knittert, und die Brust des Mannes zieht sich zusammen, fast als würde er atmen. Unter dem Mann steht mit großer Schrift «Black Power». Leon macht eine Faust und reckt sie in die Höhe.

Tufty dreht sich um und sieht ihn.

«Ja», sagt er, «das war ein mutiger Mann. Jetzt geht's los.» Er reißt das Tütchen mit den Scarlet-Emperor-Samen auf. «Halt deine Hände auf.» Fünf Samenkörner zählt er in Leons Handfläche. «Drück ein Samenkorn in jede Mulde. So. Siehst du?»

Leon drückt die glatten braunen Samenkörner in die Erde.

«Achte darauf, dass jedes Korn mit der Komposterde bedeckt ist. Man muss sie erst schlafen legen, bevor sie aufwachen können. Halte sie warm.»

Leon macht weiter, bis in allen Mulden ein Samenkorn liegt, aber im Tütchen sind immer noch ein paar. Tufty faltet das Tütchen zu und legt es auf ein Regal. Darauf liegen noch viele weitere Samentütchen, und Leon nimmt eins davon. Es steht nichts drauf.

«Was sind das für welche?»

«Die?», sagt Tufty und schaut in das Tütchen. Er nimmt ein Samenkorn heraus und hält es ans Licht. Er blinzelt und schüttelt den Kopf. «Nenn sie einfach ‹Mal gucken, was kommt›.»

«Mal gucken, was kommt», wiederholt Leon.

«Ja, man sät sie aus und gießt sie, aber man weiß nicht, was man bekommt. Man hofft einfach auf das Beste.» Tufty legt das Samenkorn ins Tütchen zurück und gibt es Leon. «Behalte sie.»

«Danke schön», sagt Leon. Er faltet das Tütchen zu, wie er es bei Tufty gesehen hat, und steckt es in seine Tasche.

«Hör mal», sagt Tufty. «Jetzt hast du deine Samen gesät, aber du musst auch auf sie aufpassen. Sie haben ihre Decke, sie haben Essen im Bauch. Was brauchen sie noch?»

«Was zu trinken», antwortet Leon.

«Genau!», sagt Tufty und gibt ihm einen Klaps auf den Rücken. «Ja, Mann. Du hast es raus. Gärtnerst du zu Hause auch?»

«Nein.»

«Tja, dann bist du ein Naturtalent. Genau, wir brauchen Wasser. Die Gießkanne kannst du im Limonadeneimer auffüllen.»

Leon träufelt Wasser aus der winzigen Gießkanne auf die Samen, Tropfen für Tropfen.

«Nicht zu viel», sagt Tufty. «Gut, gut.»

«Wie groß werden die denn?», fragt Leon.

«Größer als ich und du», antwortet Tufty und geht raus. «Muss arbeiten. Pass auf dich auf, Kumpel», sagt er. «Mach hinter dir zu, wenn du rausgehst.»

Leon sieht eine Zehn-Pence-Münze neben dem Tablett mit der Erde. Sie ist ganz schmutzig, wahrscheinlich weiß niemand, dass es ein Zehn-Pence-Stück ist. Er nimmt die Münze und holt seine «Mal gucken, was kommt»-Samen aus der Hosentasche. Er legt beides in seinen Rucksack und geht raus.

Er sieht, wie Tufty die große Gartenforke nimmt und sie in die Erde stößt. Lange schaut Leon zu. Tufty singt vor sich hin, bricht die Erde auf und wendet sie um, wirft Steine über die Hecke. Das fällt ihm leicht, weil er große Muskeln hat. Leon befühlt seinen Oberarm und fragt sich, wann seine Muskeln endlich wachsen. Dann steigt er auf sein Fahrrad und fährt vorsichtig die schmalen Wege entlang. Die indische Frau winkt ihm zu, und er winkt zurück. Er fährt bis zur Grenze des Schrebergartenbereichs, wo ein hoher Drahtzaun steht, und dann nimmt er einen anderen Weg zum Tor. Er hält an, als er Mr. Devlin sieht, steigt ab und schiebt.

Mr. Devlin hat wieder das Kanetsune-Messer in der Hand und trägt seine Tarnjacke.

Leon starrt das Messer an.

«Kanetsune», sagt Mr. Devlin. «Erinnerst du dich? Japanisch.»

Leon greift danach, aber der Mann legt es außer Reichweite.

«Zu scharf. Gefährlich für Kinder.»

Auf einem Liegestuhl vor der Tür seiner Hütte ist eine alte Holzkiste mit offenem Deckel. Samentütchen liegen darin.

«Pflanzen Sie auch Scarlet Emperor?», fragt Leon. «Aussaatzeit ist April oder Mai.»

Der Mann schaut von Leon zur Samenkiste. «Das tue ich. Aber heute nicht.»

«Sie müssen sie auspflanzen, wenn es keinen Nachtfrost mehr gibt», sagt Leon. «Also im Sommer.»

«Nicht ganz so spät, junger Mann. Aber fast.»

Leon sieht ein kleines Messer mit einer kurzen Klinge auf dem Stuhl neben den Samen.

«Ist das auch japanisch?», fragt er.

«Das ist ein Gartenmesser. Müsste geölt werden.»

Leon zuckt mit den Achseln. «Ich weiß, wie man Fahrräder ölt. Mein Dad hat es mir beigebracht.»

Mr. Devlin geht zum Stuhl, packt die Kiste mit den Samen und das kleine Messer auf den Boden und setzt sich. Er legt sich das große Messer auf den Schoß und greift nach einer Flasche Leinöl.

Leon legt sein Fahrrad ins Gras und geht zu ihm.

«Leg das Fahrrad woandershin. Da ist es gefährlich.»

Leon hebt das Fahrrad wieder auf und lehnt es vorsichtig gegen die Ziegelwand der Hütte. Dann stellt er sich neben Mr. Devlin und schaut ihm zu.

«Leinöl», sagt er, «ist für den Griff hier.» Er zeigt Leon den Griff. Er besteht aus glattem schwarzem Holz. Ein blauer Streifen durchzieht ihn, und eine seidige blaue Troddel hängt an seinem Ende.

«Öle den Griff. Niemals die Klinge.»

«Ist sie scharf?»

«Pflück mal den Löwenzahn da und gib ihn mir.»

Leon pflückt die gelbe Blume und gibt sie dem Mann. Von nahem sieht man, dass Mr. Devlin Haare in den Ohren und in den Nasenlöchern hat. Schmutz hat sich ganz tief in die Furchen in seinem Gesicht gegraben, und er hat verkrustete, trockene Lippen, bei deren Anblick Leon ganz durstig wird.

«Kanetsune ist die Bezeichnung für besondere Messer mit Stahlklingen. Das ist scharf wie eine Hexenzunge. Streich mal mit dem Stil des Löwenzahns darüber. Ganz vorsichtig. Zart, so.»

Er hält Leons Hand und zieht den Stiel der Blume über die Klinge, aber schon bevor er damit am Ende ankommt, ist der Stiel aufgeschlitzt, und die eine Hälfte fällt ins Gras. Mr. Devlin seufzt.

«Schön», sagt er leise. «Stell dir nur mal den Schaden vor, den so ein Messer anrichten kann.»

Leon zieht seine Hand weg. Ganz viele Messer können Löwenzahnstiele aufschlitzen. Das kleine Messer liegt im Gras. Leon hebt es auf und gibt es Mr. Devlin.

«Du bist ein ziemlich zielstrebiger kleiner Junge, was? Wie alt bist du, zwölf? Elf? Setz dich und gib mir mal das Stück Stoff da.»

Leon schaut sich um.

«Das T-Shirt», sagt Mr. Devlin. «Das da.»

Er zeigt auf einen Haufen Stoff, und Leon holt ihn.

«Nein», sagte er und seufzt. «Nur ein Stück davon, ein Stück.»

Er nimmt es Leon aus der Hand, und mit einem einzigen Schwung des großen Messers schneidet er einen Ärmel von einem alten T-Shirt. Leon starrt den Mann an.

«Wow!», sagt er.

«Ja, wow, genau wie du sagst.»

Leon nimmt das Leinöl, um den Griff des Gartenmessers zu ölen. Es ist sehr scharf, und Mr. Devlin erinnert ihn immer wieder daran, indem er ständig «vorsichtig» und «langsam» sagt.

«Hast du auch einen Namen?», fragt Mr. Devlin nach einer Weile.

«Leon Rycroft. Und ich habe auch einen Bruder. Ihren Namen kenne ich. Sie heißen Mr. Devlin.»

«Nur Devlin. Ich war früher Señor Victor. Kannst du Senjor Victor sagen?»

«Senjor Victor.»

Mr. Devlin starrt Leon an und flüstert dann: «Oder Papá.»

«Papá.»

«Ah», macht Mr. Devlin.

Leon zeigt ihm den Griff des Messers.

«Jetzt wisch ihn mit einem sauberen Stoffstück ab.

Leon poliert ihn mit dem T-Shirt, und Mr. Devlin schaut ihm dabei zu. «Das war's», sagt er.

«Sind Sie aus Amerika?», fragt Leon.

«Man hat mir seinerzeit schlimme Dinge nachgesagt. Aber das ist das Schlimmste. Ich bin Ire, Kind. Ich bin in Dungannon geboren, aber ich war schon Jahre nicht mehr dort.»

Mr. Devlin hält plötzlich inne und wendet den Kopf, als ob er etwas hören würde. Leon horcht ebenfalls. Mr. Devlin murmelt: «Genau gesagt: zwanzig Jahre.»

Leon lässt das Messer über sein Bein gleiten.

«Tu das nicht», warnt Mr. Devlin. «Sonst zerschneidest du deine Jeans, und dann macht mir deine Mutter die Hölle heiß.»

Leon will ihm weder von Sylvia noch von Maureen erzählen, also gibt er ihm das Messer zurück.

«Du hast zu viel Öl benutzt, sieh mal», sagt Mr. Devlin und wischt das Messer an seiner Jacke ab. «Andererseits warst du sehr gründlich, und es ist kein Öl auf die Klinge gekommen. Für die Klinge musst du Erdöl benutzen. Oder Rapsöl.»

Plötzlich steht er auf und geht in seine Hütte. Er ist so lange verschwunden, dass Leon auf sein Fahrrad steigt. Er dreht ein paar Runden, und als Mr. Devlin immer noch nicht wiederauftaucht, fährt Leon mit seinen neuen Sachen im Rucksack zurück nach Hause.

19

Vom Parkplatz zum Krankenhaus ist es ein weiter Weg. Das Zebra geht schnell, und Leon muss fast rennen, um mit ihr Schritt zu halten. Sie fahren im Aufzug hoch, und Leon darf die Knöpfe drücken. Viele Leute kommen herein und schieben ihn an die hintere Wand, dann steigen sie alle im selben Stockwerk aus. Sie müssen noch ganz viel gehen, bis sie Maureen finden. Sie sitzt aufrecht im Bett und hat einen weißen Schlauch in der Nase.

«Endlich», sagt sie und breitet die Arme für Leon aus.

Sie riecht anders, sie sieht anders aus und klingt anders, aber als sie ihn knuddelt und seinen Rücken streichelt, ist sie wieder dieselbe. Leon umarmt sie, und sie lacht.

«Hast mich vermisst, was? Tja, ich hab dich auch vermisst. Kann es kaum erwarten, wieder nach Hause zu dürfen.»

Das Zebra sagt: «Ich gehe mal runter in die Cafeteria. Ich bin in ungefähr zwanzig Minuten wieder da, in Ordnung, Leon? In Ordnung, Maureen?»

Maureen scheucht sie mit einer Handbewegung weg und schaut dann Leon an. «Ist sie in Ordnung? Kommt sie mit Sylvia klar?»

«Keine Ahnung», sagt er. «Sie hat mir ein BMX-Rad geschenkt.»

«Ich wird verrückt!»

«Ja, ein echtes. Es ist rot. Es ist richtig schnell.»

«Das ist toll, Spatz. Und wie geht es dir? Kommst du mit Sylvia zurecht?»

Leon schweigt.

«Behandelt sie dich ordentlich?» Ihr Mund lächelt, aber ihr Blick ist traurig.

Leon schaut sich im Krankensaal um. Ganz viele alte Frauen in Nachthemden und Morgenmänteln sind hier. Es ist viel zu heiß und riecht nach Schulessen. Die Besucher schauen sich ständig gegenseitig an, und Stühle scharren über den Boden. Er sieht nirgends eine Krankenschwester.

«Der Arzt hat gesagt, dass du nicht stirbst», sagt er, «warum kannst du dann nicht nach Hause kommen, damit ich wieder bei dir wohnen kann?»

«Ich sterbe vielleicht nicht, aber manchmal fühle ich mich so.» Maureen legt sich zurück auf ihre drei Kissen und schließt die Augen, lässt Leons Hand aber nicht los. «Bald bin ich wieder zu Hause. Mach dir keine Sorgen.»

«Ich darf immer raus mit meinem Fahrrad, wenn ich will. Ich fahre überallhin. Ich habe die Schrebergärten gefunden.»

«Wirklich?»

Maureens Stimme klingt wie von weit her.

«Und da gibt es ganz viele Leute, die mir zuwinken.»

«Ist das so?»

«Jake hat mir noch nicht geschrieben.»

«Nein, Schatz.»

«Ich weiß gar nicht, wo er wohnt.»

«Nein, Schatz, ich auch nicht.»

«Wenn ich nachts im Bett liege, kann ich nicht schlafen.»

«Wirklich?»

«Und ich muss ins Bett, wenn es draußen noch hell ist.»

«Ja, ich weiß.»

«Der Wind bauscht die Vorhänge, und dann sieht es so aus, als ob jemand in mein Zimmer steigt.»

«Na ja, aber das macht ja keiner.»

«Meine Mum ist nicht wiedergekommen.»

«Ich weiß, Schatz.»

Die Zeit vergeht ganz langsam. Maureens Hand wird heiß und klebrig, und er hört die Luft in ihrer Brust; sie pfeift wie eine Blockflöte. Eine Krankenschwester kommt heran und beugt sich über ihn.

«Ist deine Granny eingeschlafen, Kleiner?», flüstert sie.

Leon sieht Maureen an und merkt plötzlich, dass sie sehr, sehr alt ist. Sie hat jetzt ganz viel Weiß im Haar, und bald sieht sie aus wie die anderen alten Frauen, und bald stirbt sie.

«Ist noch jemand bei dir, Kleiner? Ist deine Mum hier?» Die Krankenschwester schaut sich im Saal um und nimmt dann seine Hand. «Wollen wir sie suchen gehen? Oder möchtest du bei deiner Granny bleiben?»

Das Zebra wird kommen und ihn zu Sylvia zurückbringen. Das Zebra wird sagen, dass er sich keine Sorgen machen soll. Das Zebra wird sagen, dass er Jake nicht besuchen kann. Dass es Carol nicht gutgeht. Mehr sagen sie ihm nie.

20

An den meisten Tagen fährt Leon draußen auf seinem Fahrrad herum, und wenn es nur für zehn Minuten ist, und dann fährt er immer zu den Schrebergärten. Manchmal ist Tufty nicht da, und manchmal ist Mr. Devlin nicht da, aber Mr. und Mrs. Atwal sind fast immer da. Sie graben und pflanzen, und einmal hat Mr. Atwal Leon ein Curly Wurly gegeben, so süß, dass es Leons Zähne zusammengeklebt hat und ewig drin hängenblieb. Leon winkt ihm immer zu, für den Fall, dass er noch mehr davon hat.

Heute ist Tufty da, aber er ist nicht allein. Er sitzt mit vier Freunden zusammen. Sie spielen Domino. Ein alter Mann in einem Tweedmantel sieht ihnen dabei zu.

So, wie Tufty die Dominosteine auf den Tisch schmettert, könnte man glauben, dass er versucht, sie zu zerbrechen. Er steht beinahe von seinem Stuhl auf, hält den Stein hoch in die Luft, und wenn er ihn auf den Tisch knallt, sagt er: «Ja!»

«Was hast du, Stump? He, was hast du?», fragt Tufty.

«Eins», sagt ein kleiner dicker Mann mit einem Wollhut. «Eins.»

Dann fangen sie alle an zu reden und zu lachen, und einer von ihnen schiebt die Dominosteine zu einem Haufen zusammen. Sie reden laut, mit tiefen Stimmen, alle gleichzeitig, in diesem karibischen Dialekt, den er von seinem Dad kennt, nur dass sie die ganze Zeit lachen und Witze reißen.

Als Tufty die Dominosteine einsammelt, bemerkt er Leon.

«Yo, Kumpel!», ruft er.

Leon steigt von seinem Fahrrad und lehnt es gegen den Schuppen. Er geht zu Tufty, der ihm die Hand auf die Schulter legt.

«Das ist mein Freund», sagt er zu den anderen Männern. «Er kommt regelmäßig, um mir zu helfen. Nennt ihn Kumpel. Also, das hier sind Castro, Marvo, Waxy, Stump und Mr. Johnson.»

Die Männer nicken ihm zu, stehen auf, klappen ihre Stühle zusammen und geben sie Tufty. Mr. Johnson, der aussieht, als wäre er hundert Jahre alt, schüttelt Leon die Hand.

«Sehr erfreut, Sie kennenzulernen, junger Mann.» Mr. Johnson hat einen schneeweißen Afro, und er gibt Tufty einen Schlüsselbund. «Tja, Linwood, ich geh dann mal», sagt er. «Morgen bist du allein. Schließ gut ab. Dieses Kirchentreffen dauert bestimmt den ganzen Tag.»

Leon sieht, wie der große Mann mit den roten Haaren den Kopf schüttelt. Seine grünen Augen sind ganz klein und gerötet, und seine Haare stehen wie Stacheln in Dreadlocks ab. Wenn er spricht, hüpft sein kleiner brauner Bart hoch und runter. Er gibt ein Zischen von sich.

«Du hältst auch immer noch die andere Wange hin, was, Johnson?»

Mr. Johnson stellt den Kragen seines Mantels hoch, als ob es kalt wäre. «Hör mal, Castro, du hast hier nicht das Monopol auf Wut oder auf Gerechtigkeit.» Er hält einen Finger in die Luft. «Wir müssen uns organisieren. Wir Schwarzen werden nichts erreichen, wenn wir uns nicht zu einer Interessengemeinschaft organisieren, die von der Gesellschaft nicht ignoriert werden kann, einer Gruppe, die Einfluss auf die Obrigkeit hat und Wiedergutmachung fordern kann.»

Castro schüttelt immer noch den Kopf. Selbst Castros Haut ist rötlich braun und milchig wie eine Tasse Tee, und er hat Sommersprossen im ganzen Gesicht und am Hals. Wenn er spricht, trägt seine Stimme bis über Tuftys Parzelle hinaus. Mr. und Mrs. Atwal heben die Köpfe.

«Das war früher so, Johnson, dass die Schwarzen dankbar sein mussten. So wie damals, als du und mein Vater in ihren guten Anzügen und frisch gekämmt in dieses Land kamt und das tatet, was man ihnen befahl: die Böden wischen und Busse lenken.» Castro hält inne und schaut einen nach dem anderen an. «Aber diese Zeit ist vorbei. Wir müssen nicht mehr unseren Hut für die Almosen der Weißen aufhalten. Wenn wir uns zusammentun, uns organisieren, dann werden wir zu einer Armee. Nicht zu einer – wie hast du das genannt – Interessengemeinschaft. Glaubst du etwa, die Weißen hören auf Affen? So nennen sie uns nämlich: Affen.»

Die anderen Männer reden jetzt alle durcheinander. Tufty und Leon hören nur zu. Tufty bringt neue Getränke und sammelt die leeren Dosen ein, während seine Freunde über ihre Armee diskutieren. Leon merkt, dass die anderen Castros Idee von einer Armee nicht mögen, aber sie mögen auch Mr. Johnsons Idee von einer Interessengemeinschaft nicht. Er hilft Tufty beim Aufräumen. Die Männer reden immer noch. Tufty nimmt eine leere Limonadenflasche aus Plastik und füllt sie mit Wasser. Er gibt sie Leon und nimmt sich selbst auch eine. Dann holt er das schwarze Plastiktablett mit den Samen.

«Sieh mal», sagt er, «sieh mal, was passiert ist.»

Die Samen sind aufgeplatzt. Ein starker, gekrümmter Keim wächst heraus, als ob er sich nach einem langen Schlaf recken müsste. Zwei winzig kleine Blättchen sitzen wie zusammengefaltete Flügel an der Spitze.

«Das sind Babys», sagt Tufty. «Total zerbrechlich. Um Babys muss man sich kümmern. Komm.»

Am anderen Ende von Tuftys Parzelle stehen in zwei langen Reihen hohe Wigwams aus Bambusrohren. Wenn man sie mit Blättern bedecken würde, wären es phantastische Hütten oder Verstecke.

«Schau mal hier», sagt Tufty. «Wir müssen diese Keimlinge ganz vorsichtig setzen. Drück eine kleine Mulde in die Erde, direkt an den Bambusrohren, so, und gieß ein wenig Wasser rein. Und dann lass das Babypflänzchen reingleiten.»

Leon kniet sich hin und schiebt die Mulde vorsichtig mit etwas Erde zu, und dann sieht der Setzling aus, als wäre er immer schon dort gewesen.

«Du hast es raus, Kumpel. Du hast es echt raus. Jetzt gieß noch ein bisschen mehr Wasser drauf. Aber ertränke es nicht.»

«Warum muss man es so nah an das Bambusrohr stecken? Wächst das auch?»

«Nein, nein», antwortet Tufty, «diese Pflänzchen brauchen eine Stütze. Sie müssen sich an etwas Starkem festhalten, wenn sie wachsen. Sie winden sich um den Bambus, und dann, nach ein paar Monaten, können wir die Bohnen ernten.» Tufty richtet sich auf. «Wir müssen noch eine Menge Setzlinge auspflanzen. Schau mal, ich lege sie in die Mulde, du gießt sie.»

Also folgt Leon Tufty von Pflänzchen zu Pflänzchen und wässert die Erde um die Bambusrohre herum. Er geht zur Regentonne und wiederholt alles wieder und wieder, bis er fertig ist. Als sie zurück zum Schuppen gehen, diskutieren Tuftys Freunde immer noch. Castro steht da, wedelt mit den Armen und zeigt auf die Straße.

«Seht ihr nicht, was die Polizei mit Schwarzen macht? Sie halten sie an und durchsuchen sie. Hörst du nicht die Nachrichten, Johnson?»

Leon tut Mr. Johnson leid, weil er immer wieder versucht, etwas zu sagen, aber Castro ist einfach zu laut. Mr. Johnson spricht ganz leise, aber Leon merkt, dass er wütend ist.

«Beiß nicht die Hand, die dich füttert, Castro», sagt er. «Arbeite mit den Händen, die Gott dir geschenkt hat.» Er sieht zu Leon herüber und schließt langsam die Augen. «Niemand hört mehr zu.» Dann steckt Mr. Johnson die Hände in die Taschen und geht fort.

Tufty hält seine Pflanzenschaufel in die Höhe. «Ruhig, ruhig. Seid leise. Ich bin schon verwarnt worden.» Ein paar Minuten lang sagt keiner ein Wort, und dann klatscht Tufty in die Hände. «Kommt ihr Samstag alle zum Rialto-Tanzclub? Die lassen mich auftreten, also hört mal zu, ich will mein neues Gedicht vortragen.»

Sie rücken alle ihre Klappstühle zurecht, bis sie ihm zugewandt sitzen. Er pflückt ein gelbes Blümchen und hält es hoch. Er zupft ein Blütenblättchen ab, dann ein zweites und macht damit weiter, während er rezitiert. Alle lachen.

«Ich nenne es *Verschwörung*.»

«Sie liebt mich.
Sie liebt mich nicht.
Sie liebt mich.
Sie liebt mich nicht.
Also pack ich Platten und Hydrosystem
Und gehe schnell, bevor wir uns wiederseh'n.
Und ich gehe stolz, dreh mich nicht um.
Meine Mutter sagt nichts, als ich wiederkomm.
Aber sie lässt mich hart arbeiten, bis auf die Knochen.
‹Steh auf, Tufty, los, hilf mir beim Kochen.
Öffne das Fenster.
Schließe die Tür.

Trag meine Tasche vom Laden bis hier.
Wehe, dir geht hier das Feuer aus.
Stell eine Falle auf für die Maus.
Hack Holz, deck die Tische,
Schäl Yams und geh fischen.›
Und wenn ich schlaf, kommt sie ins Zimmer,
weckt mich auf, gibt mir den Besen immer.
Stets nur Arbeit, niemals mal Frieden,
ich träum von dem Mädchen, das ich wollte lieben.
So kriech ich zurück zu ihr, die ich ließ sitzen,
‹Rett mich vor der Mami!›,
wein ich und muss schwitzen.
Sie liebt mich, ja, und es ist glasklar,
Dass das Mums und ihr Plan gemeinsam war.»

Seine Freunde lachen jetzt alle, alle außer Castro. Tufty wedelt
mit der Hand. «Wartet, ich hab noch eine Strophe.»

«Verdammte Mädchen! Mehr hast du wohl nicht im Kopf,
Tufty?»

Der lächelt und breitet seine Arme aus. «Na komm schon, Castro, Mann, reg dich ab.»

Leon beobachtet, wie Castro mit schlenkernden Armen da-
vongeht und dabei ein Steinchen vor sich her kickt.

21

Leon hasst seine neue Schule. Weil er ganz viel Unterricht verpasst hat, als er noch bei Carol wohnte, sagen seine Lehrer ständig, dass er viel nachholen muss, aber Leon kann gut lesen und schreiben und rechnen, und der Unterricht ist sowieso langweilig. Die neue Schule in der Nähe von Sylvias Haus ist noch schlimmer als die anderen und seine Lehrerin auch. Ihm sind die Menschen im Viktorianischen Zeitalter völlig egal, er hat keine Lust, Geschichten zu schreiben, er will keine Bilder von Planeten und Sternen malen, und er hasst die Ausflüge, bei denen man nicht mal aufs Klo gehen darf. Und dann sind da zwei Jungs in seiner Klasse, die am selben Tag Geburtstag haben, und sie sind zusammen auf ein Konzert der Jackson Five gegangen und reden die ganze Zeit davon. Mittags spielt Leon manchmal Fußball, und manchmal setzt er sich zu Martin, der eine Klasse unter ihm ist. Martin hat keine anderen Freunde und lebt auch bei Pflegeeltern. Manchmal kriegt Martin Ärger, weil er sich prügelt. Er gewinnt immer.

Sylvia musste am Freitag in die neue Schule kommen, um mit der Schulleiterin und seiner neuen Lehrerin zu sprechen. Leon konnte nicht an der Tür lauschen, weil die Schulsekretärin ein Auge auf ihn hatte. Er musste ganz ruhig dasitzen und konnte nichts tun, während die drei Stimmen im Zimmer nebenan über ihn redeten. Er wusste, was sie sagen, aber er wollte es trotzdem hören. Endlich öffnete sich die Tür, und er ging hinein. Lehrer sind wie Sozialarbeiter, mit ganz vielen verschiedenen vorgetäuschten Stimmen und Lächeln. Die Schulleiterin hüstelte und nahm ein Blatt Papier in die Hand.

«Zuallererst, Leon, wollen wir, dass du weißt, dass Woodlands Junior School eine integrative Schule ist. Wir wollen, dass alle unsere Schüler erfolgreich sind.»

Sie wartete, dass er ja sagte.

«Das hast du sehr gut gemacht, Leon.» Sie hielt ein Bild hoch, das er im Kunstunterricht gemalt hatte. Es ist ein Bild vom erwachsenen Jake, der aussieht wie Bo Duke von *Ein Duke kommt selten allein*. Er hat gelbes Haar, steht neben einem roten Auto und hält ein Gewehr in der Hand. «Wir sehen alle, wie viel Mühe du dir bei diesem Bild gegeben hast. Daher wissen wir, dass du, wenn du willst, hart arbeiten kannst. Dieses Bild beweist es. Aber, Leon, du musst dir in allen Fächern Mühe geben. Ist dir das bewusst?»

«Ja.»

«Wir haben darüber schon gesprochen, aber diesmal möchte ich dich bitten, dass du dir besonders Mühe gibst, wirklich, wirklich ganz viel Mühe, in der Klasse aufzupassen. Ja?»

«Ja.»

«Und kein Fluchen mehr.»

«Ja.»

«Ja, Miss», sagte die Schulleiterin. «Ja, Miss, oder: Ja, Mrs. Smith, oder: Ja, Mrs. Percival.»

«Ja, Mrs. Percival.»

«Und nicht ständig auf die Toilette gehen. Du gehst einmal morgens und dann wieder in der Pause. Ja?»

«Und wenn ich mittendrin mal muss?»

Sylvia schüttelte den Kopf. «Halt es einfach an, Leon, so wie die anderen. Mach dir bis zur Pause einen Knoten rein. Das will die Lehrerin dir sagen. Oder geh einfach, bevor der Unterricht anfängt.»

«Ja, Miss Sylvia», sagte Leon. Er sah, dass die beiden Lehrerinnen einen Blick wechselten. Sie mögen sie auch nicht.

Dann fing seine Lehrerin an, mit einer Stimme über gutes Benehmen und Einsatz zu sprechen, die sie nur benutzte, wenn Eltern oder andere Lehrer dabei waren. Die ganze Zeit beobachtete er, wie sie an ihrem Ehering herumdrehte, weil sie beide wussten, dass Leon sowieso keine Sternchen für besondere Leistungen bekommen würde.

Auf dem Heimweg sah Sylvia bei einem Geschäft ins Schaufenster, das Fernseher verkaufte. Sie sagte, dass einer der Fernseher eine Fernbedienung hatte, sodass man ihn ausschalten könne, ohne aufzustehen. Wie von Zauberhand. Wenn Leon eine Fernbedienung hätte, würde er im Bett liegen und Sylvia ausschalten, *klick*, und dann die Lehrer, *klick*, und die Sozialarbeiterinnen, *klick, klick, klick*. Dann würde er die Fernbedienung mit einem großen Hammer zerstören, damit sie nie wiederkommen würden.

22

Endlich. Leon hat zur Halbjahrespause eine ganze Woche frei. Er fährt zu den Schrebergärten, aber Tufty ist nicht da, also fährt er den Hügel hoch und runter, um zu sehen, wie schnell er werden kann. Wenn er schnell genug fährt, dann hat er so ein flatteriges, glückliches Gefühl im Bauch, als ob er ein Superheld wäre, als ob er nicht oben auf dem Hügel anhalten müsste, sondern einfach weiter über die Autos und die Dächer und die Telegrafenmasten fliegen könnte, weit weg, über die Stadt hinweg, und von oben auf die Gärten mit all den Kindern und Babys hinunterschauen und sehen kann, wo Jake gerade ist, und Jake würde winken, und Leon würde rufen: «Ich kann dich sehen, Jake! Ich kann dich sehen!»

Aber dann fährt er immer nach Hause, stellt sein Fahrrad in den Garten und nimmt den Rucksack ab.

Leon hört die Frauenstimmen, bevor er die Hintertür aufmacht. Es klingt wie eine Party. Das muss Maureen sein. Sie ist wieder da. Er rennt ins Wohnzimmer. Ganz viele Frauen stehen da mit Kaffeebechern und Zigaretten, andere sitzen und essen Kuchen und Brötchen, und sie reden alle gleichzeitig, genau wie Tuftys Freunde. Aber keine Maureen. Sie sagen immer, dass sie ganz bald aus dem Krankenhaus entlassen wird, aber sie sagen nicht die Wahrheit.

Leon guckt sich eine Frau nach der anderen an, aber sie bemerken ihn gar nicht. Eine redet mit dem Mund voller Kuchen; sie hat viel zu viele Ringe an den Fingern und eine Falte am Hals. Sie wirft den Kopf zurück und lacht, und er sieht den ganzen zermatschten Kuchen als Schmiere auf ihrer Zunge. Maureen würde sie nicht mögen. Wenn sie hier wäre, würde sie sagen: «Mach die Futterluke zu», oder: «Manieren, bitte.»

Sylvia sieht ihn und führt ihn zurück in die Küche.

«Schinkensandwich, Milch, Doughnut und dann ab in dein Zimmer.»

Leon setzt sich und isst.

«Also, ich denke, Sylvia», sagt die dicke Frau, «dass wir nicht auf das Wetter vertrauen können. Auch nicht im Juli. Es kann auch da ganz schön schiffen.»

Die anderen Frauen nicken und sagen: «Das stimmt.»

«Also machen wir am besten zwei Pläne. Das Gemeindezentrum, wenn es regnet, und wenn nicht, dann sperren wir den Weg ab und machen eine Straßenparty.

«Oh, ich kann's kaum erwarten.»

«Ich glaube, dafür braucht man eine Genehmigung.»

«Was ist mit dem Verkehr?»

«Eine Katastrophe, wenn es regnet.»

«Aufregend, oder?»

«Der Rat hat ein Infopaket.»

«Tische und Stühle.»

Sie reden alle gleichzeitig, und es wird viel zu laut, sodass Sylvia die Hand hochhält. «Papier und Bleistift, Papier und Bleistift.» Sie öffnet die Schublade in ihrer Kommode und setzt sich dann wieder mit einem Notizblock und einem Kugelschreiber. «Barbara, du sagtest, du könntest ein paar Wimpel besorgen?»

«Ja», antwortet die Frau vom Sofa. «Ich hänge ein rosafarbenes D für Diana auf rotem Hintergrund und ein hellblaues C für

Charles auf marineblauem Hintergrund aus. Und dazwischen weiße Dreiecke mit Herzen drauf.»

Sie machen alle gleichzeitig «Aaah».

Sylvia schreibt es auf. «Maxine, Union-Jack-Hüte. Sheila, wo ist Sheila? Da bist du ja. Tapeziertische, sechs Stück. Ann ruft im Gemeinderat an. Rose, du hast gesagt, dass du ein paar Stühle besorgen kannst. Was noch?» Sylvia zeigt mit dem Kugelschreiber auf eine Frau. «Ja, Sue, du hast Käsegebäck vorgeschlagen.»

Sue hat noch den Mund voll, deshalb spricht sie aus dem Mundwinkel. «Würstchen im Schlafrock und Quiche.»

Sylvia schreibt es auf und verteilt die Aufgaben, bis sie die Seite umschlagen muss.

Leon isst auf, bleibt aber, wo er ist, weil einfach zu viele Leute zwischen ihm und dem Flur sind. Eine Frau reicht eine Zeitschrift herum, in der es um die königliche Hochzeit geht, und eine andere sagt, dass sie eine wunderschöne Prinzessin sein wird.

«Eine Königin, meinst du», verbessert Sylvia, und sie sagen alle: «Ja, eine Königin», und es wird ganz still im Zimmer, bis Sylvia aufsteht.

«Wir haben eine Menge zu tun. Nächstes Treffen bei …»

«Bei mir», sagt Sue, und sie stehen alle auf mit ihren Handtaschen und Illustrierten und Kuchenstücken. Sylvias Liste liegt noch auf dem Sofa. Leon sieht sie von seinem Platz in der Küche aus. Der Kuli rutscht zwischen die Sofapolster, und er hofft, dass er ausläuft und einen Fleck hinterlässt. Es gibt einen Stau an der Haustür, weil alle gleichzeitig gehen wollen. Leon rutscht von seinem Stuhl, geht um das Sofa herum, nimmt den Notizblock, steckt ihn in die Hosentasche und versucht, an ihnen vorbeizuschlüpfen. Aber sie sehen ihn. Einige tätscheln ihm den Kopf

145

oder die Wange und sagen: «Gott segne ihn», oder: «Kleines Schätzchen.»

Er geht in sein Zimmer und setzt sich aufs Bett. Er liest Sylvias Liste durch. Ein Essen, dazu ein Name, Essen, Name, Essen, Name. Er faltet den Zettel immer wieder, bis daraus ein kleiner Quader geworden ist, der in seine Federtasche passt.

Weil keine Schule ist, erlaubt ihm Sylvia, die Zehn-Uhr-Nachrichten zu schauen. Die sind immer langweilig, und Leon hört gar nicht richtig zu, aber immerhin muss er dann nicht im Bett liegen. Wenn etwas über Lady Diana gesendet wird, macht Sylvia immer den Fernseher lauter.

«Sieh dir das Kleid an», sagt sie. «Rot. Nur mutige Blondinen tragen Rot.»

Plötzlich schnellt sie vor und legt die Hand auf den Mund.

«Oh mein Gott! Das ist die Carpenter Road!» Sie rennt zum Fenster und zieht die Vorhänge auf. Sie geht zur Tür, macht auf und schaut die Straße entlang. Leon folgt ihr. Überall stehen Leute mit verschränkten Armen in Grüppchen zusammen, die aussehen wie kleine Knoten, und gehen auf und ab. Ein Krankenwagen rast vorbei und dann ein Feuerwehrauto, dann ein Polizeiwagen. Dann noch ein Polizeiwagen, aber der hält, und die Leute treten an ihn heran.

Leon steht vor Sylvias Tür. Es riecht nach Lagerfeuer, und es herrscht eine gedämpfte, aufregende Stimmung. Er weiß, wo Sylvias Portemonnaie ist. Er geht rein und klappt ihre Tasche auf. Ihr Portemonnaie hat oben eine Schließe, die er aufmacht. Eine Zehn-Pfund-Note und ein paar Münzen liegen drin. Er ist ganz ruhig und leise und sieht den Schein an und stellt sich vor, wie es wäre, ihn zu besitzen. Er würde in den Zug steigen und seine Mum suchen. Er würde mit dem Taxi hinfahren. Und dann würden sie beide aufbrechen, um Jake zu holen. Er würde noch

mehr Cream Soda für Tufty kaufen. Er nimmt den Schein heraus und befühlt ihn, weich und knittrig liegt er in seiner Hand.
Er könnte ihn mit Sylvias Liste zusammenfalten und ihn in
seine Federtasche legen oder in seinen Kissenbezug. Er starrt
die Zehn-Pfund-Note an und legt sie dann zurück. Er nimmt
eine Zwanzig-Pence-Münze und zwei Zehn-Pence-Stücke. Er
lässt ganz viele andere Münzen im Portemonnaie, sodass sie es
bestimmt nicht merkt. Er will nicht, dass die Münzen in seiner
Hosentasche klimpern, also hält er sie in der Hand, ganz fest. Er
geht im selben Moment zur Tür, als Sylvia wieder reinkommt.

«Carpenter Road», sagt sie. «Sie laufen durch die Carpenter
Road und werfen Fenster ein und rauben die Wohnungen aus.
Carpenter Road. Ist das zu glauben? Da unten ist massenhaft
Polizei. Zwei Läden haben sie angezündet. Nach allem, was man
hört, ist es dort wie in Beirut.» Sie setzt sich aufs Sofa und zündet sich eine Zigarette an. «Das ist viel zu nah, als dass man sich
sicher fühlen kann.» Leon sagt nichts, und dann dreht sie sich zu
ihm um. «Ist schon gut, Schatz. Mach dir keine Sorgen. Komm
her.» Sie nimmt seine beiden Fäuste in die Hände. Leon spürt,
wie die Münzen in seine Handflächen schneiden.

«Du hörst nicht richtig zu. In unserer Straße passiert nichts.
Wir sind hier sicher. Jetzt ab mit dir ins Bett.»

Leon zieht hastig seine Hände weg und geht in sein Zimmer.
Er steckt die Münzen in seine Schulschuhe und stellt sie unters
Bett. Seine Hände riechen nach Metall.

23

Leon hat ein neues Batman-T-Shirt und neue weiße Turnschuhe mit schwarzen Schnürsenkeln. Wenn er sie im Schrebergarten trägt, dann werden sie vielleicht schmutzig, aber wenn er es nicht tut, dann sieht sie keiner. Sylvia möchte, dass er kurze Hosen anzieht, weil Juni ist, aber die einzigen kurzen Hosen, die er mag, sind die Jeansshorts von Tufty.

«Kann ich die hier abschneiden?», fragt er und zeigt ihr seine Jeans.

Sylvia kneift die Augen zu Schlitzen zusammen. «Was?»

«Andere Jungs tragen auch abgeschnittene Jeans. Darf ich auch?»

Sylvia hält ihm die Jeans an. «Bist sowieso längst rausgewachsen, nicht wahr? Warte kurz.» Sie nimmt die Schere aus der Küchenschublade und schneidet die Beine ab. Sie legt die Kanten um, damit sie ordentlich aussehen, aber Leon wird sie fransig hängen lassen, sobald er draußen ist.

«Gefällt es dir so?», fragt sie und hält die abgeschnittenen Hosen hoch.

Er rennt in sein Zimmer und zieht sie an. Jetzt hat er sein Batman-T-Shirt, seine weißen Turnschuhe und seine Tufty-Shorts, und er sieht richtig alt aus, vielleicht sogar wie fünfzehn.

«Ooh, scher dich raus», sagt Sylvia und sieht zu, wie er die Hintertür öffnet und auf sein Fahrrad steigt. «Wie heißen deine Freunde eigentlich?»

«Wer?»

«Diese Kinder aus dem Park. Warum holen sie dich nicht ab?»

Leon zuckt mit den Achseln und drückt die Handbremse.

«Ich könnte euch ein kleines Picknick bringen, wenn du möchtest.»

Leon öffnet das Tor zur Einfahrt.

«Ich wette, du würdest deine Nägel lieber in Säure tauchen», sagt sie, und er fährt los. «Komm nicht zu spät!»

Er hört, dass sie dabei lächelt.

Leon hat vierzig Pence in seiner Hosentasche und hält vor dem Kiosk an. Es ist nicht so ein Kiosk wie dort, wo Maureen gewohnt hat, weil der nur Zeitungen und Süßigkeiten und Zigaretten verkauft hat. Dies hier ist ein Kiosk mit Klopapier und Vanillepuddingdosen und Waschmittel und Kohlköpfen, die draußen auf dem Bürgersteig liegen, und wenn Sylvia etwas braucht, schickt sie Leon immer zum Kiosk, um es dort zu besorgen.

Manchmal bedient ein alter Pakistani, manchmal ein junger. Der junge sieht nie von seiner Zeitung auf, aber der alte Mann folgt Leon und fragt ihn, was er sucht.

«Kann ich ein Curly Wurly haben, bitte?», fragt er, weil die Süßigkeiten oben neben der Kasse liegen.

Der alte Mann streckt die Hand nach dem Geld aus.

«Und eine Stange Toffos», sagt Leon.

«Zwanzig Pence», sagt der Mann.

Leon mag es gar nicht, wenn er im Voraus bezahlen muss, gibt dem Mann aber das Geld, und der Mann gibt ihm die Süßigkeiten. Dann sieht er Leon immer noch so an, als ob er nicht bezahlt hätte.

«Hast du mein Fenster gesehen?», fragt der Mann.

«Nein», antwortet Leon, guckt hin und sieht ein großes Stück Pappe, das über die untere Hälfte der Glastür geklebt ist.

«Hast du nicht gesehen, was passiert ist? Leute sind hier rumgerannt und haben Läden verwüstet und Steine geworfen. Warum macht ihr so was?»

«Ich war's nicht», sagt Leon und schiebt sein Fahrrad aus dem Kiosk. Leon wirft Steine nur über den Zaun im Schrebergarten, wenn er Tufty beim Umgraben hilft, also stimmt nicht, was der Pakistani sagt.

Er schafft es sogar, das Curly Wurly zu essen und gleichzeitig Fahrrad zu fahren. Curly Wurlys sind ziemlich zäh und halten ewig, aber sie schmelzen auch, wenn man sie zu fest hält oder sie in die Hosentasche steckt, also muss man sie schnell aufessen.

Am Tor steigt er vom Rad und schiebt es an Mr. Devlin vorbei. Mr. Devlin hat ein Wigwam aus Bambusrohren gemacht, genau wie Tufty, und er steht mit einer Tüte Samen daneben. Er schwankt ein wenig hin und her, aber als er Leon sieht, ruft er ihn ran. «Komm, komm. Komm mal her! Ich will dir was zeigen, junger Mann.»

Leon riecht seinen sauren Whiskyatem.

Mr. Devlin nimmt eine Handvoll Samen und lässt sie durch seine Finger rieseln, immer vier oder fünf kleine braune Samen, die in einem kleinen Häufchen direkt neben den Bambusrohren landen. «Drück sie rein, drück sie rein. Nicht nur zugucken.»

Leon drückt sie mit seinen Fingern hinein, immer einen in seine Mulde. Er hockt auf der Erde, damit er seine neuen Shorts nicht schmutzig macht, und bewegt sich im Froschgang um die Wigwams herum, immer hinter Mr. Devlin her, der nicht mehr ganz gerade geht und auch nicht mehr deutlich spricht.

«In São Paulo ist die Saison länger. Das ist der Unterschied. Kein Frost. Kühle Nächte. Und genug Feuchtigkeit. Ha! Nass bis auf die Haut, würde ich sagen. Dummer Junge. Nein, nicht dumm. Sag das nicht.»

Mr. Devlin hört sich an, als ob er am Telefon spricht, als ob am anderen Ende der Leitung jemand antwortet. Plötzlich sieht er Leon an und legt ihm die Hand auf die Schulter.

«Er hatte so viel Energie, genau wie ich, als ich klein war. War nie ruhig, konnte nicht eine Minute stillsitzen. Ist immer volle Pulle gerannt. Sie hat ihn nie erwischt.»

Mr. Devlin geht zu seinem Halbwegshaus und kommt mit einer zerbeulten khakifarbenen Gießkanne und einer Plastikflasche zurück. Jetzt klingt er wie ein Kind. «Würdest du mir bitte damit helfen? Ich wäre dir sehr dankbar, wenn du mir helfen würdest. Wirklich.»

Sie gießen zusammen die Saat, genau wie es ihm Tufty gezeigt hat. Mr. Devlin redet jetzt nicht mehr. Leon sieht ihn an, wie er seine Samen begießt, aber sein Gesicht ist ganz traurig, und die Lippen sind schmal.

«Ich muss jetzt los», sagt Leon, aber Mr. Devlin sagt nicht mal Tschüs. Er sinkt zusammen und trottet in seine Hütte, dabei schwankt er hin und her, und Leon findet, dass er viel älter aussieht als sonst.

Von irgendwoher kommt Musik, Reggae. Tufty hat offenbar ein Radio, aber als er zu Tuftys Parzelle kommt, sieht er ihn nirgendwo, und es ist wieder alles ganz still. Leon macht die Schuppentür auf. Darin sitzt Tufty vor einem riesigen, riesigen, riesigen silbernen Kassettenrekorder. Er ist breiter als Tuftys Brustkorb, mit zwei runden Lautsprechern vorn und Rädchen und Tasten und allem. Tufty hält ein Päckchen Batterien in der Hand und hat die hintere Verkleidung des Rekorders abgenommen.

«Wow!», sagt Leon. «Was ist das?»

«Boombox», sagt Tufty, «Panasonic 180 Ghettoblaster.»

«Ist das deiner?»

«Frag bloß nicht, was der gekostet hat. Ich kann mir so was nicht leisten, weißt du.»

«Was hat er gekostet?»

«Nimm dein ganzes Taschengeld zusammen und multipliziere es mit deinem Alter. Ich habe ihn hergebracht, damit ich hier ein bisschen Musik habe, wenn ich arbeite, aber die Batterien sind runter. Ich hoffe zumindest, dass es an den Batterien liegt. Da trage ich das Ding einmal aus dem Haus, und dann das. Aber egal, wenn das Ding kaputt ist, bringe ich es sofort in den Laden zurück.» Er klickt acht dicke Batterien an ihren Platz und befestigt die Plastikabdeckung. Er stellt den Rekorder auf die Bank. «Mal sehen. Drück die Daumen.»

Leon hält seine Daumen hoch, damit Tufty sie sehen kann. Klick. *Duuuuuuufff. Duuuuuufff.* Die Bässe hauen Leon fast um.

«Yeah, Mann!», schreit Tufty. «Spürst du das?»

Leon legt die Hand auf die Brust und fängt an zu kichern.

«King Tubby, Kumpel. Es gibt nichts Besseres als King Tubbys Dub-Reggae.» Er dreht den Regler, und der Bass, so schwer wie Beton, lässt den gesamten Schuppen erzittern. *Duff, duff, duff. Duff, duff, duff.* Tufty nickt im Takt der Musik und schließt die Augen. Er lehnt sich zurück, beugt sich wieder vor, lehnt sich zurück, beugt sich vor, nickt im Takt der Musik, lehnt sich zurück. Er verliert sich darin, und Leon spürt es ebenfalls. Er spürt, wie der warme Strom des Schalls von seinem Bauch hoch in den Hals steigt. Er beginnt zu nicken und sich zu wiegen, und wenn er die Augen schließt, spürt er es noch stärker, er spürt, wie sich seine Arme von alleine heben und seine Füße sich auf dem Holzfußboden in Bewegung setzen.

Duff, duff, duff. Duff, duff, duff.

Die Musik bleibt immer gleich, nur das Wummern der Bässe, immer weiter, immer wieder, gleichmäßig wie sein Herzschlag.

Duff, duff, duff.

Als er die Augen öffnet, steht Tufty mit verschränkten Armen da, hinter seiner Hand verbirgt er sein breites Lächeln. «Yes, Sir! Du spürst es! Du spürst es echt! Das macht ein ordentlicher Dub mit einem. Wo warst du, hä? Warst du irgendwo?»

Leon nickt.

«Gut?»

«Ja.»

Tufty klatscht in die Hände und lacht. «Du und ich, Kumpel, wir sind echt cool. Yes! Komm, ich hab noch mehr Songs für dich.» Tufty spielt Leon ganz viele unterschiedliche Songs vor und erklärt ihm, wer sie singt: King Tubby, Bob Marley, Dennis Brown, Burning Spear, Barrington Levy. Die ganzen Namen verschmelzen zu einem einzigen Sound.

Duff, duff, duff. Black Pow-er. Duff, duff, duff. Black Pow-er.

Als Leon wieder auf sein Fahrrad steigt, muss er an Jake denken, wo er wohl ist und was er gerade tut und wie er ihn finden kann. Er stellt sich vor, wie Jake auf seiner Babytrommel zu Tuftys Musik trommelt. Leon tritt zum Beat der Songs in die Pedale. Duff, duff, duff. Den ganzen Weg nach Hause.

24

Weil der Weg zum Familienberatungszentrum so weit ist, muss Leon zweimal die Nachrichten hören. Als das Zebra gekommen ist, dachte er schon, dass er vielleicht noch ein Geschenk wie das Fahrrad bekommt, weil sie gesagt hat, dass sie eine Überraschung für ihn hat. Aber es war viel besser als ein Fahrrad. Seine Mum ist zurückgekommen. Er rennt die Treppe hoch, holt seinen Rucksack und setzt sich sofort auf den Rücksitz des Autos, aber Zebra steht mit Sylvia vor der Haustür und unterhält sich ewig mit ihr. Leon kurbelt das Fenster runter, damit er hören kann, was sie sagen.

Das Zebra spricht zuerst über Maureen. «Sie darf sich nicht überlasten, wenn sie entlassen wird.»

«Es liegt auch an ihrem Gewicht.»

«Eine unserer besten Pflegemütter, aber ich weiß nicht, ob sie noch mit so einem Energiebündel wie diesem hier zurechtkäme.»

«Genau das habe ich auch gedacht.»

«Aber sie ist so engagiert. Wäre schön, wenn wir mehr von ihrer Sorte hätten.»

«Ich werde ihr mal ordentlich den Marsch blasen, das kann ich Ihnen sagen.»

«Leon vermisst sie, oder?»

«Und ich erst.»

«Wir suchen eine dauerhafte Lösung für Leon. Ein Langzeit-Pflegeverhältnis wäre natürlich das Beste, aber diese Plätze sind rar gesät. Dafür muss man eine passende Familie finden, und dann spielen da noch andere Faktoren eine Rolle ...»

Sylvia fängt an, über die königliche Hochzeit zu reden. «Was sie wohl für ein Kleid trägt?»

«Ich bin keine Monarchistin, beim besten Willen nicht, aber ich dachte, dass wir wenigstens einen Tag freibekommen.»

«Das ist wirklich erbärmlich», sagt Sylvia und macht einen kleinen Schritt zurück.

Das Zebra beugt sich vor. «Stellen Sie sich nur mal vor, wie viel Geld die ausgeben. Für all den Pomp und den Luxus. Das ist doch ein Vorzeigeprojekt für die Monarchie, eine Party, für die aus ganz Europa sämtliche Großkopferten eingeflogen werden. Was glauben Sie, wer das alles bezahlt?»

«Die haben wahrscheinlich ihre eigenen Flugzeuge.»

«Und dann die Hotels, die Autos, das Hochzeitsfrühstück.»

«Wir machen ein Straßenfest», sagt Sylvia, die Hand schon auf der Türklinke.

Das Zebra holt ihre Schlüssel aus der Tasche und klimpert damit. «Hübsches Mädchen, aber ich würde um nichts in der Welt an ihrer Stelle sein wollen.»

«Nein?» Sylvia winkt Leon zu: «Benimm dich», dann verzieht sie ihr Gesicht zu einem Lächeln. «Bis später.»

Im Radio des Zebras ist es wieder dasselbe. Die Hochzeit und die Randale und der Ire, der sich im Hungerstreik zu Tode gehungert hat, dann der angeschossene Papst und dann so viel Zeug, dass Leon nur noch aus dem Fenster schaut und sich vorstellt, wie ein Flugzeug mit den großen Köpfen aus Europa herfliegt. Die Köpfe kullern herum und fallen von den Sitzen. Einige von ihnen sind französisch, andere spanisch, aber das weiß man erst, wenn sie anfangen, sich in ihren Muttersprachen zu unterhalten. Leon muss lachen, und das Zebra sieht es.

«Freust du dich auf deine Mum, Leon?»

«Ja.»

«Das freut mich sehr für dich, Schatz. Das ist ein wichtiger Tag. Du hast lange darauf gewartet. Es ist schon ein paar Monate her, seit du sie zum letzten Mal gesehen hast, oder?» Sie fährt auf den Parkplatz der Familienberatungsstelle und schaltet den Motor aus. Sie dreht sich in ihrem Sitz um, sodass sie ihn ansehen kann. «Also, als deine Mum letztes Mal zu Maureen gekommen ist, um dich zu sehen, ist es ja nicht so gut gelaufen, deshalb sind wir jetzt hier.»

Leon nickt.

«Und die Dinge sind in letzter Zeit ein bisschen aus dem Ruder gelaufen, oder, Leon?»

Leon sagt nichts.

«Lügen? Freches Benehmen in der Schule? Dinge stehlen, die Sylvia gehören?»

Leon sieht sie an.

«Sie merkt das, Leon.»

Er schaut aus dem Fenster, und das Zebra wartet, bis er sie wieder ansieht.

«Wir müssen einen Schritt nach dem anderen machen, okay? Wir wollen, dass du glücklich bist, Leon. Das wollen wir wirklich, aber das bedeutet auch, dass du versuchen musst, dich gut zu benehmen. Erinnerst du dich noch, was du mir versprochen hast, als ich dich das letzte Mal zu Maureen gebracht habe? Du erinnerst dich doch daran, oder?»

«Ja.»

«Und wie lautete das Versprechen?»

«Wenn ich mich gut benehme, fährst du mich wieder zu Maureen.»

«Und?»

«Und ich habe aufgehört zu klauen.»

«Und?»

«Und Jake ist bei seinen neuen Eltern.»

«Ja, aber das gehört nicht zu dem Versprechen, Leon, das war ...»

«Und ich darf meine Mum nicht jedes Mal sehen, wenn ich möchte.»

Das Zebra schließt die Augen und kratzt sich an der Stirn. «Ich weiß, dass es nicht leicht ist, Leon.» Dann dreht sie sich wieder zur Windschutzscheibe um und sagt: «Es ist verdammt hart.» Sie hustet. «Also, deine Mum ist dadrin, im Familienzentrum, da drüben. Es geht ihr immer noch nicht richtig gut, aber sie sagt, sie kommt mit einem Besuch zurecht. Sie hat außerdem eine lange Reise hinter sich, also ist sie vielleicht müde.»

«Ist sie mit dem Mann gekommen?»

«Nein, wir mussten sie abholen. Zwei Stunden dorthin, zwei Stunden zurück. Eine tolle Reise für mich auf der Autobahn um acht Uhr morgens. Na komm und nimm deine Tasche mit.»

Im Familienberatungszentrum riecht es nach bitterem Kaffee und Abwasch, es ist wie in einem Krankenhaus, bloß ohne die Ärzte. Sozialarbeiter sitzen an ihren Tischen, und überall sitzen Menschen auf Stühlen und warten auf etwas. Eine Frau mit einem gebrochenen Arm schreit, und ein Sozialarbeiter schreibt alles in eine Akte, weil Sozialarbeiter genau wissen müssen, wann die Leute schreien und wann die Leute jemanden besuchen und wann sie ihnen die Kinder wegnehmen. Leon weiß, was auf dem Papier steht: *8. Juni. Sie schreit. Sie hat einen gebrochenen Arm. Ihre beiden Kinder kreischen und rennen die Flure entlang.*

Leon sieht seine Mum nirgends, aber er geht dem Zebra hinterher, das jeden einzelnen Menschen in dem ganzen Gebäude zu kennen scheint.

«In Ordnung, Pat. Okay, Leslie. Glynis! Glynis! Hallo! Hab dich ja ewig nicht mehr gesehen. Ich bin gleich zurück, muss nur noch einen Besuch einleiten. Alles klar, Bob. Du beaufsichtigst diesen Besuch? Nein? Wer denn dann?»

Das Zebra spricht mit einem Mann im karierten Hemd. Er ist am Telefon, redet aber gleichzeitig mit ihr.

«Bob? Ich sagte, wer betreut diesen Besuch?»

«Bernie ist fast fertig. Sie kann übernehmen.»

Das Zebra starrt ihn an. «Das glaube ich kaum, Bob.»

Sie sagt Leon, dass er sich hinsetzen soll, und geht ins Büro, aber er hört sie trotzdem.

«Wie geht es ihr? Wo ist sie, Bob?» Das Zebra klingt verärgert, und Leon begreift, dass sie die Vorgesetzte von Bob ist und Bob sie nicht mag.

«Familienzimmer. Sie ist nicht abgehauen. Sie hat ein Sandwich und einen Kaffee bekommen. Sie qualmt wie ein Schlot.»

«Na ja, immerhin ist sie nicht verschwunden, also machen wir wohl Fortschritte.»

«Vor ein paar Minuten ist sie über den Flur gegangen und hat dabei vor sich hin gemurmelt. Ich glaube, sie hat die Toilette gesucht oder den Ausgang, aber dann ist sie einfach wieder zurück ins Zimmer gegangen. Sie hat jedenfalls nach dir gefragt.»

«Nach mir?»

«Na ja, wann du kommst und warum das so lange dauert.»

«Undank …», sagt das Zebra. Sie sieht Leon, der an der Tür steht. «Na komm, Schätzchen.»

Sie gehen den Flur entlang und in ein kleines Zimmer, in dem zwei Sofas stehen und ein Wohnzimmertisch mit Spielzeugen drauf. Die sind für Babys, aber Carol hat ein Püppchen in der Hand und hält es ganz nah vor ihr Gesicht. Sie merkt nicht einmal, als Leon hereinkommt. Das Zebra muss es ihr sagen.

«Carol? Carol? Wir sind da. Leon ist da.»

Sie dreht sich langsam um und lächelt, aber sie sieht ihn nicht richtig an. Sie hat sich das Haar auf der falschen Seite gescheitelt, und sie ist dünn, sogar noch dünner als früher, und ihre Jeans schlackern an ihr herum. Aber vor allem sieht sie so aus, als hätte sie tagelang geweint, als ob ihre Augen flüssig wären, als ob ein Albtraum sie aus einem tiefen Schlaf gerissen hätte, als ob sie in ihrem ganzen Leben noch keinen Moment glücklich gewesen wäre. Sie streckt die Arme nach ihm aus, wie sie es früher immer getan hat, und drückt ihn ganz fest. Leon spürt wieder diese Sorge um seine Mum, weil sich niemand um sie kümmert. Sie hält ihn an den Schultern fest.

«Ich kann kaum glauben, wie groß du schon bist. Kaum zu glauben, dass du das bist.»

Leon setzt sich hin und nimmt seinen Rucksack ab.

«Wie geht es dir, Leon?», fragt sie und zündet sich eine Zigarette an.

Im Zimmer ist es so verraucht, dass das Zebra die Fenster öffnet und frische Luft hereinwedelt. «Carol, darf ich Sie darum bitten, sich ans Fenster zu stellen, wenn Sie rauchen wollen? Es ist nicht gut für Kinder. Andere Leute wollen auch noch in diesem Zimmer sitzen. Frauen mit Babys. Familien. Danke.»

Carol rührt sich nicht. Leon öffnet den Rucksack und schaut hinein. Er hat eine Menge Dinge zusammengesammelt. Sylvia hat gesagt, er soll auch sein Zeugnis mitnehmen.

«Das ist mein Zeugnis», sagt er.

Carol legt es sich auf den Schoß. «Bist du schlau?»

Leon sieht das Zebra an, das mit verschränkten Armen am Fenster steht.

«Jawohl», sagt das Zebra. «Das ist er.»

«Benimmst du dich?»

Leon nickt. «Und ich habe eine Zwei in Mathe.»

Carol fängt an, das Zeugnis auf ihrem Schoß zu lesen. Sie blättert langsam eine Seite nach der anderen um. Hin und wieder sieht sie auf und lächelt ihn an. Dann sieht sie das Zebra an. «Ist das hier ein Besuch unter Aufsicht?»

Das Zebra geht zur Tür. «Möchtest du etwas trinken und etwas zu essen, Leon? Für Sie auch etwas zu trinken, Carol, oder möchten Sie noch einen Kaffee?»

Carol antwortet nicht. Sie braucht ewig, um das Zeugnis durchzulesen, und Leon wird langsam wütend. Selbst er liest schneller als Carol, und er ist nicht mal zehn.

«Ich bring Ihnen einen Kaffee, in Ordnung?», ruft das Zebra und lässt die Tür zuknallen.

Carol sieht auf. «Die ist nicht nett, oder?»

Leon schüttelt den Kopf.

«Und sie sieht aus wie ein verdammter Dachs.»

Leon grinst, und Carol kichert, und dann fangen sie an zu lachen und können gar nicht mehr aufhören. Leon hat das Gefühl, als ob das Gelächter wie ein Fluss aus ihm strömt, Bauch und Kehle tun schon weh, es fließt nur so aus seinem Mund. Und bei Carol ist es auch so. Sie wiegt sich auf ihrem Sofa vor und zurück und hält sich den Bauch. Sie hat Tränen in den Augen, aber es sind gute Tränen. Leon muss sich keine Sorgen machen. Sie zeigt auf ihre Haare und versucht, etwas zu sagen, aber das klappt nicht, sie lacht zu heftig. Dann macht sie kleine Tierbewegungen mit ihren Händen, und Leon muss sich den Hals halten, weil er weh tut, und sein Kiefer auch, und der Schmerz macht einen kleinen weißen Raum in seinem Kopf. Er will für immer lachen.

Dann lässt sich Carol auf alle viere nieder und schnüffelt an Leons Beinen wie ein Hund, und das ist immer noch lustig. Dann kläfft sie wie ein Hund und scharrt an Leons Hose. Sie lacht nicht mehr, Leon auch nicht. Sie versucht ihn zu kitzeln, indem sie mit ihren Fingern an seiner Brust herumkrabbelt, aber er spürt es kaum durch sein T-Shirt, und er riecht ihren Tabakatem, stark und säuerlich. Sie hat den Kopf zur Seite geneigt und die Augen weit aufgerissen.

«Erinnerst du dich, Leon? Erinnerst du dich?»

«Ja.»

«Erinnerst du dich?»

«Ja, Mum.» Er hält ihre Hand fest, und sie legt ihren Kopf auf seine Knie.

Als das Zebra mit dem Kaffee kommt, steht Carol auf und setzt sich wieder auf das Sofa.

«Alles in Ordnung hier?», fragt das Zebra. Sie hebt eine Augenbraue und sieht Leon an, als hätten sie ein Geheimnis.

Carol zündet eine Zigarette an und tritt ans Fenster. Sie bläst den Rauch hinaus in die Bäume. Draußen ist ein klarer Tag, aber in Familienzentren ist das Licht immer so bläulich, sodass alles schlimm aussieht, das Spielzeug, die Akten, die Leute. Als das Zebra wieder weg ist, stellt sich Leon neben Carol.

Sie hält seine Hand und drückt sie.

«Kommst du zurück? Kommst du zu meinem Geburtstag zurück?»

Carol schließt die Augen und atmet einmal tief und zittrig ein. Leon denkt schon, dass sie jetzt anfängt zu weinen. «Siehst du Jake manchmal, Leon?»

«Nein, sie lassen mich nicht.»

«Mich auch nicht», sagt sie. «Mich auch nicht. Erinnerst du dich noch an ihn, Leon? Erinnerst du dich, wie es war, wenn er wütend wurde?»

Leon schweigt.

«Es hatte so viel Leben in sich, dieses Kind. Wie sein Dad.»

«Jake hat immer fünfmal hintereinander geniest», sagt Leon, «oder sechsmal. Und er hat beim Baden Schaum in die Nase bekommen.»

«Hat er? Er hatte damals diesen Husten, und ich musste im strömenden Regen mit ihm zum Arzt. Erinnerst du dich?»

Leon öffnet seinen Rucksack und nimmt das Glücksbärchi heraus.

«Sieh mal», sagt er.

«Das ist niedlich», sagt sie.

«Es gehört Jake. Maureen hat es mir gegeben.»

«Hat sie es gekauft?»

«Weiß ich nicht. Hast du noch das Foto von Jake?»

Carol sieht aus dem Fenster, nach links und nach rechts, als ob sie nach dem Mann mit dem Sportwagen Ausschau hält.

«Ich hasse Orte wie diese», sagt sie. Wenn sie seufzt, bebt ihr ganzer Körper, und sie drückt Leons Hand kurz und hart, dann lehnt sie sich gegen die Fensterbank und beginnt, ihren Kopf gegen das Glas zu schlagen.

Leon weiß nicht, ob er sich gut genug erinnert, um Jake nachzumachen, aber er muss versuchen, Jakes Stimme in seiner Kehle zu finden. Er macht ein paarmal das falsche Geräusch, aber dann kommt es. «Jeeeijii, jeeeijii, tatta, tatta.» Leon bewegt die Hände so wie Jake, wenn er mit einem Spielzeug auf seinem Hochsitz herumhämmert. «Leon! Leon! Ta-ta, ta-ta.»

«Ist er das?»

«So hat er gesprochen, Mum. Genau so.»

Sie halten sich fest, und er spürt, wie sich ihre Brust hebt und senkt und ihre bebenden Schluchzer. Leon muss es ihr sagen.

«Ich könnte er sein, Mum», sagt er. «Du könntest mich abholen, und manchmal könnte ich dann er sein.»

Leon träumt, dass er in einem Kochtopf steht, an dem weiße Flammen emporlecken. Er ist ganz glitschig und ölig und kann nicht raus. Er ist das Abendessen eines Ungeheuers. Dann rennt er barfuß durch glühenden Sand, Kilometer um Kilometer, aber es gibt nirgends ein Versteck, und wenn er nicht weiterläuft, kommt der Fuß eines Riesen aus dem Himmel und zerquetscht ihn zu Mus. Wenn es doch nur irgendwo Wasser gäbe. Er schreit, aber seine Kehle ist ganz ausgetrocknet und wund, und immer wenn er den Mund aufmacht, sagt jemand nein. Also sagt er auch nein, und dann sagen die anderen ihr Nein lauter und er wieder nein und nein und nein, und dann weckt Sylvia ihn auf.

Es ist dunkel draußen, aber alle Lichter sind an.

«Na komm, na komm», sagt Sylvia und hilft ihm, sich hinzusetzen. «Trink das. Ja, gut. Runter damit.» Sie legt ihm die Hand auf Stirn und Wange. «Du glühst ja», sagt sie. «Kein Wunder, dass du so ein Geschrei machst.»

Er stürzt das Wasser herunter und strampelt sich aus der Decke. «Mir geht's nicht gut.»

«Nein, Häschen», sagt sie. «Du siehst auch nicht gut aus. Ich bringe dir noch mehr Wasser. Du bleibst im Bett.»

Leons Rücken klebt am Laken. Er versucht, das Fenster aufzumachen, aber Sylvia erwischt ihn dabei und sagt ihm, er soll zurück ins Bett.

«Ich mach das», sagt sie. Als sie das Fenster öffnet, kommt eine wunderbare, kühle Brise ins Zimmer, und es geht ihm besser. «So, jetzt trink das, und nimm diese beiden Tabletten. Auf der Verpackung steht, dass man sie erst ab zwölf nehmen darf, aber du bist ja schon so groß wie ein Zwölfjähriger. Kann sicher nicht schaden.»

Die Tabletten sind riesige Kreideklumpen, und er braucht ewig, bis er sie runtergeschluckt hat. Sein Hals ist ganz wund, und sein Kopf ist heiß.

«Alles wird gut, Schätzchen. Nicht weinen», sagt Sylvia und nimmt seine Hand. «Du hast bestimmt die Grippe, das ist alles. Das bringt dich nicht um. Ich glaube, du hast auch ein bisschen das heulende Elend. Ist ja auch kein Wunder. Na komm, leg dich wieder hin, und ich helfe dir, dich abzukühlen.»

Sie nimmt Leons Comic vom Nachttisch und fächelt ihm damit Luft zu, kleine kühle Luftstöße, die über sein Gesicht und seinen Rücken gleiten. Sylvia ist nicht so nett wie Maureen, aber sie ist schlauer.

«Kannst du mir eine Geschichte erzählen?», fragt er.

Eine Weile sagt sie nichts, dann seufzt sie. «Ich könnte jetzt echt 'ne Kippe gebrauchen, aber das hilft dir nicht beim Einschlafen. Na gut. Lass mich kurz nachdenken.»

Sie braucht so lange zum Überlegen, dass Leon schon denkt, dass sie vielleicht nicht gleichzeitig Fächer sein und Geschichten erzählen kann. Aber weil ihm der Fächer lieber ist, sagt er nichts.

Plötzlich hält Sylvia inne. «Da fällt mir doch glatt eine ein», sagt sie und fängt wieder an zu fächeln. «Es war einmal ein Mann, der friedlich eine kurvenreiche Straße entlangfuhr. Plötzlich hopste ein kleines Häschen über die Straße, aber der Mann konnte nicht anhalten. Er fuhr nicht sehr schnell, aber sein Auto erfasste das Häschen. Klatsch. Der Mann hielt sofort an und sprang aus dem Auto, um nachzusehen, was passiert war. Da lag das Osterhäschen leblos mitten auf der Straße. Der Mann rief: «Oh nein! Ich habe ein schreckliches Verbrechen begangen! Ich habe den Osterhasen überfahren!» Der Mann brach in heftiges Schluchzen aus. Was sollte er nur tun? Wie konnte er das wiedergutmachen? Dann hörte er, dass ein anderes Auto kam. Eine Frau in einem roten Cabrio.»

«Was ist ein Cabrio?», fragt Leon.

Das Fächeln hört auf, und Sylvia antwortet: «Ein Auto ohne Dach. Soll ich weitererzählen?»

«Ja», sagt Leon, «aber nicht mit dem Fächeln aufhören.»

«Jedenfalls hielt die Frau an und fragte den Mann, was passiert sei. Der Mann erklärte: ‹Ich habe etwas Schreckliches getan. Ich habe den Osterhasen überfahren. Jetzt gibt es niemanden, der Ostern die Eier ausliefern kann. Alle Kinder werden traurig sein, und das ist ganz allein meine Schuld.› – ‹Das ist doch nicht so schlimm›, sagte die Frau und lief zurück zu ihrem Auto. Einen Moment später kam sie mit einer Spraydose zurück. Sie rannte zum Häschen und besprühte es damit. Das Häschen sprang sofort auf, rannte in den Wald, drehte sich noch einmal um und winkte dem Mann und der Frau zu. Dann lief es zehn Meter weiter, hielt wieder inne und winkte. Es winkte immer wieder, bis der Mann und die Frau das Häschen nicht mehr sehen konnten, weil es im Wald verschwunden war. Als es fort war, schüttelte der Mann den Kopf. ‹Wow! Was ist das für ein Zeug in der Dose?› Die Frau erwiderte. ‹Das ist Has-Spray. Es gibt neuen Schwung und neues Leben.›

Das ist keine Geschichte, sondern ein Witz.»

«Verstanden?», fragt Sylvia. «Haar und Hase. Haar auf dem Kopf und Hase. Bei Haarspray spricht man die beiden Wörter zusammen, sodass man sie nicht unterscheiden kann. Verstehst du?»

Sie hat jetzt aufgehört, ein Fächer zu sein, und Leon ist ganz schläfrig.

«Ist das das Ende?», fragt er.

«Na ja, nein. Der Hase ist weggehoppelt und erlebt noch viele Abenteuer. So wie du in deinem Leben noch viele Abenteuer erleben wirst. Wir erleben alle Abenteuer. Einige sind gut, andere nicht so gut. Du bist gerade in der Nicht-so-gut-Phase.»

«Was passiert noch mit ihm?»

«Das reicht für diese Nacht.» Sylvia steht auf und öffnet das Fenster ein wenig mehr. «Ich komme gleich noch mal und schaue nach dir. Schlaf jetzt schön.» Sie schaltet das Licht aus und schließt die Tür.

Als Leon aufwacht, scheint draußen die Sonne. Ihm ist noch immer viel zu heiß, aber sein Kopf tut nicht mehr weh. Er steht auf und geht die Treppe runter. Sylvia sitzt mit einer Tasse Kaffee und einer Zigarette vor dem Fernseher.

«Da ist er ja», sagt sie und lächelt. «Wie geht es dem kleinen Soldaten?»

Leon geht in die Küche, holt sich ein Glas Wasser und setzt sich neben Sylvia. «Mir ist ganz heiß», sagt er. «Muss ich heute zur Schule?»

«Schule? Es ist ein Uhr mittags, Herzchen. Für heute hast du die Schule verpasst. Hier, nimm noch ein paar von diesen hier.»

Er schluckt noch zwei Tabletten, kuschelt sich auf das Sofa und schließt die Augen. Er erinnert sich daran, was Maureen ihm einmal erzählt hat, wie man böse Träume abwehren kann: indem man an etwas Schönes denkt. Angestrengt denkt er an Weihnachten und seinen Geburtstag und an die Geschenke, die er vielleicht bekommt. Er denkt an den Unglaublichen Hulk und guckt auf seinen Brustkorb runter. Eines Tages, wenn er mal so richtig wütend ist, wird er aus seinen Sachen platzen, und niemand wird ihn mehr an irgendwas hindern können, weil er so riesig ist. Er stellt sich vor, stark zu sein und übermenschliche Fähigkeiten zu haben wie Superman oder Batman, und dann spürt er, dass Sylvia ihn zudeckt.

Einmal, als er klein war, war er mit seiner Mum im Park, und sie deckte ihn zu. Er lag im Gras. Er erinnert sich an den Geruch der Erde und das Kratzen der Halme an seinen Beinen. Der Himmel war weit weg, und alles war still und friedlich. Seine Mum sang ihm etwas vor, aber es war mehr ein Flüstern, und sein Dad war auch da. Sein Dad las, an einen Baumstamm gelehnt, die Zeitung. Leon hatte einen blau-roten Ball und einen Action Man, und sie vergaßen den Action Man im Park, und sein Dad versprach, ihm einen neuen zu kaufen. Und das tat er auch. Aber das war später. Als sie im Park waren, unter dem Baum, unter der Decke, unter dem weißen Himmel, schlief er mit Mums Hand auf dem Rücken ein, mit ihrem Lied im Ohr, und als er aufwachte, lag er in seinem Bett, und es war schon Schlafenszeit. Er fragt sich, ob jetzt ein anderer Junge in dem Bett liegt. Er stellt sich vor, wie dieser Junge mit seinem Spielzeug spielt und seine Sachen benutzt, und er spürt, wie der Zorn in ihm blubbert. Er wirft die Decke von sich und setzt sich auf.

«Zu heiß?», fragt Sylvia.

«Darf ich bitte wieder ins Bett?»

Sobald er in seinem Zimmer ist, holt er seinen roten Rucksack vom Schrank und legt ihn sich auf den Schoß. Er schaut hinein und zählt seine Sachen. Er öffnet die Taschen mit den Reißverschlüssen und sieht sich all die Dinge an, die er gesammelt hat, und dann legt er den Rucksack neben sein Bett. Das enge Gefühl in seiner Brust ist verschwunden. Er legt sich hin und schließt die Augen und sieht den Rücken seiner Mutter, ihre Jeans, ihre

Strickjacke und ihre Turnschuhe im Flur des Familienzentrums verschwinden. Aber er kann nicht sehen, wie sie sich umdreht und ihm zuwinkt, weil sie das nicht getan hat.

Am nächsten Morgen geht es ihm besser, aber er hat einen Riesenhunger. Sylvia legt ihm die Hand auf die Stirn. Er isst vier Weetabix mit Zucker drauf.

«Du bleibst besser noch einen Tag zu Hause. In Ordnung?»

Leon rennt in sein Zimmer und zieht sich an. Er nimmt seinen Rucksack und geht zurück in die Küche. «Darf ich ein bisschen Fahrradfahren, bitte?»

Sylvia sieht ihn mit einer hochgezogenen Augenbraue an. «Wie geht es dir denn? Es ist ziemlich heiß draußen, weißt du? Na, geh schon, aber nicht länger als eine halbe Stunde. In Ordnung? Wie lange, habe ich gesagt, Leon?»

«Darf ich bitte zwei Stunden bleiben?»

«Nein, du bist zum Mittagessen wieder hier. Es ist jetzt halb zehn. Das sind anderthalb Stunden. Na los.»

26

In den Schrebergärten ist kaum jemand. Kein Mr. Devlin. Kein Tufty. Nur ein paar alte Männer auf den weiter entfernten Parzellen und Mr. und Mrs. Atwal, die neben ihrer Hütte auf Klappstühlen sitzen. Leon winkt, als er an ihnen vorbeifährt. Er fährt durch den Schrebergartenbereich, an Mr. Devlins Parzelle, an Tuftys und fünf weiteren Parzellen vorbei, bis zum Ende, wo ein paar ungepflegte Parzellen liegen, die niemand will, wo hohe, vergessene Pflanzen stachlige Blätter haben, hart und dornig, wo es knorrige Bäume und überwucherte Pfade gibt. Und einen alten Schuppen.

Leon stellt sein Fahrrad an der Rückseite des Schuppens ab und versucht, die Tür aufzukriegen. Sie besteht aus schweren, grob zusammengezimmerten Holzplanken. Er muss ganz kräftig mit beiden Händen daran ziehen. Als er reingeht, schlägt sie hinter ihm zu, knallt gegen das rostige Eisendach, das erzittert und ächzt. Ein dicker Lichtstrahl dringt durch eine zerbrochene Fensterscheibe, aber das andere Fenster ist mit einer Staubschicht bedeckt. Niemand kann ihn sehen, aber vielleicht hat jemand die Tür gehört. Er späht raus. Nichts. Gewundene Pflanzenranken klettern an den Wänden hoch; Spinnweben, so dick wie Watte, hängen in den Ecken und zwischen den Holzbalken, die das Dach halten. Tote Motten und Schmetterlinge haben sich in den weißen Wattefallen verfangen. Es riecht hier nach heißer Erde und trockenem Holz, gar nicht wie in Tuftys Schuppen. Pflanztabletts aus Plastik liegen umgekippt auf dem Boden, ein Metallstuhl liegt auf der Seite, und ein krummer Holztisch steht gegen die Wand gelehnt, seine Beine sind zersplittert und ungleich. Niemand kümmert sich um diesen Schuppen. Niemand will ihn. Leon lehnt sich gegen die schwere Tür, um ein wenig frische Luft hereinzulassen, und stellt den Rucksack davor, damit sie nicht zufällt. Er schaut durch das Loch im Glas. Hier gibt es keine ordentlich angelegten Beete, keine Wigwams, keine Regentonnen, nur wildwuchernde Pflanzen, die Leon bis zu den Knien reichen, Büschel groben Grases, dichte, ungepflegte Büsche. Leon setzt sich auf die Eingangsstufe des Schuppens. Er ist perfekt.

Als Leon zurück zum Tor radelt, sind schon viele Leute da, und einige von ihnen winken ihm zu. Er hält an Tuftys Parzelle an und geht hinein, um nach dem Scarlet Emperor zu sehen. Die Triebe scheinen jeden Tag ein Stückchen zu wachsen, sie arbeiten sich zur Sonne hoch, dicht um die Bambusrohre gewunden, ineinander verflochten, und am Haupttrieb sprießen hellgrüne, herzförmige Blättchen wie auf einem Bild von *Jack und die Bohnenranke*. Leon gießt sie immer mit einer Flasche Wasser, wenn er vorbeikommt, selbst wenn Tufty nicht da ist. Er füllt die Plastikflasche an der Regentonne und träufelt Wasser auf die Stelle, wo die Pflanze aus der Erde ragt, bis die Erde dort ganz schwarz und nass ist.

«Bitte schön, kleines Pflänzchen», sagt er, aber während er das sagt, hat er plötzlich ein komisches Gefühl. Irgendwas erinnert ihn an Jake, es ist, als ob er ihn weinen hören könnte. Er richtet sich schnell auf, hat das Gefühl, dass Jake ganz nah ist, und das Herz hämmert ihm in der Brust. *Jake! Jake! Wo bist du?* Er dreht sich um, aber überall sind nur alte Leute, die sich über ihre Spaten und Forken bücken, keine Babys, keine Kinder.

Vielleicht hat er etwas gehört. Vielleicht wohnt Jake ganz in der Nähe. Die Sozialarbeiterinnen lügen vielleicht, wenn sie sagen, dass sie nicht wissen, wo er wohnt. Er dreht sich jetzt im Kreis, sein Blick huscht von den Hütten zu den Hecken, überallhin und noch weiter, hoch zu den Bäumen und den Dächern und weiter, weiter, zu den Wohnungen, die er nicht sehen kann, und noch weiter zu dem Haus, in dem Jake ohne ihn wohnt.

Er dreht sich erneut um, sein Blick erfasst die weißen Wolkenfetzen, das dunstige Blau. Wie alt ist Jake jetzt? Wenn er laufen kann, dann ist er vielleicht von seiner neuen Für-immer-Familie weggelaufen, und er sucht Leon ebenso, wie Leon ihn sucht. Leon fühlt den Sonnenschein auf seinem Kopf, und seine Brust ist wieder ganz eng. Er spürt das Hämmern all der unbeantworteten Fragen, und dann schweben Tuftys Pflanzen plötzlich an seinen Augen vorbei wie tanzende, flatternde grüne Federn.

Er wacht in Mr. Devlins Hütte auf, wo er in einem alten Ledersessel sitzt, und Mr. Devlin lehnt an der Tür.

«Du bist krank», sagt er. «Neben dir steht ein Glas Wasser. Sieh mal. Trink es aus.»

Leon nimmt einen Schluck Wasser aus einem Armeebecher aus Metall.

«Wenn du das ausgetrunken hast, fährst du sofort nach Hause. Du solltest gar nicht draußen sein. Du hast Fieber.»

Leon setzt sich auf, aber seine Beine fühlen sich ganz leer und schwach an.

Mr. Devlin streckt die Hand aus. «Nein, noch nicht.» Seine Stimme hat sich verändert, ist so weich wie Maureens. «Bleib sitzen. Ganz ruhig. Gleich geht es dir besser. Das ist die Sonne.»

«Mein Fahrrad», sagt Leon.

«Ja, ja. Natürlich. Nicht bewegen. Ich hole es.»

Leon steht langsam auf und sieht sich um. Er mag Mr. Devlins Hütte. Alles ist ordentlich gestapelt, und an die Wände sind irgendwelche Listen geheftet. Ein Gehstock ist an der Decke befestigt, daran hängen Zwiebelbündel und zusammengebundene Pflanzensträußchen. Da oben hängen auch Pfeil und Bogen aus Holz. Sie bewegen sich im Luftzug, der durch die Tür dringt. Sie hängen zu weit oben, sodass Leon sie nicht berühren kann, und sie sind ganz staubig, als ob sie dort schon seit Jahren hängen. Auf dem Boden liegt ein alter braun-grüner Teppich, der in der Mitte ein Loch hat, und daneben stehen bemalte Holzkisten mit Töpfen drin, zerknitterte Samentütchen mit verblichenen Bildern drauf liegen dort, eine alte Spielzeugeisenbahn, eine Gasmaske und eine Metalldose mit Deckel, ein weißer Tierschädel und ein Vogelflügel. Im Regal stehen ganz viele alte Bücher, mehr Bücher, als es in der Schule gibt, und eine schicke Teekanne. Ein Holzspeer mit einer geschnitzten Spitze lehnt in der Ecke. Überall sind Werkzeuge und Öldosen. Alles ist alt, aber nichts ist schmutzig.

Und hinter all den interessanten Dingen stecken Fotos von Jungs, von vielen Jungs, Dutzenden. Fünf oder sechs verschiedene braune Jungs sind auf den Bildern zu sehen, und dann gibt es ganz, ganz viele von einem einzelnen Jungen. Auf manchen Fotos ist er noch ein Baby, auf anderen ist er drei, dann fünf und dann sieben oder acht. Er ist so hübsch, dass er auch als Mädchen durchgehen könnte. Aber das Beste sind die vielen Messer, die hier auf einer alten Holzbank liegen, und einige von ihnen stecken gar nicht in ihrer Hülle. Leon sieht sich überall danach um, kann das Kanetsune aber nirgends entdecken. Ganz oben, dort, wo er nicht hinreicht, liegt etwas, das wie eine Pistole aussieht. Es ist eine echte Pistole. Er hat sie ganz am Rand eines Regalbretts entdeckt, direkt neben einem Konservenglas mit einer braunen Flüssigkeit drin. Wenn er etwas Langes hätte, könnte er da rankommen und die Pistole herunterschubsen. Aber er müsste sie dann ganz vorsichtig auffangen, damit sie nicht losgeht. Oder er könnte sich auf die Armlehne des Sessels stellen und ...

«Hier ist es», sagt Mr. Devlin und schiebt Leons Fahrrad vor die Tür der Hütte.

Leon steht bei den Messern.

«Die darfst du nicht anfassen», sagt er, wieder in seinem barschen Tonfall. «Fahr jetzt lieber nach Hause, wenn es dir bessergeht.»

«Was sind das für Sachen?», fragt Leon.

«Das sind Sachen, die mir gehören», sagt Mr. Devlin und hält ihm die Tür weit auf.

«Ist das eine echte Pistole?»

Aber Mr. Devlin antwortet nicht. Leon schiebt sein Fahrrad den ganzen Weg nach Hause, weil er sich immer noch nicht richtig gut fühlt, aber da gibt es ein paar Sachen in Mr. Devlins Hütte, die er noch mal sehen will.

27

Leon hat geschwollene Lymphdrüsen, deshalb soll er eine ganze Woche zu Hause bleiben. Sylvia sagt, dass er sein Zimmer ordentlich aufräumen und ihr dabei helfen muss, im Vorgarten Unkraut zu jäten. Er muss seine Schulschuhe putzen. Er muss ihr helfen, den Wäscheschrank aufzuräumen. Er muss den Weg fegen, und schließlich muss er auch noch mit ihr in den Supermarkt, wegen der Sachen für ihr Straßenfest. Sie kauft ganz viele Saftflaschen und Dosen mit Lachs, und die Tüten sind so schwer, dass die Henkel in Leons Finger schneiden.

Sylvia zieht einen Einkaufstrolley, der randvoll mit Teebeuteln und Kaffeedosen, Zuckertüten und Fertigkuchenmischungen ist.

«Wir fangen früh an. Ein bisschen hier, ein bisschen da, dann müssen wir an dem Tag selbst nicht so viel auf einmal kaufen. Es ist ja nur noch sechs Wochen hin.»

Aber Leon will unbedingt zu den Schrebergärten, er will in seinen Schuppen und es sich dort schön machen. Ihn herrichten. Er hat aus Sylvias Küche ein Geschirrtuch genommen und einen kleinen Handfeger, den er unter dem Ausguss gefunden hat. Er hat eine Rolle Tesa für das Loch im Fenster besorgt und noch viele andere Sachen. Und er braucht einen Riegel, weil Mr. Devlin einen Riegel hat, Tufty auch, und die beiden machen keine halben Sachen. Sobald er seine Aufgaben erledigt hat, setzt er sich den Rucksack auf den Rücken und geht zur Haustür.

«He», sagt Sylvia. «Wo willst du denn hin?»

«Fahrrad fahren.»

«Wohin willst du fahren?»

«In die großen Gärten.»

«Meinst du den Park?»

«Ja», sagt er hastig, «in den Park mit den Gittern.»

Sie sieht ihn prüfend an, dann zündet sie sich eine Zigarette an. «Was ist da im Rucksack?»

«Nichts.»

«Nichts? Was denn zum Beispiel, Leon?»

«Zum Beispiel ein Ball, falls ich welche von meinen Freunden treffe.»

«Zwei Stunden», sagt sie, und er flitzt zur Tür raus.

Am Morgen hat es geregnet und gestern auch, deshalb ist die Straße ganz glitschig und schwarz. Er steigt vor dem Schrebergartentor vom Fahrrad ab, für den Fall, dass Mr. Devlin da ist, und schiebt sein Fahrrad rein. Mr. Devlin kniet mit einer Gartenschaufel in der Hand auf dem Boden. Er hebt sie zum Gruß, als Leon vorbeigeht. Tufty steht mit Castro mit den roten Haaren zusammen und winkt ihm zu, aber dann verändert sich sein Gesichtsausdruck. Leon schaut sich um. Eine Gruppe von Männern geht hinter Leon. Sie sind nicht gekommen, um sich die Pflanzen anzusehen, und zum Gärtnern sind sie auch nicht richtig angezogen. Sie haben die Hände in die Hosentaschen gesteckt. Einer von ihnen kickt Steinchen vor sich her. Sie kommen direkt auf ihn zu, und sie sehen wütend aus. Leon weiß genau, dass sie gekommen sind, um ihn einzusperren, weil er gestohlen hat.

Das Zebra hat ihn verwarnt. Sylvia muss sich bei ihr beschwert haben. Er muss an all die Sachen denken, die er geklaut hat, und was er dazu sagen soll. Er versucht, sich schlaue Antworten auszudenken, aber die ganze Zeit will er nur zum Klo und kann sich nicht rühren. Sylvia hat sie geschickt, damit sie ihn einsperren. Die Männer sind jetzt schon ganz nah. Leon lässt sein Fahrrad fallen. Mr. und Mrs. Atwal und Mr. Devlin und die anderen, die auf ihren Parzellen arbeiten, gucken die Männer böse an, weil sie nicht auf den Wegen gehen, einige von ihnen zertreten sogar die Pflanzen der Leute.

Leon nimmt seinen Rucksack ab und hält ihn sich vor die Brust. Er sagt einfach Entschuldigung und gibt alles zurück. Er spürt schon wieder diesen Druck in seiner Brust und wünscht sich, der Unglaubliche Hulk zu sein, dann könnte er die Männer besiegen und weglaufen. Aber die Männer gehen einfach an ihm vorbei und stellen sich um Castro und Tufty herum auf.

Einer von ihnen ist der Anführer. Er trägt eine Lederjacke und einen dünnen Schnurrbart und einen dünnen Ledergürtel, der die Hose unter seinem Bauch festhält. Er grinst Tufty an.

«Linwood Michael Burrows? Lange nicht gesehen. Hätte nie gedacht, dass du jetzt so was wie der Supergärtner Percy Thrower bist.»

Drei von den Männern sind in den Schuppen gegangen, und Leon hört, dass darin mit Dingen herumgeworfen wird. Der gesamte Schuppen scheint zu beben. Ein anderer Mann läuft herum, tritt auf die Pflanzen und kickt Steine.

«Und Graf Pergament, auch bekannt unter dem Namen Castro. Hätte einer von euch beiden vielleicht Lust, uns bei unseren, ich sag mal, Recherchen zu helfen?»

Tufty erwidert nichts, aber Leon bemerkt, dass er sich breitbeinig hinstellt und die Lippen aufeinanderpresst, als ob er versucht, Worte zurückzuhalten, und Leon weiß genau, wie er sich jetzt gerade fühlt. Castro breitet die Arme aus.

«Babylon, du alte Fotze! Du kannst deine Schläger hier nicht einfach auf uns hetzen. Du hast nix gegen uns in der Hand.»

«Verzeihung?», sagt der Mann. «Das hab ich nicht verstanden.» Er macht einen Schritt zurück und sieht sich um. Die ganzen Leute in den Schrebergärten schauen herüber.

«DC Ronald Green, Springfield Road Polizeistation, Leute», ruft er. «Keine Sorge. Eine Verkehrsangelegenheit.»

Die anderen Polizisten fangen an zu lachen, und DC Green legt den Finger auf die Lippen und macht «Pssst». «Also», fährt er fort, «zufällig habe ich es heute auf keinen von euch beiden abgesehen. Wo ist Rainbow? Das will ich wissen. Er ist euer Kumpel, nicht wahr? Euer ‹Bruder›, euer ‹Idrin›. So heißt das doch in eurem Jargon, oder? Und was dich betrifft, Castro, mein kleines Karottenköpfchen», er stößt Castro vor die Brust, «komm mir bloß nicht mit deinem verdammten Fotzen-Scheiß hier. Das mag ich gar nicht.»

Tufty hält Castros Arm fest. «Lass es, Castro, Mann. Lass es.»

«Genau», sagt der Polizist. «Hör auf deinen vernünftigen Freund. Er mag sein friedliches Dasein, genau wie sein alter Herr. Tut, was man ihm sagt. Stimmt doch, Tufty? Immer nur ein Zuschauer, das bist du doch, oder? Vielleicht hast du noch keine Haare am Sack, liegt es daran?» DC Green tut so, als ob es ihn schüttelt. «Das stelle ich mir echt nicht gern bildlich vor. Jedenfalls, wie ich schon sagte, wir suchen nach Rainbow. Oder besser gesagt, nach diesem scheißemachenden Schaumschläger mit dem Teewärmer auf dem Kopf namens Darius White. Wo ist er?»

Insgesamt zählt Leon fünf Polizisten, aber keiner von ihnen trägt eine Polizeiuniform wie die Frau, die ihm den Doughnut gegeben hat, als Maureen ins Krankenhaus gebracht wurde.

«Er hat nichts verbrochen», sagt Tufty.

«Oh? Da höre ich aber ganz anderes. Da gab es einen Tumult auf der Carpenter Road vor ein paar Tagen, organisiert, wie ich nun mal glaube, von dem stets redegewandten Rainbow. Wir haben gehört, dass er eine Gruppe von eurer Sorte genau in die Mitte der Straße geführt hat, und sie haben skandiert und Speere geschwungen und einen Kriegstanz aufgeführt. Er hat etwas geschrien. Was war das noch?»

DC Green sieht sich zu den anderen Polizisten um.

«Nieder mit Babylon», sagt einer, und sie lachen wieder alle, aber es ist kein echtes Lachen.

«Genau! Nieder mit Babylon. Ja, er hatte Spruchbänder und Plakate und alles. Hat das Schreiben im Knast gelernt, nehme ich an.»

Castro spuckt aus. «Ja, Rainbow spricht für uns alle.»

«Dann warst du wohl da, was, Castro?»

Sie umzingeln Tufty und Castro, bis Leon die zwei gar nicht mehr sehen kann, aber er hört, wie Castro sehr schnell etwas in seinem karibischen Dialekt sagt. Mr. Devlin steht in der Nähe. Er winkt Leon zu sich, also rennt er hin, und Mr. Devlin legt ihm die Hand auf die Schulter. Dann geht der Kampf los. Leon ist froh, dass er neben Mr. Devlin steht, wegen des Kanetsune-Messers. Er hat gesehen, wie Mr. Devlin es benutzt, und obwohl er nicht sehr stark aussieht, weiß Leon, dass er es in Wirklichkeit ist und dass er Menschen genauso gut wie Büsche und Bäume niederhacken kann. Drei Polizisten packen Castro; er wehrt sich und schlägt um sich, kann sich aber nicht befreien. DC Green sieht tatenlos zu und scheucht die Leute fort, die herangetreten sind.

«Widerstand gegen die Staatsgewalt. Da gibt's nichts zu Glotzen. Weg mit euch. Weg mit euch.»

Sie brauchen vier Polizisten, um Castro aus dem Schrebergartengebiet zu zerren. Er schreit und wehrt und windet sich. Einer der Polizisten hat ihn in den Schwitzkasten genommen, und Castro versucht, sich loszumachen. Castro hat Schaum vorm Mund, wie ein tollwütiger Hund. Er verliert einen Schuh. Sie zerren ihm die Jeans bis zu den Fußgelenken runter, und DC Green grinst die ganze Zeit und schnallt sich den Gürtel enger.

Tufty schreit: «Lasst ihn in Ruhe! Lasst ihn in Ruhe! Er kriegt keine Luft!» Aber DC Green zeigt mit seinem langen Finger auf Tuftys Brust und pikst und stößt ihn damit im Takt seiner Sätze.

«Ein bisschen aufbrausend, nicht wahr, dein Kumpel? Während du ja immer sehr vernünftig warst, bis zu einem gewissen Grad zumindest. Also, wenn du ihm gern ein paar Nächte in der Zelle und eine weitere Straftat auf seiner langen Liste ersparen willst, könntest du uns sagen, wo wir Rainbow finden.»

Tufty tritt einen Schritt von dem Polizisten weg. Alle schauen zu, wie Castro fortgeschleift wird, nur Mr. Devlin und Leon nicht. Sie beobachten Tufty. Er geht in seinen Schuppen und kommt mit einer Schaufel wieder heraus. Er hält sie vor DC Greens Gesicht wie ein Schwert und rammt sie dann in den Boden. Sie gleitet durch die feuchte Erde, direkt vor den Zehen des Polizisten. Sie schwingt noch ein wenig vor und zurück und bleibt dann schnurgerade stehen.

«Das hier ist mein Grund und Boden», sagt Tufty. «Mein Fleckchen Erde. Mein verdammtes Land.»

DC Green vergräbt die Hände in den Hosentaschen und lacht. Er wirft den Kopf zurück und lacht so laut, dass das ganze Fett an seinem Bauch wabbelt. «Ach du meine Güte, Linwood. Da ist dir jetzt aber 'ne Laus über die Leber gelaufen, was? Du und deinesgleichen bringen mich echt zum Lachen. Ihr seid alle gleich mit euren großen Mäulern und euren dicken Lippen und dem ganzen Gerede von ‹Fotze› hier und ‹Rasklat› und ‹Schwanzlutscher› da. Aber wenn's drauf ankommt …» Er tritt gegen die Schaufel, sie fällt um. «Ich hab keine Angst vor Spaten, Linwood. Kein bisschen.»

Der Polizist geht langsam weg und kickt pfeifend einen Stein vor sich her. Ein paar Minuten lang passiert gar nichts, dann sieht Tufty Mr. Devlin direkt an. Er breitet die Arme weit aus und spreizt die Finger.

«Was? Haben Sie was zu sagen? Ich habe die nicht hierher eingeladen. Sagen Sie nichts, okay? Wehe, Sie machen auch nur den Mund auf.» Er hebt die Schaufel auf, geht in den Schuppen und wirft sie dort hin. Alle wenden sich wieder ihrer Gartenarbeit zu, außer Mr. Devlin. Er sieht sich den Schaden an, den die Polizei angerichtet hat. Er betrachtet die Pflanzen, die sie mit ihren Stiefeln platt getreten haben.

«Die sind auf der ganzen Welt immer dieselben», sagt er. «Kleines Gehirn, große Füße.»

Dann geht er.

Man hat Leon immer und immer wieder gesagt, er soll stets einen Polizisten um Hilfe bitten, aber diese Polizisten hatten nicht mal Uniformen an, und sie haben Castro überhaupt keine Chance gegeben. Leon geht rüber zu Tuftys Schuppen und schaut hinein. Tufty sitzt auf einem Hocker und hebt Papierfetzen auf. All seine Poster sind von den Wänden gerissen. Der Typ mit der Faust und der Black Power hat einen abgerissenen Kopf. Tuftys Samen und kleine Keimlinge liegen in einem einzigen Chaos auf dem Boden.

«Komm hier bloß nicht rein», sagt er, und sein Ton ist so scharf, als ob er noch mit der Polizei redet. «Siehst du nicht, was hier für ein Chaos herrscht? Komm bloß nicht rein mit deinen Schuhen. Ich muss erst mal gucken, was ich noch retten kann.» Aber die meisten Pflanzen sind abgeknickt oder zertrampelt.

180

Die Poster sind zerfetzt. Tufty hebt eins auf und zeigt Leon die Fetzen. «Siehst du diesen Mann? Er sagt, dass wir nicht kämpfen dürfen. Sagt, wir könnten alle in Frieden miteinander leben. Sagt, man soll keinen Ärger machen.»

Leon sieht nur den halben Kopf eines schwarzen Mannes.

«Ja? Siehst du ihn? Tja, sie haben ihn umgebracht. Ja, sie haben ihn totgeschossen.»

Tufty steht plötzlich auf und dreht sich im Kreis, tritt gegen die Pflanzen und die Posterfetzen, knallt seinen Hocker gegen die Wand, schmeißt mit Plastiktöpfen um sich und macht ein noch größeres Chaos als vorher. Er keucht, als er endlich aufhört.

«Ich sag dir eins, Kumpel: Tritt immer für dich selbst ein. Okay? Guck dir bloß mal mich an.» Er stößt sich den Zeigefinger gegen die Brust. «Ich bemühe mich, weißt du. Ich bemühe mich wirklich sehr. Ich ziehe den Kopf ein, mache keinen Ärger. So bin ich erzogen, aber manchmal ...» Tufty tritt so fest gegen die Schuppenwand, dass sich eine Planke löst. «Geh nach Hause», sagt er.

Leon weicht zurück, hebt sein Fahrrad auf und fährt nach Hause zu Sylvia.

Aber am Abend kann Leon nicht schlafen. Er will nicht allein in seinem Zimmer bleiben, schleicht durch den Flur und macht die Wohnzimmertür ein kleines Stück auf. Sylvia schaut eine ihrer Sendungen. Er hört, dass sie die Antworten lauter als sonst ruft. Sie trinkt ihr dunkelbraunes Lieblingsbier mit dem weißen Schaum und lacht, wenn sie mit ihrer Antwort falschliegt.

«Blankety Blank!», ruft sie oder «Tiebreak!».

Leon macht die Tür ganz auf, und Sylvia dreht sich um.

«Aber nur fünf Minuten, du!», ruft sie. «Danach sofort ins Bett.»

Sie schauen die Sendung zu Ende, dann scheucht Sylvia ihn zurück in sein Zimmer. Sie steht in der Tür, während er wieder ins Bett kriecht.

«Was ist los?», fragt sie.

«Ich habe heute ein paar Polizisten gesehen, und sie haben mit zwei schwarzen Männern gekämpft.»

«Na ja, solange du keinen Unsinn verzapfst, musst du dir keine Sorgen machen.»

«Kannst du mir noch mehr von den Abenteuern vom Osterhäschen erzählen?»

«Was?» Sylvia lässt sich schwer auf Leons Bett fallen und schnippt sich die Zigarettenasche in die Handfläche. «Osterhase?»

«Der mit dem Haarspray.»

Sylvia muss so heftig lachen, dass sie kaum noch atmen kann. Sie braucht ewig, bis sie zu lachen aufhört, dann geht sie ins Badezimmer und wirft ihre Zigarettenkippe ins Klo. Sie kommt zurück und atmet tief durch. «In Ordnung. Hase. Mal sehen.» Sie lächelt jetzt, und Leon riecht ihren Bieratem; er bemerkt, dass sie sich Mühe geben muss, gerade zu sitzen.

«In Ordnung. Na ja, der Hase ist in den Wald gerannt. Er winkt immer noch, aber natürlich sind der Mann und die Frau inzwischen gegangen, also winkt er anderen Tieren zu. Er winkt einem Eichhörnchen zu, und das Eichhörnchen winkt zurück. ‹Wow, das ist aber mal ein sehr netter Hase.› Und so verbreitet sich die Kunde im Wald, dass da dieses wirklich nette Häschen herumläuft, und alle halten nach ihm Ausschau. Jedenfalls kommt es in die Mitte des Waldes und sieht dort einen Bären. Und es winkt dem Bären zu, und der Bär ruft es herbei. ‹Wie geht es dir?›, fragt der Bär. ‹Ja, ganz prima, danke.› – ‹Gefällt es dir im Wald?›, fragt der Bär. ‹Ja, ist toll hier›, antwortet das Häschen. ‹Keine Probleme?›, fragt der Bär. ‹Keine, nein›, antwortet das Häschen. ‹Mir geht es eins a.›»

Sylvia ist ein bisschen betrunken.

«Der Bär sagt: ‹Das ist toll. Darf ich dir eine Frage stellen?› – ‹Schieß los›, sagt das Häschen. ‹Na ja›, sagt der Bär, ‹weißt du, wenn du aufs Klo gehst, um groß zu machen, wie kriegst du die Kacke aus deinem Pelz?›»

Leon fängt an zu lachen.

«‹Die Kacke?›, fragt das Häschen. ‹Ja›, sagt der Bär. ‹Findest du es schwierig, die Kacke von deinem Fell zu kriegen?› – ‹Nein›, antwortet das Häschen, ‹geht total leicht ab.› – ‹Super›, sagt der Bär, hebt das Häschen hoch und wischt sich damit den Arsch ab.»

Leon und Sylvia wälzen sich vor Lachen auf dem Bett hin und her.

28

Am nächsten Tag weckt ihn Sylvia ganz früh. Ihre Gesichtshaut sieht noch furchiger aus als sonst, und sie kann kaum die Augen öffnen.

«Uff», sagt sie, als sie sich an den Küchentisch setzt.

«Tust du so, als wärst du ein Hund?», fragt Leon und lächelt.

Sie sieht ihn bloß an und deutet auf den Kessel. Leon füllt ihn und schaltet den Herd ein. Dann zeigt sie auf ihre Handtasche, und er gibt sie ihr. Sie wühlt darin herum, dann schiebt sie sie über den Tisch und legt den Kopf auf die Arme.

«Das ist alles deine Schuld», sagt sie. «Deine und die der verdammten Sozialarbeiterinnen, die sich für halb acht morgens anmelden.»

Leon findet ihre Zigaretten, nimmt eine heraus und legt sie ihr in die Hand.

«Danke, Schätzchen», sagt sie. Sie hebt mit Mühe den Kopf, zündet die Zigarette an und bläst den Rauch in die Luft.

«Ich habe noch eine halbe Stunde, dann muss ich umwerfend aussehen.»

Leon sagt nichts.

«Es ist ein neuer. Ein hohes Tier. Der Chef der Chefs, so was. Auf jeden Fall ein Typ. Klingt am Telefon ganz in Ordnung. Aber man weiß nie.»

Leon sagt nichts.

«Vielleicht ist ja heute mein Glückstag.» Sie nimmt einen

Handspiegel aus ihrer Tasche und blinzelt hinein. «Gar nicht so schlimm, Sylv. Überhaupt nicht so übel.»

In einer halben Stunde sind sie beide fertig. Leon hat nur ein paar Minuten gebraucht, um sich zu waschen, und dann hat Sylvia ihm aufgetragen, die Küche aufzuräumen. Sie selbst hat die ganze Zeit in ihrem Schlafzimmer verbracht, vor sich hin gemurmelt und geflucht. Als sie wieder rauskommt, sieht sie genauso aus wie vorher, außer dass sie Lippenstift trägt, und der ist viel zu knallig. Und er klebt an ihren Zähnen, aber Leon hat Angst, es ihr zu sagen.

Sie schüttelt die Kissen auf dem Sofa auf und füllt den Kessel.

«Ich war mal verheiratet, weißt du. Ja, das hast du nicht gedacht, was? Maureen auch. Wir waren Schwestern, die Brüder geheiratet haben. Sie hat den Guten abbekommen und ich das Arsch… den Schwachkopf.» Sylvia geht zum vorderen Fenster, zieht die Gardinen zur Seite und sieht die Straße entlang. «Und dann war da noch jemand. Der hat mich auch verlassen. Und ist gleich mal verrückt geworden.» Sie tippt sich gegen die Schläfe. «Ich habe das zuerst gar nicht gemerkt, aber Mo sofort. Sie sagte, er müsse zu sich selbst finden. Müssen wir das nicht alle.»

Sie lässt die Gardine los. «Guck, da ist er. Lass ihn rein, lass ihn rein. Warte. Schnell. Jetzt.»

Leon öffnet die Haustür, und der Mann streckt die Hand aus.

«Du musst Leon sein. Ich bin Mike.»

Er hat das perfekte Sozialarbeiterlächeln und einen heißen, feuchten Händedruck. Er trägt ein kariertes Hemd und glänzende lilafarbene Stiefel mit gelben Schnürsenkeln. Er hat kurzes Haar, das wie eine Bürste hochsteht und einen Ohrring, an dem ein Kreuz hängt, das zittert, wenn er sich bewegt. Leon tritt zur Seite, um ihn reinzulassen.

«Ist Sylvia hier?», fragt er.

Sylvia kommt aus der Küche, zeigt ihre pinkfarbenen Zähne und ihr zerfurchtes Gesicht. Mike streckt ihr die Hand hin.

«Mike Dent, unabhängiger Gutachter vom Jugendamt, zuständig für Leon. Wir haben am Telefon …»

«Kommen Sie rein», sagt Sylvia. «Kaffee?»

«Das wär nett. Schwarz, keinen Zucker.»

Als Sylvia in der Küche ist, holt Ohrring ein paar Papiere aus seiner Aktentasche. Leon sieht, dass da auch ein Marsriegel drin ist, und überlegt, ob er ihm den wohl als Geschenk mitgebracht hat.

«Wie geht es dir, Leon?»

«Ganz gut.»

«Wir kennen uns noch nicht, oder?»

«Nein.»

«Tja, ich bin der unabhängige Gutachter vom Jugendamt. Ich muss sicherstellen, dass wir uns ordentlich um dich kümmern, und wir hören zu, wenn du etwas zu sagen hast. Ein Teil meiner Aufgaben besteht darin, persönlich mit dir zu sprechen, damit ich sicher sein kann, dass es dir gutgeht und du glücklich bist. Du bist jetzt alt genug, dass wir auf deine Wünsche und Gefühle Rücksicht nehmen können und dass du uns sagen kannst, worin deine Wünsche und Gefühle bestehen. Gleichzeitig muss ich aus unserer Sicht deine Bedürfnisse feststellen und dann gewährleisten, dass diese erfüllt werden. In Ordnung? Hast du verstanden, was ich gerade gesagt habe, Leon?»

«Ja.»

«Heute bin ich gekommen, um dir zu erzählen, wie das mit deiner Unterbringung hier weitergeht und was wir für langfristige Pläne mit dir haben. Und wir möchten auch wissen, ob es etwas gibt, womit du nicht glücklich bist. Wir tun das hin und wieder, um sicherzugehen, dass wir uns gut um dich kümmern.

Okay? Verstehst du das, Leon? Hast du Fragen an mich?» Ohrring fängt an, etwas auf seinen Notizblock zu kritzeln. «Keine Fragen bis hierher?»

«Nein.»

«Und Sylvia? Kommst du mit Sylvia zurecht?»

«Ja.»

«Du bist ja schon ein ganz schön großer Kerl für neun Jahre. Mal gucken, dein Geburtstag ist am ... Oh, das ist ja schon in ein paar Wochen. Freust du dich schon darauf?»

«Ja.»

«Und was wünschst du dir zum Geburtstag? Ich wette, damit liegst du Sylvia schon die ganze Zeit in den Ohren. Bei mir war das so, als ich so alt war wie du. Konnte meinen Geburtstag kaum erwarten. Habe meine Eltern damit unendlich genervt.»

«Ja.»

«Genau, und dann hast du ja deine Mum gesehen, am ... mal gucken, Vierzehnten. Wie war das denn? War es schön, deine Mum wiederzusehen?»

«Ja», sagt Leon, und er denkt an Carols braunfleckige Zähne und ihre gelben Finger, als sie ihre Tasche aufhob. «Leon», sagte sie, «ich kann ja nicht mal für mich selbst sorgen und schon gar nicht noch für dich.» Sie drückte seine Hand und ging. Er rannte zur Tür und sah zu, wie sie im Flur immer kleiner wurde. Sie musste auf einen Summer drücken, um rauszukommen, und Leon dachte, dass sie sich jetzt umdrehen und ihm zuwinken würde, aber das tat sie nicht.

«Leon? Ich habe gefragt, wie es in der Schule ist. Gefällt es dir dort?»

«Nein.»

«Okay. Danke für den Kaffee, Sylvia. Im ersten Teil dieses

Treffens würde ich gern mit Leon allein sprechen. Ist das in Ordnung?»

Sylvia geht zurück in die Küche.

«Gut, also, dann lass uns mal anfangen.»

Ohrring redet viel zu schnell, als ob er keine Zeit hätte. Er stellt dieselben Fragen, die Zebra immer stellt, aber viel schneller. Er schreibt und redet oder macht Kreuze in kleine Kästchen. So geht das ewig, bis er sich endlich zurücklehnt und durchatmet.

«Bist du hier glücklich, Leon?»

«Ja.»

«Wie ist es denn so, bei Sylvia zu wohnen?»

Leon schaut zur Küchentür. Er sieht, dass Sylvia mit ihrer Zigarette dahintersteht.

«Wo ist Maureen? Wann darf ich wieder nach Hause?»

«Meinst du Maureens Haus mit ‹nach Hause›?»

«Wer hat jetzt meine anderen Spielsachen?»

«Welche Spielsachen?»

«Jake und ich hatten ganz viele Spielsachen, und wir mussten sie alle zurücklassen. Ich hatte ganz viele Action-Man-Figuren, die Mum und Dad mir gekauft haben. Ich hatte sieben. Nein, acht. Und jetzt hab ich nur noch eine.»

Ohrring blättert in seinen Unterlagen. Einen Moment lang sagt er nichts. «164b Benton Avenue South? Du meinst, wo du mit deiner Mum gewohnt hast?»

«Ja, und ich habe ein paar davon mit zu Tina gebracht, in Tante Tinas Wohnung. Jake hat auch ein paar von seinen mitgenommen, aber dann haben ihn andere Leute gekriegt. Wo ist Jake? Wo wohnt er?»

«Lass uns eine Frage nach der anderen beantworten, okay? Also, als deine Mum fortgegangen ist, hat sie ihr gesamtes Hab und Gut in der Wohnung gelassen, tut mir leid. Sie ist dort keine Mieterin mehr. Das bedeutet, dass da jetzt jemand anderes wohnt, und ich weiß nicht, was mit ihren Sachen passiert ist. Tut mir wirklich leid.»

Leon sagt nichts.

«Aber wenn da noch Sachen bei Tante Tina sind, das ist doch Tina, Tina …» – er schaut in seine Unterlagen – «Tina Moore, dann kann ich natürlich versuchen herauszufinden, ob noch etwas bei ihr liegt, was sie uns weiterzugeben vergessen hat. Lass mich das mal eben aufschreiben, damit ich es nicht vergesse.» Er schreibt langsam und tippt dann mit seinem Füller auf das Papier. «Was noch? Ja, genau, du hast nach Jake gefragt. Weißt du, was Adoption bedeutet, Leon?»

«Ja.»

«Was ist Adoption?»

«Werde ich adoptiert?»

«Würdest du das denn gern, Leon?»

«Nein. Ich will, dass Jake zurückkommt.»

«Adoption bedeutet, dass man eine neue Familie bekommt, eine neue Mum und einen neuen Dad. Und dann geht man dort hin und wohnt da. Adoption ist für immer, Leon. Es bedeutet, dass man nie wieder in seine erste Familie zurückgeht. Man wohnt bei der neuen Familie so lange, bis man erwachsen ist.»

«Wo ist er?»

«Jake wohnt jetzt in seiner neuen Familie.»

«Wo wohnen die?»

«Er wohnt ganz weit weg, Leon. Na ja, nicht so weit, aber er hat jetzt ein ganz neues Leben.»

«Warum kann ich nicht mit ihm zusammenwohnen?»

Ohrring nimmt seine Kaffeetasse und sieht hinein, als ob er noch überlegt, ob er den Inhalt trinken kann oder nicht. Er stellt sie wieder auf den Tisch.

«Das ist sicher sehr schwer für dich, Leon. Jake ist adoptiert worden, weil er noch ein kleines Baby war, um das sich jemand kümmern musste. Eigentlich muss sich um euch beide jemand kümmern, aber manchmal ist Adoption gut für das eine Kind und für das andere die Pflege in einer Familie.»

«Ihr habt gesagt, dass er mir schreibt.»

«Ich?»

«Die andere.»

«Die andere Sozialarbeiterin? Ja, na ja, das tut er vielleicht. Hättest du das gern, einen Brief von Jake?»

«Ich warte schon ewig darauf», sagt Leon und beschließt, lieber aufs Klo zu gehen, damit er nicht losheult, aber kaum ist er aufgestanden, kommen schon ein paar Tränen, und Ohrring sieht sie.

«Leon», sagt er, «das ist wirklich sehr schwer zu verarbeiten. Du vermisst ihn bestimmt.»

«Er vermisst mich!», schreit Leon. «Er weint nach mir! Das hab ich gehört!»

«Machst du dir darüber Sorgen, Leon? Denkst du, dass Jake unglücklich ist?»

«Er braucht mich», sagt Leon. «Ich bin der Einzige, der sich um ihn kümmern kann.»

Ohrring macht eine Bewegung mit dem Kopf, die aussieht wie ein Kopfschütteln. Sein Adamsapfel zuckt hoch und runter. «Es ist uns wirklich, wirklich nicht leichtgefallen, Jake von dir zu trennen, Leon. Das war keine leichte Entscheidung. Wir haben hin und her überlegt, wie wir euch zusammen lassen können, und ganz viele Leute haben an einem Tisch gesessen, aber auch nach langer, langer Zeit haben wir einfach keine Lösung gefunden, die fair für euch beide ist. Wir wollen, dass du und dein Bruder glücklich seid und die besten Chancen im Leben habt, und manchmal bedeutet das, dass man das Glück auf unterschiedliche Weise suchen muss. Hat dir das schon mal jemand erklärt?»

Leon sagt nichts.

«Möchtest du mit jemandem darüber sprechen, wie du dich fühlst, Leon?»

Ohrring schreibt jetzt nichts mehr, aber er macht mit der Feder seines Füllers kleine Pünktchen auf das Papier. Die Feder sieht aus wie ein winziges Messer. Es könnte gefährlich sein und jemanden umbringen. Es könnte Ohrring töten, wenn Leon es nimmt und ihn damit in das Weiche in seinem Auge sticht. Er würde den Füller hineindrücken und auf Ohrrings Hirn schreiben: «Ich hasse dich, verdammt noch mal. Black Power. Von Leon.»

Ohrrings Mund bewegt sich, und er blinzelt, und die ganze Zeit versucht er, Leons Freund zu sein. «… dafür sorgen, dass du mit jemandem reden kannst, mit Beratern, die auf Kinder spezialisiert sind und ihnen helfen können, wenn sie schwere Zeiten durchmachen. Wäre das was für dich?»

«Jake wird mich vergessen.»

«Na ja …»

«Ich vergesse ihn nie, aber er mich vielleicht.»

«Ich glaube …»

«Ihr bringt ihn dazu, mich zu vergessen. Ihr habt ihn weggenommen, damit er mich vergessen kann. Ihr denkt, dass ihr wisst, was er will, aber das stimmt nicht. Das weiß nur ich.»

«Leon …»

«Nur ich. Niemand sonst. Sie wissen gar nicht, wie Sie sich um ihn kümmern müssen.»

«Ich glaube, du …»

«Er vermisst mich.»

«Ich bin sicher, er ...»

«Er heult vielleicht ganz doll, und euch ist es völlig egal.»

Ohrring legt seinen Füller hin, und Leon weiß haargenau, was er jetzt sagen wird. Er weiß, dass er seinen Kopf ein bisschen nach rechts, dann nach links wenden wird, dass er langsam und mit Babywörtern reden wird, weil er denkt, dass Leon dumm ist, aber egal, welche Wörter Sozialarbeiter benutzen, sie bedeuten alle dasselbe.

«Es ist sehr schwierig ...», fängt er an.

Leon rennt durch den Flur und knallt die Badezimmertür hinter sich zu. Er hebt die Klobrille hoch und lässt sie mit Wucht runterknallen. Der Krach lässt ihn zusammenzucken. Er rollt das ganze Klopapier ab und stopft es in die Kloschüssel, dann stopft er noch das Handtuch dazu und Sylvias Morgenmantel, der an der Tür hängt. Er versucht, den Deckel zuzumachen, aber das Klo ist viel zu voll, also drückt er auf den Deckel, bis seine Arme weh tun und seine Finger kribbeln und sein Gesicht ganz verzerrt ist, und dann bricht der Deckel endlich durch und reißt aus seiner Verankerung. Leon erhascht im Spiegel einen Blick auf sich. Er dachte, er würde den Unglaublichen Hulk mit grüner Haut und einer Brust, so breit wie ein Doppelbett, unter einem zerrissenen Hemd sehen. Aber er sieht immer noch aus wie vorher. Er ist fast zehn, und er ist schwarz, und Jake ist eins, und er ist weiß. Deshalb ist Jake adoptiert worden. Das hat Maureen gesagt, und sie ist die Einzige, die noch nie gelogen hat.

Sylvia klopft an die Tür.

«Geht's dir gut, Herzchen?», fragt sie.

Leon sitzt auf der Badewannenkante. Er hat in die Hose gemacht.

«Leon?» Sylvia guckt rein. Sie sagt kein Wort. Leon spürt, dass das Pipi an seinen Beinen juckt. Er will seine Jeans ausziehen, aber er kann sich nicht bewegen. Das Pipi ist auch in seinen Turnschuhen und in seinen Socken. Sylvia macht die Tür wieder zu, und er hört, dass sie den Flur entlanggeht. Er hört ihre Stimme und Ohrrings Stimme, und es klingt wie ein Streit.

Leon zieht alles aus, sogar seine Unterhose, und geht in sein Zimmer. Er zieht seine Trainingshose und seine Schulschuhe an und setzt sich aufs Bett. Sylvia sagt ihm jetzt bestimmt, dass er wegmuss. Sie hat immer gesagt, dass sie keinen Blödsinn duldet. Er findet seinen Rucksack und prüft nach, ob auch alles drin ist. Alles Wichtige ist drin, und die Reißverschlüsse sind zu. Er hört, dass sich die Haustür schließt und dass Sylvia zurückkommt, also stellt er sich ans Fenster und schaut raus, damit er sie nicht ansehen muss.

«Hast im Badezimmer aber eine ganz schöne Sauerei angerichtet, was?», sagt sie. Er hört, dass sie eine Zigarette im Mundwinkel hat. «Was hast du dir dabei gedacht?»

Draußen in Sylvias Garten läuft eine schwarz-braune Katze ganz langsam über das Gras, den Kopf gesenkt. Sie schleicht so leise wie ein Soldat im Dschungel. Sie versucht etwas zu fangen, aber Leon kann nicht sehen, was. Vielleicht eine Maus, eine Ratte oder einen Vogel. Leons Mum hat ihm mal ein Kätzchen mitgebracht, aber davon musste er niesen, deshalb hat sie es weggeben und ihm stattdessen einen Hund mit einer Batterie drin gekauft. Leon wollte einen richtigen Hund, aber seine Mum hat nein gesagt. Dann fällt Leon der Nachbarshund Samson ein und wie sein Dad gedroht hat, dass er seine Pfoten festhalten und ihm das Herz herausreißen wird. Leon fängt an zu weinen.

Sylvia steht noch immer in der Tür. Er hört, wie sie atmet und raucht. Er hört, dass sie wütend auf ihn wird und ihm gleich sagt, dass er wegmuss. Er wischt sich mit dem Ärmel über das

Gesicht, dreht sich um, nimmt seinen Rucksack und wartet, dass sie es sagt.

«Wo willst du denn hin?», fragt sie.

Leon sagt nichts.

«Wenn du glaubst, dass ich hier die Dumme bin, die deine eingepissten Klamotten in die Waschmaschine stopft und aufräumt, dann liegst du falsch. Stell deinen Rucksack wieder hin. Komm jetzt.» Sie legt ihre Hand auf seinen Nackenpo, genau wie Maureen es immer macht, und schiebt ihn ins Badezimmer. «Jeans, Turnschuhe, Socken, Hose, alles in die Badewanne. Na los. Ich bleibe hier stehen und sehe zu.»

Leon tut es.

«Jetzt fisch meinen Lieblingsmorgenmantel aus dem Klo und leg ihn auch in die Wanne. Sieh zu, dass kein nasses Klopapier dran klebt. Und sei verdammt noch mal vorsichtig mit dem Boden.»

Leon tut es.

«Jetzt lauf und hol zwei Tüten aus dem Schränkchen unter dem Ausguss. Schnell. Ich zähle bis zehn.»

Leon rennt los und ist bei acht wieder da.

«Jetzt steck deine Hände da rein und hol jedes einzelne Klopapierblättchen raus und steck es in die Tüten. Und wenn ich sage, jedes einzelne Blättchen, was meine ich dann damit?»

«Alles.»

«Darauf kannst du dein süßes kleines Leben verwetten.»

Sie steht da und schaut ihm zu. Es dauert ewig, und sie sagt kein Wort. Als er fertig ist, nimmt sie die Tüte und knotet ihre Henkel zu, dann stellt sie sie in die andere Tüte und macht damit dasselbe. Das Linoleum ist ganz nass.

«Gut, nimm die Sachen aus der Badewanne, bring sie in die Küche, aber schnell. Tropf nicht alles voll. Na los.»

Sie rennen gemeinsam durch den Flur, durch das Wohnzimmer und in die Küche. Sie lässt die Tüte in den Mülleimer fallen und öffnet dann die Waschmaschinenluke.

«Alles rein da», sagt sie, «die Turnschuhe auch. Alles rein.»

Leon stopft alles in die Waschmaschine und sieht zu, wie Sylvia das Waschmittel einfüllt und sie anschaltet.

«Wasch dir die Hände.»

Leon tut es. Sie zeigt auf einen Stuhl. Leon setzt sich hin.

«Schon mal die Redensart ‹Beschmutze nie dein eigenes Nest› gehört, Leon?»

«Nein.»

«Und, was glaubst du, bedeutet sie?»

Leon sagt nichts.

«Keine Ahnung? Tja, ich will's dir sagen. Es bedeutet, dass man etwas Gutes nicht versauen soll. Es bedeutet, dass, wenn man eine schlechte Nachricht bekommt oder einem jemand auf den Nerv geht, dann macht man nicht etwa Ärger oder verwüstet sein Zuhause. Das Zuhause ist dort, wo du wohnst, wo du schläfst, wo du isst, wo sich die Leute um dich kümmern. Scheiß nicht in dein eigenes Nest. Scheiß in jemand anderes Nest oder such dir einen anderen Weg, mit den Dingen klarzukommen.»

Leon nickt.

«Also», sagt sie und zündet sich noch eine Zigarette an, «ich weiß nicht, ob du irgendeine Ahnung hast, worüber ich mich hier auslasse, also formuliere ich es mal ganz einfach und klar. Wir kommen miteinander zurecht. Ich mag dich, und du magst mich. Ja?»

«Ja.»

«Und noch viel wichtiger ist die Tatsache, dass meine Schwester Maureen, der es nicht gutgeht, uns beide liebhat.»

Sylvia raucht eine Weile schweigend vor sich hin.

«Deshalb werde ich mich um dich kümmern, bis es ihr wieder gutgeht. Das bedeutet, dass ich einen Morgenmantel brauche. Das bedeutet außerdem, dass ich ein funktionierendes Klo brauche. Was ich nicht brauche, ist Ärger.»

Leon nickt.

«Wenn also dieses aufgeblasene Arschloch wiederkommt und seinen Schwachsinn hier verbreitet, dann kläre ich das. Ich weiß nicht, was er gesagt hat, dass du so außer dir warst, weil ich von dort, wo ich gestanden habe, nicht richtig hören konnte. Aber überlass den künftig mir. Er hat sich schon einiges anhören müssen. Das ist das Erste. Das Zweite ist, dass ich so ein Theater im Badezimmer nicht mehr zulasse. Wie viel Geld hast du in deinem Rucksack?»

Leon sagt nichts.

«Ich nehme mir von dir zwei Pfund für eine neue Klobrille. Und ich ziehe jede Woche fünfzig Pence von deinem Taschengeld ab, bis sie abbezahlt ist.»

Sie setzt den Kessel auf und macht sich eine Tasse Kaffee. Sie gibt Leon einen Saft und ein Päckchen Chips.

«Gleich kommst du mit mir ins Badezimmer, wir wischen den Boden, und dann nimmst du ein Bad. Ich wette, deine Beine jucken.»

Leon nickt. Sie lächelt.

«Geschieht dir recht», sagt sie. Dann hält sie inne und lässt den Blick in die Ferne schweifen. «Ich hab ins Bett gemacht, bis ich neun war, und zwar in das, das ich mit unserer Maureen geteilt habe. Sie hat sich immer vor mich gestellt, wirklich. Hat gesagt, dass sie es war, damit ich keinen Ärger bekomme.» Sylvia rührt mit ihrem Löffel im Becher. «Hoffentlich wird sie wieder gesund.»

29

Irgendwas stimmt nicht. Seit Tagen hängt Sylvia am Telefon, und wenn Leon ins Zimmer kommt, verabschiedet sie sich hastig oder sagt ihm, er soll rausgehen, oder sie fängt an zu flüstern. Sie hat das Klopapier und ihren Lieblingsmorgenmantel nicht vergessen. Sie hat ihm nicht vergeben, dass er das eigene Nest beschmutzt hat.

Leon misst sich selbst am Fensterbrett in seinem Zimmer. Als er neun war, war das Fensterbrett noch auf Höhe seines Ellbogens, aber morgen, wenn er zehn ist, werden die Leute bemerken, wie sehr er gewachsen ist. Leon atmet tief ein und sieht, wie sich seine Brust dehnt. Er betastet Arme und Schultern nach Muskeln. Er muss stark werden, wenn er eine schwere Last tragen soll.

Direkt nach der Schule fährt er mit dem Fahrrad zu den Schrebergärten. Es ist ein sonniger Tag, und viele Leute arbeiten in ihren kleinen Gärtchen. Mr. Devlin ruft ihn zu sich.

«Runter vom Fahrrad, Junge.»

Leon steigt ab und legt das Fahrrad auf den Boden.

«Hast du deiner Hände Werk schon gesehen?»

«Nein.»

«Dann komm und sieh's dir an.»

Sie gehen zu dem Wigwam aus Bambusrohren, und jedes kleine Pflänzchen hat angefangen, sich um das Rohr zu schlingen. Ein paar von ihnen sind ganz locker und lang, andere kurz, dick und stark.

«Schaffen sie es bis ganz nach oben?»

«Sogar noch höher. Zwei Meter fünfzig und mehr. Du siehst also, es macht nichts, wenn man ein bisschen später pflanzt. Und gleich an Ort und Stelle zu pflanzen hat einige Vorteile. Die Setzlinge werden nicht gestört. Man legt den Samen gleich dorthin, wo er wachsen soll, wo er hingehört, und dann bewegt man ihn nicht mehr. Du willst die besten Ergebnisse? Dann mach es so wie ich.»

Er träufelt ein wenig Wasser auf die jungen Pflänzchen.

«Wenn man natürlich ein echtes Gewächshaus hat so wie Mr. und Mrs. Atwal da drüben, dann kann man die Sache beschleunigen. Dann sät man sie erst auf einem Pflanztablett oder in einem kleinen Töpfchen aus und setzt sie nach ein paar Wochen um. Dann werden sie sicher auch etwas. Ja, ja, und der allgegenwärtige Mr. Burrows erzählt uns gern von seinen Erfolgen, aber ich sage dir was, wenn die Menschen seit Generationen ihre Pflanzen mit einer bestimmten Methode ziehen, muss da was dran sein.»

Leon schaut sich Mr. Devlins ordentliche Reihe Stangenbohnen an.

«Nicht ganz perfekt, aber immerhin. Neben der Schule war ein Feld, etwas unter einem halben Hektar. Sehr still, am Stadtrand.»

«Warum heißen die Scarlet Emperor?»

«*Phaseolus coccineus*. Kommt aus Südamerika. Es gibt tatsächlich viele Sorten davon. Wenn sie größer werden, siehst du die schönsten roten Blüten, scharlachrote Blüten. Und noch etwas.» Mr. Devlin hockt sich hin und berührt die zarten frischen Triebe eines Pflänzchens mit seinen schmutzigen Fingern. Er sieht glücklich aus. «Der Scharlachrote Kaiser ist eine Ganzpflanze. Das bedeutet, dass man die Blüten, die Bohnen und sogar die

Wurzel essen kann. So eine Pflanze kann einen, wenn es nötig ist, wochenlang am Leben erhalten, wenn man sonst nichts hat. Die Bohnen haben Protein in sich, selbst die Schoten sind nahrhaft, die Blüten sind nicht nur hübsch, sondern auch schmackhaft, und es gibt Stämme in Mexiko, die sogar die Wurzeln kochen und essen. Und dann kann man natürlich, wenn man nicht zu Hause ist, die Bohnen trocknen und sie kochen. Aber iss sie nie roh. Niemals. Wie prachtvoll sie sind …» Mr. Devlins Augen glitzern und sind ganz hell. Er schaut erst den Wigwam an und dann Leon. «Wie alt bist du?», fragt er.

«Morgen werde ich zehn. Da habe ich Geburtstag.»

«Zehn Jahre alt. Sommerkind», sagt Mr. Devlin. «Ein zehnjähriger Junge. Du bist ganz schön groß für zehn Jahre. Gut entwickelt.»

«Ich werde später mal große Muskeln haben. Ich werde so lange Ziegel in meinem Rucksack tragen, bis meine Muskeln ganz stark sind. Das hab ich mal im Fernsehen gesehen.»

«Ziegel?», fragt Mr. Devlin. Er umschließt mit der Hand Leons Oberarm und drückt zu. «Ich habe da was Besseres als Ziegel. Komm mal mit.» Er geht mit Leon in seine Hütte. «Da war doch was», sagt er und fängt an, Dinge auf den Regalen und hinter dem Sessel hin- und herzurücken. Er lässt immer wieder etwas auf den Sessel fallen: ein Paar braune Lederschuhe, ganz verschimmelt und rissig, ein paar Porzellanteller mit abgesplitterten Rändern, einen winzig kleinen Kessel und eine aufgerollte karierte Decke. Leon würde die Dinge gern berühren, aber dann lässt er die Pistole auf die Decke fallen, und Leon schnappt nach Luft. Sie geht nicht los, aber Mr. Devlin war auch nicht besonders vorsichtig mit ihr. Dann wirft er noch mehr Sachen drauf, ein paar Zeitschriften und eine Uhr und Plastikschnur.

«Ja, gut. Da haben wir es doch. Sieh mal.» Mr. Devlin hält Hanteln in der Hand, wie sie Bodybuilder benutzen: Sie bestehen aus schwarzem Eisen. Er hält Leon eine hin, aber als er sie nehmen will, fällt sie ihm aus der Hand. Sie sieht gar nicht so schwer aus, wie sie ist. «Vorsichtig», sagt Mr. Devlin. Er hockt sich hin, nimmt die Hantel und schließt Leons Hand darum. Er zeigt ihm, wie man sie hoch- und runterbewegen muss, beobachtet ihn dabei genau, atmet ein und aus, riecht nach Öl und Essen und alten Leuten. «Spürst du es?», fragt er.

Leon nickt.

«Wo spürst du es?»

«In meinen Armen», antwortet Leon.

Mr. Devlin drückt auf Leons Brustkorb.

«Und hier?»

«Ja», sagt Leon.

Mr. Devlin drückt auf Leons Rücken.

«Und hier?»

«Ja.»

«Hm. Na ja, die Muskeln von kleinen Jungs sind noch ganz sehnig und unentwickelt. Ein Junge kann keine Muskeln ausbilden, sollte er auch nicht. Ein paar leichte Übungen schaden sicher nichts, aber kein richtiges Bodybuilding. Noch nicht.»

Leon bewegt die Hantel hoch und runter, nur um zu beweisen, dass er es schafft. Nach einer Weile lächelt Mr. Devlin. «Sehr gut», sagt er und steht auf. «Hier, behalt sie.»

Leon nimmt die andere Hantel und steckt beide in seinen Rucksack, der jetzt ganz schwer ist und sich kaum festhalten lässt. Leon nimmt sich Zeit dafür, die Hanteln im Rucksack ganz gerade aufrecht zu stellen. Mr. Devlin steht dabei an der Tür und schaut ihm zu.

«Hey, Sie!»

Das ist Tuftys Stimme.

Mr. Devlin dreht sich um.

«Ja?»

Er tritt aus der Hütte, und Leon hört, wie Tufty schreit.

«Was zum Teufel ist das?»

Leon geht schnell zum alten Sessel; er schiebt die Zeitschriften, die Uhr, die Schnur und die anderen Sachen beiseite. Er tastet so lange, bis er den Griff der Pistole fühlt. Er packt sie und legt sie in seinen Rucksack. Er darf auf keinen Fall den Abzug berühren. Er setzt den Rucksack auf. Die Träger schneiden in seine Schultern, als er hinausgeht.

Mr. Devlin hat die Hände in die Hüften gestemmt.

«Hören Sie, Burrows, das ist nicht meine Idee. Das sind die Vorschriften. Ihr Vater hat Ihnen die Parzelle untervermietet. Untervermietung ist aber verboten, wie Sie wissen. Es gab ein paar Gespräche, und ...»

«Ich habe gesagt, was zum Teufel ist das?»

Tufty wedelt mit einem Zettel vor Mr. Devlins Gesicht herum.

«Es steht in den Vorschriften. Wenn Sie allerdings nicht einverstanden damit sind, können Sie gern Beschwerde einlegen.»

«Lügner.»

«Es ist mir völlig egal, was Sie denken, Mr. Burrows. Wir hatten gestern Abend eine Vereinssitzung, und ...»

«Blödsinn! Was für eine Vereinssitzung? Hier geht es doch um die Polizei, die neulich da war. Haben Sie gesehen, dass ich irgendwas verbrochen habe? Oder dass ich Streit angefangen habe? Ich habe nichts getan. Hier geht es nicht um die beschissene Untervermietung. Das hier ist Rassismus, schlicht und einfach.»

«Heilige Mutter Maria, Sie machen sich lächerlich. Ich habe nichts davon, wenn wir Sie los sind. Das hier ist ein Problem zwischen Ihnen und dem Vereinsvorstand. Ich habe überhaupt keine Aktien in diesem Streit.»

«Das hier ist kein Streit. Und ich bin keine verdammte Aktie. Sie sind nur ein Fußsoldat, Mann. Sie sind hier kein General. Sie können es nicht ertragen, wenn Sie nicht das Sagen haben, oder? Sie laufen herum und schneiden Büsche mit Ihrem beschissenen Messer zurück. Wer hat Ihnen erlaubt, die Büsche zurückzuschneiden? Denken Sie, dass das hier der beschissene Dschungel ist oder so? Kümmern Sie sich um Ihre eigenen Angelegenheiten, Mann.»

«General? Ich habe nie behauptet, ein General zu sein, Sie verdammter Idiot.»

Da bemerkt Tufty Leon. «So? Und was machen Sie mit dem Jungen dadrin?»

«Was haben Sie gesagt?» Mr. Devlin richtet sich auf, aber er ist immer noch kleiner als Tufty.

«Sie haben mich genau verstanden. Ich hab die Bilder gesehen, die Sie dadrin haben. Kleine Jungs.» Tufty zieht Leon zu sich heran. «Du gehst da nicht mehr rein, hörst du? Halt dich fern von diesem Mann. Der mag keine Schwarzen, es sei denn, sie sind unter sechzehn. Stimmt doch, oder?»

«Wie können Sie es wagen ...»

Aber Tufty überragt Mr. Devlin. Er hält den Zettel in die Höhe und schleudert ihn dann Mr. Devlin ins Gesicht.

«Mein Vater war zwanzig Jahre auf dieser Parzelle. Wie lange sind Sie schon hier, hä? Wie lange? Mein Vater ist für sechs Monate nach Hause gefahren. Sechs Monate. Das habe ich Ihnen gesagt. Sie wissen das. Seit ich fünf Jahre alt bin, komme ich mit meinem Vater hierher. Sie denken, Sie können einfach so daherkommen und mir irgendwas erzählen? Er kommt zurück, wenn es ihm wieder gutgeht, und dann wird er alles genau so vorfin-

den, wie er es zurückgelassen hat. Verstanden? Sie werfen mich
hier nicht raus. Und wehe, Sie schicken Ku-Klux-Klan-Kom-
mandos zum Haus meines Vaters. Nächstes Mal bin ich nicht
mehr so nett. Verstanden?»

Mit jedem Satz macht Tufty einen Schritt auf Mr. Devlin zu,
und der weicht zurück, bis er in seiner Hütte steht.

Sobald Mr. Devlin fort ist, holt Leon sein Fahrrad. Es wird
bestimmt nicht leicht, mit den Hanteln und der Pistole dazwischen auf seinem Rücken nach Hause zu fahren. Er fährt den
Weg entlang zu seinem Halbwegshaus und zerrt an der Tür, bis
sie aufgeht. Er macht sie vorsichtig zu, ganz leise, aber sobald er
die Hanteln auf den schiefen Tisch stellt, brechen beide Beine
ab, und die Hanteln fallen auf den Boden. Leon späht durch die
Scheibe, aber es ist keiner in der Nähe, der es hätte hören können.
Er nimmt die Pistole aus dem Rucksack und hält sie ans Licht. Sie
ist ganz schwarz, glänzend und glatt. Sie liegt schwer in seiner
Hand und passt genau hinein. Er zielt damit auf die Tür. *Peng.*

Es ist der 5. Juli. Endlich. Samstag. Leons Geburtstag. Er wacht früh auf. Sylvia hat seine Geschenke und die anderen Sachen nicht mal erwähnt, und jedes Mal, wenn er das Thema anschneiden wollte, war sie gerade am Telefon oder plante ihre Straßenparty zu Ehren der königlichen Hochzeit. Er muss an den Action Man denken, den er zu seinem letzten Geburtstag bekommen hat, und an den anderen Action Man, den er zurücklassen musste. Er hatte ganz viele Anziehsachen für ihn und verschiedene Gewehre, und all das liegt noch immer in seiner alten Wohnung, in der er mit Carol wohnte.

Er steht auf und geht im Pyjama durch den Flur. Sylvia steht an der Hintertür und raucht. Sie dreht sich um, als sie ihn sieht. «Da ist er ja! Zehn Jahre alt und schon fast auf Augenhöhe. Zur Hölle noch mal! Du bist schon wieder über Nacht gewachsen, was? Komm her.» Sie umschlingt ihn mit ihren dünnen Armen und küsst ihn auf die Wange. Er riecht ihren Körper und ihre Zigaretten. «Da hast du einen Geburtstagskuss. Ich gebe nicht oft Küsse. Nicht mehr.» Sie zieht eine Küchenschublade auf und holt eine kleine Schachtel in Glitzerpapier heraus. «Das ist von mir, Schätzchen», sagt sie. «Und hier ist die Karte dazu.» Dann öffnet sie die Schranktür, in der sie den Staubsauger aufbewahrt, und holt ein riesiges Paket heraus. «Und das hier ist von Mo!»

Leon schaut seine beiden Geschenke an. «Darf ich sie aufmachen?»

«Dann mal los.»

Es ist schwierig, das Papier vom kleinen Geschenk abzumachen, weil so viel Tesafilm dran klebt, aber dann liegt Darth Vader in einer Pappschachtel drin. Alle anderen Masters of the Universe sind gut, aber Darth Vader ist böse, und Leon fragt sich, ob er wohl Albträume bekommt, wenn Darth Vader in seinem Zimmer ist.

«Toll, Sylvia, danke.»

Sylvia schiebt ihm das andere Geschenk hin. «Warte, bis du siehst, was hier drin ist.»

Es ist in so viel Papier eingewickelt, dass es ewig dauert, bis es ausgewickelt ist, aber er macht weiter.

«Ein AT-AT Walker!»

Sylvia hilft ihm dabei, die Schachtel zu öffnen und die Figur aus all den winzigen Drähten zu befreien, die sie festhalten, und dann stellt Leon sie auf den Teppich. Dann lässt er sie hin und her wandern und bewegt den Kopf und schießt aus allen Gewehren.

«Gefällt es dir?», fragt Sylvia.

Leon spielt weiter mit dem AT-AT, und Sylvia setzt sich ächzend neben ihn auf den Teppich. «Oh, ich weiß nicht, ob ich hier je wieder hochkomme. Also …», sagt sie, «bitte sehr. Du hast es dir gewünscht, und Maureen und ich haben dafür gesorgt, dass du's rechtzeitig zu deinem Geburtstag bekommst. Bitte schön.» Sie gibt ihm einen festen braunen Umschlag, auf den sein Name getippt ist. Es fühlt sich an, als ob eine Karte drin ist.

«Möchtest du, dass ich sie für dich aufmache?», fragt Sylvia.

«Ganz vorsichtig öffnen.»

Das tut er. Darin steckt ein Foto. Es zeigt Jake. Er sitzt und hat ganz viele blonde Haare, genau wie Carol. Er trägt ein hellblaues Hemdchen mit einem Samtkragen und winzige Jeans. Er hat keine Schuhe an, aber seine Füße sind viel größer als früher. Er lächelt und hat viel mehr Zähne. Er streckt einen Arm in Richtung Leon.

Jake lächelt, aber Leon sieht sofort, dass er müde ist und nicht möchte, dass man ihn fotografiert. Das sieht man doch sofort. Leon traut sich nicht, das Foto umzudrehen, weil er weiß, dass auf der anderen Seite die Adresse steht, also tut er so, als könne er gar nicht aufhören, Jake anzuschauen, was sowieso auch stimmt.

«Da ist sicher auch ein Brief drin.»

Leon legt das Foto vorsichtig neben seinen AT-AT und nimmt den Brief heraus. Er ist nicht von einem Baby geschrieben, sondern getippt.

«Was steht drin?», fragt Sylvia.

«Lieber Leon, ich weiß, dass heute dein Geburtstag ist, deshalb schicke ich dir ein Foto von mir. Ich bin sehr glücklich bei meiner neuen Mum und meinem neuen Dad. Ich habe ganz viele Spielsachen und mag gerne mit Autos und Lastern spielen. Ich habe mein eigenes Zimmer mit Bildern von Bären an der Wand und gehe in die Krippe, wo ich mit meinen Freunden spiele. Ich hoffe, dass du genauso glücklich wie ich bist und viele Geschenke zu deinem Geburtstag bekommst. Alles Liebe von Jake. Drei Küsse.»

«Siehst du!», sagt Sylvia und streichelt ihm über den Rücken. «Siehst du? Er ist quietschvergnügt.»

Dann geht sie in die Küche und sagt, dass er sich etwas zum Frühstück wünschen darf. Er kann Schokoladenflocken haben, die sie extra gekauft hat, oder Bohnen auf Toast mit geriebenem Käse drüber oder Kekse mit Zuckerguss oder alles andere, was in den Vorratsschränken ist, weil er Geburtstag hat und sich etwas aussuchen darf.

Leon nimmt Choco Pops mit Pepsi und öffnet seine anderen

Glückwunschkarten. Eine ist von Maureen, eine vom Zebra, das eigentlich Judy heißt, eine von Beth, der anderen Sozialarbeiterin, die ihn manchmal von der Schule abholt, eine von Sylvia, eine von jemandem, der «Ian (vom Zentrum)» heißt und eine von Sylvias Freundin Sue. In Sues Umschlag liegt eine Pfundnote. Sobald er die Karten gelesen hat, stellt Sylvia sie auf das Sideboard.

«Glücklich?», fragt sie.

«Ja.»

Nach dem Frühstück nimmt Leon all seine neuen Sachen mit in sein Zimmer, auch das Foto. Er legt seine neuen Spielsachen auf das Bett und dreht dann das Foto um. Eine Adresse ist in großen goldenen Buchstaben draufgedruckt.

‹Halladays›
287 Dovedale Road
Dovedale Heath

Leon legt das Foto in seinen Rucksack und holt es dann wieder raus. Er liest, was in dem Brief steht. Er liest ihn zweimal. Er ist wütend auf denjenigen, der den Brief geschrieben und drei Küsse darauf gedrückt hat und Jake ganz allein in einem Zimmer schlafen lässt. Er stellt das Foto neben sein Bett und zieht sich an.

Mr. Devlin gießt gerade seine Pflanzen, als Leon sein Fahrrad in die Schrebergärten schiebt. Leon hält an, und sie schauen gemeinsam rüber zu Tuftys Schuppen, aber er ist nicht da. Mr. Devlin winkt ihn heran.

«Heute hast du Geburtstag, oder? Heute, hast du gesagt.»

«Ja. Ich habe einen AT-AT und Darth Vader und ein bisschen Geld bekommen.»

«Gut. Ich habe auch etwas für dich. Ich kann mir nicht vorstellen, dass unser Freund Mr. Burrows etwas dagegen hat.»

Er geht in seine Hütte und kommt mit einer braunen Papiertüte heraus.

«Ich habe dich beobachtet. Komm mit.»

Leon folgt ihm zu einer Parzelle, die zwischen Tuftys und Mr. Devlins liegt. Sie ist völlig überwuchert und ungepflegt; niemand kümmert sich darum.

Mr. Devlin zeigt auf einen Punkt auf der Erde. «Bleib hier stehen.»

Er geht mit langen Schritten zu einem Busch, an dem grüne Beeren hängen.

«Das sind ungefähr dreieinhalb Meter. Ein Viertel von einer normalen Parzelle. Sie gehört jetzt dir. Das ist dein kleines Fleckchen auf diesem Planeten. Ich habe das mit dem Verein geklärt und bin dein Sponsor.» Er öffnet die Papiertüte und gibt Leon eine kleine Forke mit einem Holzgriff und eine Gartenschaufel, die dazu passt. «Jetzt musst du dich darum kümmern, junger Mann. Du musst Unkraut jäten und etwas säen und die Pflanzen dann wässern. Du bist dafür verantwortlich. Verstehst du? Das ist harte Arbeit. Es sieht vielleicht leicht aus, ist es aber ganz und gar nicht. Verantwortung ist niemals leicht. Was bedeutet Verantwortung?»

«Wenn man etwas beaufsichtigt.»

«Das ist nur ein Teil davon.»

«Und es bedeutet, dass man sich um etwas kümmern muss und dass man es immer im Kopf hat, auch wenn man es gerade nicht sieht, und man muss dafür sorgen, dass es in Sicherheit ist, und alles, was man tut, hat damit zu tun, dass man darauf aufpasst und sicherstellt, dass es in Ordnung ist, selbst wenn man gerade keine Lust darauf hat. Weil das nun mal deine Aufgabe ist.»

Mr. Devlin nickt und wartet ein wenig, bevor er weiterspricht. «Das war ein bisschen sehr ausführlich. Ja. Und jetzt gehört diese Viertelparzelle dir. Sieh mal.» Er steckt die Hand in die Hosentasche und holt ein Tütchen Samen heraus. «Scarlet Emperor. Damit fängst du an. Es ist noch nicht zu spät im Jahr.»

«Ich habe aber keinen Wigwam», sagt Leon.

«Das machen wir zusammen. Später.»

Leons Rucksack ist so schwer. Er hat ein paar Konserven mit Essen aus Sylvias Vorratsschrank drin und eine Tüte Zucker und eine Decke aus dem Wäscheschrank. Er legt den Rucksack ab und sieht sich seine Parzelle an. Dann schaut er sich Tuftys Pflanzen an, die in ordentlichen Reihen stehen und Mr. Devlins, Mr. und Mrs. Atwals und die der anderen. Genau wie Mr. Devlin gesagt hat, es sieht vielleicht einfach aus, ist es aber nicht.

«Mir scheint, du könntest am Anfang ein bisschen Hilfe gebrauchen. Steck die Samen in den Boden und – ah, da kommt ja genau der Richtige.» Mr. Devlin geht von Leon weg zum Rand von Leons kleiner Parzelle. Tuftys Fahrrad stoppt abrupt, und er steigt ab. Die beiden Männer sehen sich ewig lange an, aber keiner sagt etwas, also erzählt Leon Tufty von dem Geschenk.

«Die hat er dir gegeben?», fragt Tufty und wiegt die Gartenwerkzeuge in seiner Hand. «Hat er dir noch andere Geschenke gemacht? Dir noch etwas gegeben?»

«Ein paar Samen», antwortet Leon.

«Das reicht nicht. Du brauchst mehr als die, um anzufangen. Komm mit.»

Leon dreht sich um, um Mr. Devlin zuzuwinken, aber der hat sich schon abgewandt.

Leons Parzelle hat ein paar Hochbeete. So nennt Tufty sie, Hochbeete. Es sind Minigärten, die von Holz umschlossen sind. Er hat vier davon und ein paar Himbeerbüsche. Die Himbeeren

sind sauer. Die beste Parzelle in dem ganzen Schrebergartengebiet ist Mr. und Mrs. Atwals, und die zweitbeste ist die von der
Frau, die lange Röcke trägt, aber die drittbeste ist Tuftys.

«Gut», sagt er, «zuerst bringen wir die Beete in Ordnung, dann
arbeiten wir an den Wegen.»

«Heute habe ich Geburtstag», sagt Leon.

«Ja, ja, ich weiß. Du hast es mir erzählt.»

«Ich bin zehn.»

«Ja?» Tufty lässt Leon sich auf einen seiner Klappstühle setzen
und bringt ihm eine Dose Limonade. «Du kannst an deinem
Geburtstag keine harte Arbeit verrichten, Kumpel. Du musst es
ruhig angehen lassen. Hast du schon deine Geschenke bekommen?»

«Ich habe einen AT-AT bekommen, einen blauen, und Darth
Vader.»

«Echt? Das ist gut.»

«Und ich habe ein bisschen Geld bekommen.»

«Nett.»

«Und Mr. Devlin hat mir diese Gartenwerkzeuge gegeben.»

«Das sind gute alte Werkzeuge, Kumpel. Hübsche Griffe.»
Tufty gibt ihm einen Klaps auf die Schulter. «Zehn! Ich weiß
noch, wie es war, als ich zehn war. Man hat noch gar keine Sorgen, Kumpel! Du musst es genießen. Ja, ich möchte wieder zehn
sein, manchmal.»

Leon schaut zu seinem Rucksack mit den Dosen drin und
überlegt, wie weit er mit seinem Fahrrad fahren muss. «Wie hast
du deine Muskeln bekommen, Tufty?», fragt er.

«Ich? Ich bin so auf die Welt gekommen. Ich habe ein bisschen Kampfsport betrieben, als ich jung war.» Tufty springt auf
die Füße und tritt in die Luft; er beschreibt mit einer Hand einen
Kreis in der Luft und sticht dann mit der anderen zu.

«Soll ich dir ein paar von den Bewegungen beibringen? Komm. Steh auf. Stell dich auch so hin.»

Leon stellt sich breitbeinig hin.

«Zuallererst musst du wissen, dass Kung-Fu ‹arbeite hart› bedeutet, das heißt, es ist nicht leicht. Jedenfalls nicht, wenn man es richtig machen will. Okay, zuerst muss der Stand stimmen. Ein fester Stand hält dich auf den Füßen. Du weißt schon, wenn einer kommt, und du stehst so da …» – Tufty spreizt die Beine weit und geht halb in die Hocke – «Das ist der Pferdestand. Wenn du im Pferdestand stehst, ist es schwierig, dich umzuwerfen. Dann gibt es noch das, das, das.» Tufty macht Bewegungen und schlägt in die Luft und wedelt mit den Armen und sieht so aus, als könnte niemand ihn jemals besiegen. «Na komm, mach mich nach.»

Leon tut alles, was Tufty tut, Haltungen, Dehnungen, Schläge, Abwehrhaltungen, aber sie müssen es oft machen.

«Ja, genau, jetzt hast du's. Wenn du diese Bewegungen jeden Tag machst, bekommst du Muskeln. Du bekommst Muskeln, und keiner kann dir mehr dumm kommen.»

Leon macht Tufty genau nach.

Tufty bewegt sich wie eine Kreuzung aus einem Soldaten und einem Balletttänzer, graziös und gefährlich.

«Wenn dir die Leute dumm kommen, hast du die Wahl. Entweder du wehrst dich, oder du schluckst es runter.»

Er hebt ein Bein ein paar Zentimeter vom Boden und beschreibt damit einen Kreis in der Luft. Er starrt dabei nach vorn, aber seine Brust hebt und senkt sich. Leon weiß, dass er zornig ist und an die Polizisten denkt, die seine Poster zertreten und Castro mitgenommen haben. «Wenn du zu oft runterschluckst, würgt es dich.» Er hält plötzlich inne und stellt den Fuß auf den Boden. Er lässt alle Luft aus seinem Bauch und schließt die

Augen. «Oder du lernst zu akzeptieren. Loszulassen. Leicht zu atmen.» Tufty legt die Handflächen aneinander, als ob er betet. Dann wendet er schnell den Kopf und sieht Leon an. «Aber weißt du, was das Beste ist?», fragt er. «Du brauchst ein paar Kurse. Sie bieten Kurse oben in der Carpenter Road an.»

Leon setzt sich hin und trinkt seine Limonade.

«Du könntest deine Mum fragen, ob sie dich hinbringt. Ich zeige dir, wo das ist. Oder dein Dad bringt dich. Ist nicht weit. Wo wohnst du?»

«10, College Road.»

«Na, das ist nicht weit. Sag deiner Mum, dass du das machen willst. Okay? Du bewegst dich schon ganz schön gut.»

Leon steht auf. «Ich muss jetzt gehen.»

Leon nimmt seine Werkzeuge und steckt sie mit seinen Scarlet-Emperor-Samen in die Papiertüte. Er legt die Tüte in den Rucksack, der jetzt sogar noch schwerer ist als vorhin.

Er wartet, bis Tufty wegsieht, und dann schiebt er sein Fahrrad schnell zu dem Halbwegshaus. Er duckt sich, wuchtet die Tür auf und legt die Dosen und die Decke und den Zucker auf den Boden. Er muss an einem anderen Tag aufräumen.

Sylvia hat schon alles bereit, als er nach Hause kommt. Sandwiches stehen auf dem Tisch und Würstchen im Schlafrock und Miniküchlein.

«Du kannst dich immer noch anders entscheiden. Wir können den Jungen in der Straße fragen, wenn du willst. Er ist ungefähr in deinem Alter.»

«Nein», sagt Leon, «den kenne ich nicht.»

«Sicher wären auch die Jungs aus deiner Klasse gekommen, wenn du sie gefragt hättest. Was ist mit deinen Freunden aus dem Park?»

Leon antwortet nicht.

«Dann sind es nur ich und du und ein paar von meinen Freunden, Leon. Das ist nicht gerade eine rauschende Party, Schätzchen. Bist du sicher?»

«Darf ich nachher wieder mit dem Fahrrad raus?»

«Schon wieder? Nach dem Abendbrot darfst du noch eine Stunde raus. Was ist denn so toll an dem Park?»

«Schaukeln und Rutschen. Ein paar von den Kindern haben Skateboards. Ich kann die Rampe mit dem Fahrrad runterfahren.»

«Du kannst mal ein paar von deinen Freunden mit nach Hause bringen, wenn du möchtest, weißt du. Du solltest Freunde haben, Leon.»

«Darf ich den Fernseher anmachen?»

«Sie sind gleich hier. Geh und wasch dir die Hände. Und stell deinen Rucksack weg.»

Leon kriegt noch mehr Geschenke, als Sylvias Freunde kommen. Filzstifte, ein Auto, drei Pfundnoten und einen Fußball. Und auch noch mehr Glückwunschkarten. Das Sideboard ist schon ganz voll. Er hat einen Schokokuchen und Bonbons und Pepsi und eine Riesentüte Revels ganz für sich allein.

Sylvias Freundinnen reden über Unruhen in einer anderen Stadt und von den Iren, die einen Hungerstreik machen und sterben.

«Ich hätte eigentlich gar nichts dagegen», sagt Sue mit einem Stück Kuchen auf dem Teller. «Kann mich nicht erinnern, wann ich das letzte Mal hungrig war.»

Die anderen lachen und sagen, dass sie furchtbar ist. Rose steht an der Tür und schüttelt den Kopf. «Er muss stark sein, um das durchzuziehen. Er glaubt an die Sache. Gibt es irgendwas, woran ihr so sehr glaubt, dass ihr bereit seid, euch dafür umzubringen?»

«Aber sie bringen sich nicht nur selbst um, oder?», sagt Sue, den Mund voller Sandwich, und dann fangen sie alle an, über die IRA und die Bomben zu diskutieren und warum die Leute gegeneinander kämpfen und wann das alles endlich ein Ende hat. Er hört, dass Sylvia währenddessen flüstert.

«Kein Wort von seiner Mutter. Nein, keine Karte, nichts. Ich musste dem beschissenen Sozialamt ganz schön einheizen, damit sie mitspielen. Sie haben ihm ein Foto von seinem Bruder versprochen, weißt du, von dem, der adoptiert wurde. Das wissen die nun schon seit sechs Monaten. Und, kriegen die es gebacken? Nein. Alles Wichser da. Jedenfalls haben Mo und ich sie in die Zange genommen. Sie hat von ihrem Krankenbett aus Zeter und Mordio geschrien und ich von hier aus, und dann hat diese Judy mit den Haaren es endlich hingekriegt. Ja, hab es heute Morgen bekommen, Gott sei Dank. Gerade noch rechtzeitig. Hat ihn aufgemuntert, den kleinen Soldaten.»

Leon spürt ihre Blicke im Rücken. Er weiß, wie ihre Gesichter aussehen und dass sie ihn bemitleiden und wie sehr sie seine Mum hassen. Warum können sie nicht einfach still sein, damit er fernsehen oder mit seinen Sachen spielen kann? Warum können sie nicht einfach alle nach Hause gehen und ihn von dort aus bemitleiden? Er wünscht sich, dass er sich nur umdrehen muss, und dann ist er in seiner eigenen Wohnung mit seinen eigenen Spielsachen. Seine Mum sitzt auf dem Sofa mit ihren pelzigen Froschpuschen. Jake liegt auf ihrem Schoß, und sie singt ihm was vor. Jake windet sich, weil er immer lieber bei Leon ist, aber seine Mum sagt: «Psst, kleines Äffchen. Psst.» Und immer, wenn sich Leon rührt, sagt seine Mum etwas wie: «Nicht, Leon. Du weißt doch, dass er nicht einschläft, wenn er dich sieht.» Also muss Leon den Fernseher lautlos stellen, sich auf den Teppich legen, damit Jake denkt, dass er nicht da ist, so leise wie ein

Mäuschen sein, bis Jake eingeschlafen ist, aber seine Mum schläft dabei auch immer ein. Alles ist still, und Leon setzt sich neben Jake und betrachtet seine vollkommenen Lippen und sein vollkommenes Gesicht.

Leon geht ins Bett und lässt das Licht an, bis Sylvia die Treppe heraufkommt. «Bist du immer noch wach?», fragt sie.

«Wo ist die Dovedale Road?»

«Dovedale? Am anderen Ende der Stadt. Hauptstraße, viele Läden und Häuser. Warum?»

«Hab ich im Fernsehen gehört.»

«Hattest du einen schönen Tag? Ach, guck ihn dir mal an.» Sie nimmt das Foto von Jake und hält es dann weit von ihrem Gesicht weg. «Man sieht die Ähnlichkeit. Die sieht man wirklich.»

Leon sagt nichts. Er streckt die Hand nach dem Foto aus und legt es wieder neben sein Bett. «Kann ich mir einen Plan kaufen?»

«Einen Plan wovon?»

«Nur einen Stadtplan.»

«Du kannst kaufen, was du willst, Herzchen, es ist dein Geld. Ich mache jetzt das Licht aus.»

«Darf ich mir einen Kompass kaufen?»

«Was du willst. Jetzt ist Schlafenszeit.»

«Ich kann nicht schlafen.»

«Zu aufgeregt, nehme ich an. Und zu viel Zucker gegessen.»

«Erzählst du mir eine Geschichte?»

Sylvia macht das Licht aus und setzt sich auf seine Bettkante.

«Wo waren wir stehengeblieben?»

«Der Hase war bei dem Bären.»

Sylvia lacht. «Ja, jetzt weiß ich's wieder. Okay, dann mal los. Der Hase ist also voller Kacke, nicht wahr? Der Bär trottet weg, weil Bären nun mal so sind. Sie bleiben nicht da, wo man sie braucht. Nein. Bären denken immer, dass sie die Einzigen sind,

denen mal das Herz gebrochen wurde oder die jemand fertiggemacht hat. Der Hase hätte vielleicht einen Freund gebraucht,
aber nein, Bären denken nur an sich selbst. Man kann einen Bären nicht zum Freund haben. Nie im Leben. Bären sind selbst-
süchtig, und wenn sie ihren Spaß hatten, trotten sie zurück in
den Wald und sind verschwunden.»

Sie hält inne, als ob sie sich an den Rest der Geschichte erinnern müsse. Sie atmet einmal sehr tief durch und fängt wieder
von vorn an.

«Jedenfalls hoppelt der Hase durch den ganzen Wald und
stinkt dabei ganz grauenvoll. Er kann sich sogar selbst riechen,
die anderen Tiere riechen ihn, die Vögel riechen ihn, und er
möchte sich unbedingt irgendwo waschen. Immer, wenn er ein
Tier trifft und es fragt, wo der Fluss ist, hält es sich die Nase zu
und rennt weg. Endlich, nach langer, langer Zeit, stößt er auf den
Fluss, der so hübsch und blau durch den Wald fließt. Er rennt
ans Ufer, aber dort steht ein Schwein. Der Hase denkt, dass das
Schwein bestimmt auch wegrennt, aber als er genau hinschaut,
sieht er, dass das Schwein ein Holzbein hat. ‹Hallo, Schwein›,
sagt der Hase. ‹Oh, hallo, Hase›, sagt das Schwein mit dem Holzbein. Das Schwein schnüffelt am Hasen und sagt: ‹Du meine
Güte, du gehst besser sofort in den Fluss und machst dich sauber›, also tut der Hase das, aber die ganze Zeit überlegt er, warum dieses Schwein wohl ein Holzbein hat. Am Ende siegt seine
Neugier, und er fragt das Schwein: ‹Was ist mit deinem Bein passiert, Schwein?› – ‹Tja, ich erzähl's dir›, sagte das Schwein. ‹Mein
Meister lebt auf einem Bauernhof, und eines Tages habe ich bemerkt, dass die Ställe brannten. Also schrie ich, so laut ich konnte, und weckte den Bauern, der alle Pferde rettete.› Der Hase war
verblüfft. ‹Und dann hat dich das Feuer verbrannt, und du hast
dein Bein verloren?› – ‹Nein›, sagte das Schwein, ‹das Feuer hat

auf den Hühnerstall übergegriffen, und ich musste in die Ställe rennen, um den Meister zu holen.› – ‹Also ist etwas auf dein Bein gefallen?›, fragte der Hase. ‹Oh nein, denn dann hat das Feuer auf das Bauernhaus übergegriffen, und ich musste dorthin rennen und die Meisterin wecken und die Kinder herausbringen. Ich bin in jedes einzelne Zimmer gerannt und habe eins nach dem anderen herausgezogen. Das Kleinste ritt auf meinem Rücken, bis wir endlich sicher im Garten waren.› – ‹Wow›, sagte der Hase. ‹Du hast dich bestimmt dabei verletzt, als du sie die Treppe runtergebracht hast›, sagte der Hase. ‹Nein›, erwiderte das Schwein, ‹aber der Bauer sagte, ich sei ein ganz besonderes Schwein, und wenn man ein solches Schwein hat, dann isst man es nicht auf einmal.›»

Leon beschließt, Sylvia nicht um noch mehr Geschichten zu bitten, und dreht sich auf die Seite.

«Nacht, Herzchen», sagt sie und schließt die Tür.

31

Am nächsten Tag schafft es Leon erst nach dem Abendessen zur Parzelle. Zuerst geht Sylvia mit ihm und einem anderen Jungen ins Kino, um *Jäger des verlorenen Schatzes* zu schauen. Der Junge heißt Timmy und ist was Besonderes. Timmys Mum arbeitet mit Sylvia im Supermarkt, und immer wenn sie sich treffen, sagen sie, was für ein guter Junge Timmy ist, und sie sagen «Gott segne ihn» und «kreuzbrav». Aber Leon muss im Kino neben ihm sitzen, und er redet den ganzen Film lang, dreht sich ständig um und hüpft in seinem Sitz herum. Die ganzen Leute um sie rum schauen her und sagen Timmy, er soll still sein. Dann wird Sylvia wütend und sagt, sie sollen den Mund halten und sich um ihre eigenen Angelegenheiten kümmern. Die Kinder lachen alle und fluchen, und Leon möchte am liebsten weg und allein sitzen, weil die Leute sonst vielleicht glauben, dass Timmy sein Bruder ist.

Er muss danke zu Timmy sagen und ihn mit seinem AT-AT spielen lassen. Als er endlich zu den Schrebergärten kommt, ist es noch nicht ganz dunkel, aber es ist schon so spät am Nachmittag, dass alles aufregend aussieht. Er hat immer noch seine Werkzeuge im Rucksack, und er tritt so schnell, wie er kann, in die Pedale, um zu den Gärten zu kommen, und dann schiebt er sein Fahrrad zu seiner Parzelle.

Jemand hat das ganze Unkraut aus seinem Hochbeet gejätet. Jemand hat die Wege hübsch und ordentlich gemacht, und jemand hat ein paar Bambus-Wigwams aufgestellt.

Leon steckt seine Hand tief in die krümelige Erde. Sie ist tief-
drin kühl und schwarz. Das ganze Hochbeet wartet nur darauf,
dass er etwas hineinpflanzt. Er sieht kleine Insekten, die sich auf
der Flucht vor dem Sonnenlicht in die Erde wühlen, und eine
winzige schwarze Spinne, die über einen Stein marschiert. Unter ihm gibt es eine ganze Welt voller Insektenleben, an die nie
jemand auch nur einen Gedanken verschwendet. Leon legt sich
auf die Erde und spürt, wie sie marschieren und wühlen und Essen finden und ihre Nester bauen und ineinander hineinrennen.
Hallo, Spinne. Hallo, Käfer. Er sieht hinauf in den hellblauen,
samtigen Himmel und schließt die Augen. Er spürt die Wurzeln
aller Bäume und Blumen, wie sie sich ineinander verschlingen
und so ein riesiges Netz bilden, durch das all die Nährstoffe und
der Regen hinauf zu ihren Blättern gesaugt werden, sodass Äpfel
reifen und Blüten blühen und all die merkwürdigen Gemüsesorten gedeihen, die es in den Asienshops gibt. Leon wird die beste Parzelle im ganzen Schrebergartenverein haben. Er wird die
Pflanze mit den gelben Blüten und Babyerbsen und Zuckererbsen und Scarlet-Emperor-Bohnen ziehen. Und er braucht mehr
Samen.

Er setzt sich auf und kämmt sich mit den Fingern den Dreck
aus dem Haar. Tufty ist nicht da, und sein Schuppen ist immer
zugeschlossen, sodass Leon nicht reingehen und einen Blick auf
seine Samen werfen kann, aber die Tür zu Mr. Devlins Halbwegshaus steht weit offen, also geht Leon rüber.

Mr. Devlin sitzt zusammengesunken in seinem Sessel. Er hat
ein kleines blaues Glas in seiner Hand, und seine Augen sind
geschlossen. Leon geht auf Zehenspitzen hinein. Im Zimmer
riecht es nach Bier und ungewaschenen Kleidern. Immer wenn
Mr. Devlin ausatmet, bläht sich eine winzige Spuckeblase an
seinem Mundwinkel. Sie wird groß und wieder klein, groß und

klein, während Mr. Devlin schnarcht und bläst, schnarcht und bläst. Manchmal hat Mr. Devlin denselben Alte-Tanten-Geruch an sich wie Sylvia, und Leon bemerkt, dass er jeden Tag dieselben Klamotten trägt, ob die Sonne scheint oder es regnet. Sein Haar ist grau und lang, genau wie sein Gesicht, und manchmal denkt Leon, dass Mr. Devlin vielleicht in Wirklichkeit ein Landstreicher ist.

Leon geht leise in der Hütte herum und besieht sich Mr. Devlins spezielle Dinge. Er sieht, dass in der Ecke an der Tür Flaschen stehen, Whisky und Sachen, die sein Dad gern mochte. Leon nimmt vorsichtig eine Flasche in die Hand und schraubt den Deckel auf. Der Geruch erinnert ihn an seinen Dad an Weihnachten und an seine schwarze Granny, die er nur ein Mal getroffen hat, kurz bevor sie starb.

Das Haus seiner Granny war voller Möbel und Dekoration. Auf dem Kaminsims standen kleine Porzellanhündchen und Vögel und eine rosafarbene Dame mit einem Schirm. An jeder Wand hingen Bilder und eine große Karte von Antigua in einem silbernen Rahmen. In jedem Zimmer roch es nach würzigem Fleisch, und es war so heiß im Haus, dass Leon ganz übel wurde. Die alte Frau saß mit einer Decke über den Knien in einem Sessel. Leons Dad sagte ihm, dass man ihr die Füße abgeschnitten hat, weil sie Diabetes hatte, aber trotzdem immer weiter Kuchen aß, und Leon musste die ganze Zeit an die Stümpfe unter der Decke denken und fragte sich, wie sie wohl aussahen.

«Ist er das, Byron?», fragte die alte Frau und sah Leon an.

«Ja, Mum», sagte Leons Dad und schob Leon vorwärts.

Die alte Frau nahm Leons Handgelenk und zog ihn ganz dicht vor ihr Gesicht. Sie hatte ein dunkles, eingesunkenes Gesicht und eingesunkene Augen mit einem Pünktchen Rabenschwarz in der Mitte, das hin und her zuckte. Geflochtene Zöpfe lagen auf ihrer Kopfhaut wie scharfe weiße Knochen, und Leon passte die ganze Zeit auf, wo seine Füße waren, damit er nicht auf ihre Stümpfe trat.

«Er sieht aus wie dein Vater», sagte sie und drehte Leon hin und her. Sie lächelte ihn an. «Leon? Heißt du so?»

«Ja.»

«Du siehst aus wie dein Großvater, Leon. Er hatte dein hübsches Gesicht, dieselbe Nase. Du siehst auch aus wie dein Vater. Er hat mir jetzt erst von dir erzählt. Erst letzte Woche. Er weiß, dass ich sterbe. Ich weiß, dass ich sterbe. Also erzählt mir dein Vater jetzt, dass er einen Sohn hat. Die ganzen Jahre wusste ich nichts von dir. Wir hätten Freunde sein können.»

Sie redete langsam und kam mit ihrem Gesicht sehr nah an ihn heran; ihr feuchter Atem roch nach Medizin. Sie stellte ihm viele Fragen nach seiner Schule und seinen Lieblingssendungen und was er werden wollte, wenn er groß war, also antwortete Leon Feuerwehrmann, weil ihm nichts anderes einfiel. Aber sie hörte gar nicht richtig zu und schloss immer wieder die Augen.

Dann fing sie an zu husten, und Leons Dad holte ihr Wasser. Sobald er aus dem Zimmer war, zog Leons Granny ihn noch näher an sich heran.

«Benimm dich gut bei deiner Mutter. Ich habe sie nie kennengelernt, deshalb kenne ich sie nicht, aber ich weiß, was ein guter Sohn ist. Ich weiß, dass ein guter Sohn einem das Leben ganz wunderbar machen kann, und ein schlechter Sohn bringt einem Herzschmerz. Also benimm dich gut bei ihr. Pass auf sie auf. Kümmere dich um sie. Ich wünschte, ich müsste dich nicht verlassen, Leon. Ich hoffe, du erinnerst dich an mich.» Sie ließ sein Handgelenk los und legte eine Fünf-Pfund-Note in seine Hand. Leon ging rückwärts von ihr weg. Seine Granny sah seinen Dad an und schüttelte den Kopf. «Oh, Byron.»

«Tut mir leid, Mum», sagte er. Leon hatte diese Stimme nie zuvor gehört. Er hatte nie gehört, dass sein Dad wie ein kleiner Junge klang.

Leon musste Reis und Fleisch essen, und dann brachte ihn sein Dad nach Hause. Leon sah seine Granny nie wieder. Eines Tages erzählte ihm sein Dad, dass sie gestorben war. Er trug einen schwarzen Anzug mit einem weißen Hemd und einem schwarzen Schlips. Er war betrunken. Er sagte immer wieder dasselbe.

«Jetzt hab ich niemanden mehr. Ich hab niemanden mehr. Ich hab niemanden mehr.» Er zog Leon an sich und fing an zu weinen, bis Carol ihm sagte, er solle aufhören.

«Geh und schlaf deinen Rausch aus, Byron.»

Leon weiß, dass Mr. Devlin ebenfalls seinen Rausch ausschläft. Er riecht es in der Luft. Leon lauscht aufmerksam, aber niemand ist in der Nähe. Mr. und Mrs. Atwal sprechen nicht in ihrer eigenen Sprache, und die Frau mit dem langen Rock ist auch nirgends zu sehen. Nur Mr. Devlins Atem. Leon geht auf Zehenspitzen zu der Stelle, wo Mr. Devlin seine ganzen Messer aufbewahrt. Das große Messer kann er nicht nehmen, weil Mr. Devlin es jeden Tag benutzt, und er würde es bemerken, wenn es fehlt, aber er könnte es in die Hand nehmen und die Schneide berühren und spüren, wie es sich anfühlt, es durch die Luft sausen zu lassen. Er hat schon beinahe seine Finger am Griff, als er Mr. Devlins Hand in seinem Nacken spürt.

«Lass das.»

Leons Hand schwebt in der Luft. Er rührt sich nicht.

Mr. Devlin zerrt ihn von der Bank fort und stößt ihn auf den Boden. «Setzen.»

Leon sitzt im Schneidersitz, genau so wie in der Schulversammlung. Mr. Devlin sitzt ganz gerade in seinem Sessel. Er gießt etwas in sein blaues Glas und stürzt es mit einem Schluck herunter. Seine Augen sind klein und rot.

«Dachte, wir wären Freunde», sagt er.

«Ich wollte es nur anfassen.»

«Sitz still.» Mr. Devlin stellt sein Glas ab und tastet auf der Bank nach einem kleinen Messer. Seine Hand bewegt sich wie eine Spinne, und dabei hört er nicht auf, Leon anzusehen. Seine Hand findet das kleine Messer und einen Holzklotz. Er nimmt beide auf und beginnt, mit dem kleinen Messer an dem Holzklotz herumzuschnitzen. Er schaut immer wieder vom Holz zu Leon und von Leon zum Holz.

«Ich war mal richtig gut darin», sagt er. «Du hast eine breite Stirn. Ich habe dich genau angeschaut. Das hier habe ich aus dem Gedächtnis angefangen, vor ein paar Wochen.»

Kleine Holzspäne fallen auf Mr. Devlins Schoß und auf den braunen Teppich. Leon hebt einen auf.

«Kiefer, leider. Nur Kiefer.» Mr. Devlin blinzelt. «Kiefer ist zu weich, aber andererseits bin ich jetzt alt. Meine Schnitzhand ist nicht mehr das, was sie mal war. Kann nicht mehr das, was sie früher mal konnte.» Er hält das Holzstück etwas von sich weg und sieht dann wieder Leon an. «Ich habe früher Walnuss oder Mahagoni oder Ziricote benutzt. Ich hatte ein gewisses Geschick entwickelt, hatte früher ein gewisses Geschick. Sieh mal.» Er deutet auf die Wand hinter sich, und zum ersten Mal bemerkt Leon dort viele geschnitzte Dinge, einen Löwen und einen Elefanten, einen Lastwagen und den lebensgroßen Kopf einer Frau mit Zöpfen. Und dann, ganz vorne, kleine Kinderköpfe. Alles Jungs. «Miguel, Lorenzo, Gustavo, José, Enzo. Und Gabriel», fährt er fort, aber jetzt hat er einen ganz anderen Akzent, als ob er in einer fremden Sprache spräche. Mr. Devlin sieht hinter sich und zeigt auf die verschiedenen Köpfe.

«Pedro Gabriel Devlin. Ich wollte Gabriel. Sie wollte Pedro. Jedes zweite Kind in Brasilien heißt Pedro.» Er lacht, und Leon sieht, dass er sich die Zähne nicht ordentlich geputzt hat. Mr. Devlin schnitzt weiter an seinem Holzstück herum, und Leon sieht ihm dabei zu. Mr. Devlin muss sich langsam beeilen, weil es auf dem Boden ungemütlich wird, und Leon hat Durst. Tufty hat immer etwas zu trinken für ihn, aber Mr. Devlin nicht.

«Sind das Ihre Kinder?»

Mr. Devlin fängt an zu kichern. Es beginnt in seinem Bauch und geht hinauf zu seinen Schultern, und dann ist es in seinem Hals und seiner Nase, und schließlich lacht er so heftig, dass er nicht mehr schnitzen kann, und seine Hände zittern.

«Was? Alle? Siebenundvierzig Kinder?»

«Warum haben Sie sie dann geschnitzt?»

«Nach der Schule. Ich habe immer ein oder zwei Jungen eingeladen. Ich hatte eine Werkstatt. So wie hier. Ich wurde geliebt. Sie liebten mich.» Mr. Devlin schält das Holz vom Klotz. Die scharfe Klinge löst es sauber ab. «Rück mal vor. Hier, zu mir», sagt Mr. Devlin, und Leon tut es. «Glaubst du, du kannst das?»

«Ja.»

«Hier.» Mr. Devlin gibt ihm das Messer und den Holzklotz. Leon will gerade anfangen, als Mr. Devlin Leons kleine Hand mit seiner bedeckt. Er führt sie an der Kante entlang.

«So. Langsam. Aber fest. Immer mit der Faser. Langsam.»

Ein Holzspan kräuselt sich und fällt auf den Boden.

Leon schaut auf, und Mr. Devlin hält seine Hand fester.

«Ich würde nichts anders machen», sagt er. «Es ist besser, geliebt zu haben.»

Der Holzgriff schneidet in Leons Handfläche, und die Klinge dringt in den hölzernen Kopf und hinterlässt eine Kerbe. Mr. Devlin schreit mit zusammengebissenen Zähnen los: «Halte dich an die beschissenen Regeln! Hab ich das nicht gesagt? Hab ich ihm das nicht gesagt? Etwa nicht? Mach langsam, hab ich gesagt. Immer und immer wieder hab ich das gesagt.» Er beugt sich vor und umhüllt Leon mit einer feuchten, säuerlichen Atemwolke. «Nicht rennen!» Plötzlich steht er auf. Leon legt das Messer und das Holz auf den Boden. Mr. Devlin stolpert gegen das Regal, nimmt einen der Köpfe und drückt ihn gegen die Brust. «Sieh ihn dir an! Sieh!»

Leon steht auf und nimmt den Kopf. Es ist ein Babykopf, und das Baby schläft. Leon gibt ihn zurück. Mr. Devlin stellt ihn zurück aufs Regal neben einen anderen Kopf, der dasselbe Baby zeigt, aber ein bisschen älter. Er nimmt ihn und deutet auf seine Nase.

«Sieht er nicht genauso aus wie ich? Was meinst du?»

Insgesamt sind es vier Köpfe vom selben Baby in verschiedenen Altersstufen.

«Es ist mein Fehler, hat sie gesagt. Mein Fehler, weil ich geschrien habe. Er hat nicht geschaut. Mein Fehler. Immer mein Fehler. Wird immer mein Fehler bleiben. Für immer und immer. Amen.»

Mr. Devlin nimmt den größten Babykopf. Er sieht anders aus als die anderen; er hat mehr Haar, und seine Augen sind offen. Mr. Devlin lehnt sich in seinem Ledersessel zurück. Er stellt das Baby auf das Tischchen neben sich, nimmt sein blaues Glas, füllt es mit seinem Whisky und stürzt ihn herunter.

«Das ist mein Lieblingsstück. Ich sitze gern hier mit ihm und erzähle ihm Geschichten.» Er füllt sein Glas erneut, und bevor er es austrinkt, deutet er auf die Tür. «Geh nach Hause», sagt er. «Na los. Raus hier.»

Leon weicht zurück. An der Tür bleibt er stehen und sieht zu, wie Mr. Devlin sein Getränk kippt. Er lässt das blaue Glas auf den Teppich fallen, schließt die Augen und sinkt im Sessel zusammen.

Langsam geht Leon zu seiner Parzelle. Er kann verstehen, warum Tufty Mr. Devlin nicht mag. Bestimmt hat Tufty die ganze Arbeit auf Leons Parzelle gemacht.

In den Schrebergärten ist es still. Jetzt wäre ein guter Zeitpunkt, seine Sachen in den geheimen Schuppen zu bringen. Er sieht sich um. Ein oder zwei Leute sind weiter weg zu sehen, aber sie merken sicher nichts. Andererseits kommt vielleicht Mr. Devlin raus und erwischt ihn. Er hebt seinen Rucksack auf und geht langsam. Wenn ihn jemand fragt, wohin er will, sagt er einfach, dass er Ideen sammelt, was er pflanzen kann. Sobald Leon bei seinem Schuppen ankommt, kauert er sich ins hohe Gras und öffnet die Tür. Er geht schnell rein und macht hinter sich zu. Drinnen ist es dunkel. Er hört, dass in der Nähe Vögel mit den Flügeln schlagen, ein kratzendes Geräusch auf dem Dach. Leon nimmt die Dosen und stellt sie in die Ecke neben die schweren Hanteln von Mr. Devlin. Er hat den Besen vergessen. Maureen würde sagen, in seinem Schuppen sieht es aus wie in einem Schweinestall. Sie würde sagen, dass er aufräumen und alles blitzblank wienern soll. Er benutzt eines der Plastiktabletts, um die Blätter und den Schmutz zu einem Häufchen neben der Tür zusammenzukehren. Dann nimmt er den Stuhl und setzt sich hin. Er muss noch viele Sachen hierherbringen. Ein Bett, etwas, womit er essen kann, Löffel, eine Schüssel und einen Teller, mehr Essen. Er benutzt die Finger, um mitzuzählen, und nimmt dann die beiden Kuchenbackmischungen aus seinem Rucksack und legt sie auf den Stuhl. Er stapelt die Dosen darunter und legt die Decke gefaltet darauf. Das Fenster repariert er an einem anderen Tag. Er macht die Tür hinter sich zu.

Leon benutzt seine kleine Schaufel und seine kleine Forke,

um die Erde in seinen Hochbeeten umzugraben. Er sät die Scarlet-Emperor-Samen um die Bambusrohre herum, genau wie Mr. Devlin. Er legt sie in eine kleine Mulde und bedeckt sie mit Erde, die er sanft festdrückt. Er holt Wasser aus Tuftys Regentonne und passt auf, dass das Wasser tröpfelt und nicht fließt. Er muss dauernd hin- und herlaufen, und als er fertig ist, sieht er, dass immer noch viel Platz für andere Samen ist. Wenn er Karotten zieht, kann er sie nach Hause bringen und Sylvia zeigen. Sie wäre bestimmt überrascht, weil ihre Karotten alle aus der Dose kommen. Und er könnte sie Maureen zeigen, wenn es ihr bessergeht, und dann würde sie lächeln und sagen, wie schlau er doch ist. Und wenn er Carol wiedersieht, kann er Karotten für sie kochen, damit sie wieder gesund wird. Aber seine ganzen Scarlet-Emperor-Samen sind jetzt weg, und er will sein Taschengeld nicht für Karottensamen ausgeben, weil er jeden Penny brauchen wird. Er sieht den Riegel an Tuftys Schuppen und fragt sich, ob er wohl hineingehen kann. Tufty hätte sicher nichts dagegen.

Die Tür ist nicht verriegelt. Der Riegel liegt nur draußen auf, damit sie verschlossen aussieht, und Leon zieht die Tür auf. Jemand packt ihn und zieht ihn hinein. Es ist Castro.

«Mach die Tür zu», flüstert er und drückt Leon so heftig gegen die Wand, dass die Tür zuknallt und Lärm macht.

«Und sei leise. Leise, hörst du?»

Im ganzen Schuppen riecht es säuerlich und schlecht. Und er sieht nicht so aus wie damals, als Leon ihn zum ersten Mal gesehen hat. Seine roten Haare schauen unter einer staubigen Wollmütze hervor, und seine Kleider sind schmutzig, aber am meisten hat sich sein Gesicht verändert. Er hat Blut auf den Lippen, und eins seiner Augen ist ganz zugeschwollen. Tuftys Limonadendosen liegen auf dem Fußboden verstreut, und Castro hat sich aus Tuftys Anziehsachen ein Bett gemacht.

Castro reibt an der schmutzigen Fensterscheibe und sieht hinaus. «Hast du Tufty gesehen?»

«Nein», sagt Leon.

«Wo wohnst du?»

«In der College Road.»

«Wo ist Tufty, Mann? Ich dachte, der kommt jeden Tag hierher? Kommt er nicht jeden Tag?» Castro dreht sich um, sieht Leon an und zeigt auf seinen Rucksack. «Hast du Essen dadrin?»

«Nein.» Leon steht mit dem Rücken zur Tür und presst den Rucksack dagegen. Er denkt an seine wertvollen Schätze und was er tun soll, wenn Castro versucht, sie ihm wegzunehmen.

Castro reibt sich über das Gesicht. «Ich brauche einen Drink.»

Castro ist jetzt ganz nah. Leon kann Pipi auf seiner Hose riechen. «Ich weiß, wo eine Flasche Whisky ist», sagt er.

«Wo?»

Leon deutet mit dem Finger. «In der Hütte dort.»

«Jemand dadrin?»

«Der schläft.»

«Lauf und hol sie. Schnell.»

Leon dreht sich um und legt die Hand auf die Tür, da packt ihn Castro und zieht ihn zurück. Er redet ganz langsam.

«Wehe, du kommst nicht zurück, wehe, du sagst jemandem, dass du mich gesehen hast, wehe, die Polizei kommt, um mich zu holen, wehe, du machst den Mund auf.»

Leon sagt kein Wort.

«Verstanden?»

Leon tritt hinaus und schließt die Tür hinter sich. Er geht zu Mr. Devlins Hütte und überlegt die ganze Zeit, ob er einfach nach Hause rennen kann und was Castro dann mit ihm macht. Wer ist schlimmer, Castro oder Mr. Devlin?

Die Tür zu Mr. Devlins Hütte steht offen, von innen hört er Schnarchen. Langsam, ganz vorsichtig späht er hinein. Mr. Devlins Mund steht offen; Sylvia würde sagen, dass er Fliegen fängt. Das blaue Glas liegt immer noch auf dem Teppich, wo er es fallen gelassen hat, und Leons Holzkopf liegt auf seinem Schoß. Direkt hinter der Tür steht das Tablett mit den Whiskyflaschen. Wenn Leons Arme länger und ganz elastisch wären, könnte er einfach hier stehen bleiben, und sein Arm könnte sich allein hineinwinden, ohne dass Leon auf Zehenspitzen über den Holzboden schleichen und hoffen müsste, dass er nicht knarrt. Er nimmt die vollste Flasche, die in der Mitte steht, und hebt sie gerade nach oben heraus, damit sie nicht gegen die anderen schlägt, aber sie ist so schwer, dass er fürchtet, sie könnte ihm aus der Hand rutschen und in Scherben zerspringen und Mr. Devlin aufwecken, der ihn schon einmal erwischt hat und ihn jetzt vielleicht mit seinem Kanetsune tötet. Leon spürt, wie sein Herz unter seinem T-Shirt hämmert, und er fühlt Wut auf Castro in seinem Hals aufsteigen. Am liebsten würde er die Flasche gegen die Wand schmeißen. Er würde am liebsten Mr. Devlin aufwecken und ihm sagen: «Schau mal zu!» Er würde am liebsten die große gebogene Klinge nehmen, zu Tuftys Hütte marschieren, die Tür aus den Angeln treten, auf Castro einstechen und ihm sagen, dass er sich verpissen soll. Vor lauter Wut würde er am liebsten gegen Castro kämpfen, weil er so eine Sauerei in Tuftys Schuppen angerichtet und die ganze Limonade ausgetrunken hat.

Mr. Devlin rührt sich nicht. Sein Schnarchen pfeift und grollt, und er schläft einfach weiter, als Leon die Flasche klaut, und dann sieht Leon das Schnitzmesser direkt neben dem Babykopf liegen, neben dem, mit dem Mr. Devlin spricht, das er liebt. Mit dem er redet und dem er Geschichten erzählt. Er bewegt sich schnell, leise, macht einen Schritt nach dem anderen, bis er beides hat, und dann, schnell, leise, ist er wieder draußen. Er packt den Kopf und das Messer in seinen Rucksack, muss mit dem Reißverschluss kämpfen, dann rennt er mit der Flasche zurück zu Castro.

«Ja, Mann!», sagt Castro und schraubt den Deckel ab. Er kneift die Augen zusammen, als er trinkt, und dann hustet er. «Ja, verdammte Scheiße, Mann. Ja. Tut gut.»

Er redet die ganze Zeit und schaut zwischen den Schlucken aus dem Fenster.

«Wenn Tufty nicht bald kommt, musst du ihn holen.»

Leon weicht zurück.

«Keine verdammte Bewegung, hörst du?»

Aber Leon ist durch die Tür geschlüpft, bevor Castro ihn erwischen kann. Draußen wird es langsam dunkel. Er rennt und rennt und bleibt nicht einmal stehen, um sein Fahrrad mitzunehmen, weil er weiß, dass Castro mit seinem Mundgeruch und seinem einen Auge hinter ihm her ist, also rennt Leon und rennt, und der Rucksack schlägt bei jedem Schritt gegen seinen Rücken, aber er rennt und rennt und rennt, und dann schlägt ihm etwas mitten ins Gesicht, und er fällt hin. Er stürzt und rollt in den Schmutz, schürft sich die Ellenbogen an scharfen Steinen auf.

«Langsam, Kumpel!» Tufty steigt von seinem Fahrrad ab und lässt es fallen. Er zieht Leon auf die Füße, aber Leon kann nicht aufstehen, seine Beine funktionieren nicht richtig.

Tufty hockt sich hin und hält Leon aufrecht.

«Was ist passiert? Was ist los?»

Leon mag den Klang von Tuftys Stimme und die Berührung von Tuftys Hand auf seiner Schulter. Er mag es, dass Tufty besorgt aussieht, dass sich Falten auf seiner Stirn bilden, dass er die Brauen zusammengezogen hat.

«Macht dir jemand Schwierigkeiten, Kumpel?» Tufty sieht zu Mr. Devlins Hütte hinüber. «Hat er dich angefasst? Rennst du vor ihm weg?»

«Ich hab Durst», sagt Leon.

Aber Tufty schaut immer noch zu Mr. Devlins Hütte rüber. Er starrt sie an, als ob er Mr. Devlin darin auf seinem Sessel liegen sehen kann, als ob er sein pfeifendes, grollendes Whiskyschnarchen hört.

«Komm», sagt Tufty schließlich. «Ich hol dir 'ne Limo.»

Leon rührt sich nicht.

«Was?»

Leon sagt nichts.

«Dann komm.» Tufty hebt Leons Rucksack auf und hängt ihn an den Lenker seines Fahrrads. Dann nimmt er Leon an die Hand, als ob er ein kleiner Junge wäre, der zur Schule gebracht wird. Je näher sie Tuftys Schuppen kommen, desto langsamer wird Leon. Er schlurft mit den Füßen und lässt sich ziehen, aber Tufty zieht ihn mit sich. «Willst du auf das Fahrrad steigen? Es ist zu groß für dich, aber du kannst es ja mal versuchen.»

«Ich will jetzt nach Hause», sagt Leon. «Mein Rücken tut weh.»

«Ja, aber trink erst noch was. Du siehst gar nicht gut aus. Nimm dir fünf Minuten, damit du wieder in Ordnung kommst.»

In der Nähe des Schuppens wird Tufty langsamer. Leon beobachtet ihn, weil er nicht genau weiß, was Tufty wohl sagt, wenn er sieht, was Castro für eine Schweinerei angerichtet hat. Tufty sieht Leons Fahrrad auf dem Boden liegen und dann den Riegel, der nicht mehr aufliegt. Tufty redet jetzt ganz leise.

«Ist da jemand drin, Kumpel?»

«Ja», sagt Leon.

«Warst du dadrin?»

«Ja.»

«Polizei?»

«Nein.»

«Weißer Mann?»

«Nein.»

«Schwarzer Mann?»

«Castro.»

Tufty hält inne. «Castro», sagt er und sieht sich auf der Parzelle um. «Siehst du noch jemanden? Polizei?»

«Nein, und Mr. Devlin ist betrunken. Er schläft.»

«Gut.»

Sie gehen schnell zum Schuppen, und Tufty öffnet die Tür. Castro steht drinnen und hält die Gartenforke hoch. «Verdammte Scheiße, Mann. Ich hätte dich fast erstochen!»

Tufty zieht Leon herein und schließt die Tür hinter ihnen.

«Halt den Mund, Castro. Sei still.»

«Ich konnte nichts erkennen, es ist zu dunkel. Ich habe für dich Wache gehalten.»

«Für mich Wache gehalten? Ich bin nicht derjenige, der auf der Flucht ist.»

Tufty sieht sich im Schuppen um. «Was willst du hier, Castro? Hier kannst du nicht bleiben.»

Castro zuckt mit den Achseln und nimmt die Whiskyflasche vom Regal. «Denkst du etwa, dass ich gern in einem Schuppen schlafe, Tufty? Siehst du das?» Castro zeigt auf sein Auge. «Glaubst du, dass es mir gefällt, blind zu sein? Denkst du, ich hätte eine Wahl, Tufty? Du denkst wohl, ich sollte besser ins Hilton gehen, mich hinlegen und mal richtig ausschlafen? Du denkst wohl, ich könnte ins Krankenhaus gehen und denen sagen, dass die Polizei mich verdroschen hat? Glaubst du, ich kann einfach so zu meiner Mutter laufen und Abendbrot kriegen? Sag's mir, Tufty.»

Tufty saugt Luft durch seine Zähne. «Du bist betrunken, Castro. Sei still.»

Castro lässt sich auf sein Lager fallen und nuckelt an der Flasche. Er sieht aus wie Jake, wenn er hungrig ist. Tufty nimmt ihm die Flasche weg.

«Was ist passiert, Mann?»

«Sie haben mich wegen Widerstand gegen die Festnahme angeklagt, aber ich hab mir einen Anwalt oben in The Cross genommen. Der Anwalt sagte, das ist alles nur eine Formsache und dass sie mich gehen lassen müssen. Der Richter hat die Klage abgeschmettert. Am nächsten Tag haben mich dieselben Polizisten beim Rechtsberatungszentrum geschnappt. Ich hab im Eingang gestanden und gewartet, dass ich reinkann. Ein Anwalt da hat mir gesagt, dass ich die Polizisten vom letzten Mal verklagen kann. Erinnerst du dich daran, als sie mein Zimmer verwüstet haben und ihr Hund mich gebissen hat? Na ja, der Anwalt hat mir gesagt, dass ich Schadenersatz kriegen kann, also wollte ich da rein, um mich beraten zu lassen. Drei Polizisten haben neben mir gehalten. Mitten auf der Straße haben sie mich angegriffen. Haben nicht mal gesagt: «Steig in den Wagen», oder versucht, mich festzunehmen. Sie schlagen einen normalerweise erst, wenn man auf der Wache ist, Tufty, aber diese Leute sind völlig außer Kontrolle. Sie packen mich einfach und werfen mich die Eingangstreppen runter. Filzen mich und schlagen mich nieder. Drei von ihnen. Ich semmel einem von ihnen direkt in die Fresse. Bamm! Jedenfalls kommt der Anwalt aus dem Beratungszentrum, und trotzdem hören die nicht auf. Sagen, dass das eine Routinedurchsuchung ist und ich vor ihnen weggelaufen bin.»

«Verdammte Scheiße, Mann.»

«Ja», sagt Castro, «Scheiße, das ist es.»

Tufty sieht Leon an. «Du gehst wohl besser nach Hause, Kumpel. Und hör mal …»

«Ich sag's keinem, Tufty.»

Tufty legt Leon die Hand auf die Schulter und drückt sie. «Es wird dunkel draußen. Fahr vorsichtig.»

32

Im ganzen Haus riecht es nach Toast. Eigentlich ist Großeinkaufstag, aber es regnet schon, seit Leon aufgewacht ist. Draußen wirbelt der Wind herum und lässt die Fenster klappern. Es sieht so aus, als würde es für immer weiterregnen. Also gibt es nur Brot zu essen. Sylvia isst Toast zum Frühstück, und Leon isst den Rest Weetabix, dann machen sie sich Toast zum Mittagessen; Leon isst eine Scheibe mit Himbeermarmelade und die andere mit einem Käsedreieck.

Leon schiebt die Gardine beiseite und schaut sich die silbrigen Regentropfen an, die an der Fensterscheibe herunterlaufen. Einige Tropfen bleiben ewig dort, wo sie sind, aber andere fangen sofort an zu rinnen, verschmelzen mit kleinen Tröpfchen, bis sie zu einem Fluss werden, der den ganzen Weg runter zur Fensterbank strömt und dann von der Kante tropft. Leon versucht zu raten, welcher Tropfen sich zuerst in Bewegung setzt. Er wählt zwei Tropfen dicht nebeneinander aus, einen für sich und einen für Jake. Jakes fängt sofort an zu rinnen. Er bewegt sich schlängelnd und gleitend, biegt irgendwie zur Seite ab, nimmt winzige Tröpfchen auf seinem Weg auf, bleibt neben einem kleinen Rinnsal stehen und versucht, darin aufzugehen, aber das Rinnsal ist zu schnell. Als sich Leons Regentropfen bewegt, tut er das einfach nur gerade runter, ganz allein, glitzernd, zitternd im Wind, gerade runter, schnell und zuverlässig, den ganzen Weg bis zum Ende. Er gewinnt ganz klar, und das Spiel ist vorbei.

Im Fernsehen gibt es nur Langweiliges. Ein Sender zeigt Pferderennen, ein anderer Kricket, und Sylvia hat die Regel aufgestellt, dass beide mit dem Programm einverstanden sein müssen. Sie schaltet zu einem Schwarzweißfilm um, in dem getanzt wird. Ein kleines Mädchen mit Ringellocken läuft herum und singt, deshalb ist Leon nicht mit der Sendung einverstanden, aber Sylvia sagt, er müsste sich dafür interessieren, weil darin ein Kind mitspielt. Leon setzt sich mit seinem AT-AT auf den Boden.

«Wenn du wieder diese Nummer abziehst, Leon, dann bringe ich das Fahrrad in den Secondhandladen.»

Sie hat seit letztem Wochenende die ganze Zeit darüber geredet, dass er zu spät gekommen ist. Sie stand an der Haustür und sah die Straße entlang, als er angefahren kam. Sie zerrte ihn vom Fahrrad, befahl ihm reinzugehen, und fing an, Fragen zu stellen, aber sie ließ ihm gar keine Chance zu antworten, was sehr gut war.

«Ich bin schon ganz krank vor Sorge. Wo warst du? Ich wollte gerade los und nach dir suchen. Weißt du überhaupt, wie spät es ist? Es wird schon dunkel. Eine Stunde, hast du gesagt. Ich besorge dir eine verdammte Uhr. Eine Stunde, von wegen. Wo warst du überhaupt zu dieser Nachtzeit? Alles Mögliche hätte passieren können. Hast du denn nicht nachgedacht? Ich hab die ganze Zeit dagesessen und die Nachrichten geschaut. Hast du gesehen, was da los ist? Ich dachte schon, dass die dich womöglich angegriffen haben. Ich wusste ja überhaupt nicht, wo du warst. Wo warst du eigentlich so lange? Da gibt es Ausschreitungen oben in der Nineveh Road. Du warst aber nicht da oben, oder? Hast du etwas davon mitbekommen? Du darfst um diese Zeit nicht mehr in den Park. Wo warst du?»

Sie hörte auf zu reden und sah ihn an. «Was ist los?»

«Ich bin vom Fahrrad gefallen», sagte er. «Ich habe mich am Rücken verletzt.»

Sie drehte ihn um und hob sein T-Shirt hoch. Sie besah sich die Kratzer am Ellenbogen und die Stellen, wo sein Rucksack auf und nieder gehüpft war. «Verdammter Mist», sagte sie, und dann war sie nett und schimpfte nicht mehr mit ihm. Aber am nächsten Tag und seitdem die ganze Zeit macht sie weiter, wo sie aufgehört hat.

«Kein Zuspätkommen mehr, in Ordnung? Oder das Fahrrad ist weg.»

Leon sagt nichts.

«Morgen ist Sonntag», sagt Sylvia. «Noch eine Woche vorbei.»

Er spürt ihren Blick. Sie schaut dem singenden Mädchen gar nicht zu, sie schaut ihm zu. Das tut sie manchmal, aber meistens nur wenn er sein Abendbrot isst oder wenn er einschläft. Sie sieht ihn an, als wäre er ein Foto oder jemand, den sie zum ersten Mal trifft. Manchmal ist ihr Blick ganz weich, dann erinnert sie ihn an seine Mum.

«Bald habe ich Geburtstag, weißt du. Im August», sagt sie.

Er dreht sich um und sieht sie an. Sie hat den Kopf geneigt, als ob sie versucht, seine Gedanken zu lesen.

«Ich war dreizehn, als ich erwachsen wurde. Ich war vierzehn, als ich anfing zu arbeiten, und siebzehn, als ich geheiratet habe. Ich war noch ein verdammtes Kind. Du heiratest nicht mit siebzehn.»

Leon wendet sich wieder dem Fernseher zu.

«Wie alt ist deine Mum, Leon?»

Leon zuckt mit den Achseln.

«Man sagt immer, das Alter sei nur eine Zahl», sagt sie und zündet sich eine Zigarette an. «Das stimmt. Eine verdammte Zahl für jedes Jahr, das man am Leben ist.»

Leon erinnert sich, dass seine Mum, wenn sie Geburtstagskarten bekam, immer sagte, sie sei zwar alt, aber dafür sehr hübsch, sodass es keiner merkt. Sylvia ist nicht mehr hübsch, und deshalb ist sie traurig.

«Darf ich Kung-Fu lernen in der Carpenter Road?»

«Kung-Fu?»

«Da lernt man zu kämpfen.»

«Kung-Fu? So was gibt es nicht in der Carpenter Road.»

«Doch, ganz bestimmt, das hat mir jemand erzählt.»

«Wer?»

«Der Dad von einem Jungen in der Schule. Er geht da auch hin.»

Sylvia hebt die Augenbrauen und bläst den Rauch hoch zur Decke. «Wahrscheinlich hält dir das Ärger vom Hals. Das ist das, wo man Ziegel in der Mitte durchschlägt, oder?»

«Davon wird man stark, sodass einem niemand mehr dumm kommen kann.»

«Ist das so? Dann komme ich vielleicht mit. Ich spreche mit deiner Sozialarbeiterin darüber. Aber weißt du was? Wir verhungern, wenn wir noch länger drinbleiben. Komm. Schnapp dir deinen Mantel.»

Leon hat die Kapuze hochgeschlagen. Sie nehmen den Bus, weil es so regnet, und in dem Moment, wo sie die Straße bei der Ampel überqueren wollen, nimmt Sylvia ihn an die Hand. «Schnell!», sagt sie und zieht ihn dicht an sich heran, und sie lässt ihn auch nicht wieder los, als sie sicher im neuen Supermarkt angekommen sind. Er will nicht, dass alle denken, dass Sylvia seine Mum ist, also läuft er los, um einen Einkaufswagen zu besorgen. An der Tür steht ein Mann, der als brauner Bär verkleidet ist. Er verteilt Gutscheine an die Leute. Sylvia und Leon müssen beide an die Hasengeschichte denken und lächeln sich an. Sylvia dreht sich sogar um und überprüft sein Hinterteil, als sie an ihm vorbei sind.

Im Supermarkt gibt es eine riesige Spielwarenabteilung, und Leon fragt, ob er dort bleiben und sich die Spielsachen anschauen darf, während Sylvia einkauft.

«Ich bin in zehn Minuten zurück. Du bleibst genau hier, bis ich wieder da bin.»

Es gibt hier so viele Sachen, die Leon haben will, und so viele, die er noch nie gesehen hat. Er schaut sich sogar die Mädchenspielsachen an, weil es hier eine Puppe gibt, die genauso groß ist wie ein Baby, und wenn man ihr auf den Bauch drückt, öffnet sich der Mund und versucht, etwas zu sagen. Er sieht sich die Legosachen und die Spiele und die Bälle und die Videos und die Puppen und die Farben und die Stifte und das Papier und die Soldaten und die Gewehre und die Plastikmesser an, aber nichts kann mit Mr. Devlins Zeug in der Hütte mithalten. Er läuft durch die Gänge und sucht nach Sylvia. Es gibt tonnenweise Zeug im Supermarkt, das er nehmen könnte. Tonnenweise Zeug, das er für sein Halbwegshaus braucht. Er geht jeden Gang entlang, und dann hört er Sylvias Stimme. Sie spricht mit jemandem.

«Hab mich an den kleinen Kerl gewöhnt, wenn ich ehrlich bin, Jan. Du weißt schon, jemand, für den man Abendessen machen kann.»

Die andere Frau fragt Sylvia nach Maureen.

«Sie wird nie wieder die Alte, haben sie gesagt. Sie hatte eine Art Schlaganfall und dann eine Infektion, als sie im Krankenhaus war. Und noch eine Lungenentzündung obendrauf. Sieht verdammt schlimm aus, aber sie hat einiges an Gewicht verloren, während sie im Krankenhaus war. Ich möchte, dass sie zu mir zieht, wenn sie rauskommt, damit ich mich um sie kümmern und sie vom Kuchen fernhalten kann. Und es sollen auch keine Horden an Pflegekindern mehr durch ihr Leben marschieren. Nicht wenn ich in der Angelegenheit etwas zu sagen habe. Darum kümmere ich mich als Erstes. Sie muss das aufgeben. Sie muss wieder auf die Beine kommen und zuerst an sich selbst denken. Fünfundzwanzig Jahre lang hat sie es gemacht, und das Sozialamt hält ihre Leistung schon für selbstverständlich. Verarscht haben die sie. Sie geben ihr immer die schlimmsten Kinder mit den meisten Problemen. Das war vielleicht in Ordnung, als sie noch jung war, aber jetzt nicht mehr. Es hat sie vollkommen fertiggemacht.»

Leon geht einen anderen Gang entlang und sieht sich die Frühstücksflocken mit den Comics auf den Schachteln an, dann die Haferflocken und die Müslis, und er überlegt, wie lange es wohl noch dauert, bis Jake Choco Pops und Rice Krispies und Frosties essen kann. Er geht zum Gang mit der Babynahrung und schaut, wie viel die einzelnen Dinge kosten. Das Teuerste sind kleine Minigläschen mit Babybrei. Einer heißt «Hühnchen mit Gemüse» und ein anderer «Rinderhackauflauf», aber sie sehen genau gleich aus. Die Babyfeuchttücher sind auch teuer, die Windeln ebenfalls. Wundsalbe kommt auch in Frage, weil Leon immer dafür gesorgt hat, dass Jake keinen Ausschlag bekam, als er sich noch um ihn kümmerte. Leon erinnert sich daran, wie Jake zappelte, wenn er ihm den Po abwischte, und mit den Füßen strampelte, sodass die Windel nie richtig saß. Leon erinnert sich an Jakes Gewicht auf seinen Armen und wie sich die Ärmchen seines Bruders um seinen Hals anfühlten oder wie er ihn immer an den Haaren zog, er erinnert sich an seinen Geruch.

Die kleinen Gläschen mit Babybrei liegen schwer in seinen Taschen.

Sylvia stupst ihn von hinten an. «Da bist du ja! Hab ich dir nicht gesagt, du sollst in der Spielzeugabteilung bleiben?»

Leon geht mit Sylvia zur Bushaltestelle und macht im Kopf eine Liste von all den anderen Dingen, die er klauen will.

Als er bei den Schrebergärten ankommt, lehnt Leon sein Fahrrad gegen Tuftys Schuppen. Tufty trägt ein Shirt, das wie ein Netz aussieht. Es ist an der Brust ganz eng und betont seine Muskeln. Er trägt seine Jeansshorts und Flip-Flops. Nur Mädchen tragen Flip-Flops, aber Leon sagt lieber nichts. Er geht zu seiner Parzelle, um dort nachzusehen, ob seine Scarlet-Emperor-Samen aufgegangen sind. Vorsichtig wischt er ein bisschen Erde am Fuß eines Bambusrohrs weg und sieht einen winzigen Spalt im Samen und einen kräftigen cremeweißen, gekrümmten Keim, der seinen Rücken der Sonne entgegenreckt. Er bedeckt ihn schnell wieder. Dann sieht er zwei grüne Blättchen an einem weißen Keim, die einen Zentimeter aus der Erde ragen. Er sieht sie sich genau an. Die beiden Blättchen sind zusammengefaltet, umarmen einander, als ob sie sich alleine nicht raustrauen würden. Sie sind so fein und zart, dass Leon sich fragt, ob sie wohl überleben. Sie zittern unter seinem Atem.

«Siehst du schon was?», ruft Tufty.

Leon nickt. «Sie wachsen, Tufty! Ich sehe, dass sie rauskommen!»

Tufty lächelt sein breites Lächeln.

Je genauer Leon hinguckt, desto mehr Keime und Blättchen sieht er hervorschauen; jeder Samen wird groß und stark werden. Er schaut zur Spitze des Wigwams und stellt sich vor, wie sie sich bis hoch in den Himmel winden. Was kann er noch aussäen? Leon denkt an die ganzen Samen auf Tuftys Regal. «Wenn ich doch nur mehr Samen hätte», sagt er, «wie die in deinem Schuppen.»

Tufty lacht. «Willst du welche?», fragt er. «Es ist vielleicht ein bisschen spät für die Aussaat, aber komm mit, wir schauen mal.» Sie holen Tuftys Saatkiste raus und setzen sich auf zwei Klappstühle, jeder mit einer Dose Limonade in der Hand. Tufty trinkt Ginger Beer und Leon eine Tango-Limonade, sie ist so sauer, dass sie auf seiner Zunge prickelt und seine Zähne schmerzen lässt. Tufty sucht in der Saatkiste und holt ein paar Tütchen raus, die er auf den Boden fallen lässt.

«Karotten sind gut für die Augen.»

Plumps.

«Zucchini, die kann man auch saugen.»

Plumps.

«Erbsen, so süß auf der Zunge.»

Plumps.

«Und Broccoli, so bleibst du ein Junge.»

Plumps.

«Guck mal, Kumpel. Hier sind Tomaten. Was weißt du über Tomaten?»

«Tomaten sind gut für die Soße.»

«Hervorragend!» Tufty lässt das Tütchen auf den Boden fallen und nimmt ein anderes heraus.

«Jetzt wird's schwierig. Als Nächstes kommt Paprika. Was reimt sich auf Soße?»

Leon blinzelt. «Paprika gibt's wirklich ganz große.»

Tufty wirft den Kopf zurück und zeigt alle seine Zähne. Beim Lachen beben seine Schultern, und er faltet die Hände. «Ja, Mann! Du hast den Dreh raus.»

«Schreibst du auch Gedichte über Kinder, Tufty?»

«Manchmal, wenn ich in der Stimmung bin.»

«Arbeitest du in einer Schule?»

«Ich? Nee, Mann. Fahrradladen. Ich flicke die Fahrräder für Mr. Johnson. Kennst du Mr. Johnson? Er hat einen kleinen Fahrradladen oben in The Cross. Früher bin ich nach der Schule immer dort gewesen, und dann hat er mir einen Job gegeben. Hat mir alles beigebracht. Inzwischen bin nur noch ich dort, weil Mr. Johnson alt, alt, alt ist. Älter als mein Vater.»

«Hast du Kinder, Tufty?»

«Ja, ja.» Tufty sammelt die Tütchen auf und legt sie Leon in den Schoß. «Säe die hier aus. Es ist noch nicht zu spät. Leg immer ein Samenkorn in eine Mulde und hoffe einfach, dass es klappt.»

Leon rührt sich nicht. «Wo sind sie?»

«Heute hast du aber viele Fragen, Kumpel, was? Na ja, sie wohnen bei ihrer Mutter. Wir sind nicht immer einer Meinung, deshalb sehe ich sie nicht so oft. Sie wohnen nicht hier. Sie wohnen weit weg.»

«Sind es noch Babys? Sind es Jungs?»

«Mädchen, sieben und fünf Jahre alt. Zwei Mädchen.»

«Ich habe einen Bruder.»

Aber Tufty hört gar nicht zu. Er starrt in die Bäume, wie sich die Zweige im Wind bewegen. Leon weiß, wo er jetzt ist. Er ist fort und spielt mit seinen kleinen Mädchen, schubst sie beim Schaukeln im Park an oder fängt sie unten an der Rutsche auf. Er riecht an ihrem Haar und hält sie fest. Er spürt ihre Arme um seinen Hals, wenn er sie hochhebt. Leon lässt Tufty eine Weile an seine Kinder denken, und dann nimmt er seine Samentütchen.

«Ich habe einen Bruder, Tufty.»

Tufty rührt sich nicht. Seine Augen sind offen, aber er ist noch immer im Park oder bringt seine Mädchen ins Bett.

Leon nimmt seine neuen Saatkörner mit zu seiner Parzelle und steckt sie in die Erde, jedes in seine Mulde, fünf Zentimeter tief, in langen, geraden Reihen. Dann das Gießen, hin und her mit seiner Plastikflasche. Wenn er eine Gießkanne hätte, würde er wie ein echter Gärtner aussehen. Als Leon fertig ist, sitzt Tufty immer noch auf seinem Klappstuhl. Er liest, und als er Leon sieht, faltet er die Zeitung zusammen.

«Gut. Setz dich», sagt er. «Ich habe ein neues Gedicht gemacht. *Ode an Castro*. Hab es gestern Nacht geschrieben, bin aber nicht sicher, wie es rüberkommt. Setz dich, sag mir, wie du es findest. Hörst du zu?» Tufty steht auf, und während er spricht, macht er einen Schritt nach links und dann einen nach rechts, dabei wippt er auf seinen Fußballen.

> Ich will ja gar kein Krieger sein,
> Bin nicht zum Kämpfen hier.
> Auch will ich keine Streiterei'n,
> Und Polizisten vor der Tür.
>
> Ich will gar nicht den ganzen Mist,
> Den -ismus und den Hass.
> Die ihr mir ständig rüberschiebt,
> Bis ich ganz am Boden lieg.
>
> Ihr brachtet mich damals hierher.
> Nahmt mir Name, Tradition.
> Macht' Sklaven aus den Kindern mein.
> Verkauftet mich für Lohn.

Krieger sind wir alle nicht.
Sind Afrikaner von Geburt.
Wir haben Wahrheit, Recht und Gottes Gericht,
Haben Würde und auch Wert.

Wir verloren uns're Tradition.
Und die Art zu Leben auch.
Wir sind der Geschichte Konsequenz.
Sind die Krieger, die ihr rieft.

Als er wieder zu Hause ist, versucht sich Leon an den Wortlaut der *Ode an Castro* zu erinnern. Er geht durch sein Zimmer und spricht leise vor sich hin, damit Sylvia ihn nicht hört, und versucht dabei zu klingen wie Tufty, sich so zu bewegen, seine Arme weit auszubreiten und auf den Füßen zu wippen.

«Haben Würde und auch Wert», sagt er.

Manchmal, wenn Tufty spricht, muss Leon an seinen Dad denken. Tufty und Leons Dad sehen sich nicht ähnlich und reden auch nicht ähnlich, aber Tufty neigt den Kopf ein wenig, wenn er spricht, er gestikuliert mit den Händen, und das tut Leons Dad auch, und deshalb erinnert Leon sich an das letzte Mal, als er ihn gesehen hat, noch bevor Jake auf die Welt kam.

Es war Weihnachten. Leons Dad kam an die Wohnungstür, und Carol hatte den Reißverschluss an ihrer Hose wegen des neuen Babys nicht hochgezogen. Leons Dad musterte sie von oben bis unten und sog die Luft durch die Zähne ein, was bedeutete, dass er verärgert war und sich bemühte, nicht zu schreien. Er trug einen schwarzen Müllbeutel, und Leon fragte sich, ob vielleicht sein Geschenk darin war. Carol sagte, er könne nicht hereinkommen.

«Dein toller Kerl ist dadrin, was, Carol?»

«Bitte, Byron», sagte sie, «ich möchte nicht …»

«Hab gehört, er hat dich verlassen. Stimmt das? Ist zurück zu seiner Frau.»

«Ich weiß nicht. Das geht dich nichts an.»

«Ich höre, dass du herumläufst und versuchst, ihn zu finden. Machst dich zum Affen. Hast du gar keinen Stolz, Carol?»

«Ich laufe nicht herum. Wer hat dir das erzählt?»

Sie bemerkten Leon gleichzeitig, wie er dastand und lauschte. Carol sagte ihm, er solle zurück ins Wohnzimmer gehen, was er tat, aber wenn sie seinen Dad wütend machte, dann würde er vielleicht vergessen, den Müllsack dazulassen.

Leons Dad versuchte, ganz leise zu sprechen, aber das konnte er nicht so gut.

«Er hat dich verlassen. Du weißt, dass das stimmt. Du warst nur sein Spielzeug. Das hab ich gehört. Der Mann hat eine Frau und ein Kind. Er will dich nicht, Carol. Aber weißt du was? Das ist auch gut so, weil ich nämlich nicht will, dass irgendein weißer Mann hierherkommt und meinen Sohn missbraucht.»

«Was?», sagt Carol. «Was willst du damit sagen? Wovon sprichst du? Er hat Leon nie kennengelernt. Und mit dir kann man nicht reden. Wenn du kommst, bist du immer nur besoffen. Du bist derjenige, der ihn missbraucht, darauf läuft es doch hinaus.»

Sein Dad lachte falsch. «Ja, ja, Carol, schon in Ordnung. Ich will keinen Streit mit dir. Ich bin nicht gekommen, um dich aufzuregen. Ich bin nur gekommen, um zu sagen, dass ich heute meinen Termin habe. Nächste Woche dann der Gerichtstermin im Crown Court. Für den Fall, dass ich nicht wiederkomme, nimm das hier für Leon. Nur ein paar Sachen. Lass ihn mich noch einmal sehen, bevor ich gehe.»

«Leon!» Carol trat einen Schritt zur Seite, sodass Leon an ihr vorbeikonnte. Sein Dad packte ihn und drückte ihn an seine Brust. Er roch bitter nach Zigaretten und nach dem China-Imbiss und Bier. Leon und sein Dad haben dasselbe Haar, aber Leons Dad hat kurze Locken, die in die Höhe ragen, wie bei einem Igel. Leons Dad ist so dunkel wie Bitterschokolade, aber Leon ist hellbraun wie Toast und sieht aus wie Carol. Aber damals sah sein Dad nur müde und traurig aus.

Sein Dad ließ ihn los und gab ihm den Müllsack. Er hockte sich hin und hielt Leons Hände. «Aber nicht vor Weihnachten aufmachen, okay? Schau mal, ich habe oben einen Knoten reingemacht. Den kannst du nicht aufmachen. Erst an Weihnachten, Leon, und das ist morgen früh, nicht wahr?»

Er sah Leon sehr lange an und versuchte die ganze Zeit, etwas zu sagen, aber es kam nichts heraus. Dann umarmte er Leon wieder und küsste ihn zweimal, sein raues Gesicht kratzte an Leons Wange.

«Jetzt geh», sagte er schließlich. «Leg es unter den Baum.»

Leon nahm den Beutel. Er war schwer. Mindestens zwei Geschenke waren darin und stießen gegeneinander. Leon wollte sich freuen, aber als er sah, wie sein Dad wegging, wäre er ihm am liebsten hinterhergerannt.

Sein Dad war schon früher im Crown Court gewesen und kam hinterher lange nicht zurück. Damals weinte seine Mum immer wieder um ihn und sagte, dass sie ihn vermisste, aber diesmal war es ihr egal.

Sylvia ist am Telefon. Sie redet und lackiert gleichzeitig ihre Zehennägel. Das lässt ihre Stimme ganz anders klingen. Blaue Adern ziehen sich über ihre Beine bis ganz nach oben und verschwinden unter ihrem Morgenmantel. Sie sollte ihren Morgenmantel runterziehen, aber auf so Sachen achtet sie nicht. Auf ihrer Nasenspitze balanciert sie eine Brille, den Telefonhörer hat sie unter ihr Kinn geklemmt, in der einen Hand hält sie ein Fläschchen Nagellack, in der anderen den Pinsel. Sie hat keine Hand frei, um ihren Morgenmantel runterzuziehen und ihr hellblaues Höschen zu bedecken.

Leon schaut weg, hört aber weiter zu, weil sie mit Maureen spricht und es darum geht, wie sie sich erholt.

Sylvia spricht mit piepsiger Stimme.

«Und was hat er am Ende gesagt?»

Leon hört nicht, was Maureen sagt, also muss er sich das ausdenken.

Dass ich nach Hause komme, Sylvia.

«Wirklich?»

Ja, Sylvia.

«Wann?»

Morgen, Sylvia.

Sylvia erstarrt.

«Morgen?»

«*Ja, Sylvia.*»

«Das heißt also wirklich morgen?»

Ja, Sylvia, morgen, also Montag.

«Montag?»

Am Morgen, Sylvia.

«Montagmorgen?»

Ich nehme mir ein Taxi zu dir, soll ich, Sylvia?

«Ja, sehr gut. Nimm dir ein Taxi hierher, und ich warte auf dich.»

Sylvia sieht zu Leon hoch und reckt den Daumen. «Wir warten beide auf dich. Er lässt dich lieb grüßen.»

Grüß ihn lieb zurück, Sylvia.

«Sie grüßt dich lieb zurück, Leon.»

Die genaue Zeit kenne ich noch nicht. Sie sagen einem hier einfach nichts, Sylvia.

«Mach dir keine Gedanken um einen genauen Zeitpunkt. Ich warte auch den ganzen Tag, wenn es nötig ist. Wie du schon sagst, sie lassen einen im Ungewissen, bis es ihnen passt.»

Muss jetzt auflegen, Sylvia.

«Ja, ja. Geh du nur. Wir warten auf dich.»

Sylvia hat zwar erst acht ihrer zehn Zehennägel lackiert, steht aber trotzdem auf und macht mit hochgezogenen Zehen einen albernen Hüpftanz auf dem Teppich. Sie sieht aus wie eine Verrückte, und Leon lacht nicht, obwohl Sylvia glücklich ist. Leon ist eher innerlich glücklich.

Dann muss er den ganzen Tag ständig irgendwas machen. Mit seinem Zimmer ist alles in Ordnung, aber er muss es aufräumen. Er muss das Fensterbrett mit einem sauberen Lappen abwischen und seine Spielsachen ordentlich aufreihen. Er muss sein Kissen aufschütteln und seine Schuhe paarweise aufstellen. Dann muss er den Badezimmerspiegel putzen, weil Sylvia behauptet, dass er das besser kann als sie, aber das ist gelogen. Er muss Bleichmittel in die Toilette streuen und dann so ein grünes Zeug, das nach Kiefernnadeln riechen soll, aber nur nach Schule riecht.

Und die ganze Zeit rennt Sylvia hin und her mit ihren acht lackierten Zehennägeln und den zwei unlackierten. Sie dreht ihr Haar mit dicken Lockenwicklern auf und zieht sich stundenlang nicht an.

«Frühjahrsputz», sagt sie und zwängt ihre Hände in gelbe Gummihandschuhe. Aber auch das stimmt nicht. Es ist Sommer.

Sie öffnen jedes einzelne Fenster und jede Tür, fegen die beiden Wege, den in den Garten und den zur Haustür. Dann zieht Sylvia ihre Arbeitsjeans an und füllt eine Plastikschüssel mit heißem Seifenwasser. Sie holt sich eine Scheuerbürste aus dem Schränkchen unter dem Ausguss und trägt alles raus in den Vorgarten. Sie schaut die Straße entlang. «Schöner Tag heute, nicht wahr?»

Leon nickt.

«Also», sagt sie, taucht die Scheuerbürste in die Schüssel und hockt sich vor der Eingangstür hin. «Das hier ist eine verlorene Fertigkeit. Das uralte Ritual des Eingangsstufenschrubbens.» Die Bürste macht ein kratzendes Geräusch auf dem Stein, und die Seifenlauge wird ganz schwarz. Sylvia redet die ganze Zeit und nickt mit dem Kopf, als ob da eine unsichtbare Person wäre, die ihr zustimmt. «Ja», sagt sie, «jeden Freitagmorgen vor dem Wochenende. Oder war es samstags? Ja, Samstag. In aller Herrgottsfrühe hörte man unsere Mutter mit dem Zinkeimer klappern. Klapper, klapper, klapper – von vorn bis nach hinten durch. Bei jedem Wetter. Oh, wenn das keine Aufforderung war, den Hintern aus dem Bett zu bewegen, dann weiß ich auch nicht. Jawohl, um sieben Uhr morgens an einem Samstag. Ich habe geschworen, nicht so zu werden wie sie, und hier bin ich nun und hocke verdammt noch mal auf allen vieren für unsere

Mo, der das Ganze übrigens total am Arsch vorbeigeht. Du bist bekloppt, ja, das bist du, Sylvia Thorne, geborene Richards. Total durchgeknallt. Die Nachbarn denken, dass du verrückt bist. Mo denkt, dass du verrückt bist. Du weißt es selbst. Aber so bist du nun mal, und jetzt lässt sich das auch nicht mehr ändern. Nein, das würdest du auch gar nicht wollen. Auf dieser Stufe ist Dreck, und der wird jetzt runtergeschrubbt.» Sie schrubbt so heftig, dass sie hin und her schwankt. «Mo wird das gar nicht bemerken, oder? Nein, garantiert nicht. Aber du weißt es, Sylvia. Du weißt, dass du deine Eingangsstufe geschrubbt hast, als ob du wieder in Leighton Buzzard im Jahre 1952 wärst. So!» Sie hört auf und wischt sich mit dem Handrücken über die Stirn. Dann betastet sie ihre Lockenwickler, um nachzuprüfen, ob sie noch fest sitzen. «Mach uns doch eine Tasse Kaffee, Leon, mein Schätzchen. Steh nicht nur einfach herum und starr mich an, als ob ich vom Mars wäre. Das hier ist ganz normal dort, wo ich herkomme.»

Leon macht ihr einen Kaffee in ihrem Lieblingsbecher und legt zwei Kekse auf ein Tellerchen. Er stellt alles auf ein Tablett und legt dann noch einen Teelöffel dazu, falls ihr Keks aufweicht, wenn sie ihn reintunkt. Er bringt alles raus, und als Sylvia es sieht, lächelt sie ihm freundlich zu und steht auf. Sie biegt ihren Rücken vor und zurück.

«Was täte ich nur ohne dich, hm?», sagt sie. «Du bist wunderbar, wirklich.»

Obwohl ihr Gesicht ganz alt ist, hat Sylvia junge Augen, und manchmal sieht er, dass sie früher mal hübsch war. Als der Fernseher noch schwarzweiß war, sagt sie, da war sie hübsch, als alles einen Schilling kostete und sie ins Locarno tanzen ging. Sylvia ist hübscher als Maureen, aber Maureen ist netter, und sie kommt zurück. Das bedeutet, dass Leon wieder in sein zweites Zimmer kann. Sein erstes Zimmer war dort, wo er mit Carol und Jake gewohnt hat. Sein zweites in Maureens Haus, wo Jake und er immer geschlafen haben. Er erinnert sich an die Tapete und den Lampenschirm und dass immer ein Lichtstrahl durch die Vorhänge fiel. Seine Mum ist in das Zimmer gegangen und sah das Foto von Jake und brach dann zusammen. Sein drittes Zimmer liegt neben Sylvias. Er braucht nicht lange, um seine Sachen zu packen.

Sylvia geht unter die Dusche, und als sie aus dem Bad kommt, hat sie die Haare ganz anders frisiert.

«Wie findest du's?», fragt sie.

«Es ist höher.»

«Höher und?»

«Größer», sagt Leon.

«Größer und höher», sagt sie. «Aha.»

Leon nickt.

«Und findest du, dass das was Gutes ist, Leon?» Sie klingt ärgerlich, also sagt Leon gar nichts. «Heute Abend hast du einen Babysitter. Ich gehe aus.»

Die verrückte Rose kommt, um auf ihn aufzupassen. «Hallo, Dave», sagt sie.

«Leon, Rose. Er heißt Leon. Leon. Er ist schon bettfertig, also brauchst du ihn nur ins Bett zu schicken. Er ist sehr brav. Macht keinen Aufstand.»

«Tolle Haare, Sylv!», sagt die verrückte Rose und geht einmal um Sylvia herum, um sie von allen Seiten zu betrachten. «Hast du das selbst gemacht?»

«Ich und die Lockenwickler und eine Dose Silvikrin extra starker Halt.»

«Hat jedenfalls funktioniert, oder?»

«Findest du?» Sylvia und hebt die Frisur am Hinterkopf ein wenig an. «Ist es nicht zu hoch?»

«Passt zum Kleid und zu den Schuhen.»

«Zehn neunundneunzig bei den British Home Stores», sagt Sylvia und stellt einen Fuß vor wie eine Balletttänzerin. «Das Kleid war runtergesetzt, und ich hab's mir geschnappt. Hatte immer eine schlanke Taille.»

«Na, viel Spaß jedenfalls, Sylvia, Süße. Wir kommen schon zurecht, oder, Dave?»

«Leon», sagt Sylvia.

Die verrückte Rose macht den Fernseher an, und sie schauen einen Film über einen Hai, und dann schläft sie ein, und Leon schaltet um. Er ist immer noch wach, als Sylvia zurückkommt.

«Rose? Rose?» Sylvia muss sie lange schütteln, bis es ihr endlich gelingt, sie aufzuwecken.

«Oooh», macht sie, «bin ich eingeschlafen? Wie lange habe ich geschlafen? Wo ist Dave?»

Sylvia macht Leon mit dem Daumen ein Zeichen, dass er ins Bett gehen soll. «Na komm schon, Rose. Mein Taxi steht noch vor der Tür und wartet.»

Leon bleibt auf dem Sofa. Er hat siebzig Pence aus dem Portemonnaie der verrückten Rose genommen und sie schon in seinen Rucksack gesteckt. Außerdem hat er ihre Nagelfeile genommen, die in einem lilafarbenen Schutz steckt. Er hat mal einen Film gesehen, in dem jemand eine Nagelfeile benutzt hat, um aus dem Gefängnis auszubrechen. Sie haben sie in das Schloss gesteckt, und dann öffnete sich die Tür.

Als die verrückte Rose weg ist, fängt Sylvia an, all die Klammern und Nadeln aus ihrer hohen Frisur zu ziehen, und alles fällt wild und bauschig herunter. Sie hat schwarze Farbe unter ihren Augen.

«Der Scheißkerl ist nicht gekommen, wenn du es wissen willst, Dave», sagt sie.

Leon steht auf.

«Wir ziehen ans Meer, das werden wir tun. Mo und ich. Hastings. Oder Rye. Ich werde sie überreden. All das hier hinter uns lassen und uns am Meer zur Ruhe setzen. Ein kleines Cottage neben einem Pub.» Sie schwankt ein wenig hin und her und zündet sich eine Zigarette an. «Scheiß auf das hier alles», sagt sie und wedelt mit den Armen. Sie lässt sich aufs Sofa fallen und rülpst. «Verzeihung. Mach uns doch noch einen von deinen wunderbaren Kaffees, Dave.»

Sie fängt an zu kichern.

«Dave! Dave! Die beknackte, verrückte Rose.»

Leon macht ihr eine Tasse Kaffee und tut extra Zucker rein, weil Sylvia traurig aussieht. Er bringt alles auf einem Tablett zu ihr rein, mit Keksen und Löffel. Er stellt das Tablett vorsichtig hin und setzt sich neben Sylvia auf den Boden. Sie sagt nicht danke, also sagt er auch nichts. Es ist so still im Zimmer, dass er den Verkehr auf der Straße draußen hören kann, nur ein paar Autos und eine weitentfernte Sirene.

Dann fängt Sylvia an zu weinen. Sie legt die Hand über die Augen und die andere Hand, die mit der Zigarette, fängt an zu zittern. Leon nimmt die Zigarette und legt sie in den Aschenbecher, und dann setzt er sich wieder hin. Sylvias Weinen wird heftiger, und ihre Haare hüpfen hoch und runter. Er hält ihre Hand, weil sie das auch so gemacht hat, als er weinen musste, als er krank war.

«Tut mir leid», flüstert sie. «Es tut mir leid.»

Dann legt Leon ihr den Arm um die Schulter. «Nicht weinen», sagt er. «Morgen kommt Maureen zurück.»

Leon weiß, dass Sylvia heute nicht früh aufwacht, weil das immer so ist, wenn sie getrunken hat, also sieht er sich sofort nach dem Aufstehen jeden einzelnen Gegenstand an, den er gesammelt hat, und alles, was er in seinem Rucksack hat.

Er hat neun Pfund und siebenundvierzig Pence plus die Fünf-Pfund-Note, die ihm seine Granny geschenkt und die er immer aufbewahrt hat, eine Nagelfeile, einen Notizblock mit Stift, vier Curly Wurlys, aber eins ist in der Packung zerbrochen, einen Dosenöffner, zwei kleine Dosen Baked Beans, die er aufwärmen kann, seine «Mal gucken, was kommt»-Saatkörner, die Gartenwerkzeuge von Mr. Devlin, einen Comic, Sylvias Lieblingsbrosche, für den Fall, dass er dringend Geld braucht – dann kann er sie verkaufen –, eine Limoflasche, die Pistole, einen Schlüsselring in Form einer Pistole, eine grüne Plastikpistole, den Holzkopf, eine Axt mit einem wackeligen Griff, einen Stadtplan von Bristol, einen Stadtplan von London, ein Stück Seife mit einem Riss drin, Babygläschen, das Foto von Jake mit seiner Adresse auf der Rückseite, ein Minipaket Cornflakes und ein Minipaket Rice Krispies, ein paar Münzen, die nicht englisch sind, ein Messer, den Brief von Jake, seinen besten Action Man, der ein Barett trägt, das Glücksbärchi, zwei Windeln und einen Schnuller, ein Geschirrtuch aus Sylvias Schrank und eine Babydecke.

Als er alles in seinen Rucksack gestopft hat, ist der so voll, dass sich der Reißverschluss oben kaum zuziehen lässt. Das alles kann er niemals auf einmal tragen. Maureen wird ihn fragen, was drin ist, und er wird so tun müssen, als ob das alles Spielsachen wären. Wenn er den Rucksack erst einmal in ihrem Haus hat, kann er ein paar von den Dingen unter seinem Bett verstecken. Die Sachen, die er in seinem Schuppen lagert, wird er zurücklassen müssen, aber wenn ihn Maureen zu Sylvia auf Besuch bringt, dann kann er nachsehen, ob seine Pflanzen wachsen, und mitnehmen, was er zurückgelassen hat. Leon wird womöglich warten müssen, bevor er seinen Plan ausführt, jetzt, wo Maureen wieder da ist. Vielleicht muss er ihn auch gar nicht ausführen.

Als er sich sein Frühstück gemacht hat, kommt Sylvia in die Küche geschlurft. Sie setzt den Kessel auf und zieht den Gürtel ihres Morgenmantels zu. Sie hockt sich an den Küchentisch und legt die Hände zusammen. Sie hat ganz viele Falten in ihrem Gesicht, und ihr schwarzes Make-up ist jetzt nicht nur unter ihren Augen, sondern auch auf den Wangen. Aber ihre Haare sind nicht mehr hoch.

«Hör mal, Leon, es tut mir leid. Es tut mir verdammt leid. Was habe ich gestern Nacht nur geredet? Habe ich Blödsinn erzählt? Jedenfalls, die Sache ist die, was auch immer bei mir schiefläuft, es ist nicht fair, dich damit zu belasten. Es ist ja nun nicht so, als hättest du so ein phantastisches Leben.»

Sie holt die Zigaretten aus ihrer Tasche und zündet eine an. Leon fängt an, ihr eine Tasse Kaffee zu machen.

«Mo kommt heute irgendwann hierher. Ich hoffe, dass sie ein paar Tage hier wohnt. Oder sogar für immer bleibt.»

Leon bespritzt sich mit heißem Wasser und lässt den Kessel beinahe fallen.

«Vorsichtig, Herzchen!» Sylvia ist schnell wie der Blitz und nimmt ihm den Kessel ab. «Alles in Ordnung? Lass mich mal gucken.»

Aber Leon weicht ihr aus und setzt sich wieder hin.

«Du hast dir nicht weh getan, oder?»

Leon schüttelt den Kopf. Sylvia ist morgens hässlich, und ihr Alte-Tanten-Geruch ist dann besonders schlimm. Sie kann sich den Kaffee selbst machen. Sie irrt sich die ganze Zeit, und genauso irrt sie sich, wenn sie glaubt, dass Maureen zu ihr zieht. Wie sie selbst gesagt hat, manchmal redet sie Blödsinn.

Sie müssen ewig lange warten, bis Maureen endlich kommt. Er hört es zuerst. Er hört, dass ein Auto draußen anhält, und rennt zur Tür. Maureen steigt aus einem schwarzen Taxi. Sie hat einen Koffer mit kleinen Rollen dran, und Leon rennt, um ihn ihr abzunehmen.

Maureen breitet die Arme ganz weit aus. «Da ist er ja!»

Sie packt Leon und drückt ihn ganz fest, und er drückt zurück.

«Hör auf damit!», flüstert sie. «Hör auf, so groß zu werden. Du wirst sonst ein Riese, und wir kriegen dich dann nicht mehr durch die Tür.» Sie lässt ihn gar nicht wieder los. «Oh, ich habe aber wirklich mal eine ordentliche Umarmung gebraucht, aber so was von. Das ist viel besser als alle Pillen der Welt.»

Dann kommt Sylvia, und Leon muss aus dem Weg gehen.

«Nimm den Koffer, Dave», sagt sie. «Na komm, Mo, na komm schon rein und setz dich hin. Du solltest diesen Koffer nicht schleppen.»

Sylvia kommandiert Leon herum und macht eine Kanne Tee. Sie hat eine runde Torte mit Zuckerperlen drauf und Marmelade innendrin gekauft. Sie legt sie auf einen Teller und schneidet sie in Stücke.

«Du meine Güte!», sagt Maureen und zwinkert Leon zu. «Seid ihr plötzlich feine Leute geworden, während ich weg war?»

«Das», sagt Sylvia, «ist dein allerletztes Stück Kuchen, Mo. Du

musst mir ein Versprechen geben, was deine Ess- und Trinkge-
wohnheiten angeht.»

«Ich? Trinken?»

«Dann eben Essen, Zucker, Kuchen. Du weißt schon, was ich
meine.»

«Okay, okay, hör jetzt auf, Sylvia.»

Leon mag es, wenn Maureen mit ihrer Bis-hierher-und-nicht-
weiter-Stimme mit Sylvia redet. Sie sind alle still und essen den
Kuchen. Dann steht Maureen auf, schneidet sich ein zweites
Stück ab und sieht Sylvia dabei an.

«Möchtest du noch ein bisschen, Dave?», fragt Sylvia.

«Wer ist Dave?», fragt Maureen. «Warum nennst du ihn die
ganze Zeit Dave?»

«Oh, das ist ein Witz. Die verrückte Rose hat damit angefangen.»

Maureen sieht Leon an und hebt eine Augenbraue. «Die ist
wirklich eine Intelligenzbestie, unsere Rose. Ist sie wieder mitten im Satz mit auf der Brust hängender Zunge eingeschlafen?»
Maureen zieht eine so lustige Grimasse, dass Leon lachen muss,
und dann lachen Maureen und Sylvia mit. Als der Kuchen fast
aufgegessen ist, fragt Leon, ob er mit dem Fahrrad raus darf.

«Ich habe schon eine Menge von diesem Fahrrad gehört», sagt
Maureen. «Wohin fährst du?»

«In den Park», sagt Leon.

«In welchen Park?»

«In den mit den Gittern.»

«Alle Parks haben Gitter, Leon. Wie kommst du dahin?»

«Die Straße hoch.»

«Hm», macht Maureen, «du kannst mir den Park morgen zeigen. Erst ins Badezimmer, wasch dir Hände und Gesicht. Du bist
ja voller Krümel.»

Leon geht durch den Flur und öffnet die Tür zum Badezimmer, aber er geht nicht hinein. Stattdessen steht er ganz still beim Wohnzimmer. Sylvia spricht. «... gutes Kind, alles in allem. Überhaupt keine Belastung. Habe mich schon daran gewöhnt, dass er hier wohnt.»

«Wo ist dieser Park, über den er da redet?»

«Oh, der liegt da oben an der Hauptstraße. Man fährt mit dem Bus dran vorbei. Es ist schon alles in Ordnung mit ihm, Mo. Sieh dir nur mal an, wie groß er schon ist. Er kann auf sich aufpassen. Du solltest dich lieber um dich selbst kümmern.»

«Er ist ein bisschen still geworden», sagt Maureen.

«Kinder sind nun mal so in diesem Alter.»

«Der wird noch über eins neunzig, der Junge», sagt Maureen, «und gut aussehend.»

Leon lächelt und befühlt die Muskeln an seinen Oberarmen. Dann fängt Sylvia wieder an.

«Hör mal, du und ich müssen darüber reden, wie es weitergeht, Mo.»

«Nicht schon wieder, Sylvia, um Himmels willen. Ich bin doch gerade erst angekommen.»

«Und du bleibst hier. Du ziehst zu mir. Das ergibt Sinn. Ich kann ein Auge auf dich haben. Wir werden beide nicht jünger. Du hast keinen Kerl und ich auch nicht. Damit halbieren wir unsere Ausgaben. Ich habe zwei leere Schlafzimmer. Keine Treppen. Ich habe gründlich darüber nachgedacht, und es ist zu deinem Besten. Du willst doch nicht noch einen Schlaganfall haben, Mo. Dieser hier hat mich schon völlig fertiggemacht. Du ziehst zu mir.»

«So, tue ich das? Und das hast du entschieden, oder? Wie nett. Ich habe da wohl nichts zu sagen, nehme ich an.»

«Und dann, na ja, wir müssen doch nicht hierbleiben. Was

hält uns davon ab wegzuziehen? Nichts. Mo, was hältst du von Hastings?»

«Wovon redest du eigentlich?»

«Alles verkaufen. Zusammenschmeißen, was wir haben. Was meinst du, wie viel das ergibt? Wir hätten bestimmt genug für ein Cottage mit zwei Zimmern, das ist schon mal sicher. Das Meer, Mo. Du liebst das Meer.»

«Hastings?»

«Am Meer.»

«Schön wär's.»

«Warum nicht? Du liebst das Meer, Mo.»

«Jedenfalls hatte ich schon lange keinen ordentlichen Urlaub mehr, das stimmt schon.»

«Und was hält uns dann noch hier?»

«Da fällt mir schon noch so einiges ein.»

«Bitte gib dem Vorschlag eine Chance, Mo. Hör auf, dir Gründe auszudenken, warum es nicht geht.» Sylvia ist laut geworden, und Maureen sagt ewig nichts, und als sie dann wieder spricht, klingt ihre Stimme ganz anders, leise und weich, so wie damals, wenn sie Jake eine Gutenachtgeschichte erzählte.

«Ich liebe das Meer wirklich. Ich wollte immer am Meer wohnen. Am Strand spazieren gehen. Diese Lichter, die am Pier funkeln. Einen kleinen Springer Spaniel oder so. Ich würde bestimmt abnehmen, oder, wenn ich immer spazieren gehen könnte? Ich liebe diese Bucht, die eine große, geschwungene Kurve beschreibt, wie ein riesiges Lächeln. Es ist dort sogar im Winter mild, und man kann auf das Meer schauen. Ihm zuhören. Was hat das Meer nur an sich? Warum muss man nur aufs Meer schauen, und schon wird man ganz ruhig? Aber Hastings muss sich verändert haben, seit wir dort waren.»

«Nur wir beide, Mo», sagt Sylvia.

«Oder einen Lakeland Terrier. Oder ein … was war das noch für ein Hund, den die Turners hatten?»

«Ein Bedlington.»

«Rassehunde sind aber teuer, Sylv. Und Bedlingtons können ein bisschen wild sein. Wir könnten einen Rettungshund kaufen. Ich hätte lieber eine kleine Promenadenmischung. Einen kleinen Mischling, still und brav. Wenn es nach mir geht, haben wir Balken an der Decke und eine stabile Hintertür. Ich mag aber keine Kopfsteinpflasterstraßen, nicht mit meinen Fußgelenken. Ich möchte, dass wir am Ende eines kleinen Sträßchens mit Stockrosen wohnen. Das sind die großen, oder? Ich brauche keinen großen Garten, wenn wir das Meer haben, und ich hatte sowieso noch nie ein Händchen für Pflanzen. Einen kleinen Pub. Einen Laden, wo es Fish and Chips gibt. Das Geräusch der Wellen beim Einschlafen.»

«Nur du und ich, Mo.»

Leon geht ins Badezimmer und zieht die Toilettenspülung. Er sieht zu, wie das Wasser herumwirbelt, blau wird und sich dann unten sammelt. Er zieht die Spülung erneut und spuckt ins Wasser. Er sieht zu, wie seine Spucke sich auflöst und verschwindet. Er wischt sich die Hände an der Hose ab und geht in sein Zimmer.

Jake sieht ihn von seinem Foto aus an, die Hand nach ihm ausgestreckt, als ob er ihn an den Haaren ziehen oder ihm den Laster von seinem Schoß wegnehmen will. Leon liegt auf dem Bett, schließt die Augen und legt sich die Hände auf den Bauch, falls ihm übel wird. Er hat das Gefühl, dass sein ganzes Blut zäh wie Lehm ist, es fühlt sich an, als ob Sylvias Plan sich wie eine riesige Hantel auf seine Brust legt, seine Kehle zu einer engen Eisenröhre zusammenquetscht, seine Lunge mit ihrem säuerlichen Parfüm füllt, mit ihren geheimen Botschaften, ihrem körperlichen Verfall, ihren fleckigen Fingern, bräunlich wie verdorbenes Obst.

Und tief in seinem Kopf hört er etwas schreien und heulen, die neue Erkenntnis, dass Maureen genauso ist wie jeder andere.

Er hebt seinen Rucksack hoch, um zu fühlen, wie schwer er ist. Ja, er schafft es, ihn auf dem Fahrrad bis zur Parzelle zu bringen. Ja, er kann die schwersten Gegenstände im leeren Schuppen lassen. Ja, er fährt gut Fahrrad, er ist stark. Ja. Castro hat sein Versteck sicher noch nicht gefunden. Ja, er kann es schaffen. Er kann. Solange niemand sein Halbwegshaus findet und die Sachen klaut, während er weg ist. Ja.

Als er zurück ins Wohnzimmer geht, reden sie immer noch übers Meer, und als Maureen ihn bemerkt, nimmt sie seine Hand.

«Ich glaube, ich gehe mit dir, wenn du raus in den Park gehst, einen kleinen Spaziergang machen», sagt sie.

«Ich gehe jetzt nicht», erwidert er und setzt sich in den Sessel.

«Hast du es dir anders überlegt?»

«Ja», sagt Leon. «Ich hab es mir anders überlegt. Ich will mit euch zu Hause bleiben.» Er lächelt. Genau wie Maureen eine weiche und Sylvia drei oder vier verschiedene Stimmen hat, kann auch Leon eine falsche Stimme haben.

Dann fängt das Flüstern an. Sie gehen in die Küche, aber er kann sie hören, weil nur sein Gesicht fernsieht, der ganze Rest von ihm steht zwischen ihnen in der Küche und beobachtet ihre Lippen. Maureen hat ihre Arme vor der Brust verschränkt.

«Du hast es ihm also nicht gesagt?»

«Nein», sagt Sylvia.

«Gut. Überlass das mir. Ich will es ihm sagen, bevor die Sozialarbeiter es tun. Aber ich warte auf den richtigen Zeitpunkt.»

«Wann ist es denn offiziell?»

«In den nächsten Tagen, aber du weißt ja, wie verdammt langsam die sein können. Das Sozialamt lässt sich gern alle Zeit der Welt, man kennt das.»

«Und ist es für immer?»

«Für immer, soweit es mich betrifft. Ich höre auf zu arbeiten, abgesehen von ihm.»

Dann hört er nichts mehr, weil der Kessel kocht. Sie trinken noch mehr Tee und Kaffee und essen Kuchen und Sandwiches und reden über Leute, die er nicht kennt, und die ganze Zeit über das Meer. Dann fängt Sylvia wieder von Häusern an und wie viele Zimmer sie sich leisten können. Und Maureen nickt. Sie sagen immer wieder, dass es für immer sein wird, und Leon sieht, wie fett Maureen ist und wie hässlich Sylvia und dass sie statt seiner lieber einen Hund haben wollen.

Dann gehen sie plötzlich beide ins Wohnzimmer und stehen vor dem Fernseher.

«Wo ist das?», fragt Maureen.

Leon hat nicht aufgepasst, also sagt er nichts.

«Warte mal», sagt Sylvia. «Wenn das eine Eilmeldung ist, dann läuft sie auch auf ITV. Schalt um, schalt um.»

Maureen schaltet um, und die Eilmeldung läuft auch auf dem anderen Sender.

«… ein sozialer Brennpunkt. In den neuesten Berichten ist die Rede von brennenden Gebäuden und Zusammenstößen zwischen der Polizei und Jugendbanden, nachdem ein Mann aus der Umgebung der Union Road in Untersuchungshaft gestorben ist. Was als friedliche Demonstration vor der Springfield-Polizeiwache begann, ist inzwischen in Gefechte zwischen der Polizei und den Aufständischen eskaliert. Einige Polizeibeamte sowie Zivilisten mussten bereits ins Krankenhaus gebracht werden. Augenzeugen berichten von Plünderungen und Sachbeschädigung an einigen Geschäften in dem Gebiet, und die Polizei hat bereits Verstärkung aus den angrenzenden Stadtteilen angefordert. Wir halten Sie die Nacht über auf dem Laufenden.»

36

Es riecht nach Lagerfeuer wie in der Nacht der Sommersonnenwende. Das Gefühl, dass bald etwas Aufregendes passiert, liegt in der Luft. Eine aufregende Sache ist schon passiert. Leon hat etwas Mutiges getan. Er ist jetzt ein Einbrecher. Er ist James Bond. Er ist so leise aus seinem Fenster geklettert, dass er es selbst kaum glauben konnte. Es war schwierig, den Rucksack herauszuzerren, aber am Ende hat er es doch geschafft.

Er schleicht um die Hausecke und macht sein Fahrrad von der Regenrinne am hinteren Tor los. Er schiebt es den Weg entlang, der zwischen den Häusern hindurchführt, und duckt sich daneben auf den Boden, sodass es aussehen muss, als ob es sich von ganz allein bewegt. Der Rucksack ist wirklich schwer und drückt ihn nieder, aber sobald er auf der Straße ist, kann er sich aufrichten. Er fährt den Hügel ganz schnell hoch, fort von Sylvia und Maureen. Die merken sicher ewig nicht, dass er weg ist, weil sie die Nachrichten im Fernsehen schauen. Und selbst wenn sie es merken, ist es ihnen sowieso egal.

Er schwitzt, aber er tritt weiter in die Pedale. Sein Gesicht fühlt sich komisch an, und seine Lippen sind ganz geschwollen vom Weinen. Er stellt sich vor, wie Maureen am nächsten Morgen in sein Zimmer geht und wie sie dann weint, wie damals, als sie Jake verloren hatten. Sie wird sofort zu Sylvia laufen und es ihr erzählen, und dann werden sie zusammen weinen, weil es jetzt zu spät ist. Seine Kehle tut weh, und er muss sich die

Augen mit dem Ärmel abwischen, damit er gucken kann, wohin er fährt. Wenn ihn jemand sieht, denkt er bestimmt, dass der Rauch seine Augen tränen lässt.

Viele Leute stehen an den Straßenecken, und jemand ruft, dass er anhalten soll, aber er kümmert sich nicht darum. Noch nie hat er so viele Polizeisirenen gehört. Es klingt wie in einem Film oder einer Serie, und obwohl Leon wissen will, wo das Feuer ist, muss er vorsichtig sein, weil er noch einen langen, langen Weg bis zur Dovedale Road vor sich hat, und dann muss er den ganzen Weg zurück zu seinem Halbwegshaus und hinterher noch nach Bristol. Zwei Stunden, hat die Sozialarbeiterin gesagt, aber sie meinte: mit dem Auto. Er hat einen Stadtplan in seinem Rucksack, und mit dem Geld, das er gerade aus Maureens Portemonnaie geklaut hat, sind es mehr als dreiundzwanzig Pfund.

Normalerweise ist er glücklich, wenn er sich vorstellt, wie er Jake wiedertrifft. Aber aus irgendeinem Grund weint er und fragt sich, ob sich Jake überhaupt an ihn erinnert. Babys verändern sich sehr, wenn sie größer werden. Wie soll er wissen, wie Jake aussieht, und wie soll er in das Haus kommen, in dem sie ihn gefangen halten? Immerhin hat er die Nagelfeile von der verrückten Rose.

Er sieht sich um, um einzuschätzen, wie weit er es schon von Maureen und Sylvia geschafft hat. Die schwersten Sachen wird er in seinen Schuppen im Schrebergarten legen und nur das Wichtigste in die Dovedale Road mitnehmen: ein paar Süßigkeiten für ihn selbst, Babynahrung für Jake, sein Geld, seinen Stadtplan und das Foto.

Wenn er Jake hat und ihn jemand anhält und fragt: «Wohin willst du mit dem Baby?», wird ihnen Jake das Foto zeigen, um zu beweisen, dass er sein Bruder ist. Wenn der Bruder weiß ist, ist es nicht so leicht zu beweisen, dass man mit ihm verwandt ist. Er hofft, dass Jake schon selbst laufen kann, denn sonst muss Leon ihn tragen. Ob Jake wohl in seinen Rucksack passt? Er hat gesehen, dass afrikanische Frauen ihre Babys auf dem Rücken tragen, also muss das gehen. Er fühlt sich besser, wenn er weiß, dass er einen Reserveplan hat.

Carol zu finden wird wahrscheinlich schwieriger, aber mit dem Problem will er sich beschäftigen, wenn es ansteht. Wenn er was weiß, dann, dass seine Mum Jake wiedersehen will. Er stellt sich ihr Gesicht vor, wenn er an ihre Tür klopft und Jake vor sich hält. Sie wird in Tränen ausbrechen, ihn auf die Arme nehmen, an sich drücken und sagen: «Mein Baby, mein Baby», und dann wird sie wahrscheinlich zusammenbrechen, wie schon einmal, aber diesmal wird es vor Glück sein, und Leon ist stark genug, ihr allein wieder aufzuhelfen. Jeder Sozialarbeiter, mit dem er zu tun hatte, hat ihm gesagt, dass seine Mum ihre Kinder liebt, aber dass sie einfach nicht mit ihnen zurechtkommt. Tja, das wird sich alles ändern. Leon hat einiges dazugelernt, seit er neun Jahre alt war. Er hat mit Sylvia in einem großen Supermarkt eingekauft, das billigste und beste Essen ausgesucht und es in den Einkaufswagen gelegt. Er hat gelernt, wie viel die Dinge kosten und wie man schlau auswählt, wenn man nicht genug Geld hat.

Sich um Jake zu kümmern ist kein Problem, war es nie. Sich um Carol zu kümmern kann schwierig werden, und wenn er es in der Vergangenheit besser gemacht hätte, müsste er jetzt nicht mit einem schweren Rucksack den ganzen Weg zu den Schrebergärten fahren, während es dunkel wird und er ein bisschen Angst hat. Es war dumm, zu Tina zu gehen und sie um Geld zu bitten. Es war ihre Schuld, dass seine Mum ins Krankenhaus musste, und von dem Zeitpunkt an lief alles schief. Das ist ein Fehler, den er nicht noch einmal machen wird. Dreiundzwanzig Pfund sind eine Menge Geld. Zwei Leute und ein Baby können wochenlang damit auskommen, wenn sie alle zusammenbleiben.

Am Tor zu den Schrebergärten steigt er vom Fahrrad. Er hatte erwartet, dass das Tor verschlossen sein würde, dass er das Fahrrad um das Gitter herumschieben und über die Ziegelwand klettern müsste. Er hat für den Fall sogar sein Fahrradschloss mitgenommen, aber das Tor steht weit offen, und ein Flügel hängt lose in den Angeln.

Er geht langsam. Er hört Stimmen, Schreien und Fluchen. Er bleibt stehen. Maureen hat vielleicht schon mitbekommen, dass er fort ist, und vielleicht hat sie die Polizei gerufen. Wenn sie es getan hat, dann suchen sie nach ihm, und dann wäre es das Beste, einfach wieder umzukehren. Er hört, dass sich Männer beschimpfen, und er würde am liebsten aufs Fahrrad steigen, abhauen und durch Sylvias Fenster wieder reinklettern, aber wenn er nicht mutig ist und schon beim ersten Hindernis umkehrt, dann schafft er es nie nach Bristol. Außerdem hört er, als er näher kommt, dass es Tuftys und Mr. Devlins Stimmen sind, und die beiden haben sich noch nie leiden können. Sie streiten sich nur wieder. Das bedeutet nicht, dass was Schlimmes passiert.

Er muss sicherstellen, dass sie ihn nicht sehen. Er kann gerade so eben ihre Umrisse erkennen, sie stehen vor Mr. Devlins Ziegelhütte. Mr. Devlins Taschenlampe ist auf den Boden gerichtet, aber das Licht von Tuftys Taschenlampe hüpft herum, malt wilde Formen in die Luft. Leon schiebt sein Fahrrad langsam den weiter entfernten Weg hinter Mr. und Mrs. Atwals Parzelle entlang. Wie immer redet Tufty die ganze Zeit, aber Mr. Devlin scheint genauso viel mit weniger Worten zu sagen. «Ist das so?», fragt er. «Ihr wollt es der Regierung zeigen? Ist das so?»

Tufty schreit, und Leon weiß, dass er mit dem Finger dicht vor Mr. Devlins Nase herumfuchtelt. «Dafür seid ihr doch zuständig! Ihr und eure IRA. Das hier war eine Demonstration. Kapiert? Lediglich eine Demonstration. Wir jagen keine Leute in ihren Betten in die Luft wie ihr Iren.» Tufty wedelt immer weiter mit der Hand in der Luft rum.

«Oh, jeder Ire ist also Terrorist, wollen Sie das damit sagen?»

«Sie sitzen die ganze Zeit besoffen in Ihrer Hütte und reden mit sich selbst. Sie wissen doch gar nicht, was los ist in der Welt.»

«Ist das so?»

«Finden Sie das lustig? Warum grinsen Sie? Sie finden es lustig, dass die Polizei Schwarze tötet?»

«Seien Sie nicht so verdammt ...»

«Was? Seien Sie nicht so verdammt was? Sie glauben mir nicht? Heute Nacht sind Hunderte Menschen auf den Straßen. Wissen Sie, warum? Die Polizei hat letzte Nacht einen schwarzen Mann getötet, jemanden, den ich kenne. Ja, meinen Freund Castro, Mann. Sie haben ihn aus irgendeinem beschissenen Vorwand auf die Polizeiwache gebracht und ihn zu Tode getreten. Castro. Sie haben ihn umgebracht.»

«Hören Sie ...»

«Genau, also lachen Sie gefälligst nicht, wenn Sie mit mir reden. Nicht lachen.»

«Ich lache verdammt noch mal nicht.»

Leon hört den Alkohol in Mr. Devlins Tonfall. «Tut mir leid wegen Ihres Freundes», fährt er fort, «aber das heißt nicht, dass Sie einfach so hier durchrennen können. Sehen Sie sich das doch mal an.»

Leon bleibt stehen. Er sieht jetzt, dass die Blumenbeete zertrampelt sind. Die Regentonnen sind umgekippt, und die kleinen Begrenzungen zwischen den Parzellen stehen nicht mehr gerade.

«Waren Sie schon jemals wütend?», fragt Tufty. «Ich meine nicht, wenn Sie nach Ladenschluss keinen Whisky mehr auftreiben können. Ich meine von ganz unten aus dem Bauch. Waren Sie jemals sauer in Ihren Eiern?»

Beide schweigen lange. Tufty und Mr. Devlin starren sich bestimmt an und warten, wer zuerst anfängt zu blinzeln. Leon rührt sich auch lieber nicht, weil es so still ist, und er ist so nah bei ihnen, dass sie ihn hören könnten. Er hofft, dass die, die das Chaos in den Schrebergärten angerichtet haben, nicht in der Nähe seines Schuppens waren.

«Natürlich war ich schon wütend.»

«So? Hat Sie schon mal jemand versklavt? In Ketten gelegt?»

«Oh, um Himmels willen», sagt Mr. Devlin, «jetzt auch noch eine Geschichtsstunde. Reparieren Sie mit mir das Tor, geht das? Das Tor. Sie benehmen sich wie ein Kind.»

«Was glauben Sie eigentlich, mit wem Sie hier reden?»

«Tja, dann nehmen Sie die nicht in Schutz. Das sind Wilde.»

«Wilde? Sie nennen schwarze Menschen Wilde? Sie beschissener …»

Leon hört, dass die beiden sich prügeln. Beide Männer grunzen und keuchen, der Strahl ihrer Taschenlampen fährt über Leons Brust wie ein Laser. Leon schiebt sein Fahrrad langsam weiter, bis er auf der Höhe von Tuftys Schuppen ist. Er will sich gerade weiterbewegen, als er hört, dass Mr. Devlin aufschreit und auf dem Boden aufprallt.

«Ja», sagt Tufty. «Besser ein Wilder als ein Perversling. Du denkst wohl, ich hätte deine Bilder und deine Puppen nicht gesehen? Du denkst, wir alle wissen nicht, was du dadrin hast? Wir alle in diesem ganzen Schrebergartenverein. Wir wissen alle Bescheid.»

«Du Dreckskerl!» Mr. Devlin muss aufgesprungen sein und sich auf Tufty gestürzt haben, denn plötzlich prallen beide Männer gegen die Wand von Mr. Devlins Hütte. Eine Taschenlampe fällt auf den Boden. Wenn sich Leon die Taschenlampe schnappen könnte, hätte er vielleicht nicht solche Angst, allein weiter in das Schrebergartengebiet hineinzugehen. Wenn er die Taschenlampe kriegen kann, schaltet er sie aus und versteckt sich damit, bis die beiden fertig miteinander sind.

Aber sie schubsen und schlagen sich und schreien dabei.

«Ich hab dich doch mit diesem Jungen gesehen, der hierherkommt. Wie du dich mit ihm angefreundet hast. Ihn dazu gebracht hast, dich zu mögen. Machst du jetzt ein Foto von ihm? Machst du's?»

«Halt deine schmutzige Fresse.»

«Ich hab gesehen, dass du ihm Sachen gibst, ihm Geschenke machst. Ich hab gesehen, wie er zu dir reingegangen ist.»

«Ich habe nie ...»

«Du hast keine Frau. Du hast keine Kinder ...»

«Frau?», schreit Mr. Devlin. «Meine Frau? Wie kannst du es wagen?»

Leon starrt in die Dunkelheit. Er sieht die Umrisse der beiden Männer, die sich wie schwarze Vogelscheuchen gegen den violetten Himmel abzeichnen. Er hört, wie sie keuchen, spürt die Spannung zwischen ihnen, von der sich die Haare auf seinen Armen aufstellen und die das Hämmern in seiner Brust beschleunigt.

«Genau», fährt Tufty fort, «du hast keine Frau, aber überall Fotos von kleinen Jungs, was? Reichen die Bilder nicht mehr? Ist es das? Willst du jetzt was Richtiges?»

«Du hast eine schmutzige Fresse, du schwarzer Dreckskerl.»

Der Schlag, den Mr. Devlin einstecken muss, bringt ihn nicht zum Schweigen.

«Du bist ein Wichser mit einer schmutzigen Phantasie. Dir werd ich's zeigen.»

Leon lehnt sein Fahrrad gegen Tuftys Schuppen, duckt sich, läuft ein paar Schritte und schleicht dann langsam auf sie zu. Er lässt sich auf den Bauch sinken, kriecht auf den Ellenbogen vorwärts, wie er es in den Kriegsfilmen gesehen hat, tastet nach der Taschenlampe. Er greift etwas, aber das ist ganz weich und matschig. Er keucht auf und zieht die Hand zurück und wischt sie am Gras ab. Er betastet weiter den Boden, findet aber nichts. Er versteckt sich hinter der Regentonne. Plötzlich rennt Mr. Devlin in seine Hütte.

«Komm rein hier!», schreit er. «Na los! Ich fordere dich heraus. Ich stopf dir das Maul. Na komm. Und bring deine schmutzige Phantasie gleich mit.»

Tufty steht in der Tür zur Hütte. Er hält die Taschenlampe vor sich, und Leon sieht jetzt alles ganz deutlich. Er sieht durch das Fenster, dass sich Mr. Devlin benimmt, als wäre er vollkommen durchgedreht. All seine hübschen Sachen fallen von dem Regal und knallen auf den Boden. Er wankt und grölt. Tufty macht einen Schritt rückwärts.

«Du bist verrückt, Mann. Für so was hab ich keine Zeit.»

«Nein, nein, nein. Nicht verrückt. Ich bin ein Perversling. So hast du mich genannt. Ein Perversling. Ich zeig's dir. Na komm, komm rein und sieh dir das Monster an.»

Mr. Devlin wirft Gegenstände auf den Boden. Leon weiß, wonach er sucht. Es liegt in seinem Rucksack.

«Wo ist er? Gabriel! Wo ist er? Wo ist er hin?»

Leon hört, dass Mr. Devlins Lieblingssachen auf dem Boden seiner Hütte zerbrechen, und er hört, dass auch er zerbricht.

«Mein Baby, mein Sohn, wo bist du?»

«Verdammte Scheiße, Mann. Reg dich ab», sagt Tufty. Er tritt in die Hütte, und sobald er darin verschwunden ist, rennt Leon los. Er sieht nicht, wohin er rennt, aber er rennt. Er rennt, und

dabei schlägt der Rucksack gegen seinen Rücken, mit dem Babykopf darin, und hüpft auf und nieder. Er rennt und rennt, und
als er bei dem Schuppen ankommt, ist sein Rücken schweißnass.

Es ist dunkel in seinem Halbwegshaus. Die Luft ist zu heiß und
zu klebrig, als dass sie durch Leons Kehle strömen könnte. Er
wirft den Rucksack auf den Boden und fällt auf die Knie. Er zieht
sich das T-Shirt über den Kopf. Es klebt wie Tesafilm auf seiner
Haut. Seine Kopfhaut juckt, sein Rücken juckt, die Füße in den
Turnschuhen brennen und sind feucht, und in seinem Brustkorb hämmert es so heftig, als ob er gleich aufbricht, sein Herz
herausspringt und er tot ist, und dann wird ihn Maureen finden,
und es wird ihr leidtun, und seine Mum wird weinen, weil sie
ihn nie so sehr geliebt hat wie Jake, und wenn er beerdigt wird,
werden alle sagen, wie sehr es ihnen leidtut, dass sie nicht nett
zu ihm waren, und ihm ist es dann egal, weil er tot ist.

Er schaut durch die schmutzige Fensterscheibe zu Mr. Devlins
Hütte rüber. Sein Geschrei wird fast von Sirenen übertönt, aber
Leon hört es immer noch, er fragt sich, was Tufty wohl macht,
ob er immer noch versucht, ihn zu beruhigen, ob sie sich wieder
streiten oder ob er vielleicht nach Hause gegangen ist. Etwas
raschelt zu seinen Füßen. Ein Kratzen. Leon fällt auf, wie dunkel es im Schuppen ist. Kleine Wesen und Spinnen leben hier
vielleicht, Ratten, schwarze Motten, Mäuse, Tiere, Menschen,
Geister. Ein Windstoß pfeift durch die zerbrochene Scheibe. Es
könnte jemand mit ihm im Schuppen sein, und er würde ihn
nicht sehen. Der andere könnte ihn packen und angreifen wie
in seinen Albträumen. Ihn töten. Ihn auffressen. Ihn zerreißen.
Leon stürzt aus dem Schuppen, und die Tür schlägt hinter ihm
zu. Zweimal.

Alles ist still. Mr. Devlin und Tufty sind plötzlich ganz still.

Sie müssen das Türenknallen gehört haben. Wenn ein Monster im Schuppen ist, dann rührt es sich jetzt nicht mehr. Sein Geld, sein Rucksack, sein T-Shirt, die Adresse in der Dovedale Road, er hat alles dadrin bei dem gelassen, was das Kratzgeräusch gemacht hat. Leon erinnert sich, wie sein Dad nach der Beerdigung geweint hat, an seinen Gesichtsausdruck. «Ich hab niemanden mehr, ich hab niemanden mehr. Ich hab niemanden mehr.»

Leon tut sein Dad leid. Er fand, dass sich sein Dad wie ein Mädchen benahm, weil er weinte und die Tränen nicht aus dem Gesicht wischte, sodass die Leute sie sehen konnten. Wenn es doch nur sein Dad wäre, der das Geräusch im Schuppen gemacht hat. Sie könnten zusammen Jake holen. Aber sein Dad mochte Jake schon vor seiner Geburt nicht, und wenn er nicht die ganze Zeit im Gefängnis gewesen wäre, hätte seine Mum nicht beschlossen, stattdessen Jakes Dad zu lieben, und sie hätte Jake nicht bekommen, und dann wäre alles so, wie es einmal war.

Feuerwehrautos und Polizeiwagen heulen in der Schwärze, aber Leon hört, dass etwas näher kommt, ganz leise, weich und vorsichtig. Er hört Schritte und Flüstern, und es bleibt ihm nur übrig, zurück in den Schuppen zu kriechen. Castro ist tot, hat er Tufty sagen hören. Aber was, wenn Castro aus seinem Grab geklettert ist und jetzt in den Schrebergärten herumgeistert? Er hört Füße auf den Steinen. Tiefe Stimmen, heiser und hastig.

Sie kommen, um ihn zu holen. Es ist die Polizei, die Castro abgeholt hat. Ihn getötet hat. Ihn zu Tode getreten hat. Sie sind zurückgekommen. Sie sind gekommen, um ihn zu holen. Leon macht die Tür einen Spalt auf. Kriecht hinein. Hockt sich in eine Ecke, seinen klebrigen Rücken gegen die groben Balken gedrückt.

Sie sind direkt vor dem Schuppen. Er hört sie atmen. Flüstern. In der Finsternis kann er gerade so seinen Rucksack erkennen. Er streckt die Hand aus. Die Tür fliegt auf.

Es sind Tufty und Mr. Devlin. Sie leuchten mit ihren Taschenlampen herein, überallhin, wie Suchscheinwerfer, und dann halten die Strahlen bei ihm an.

«Verdammte Scheiße!», sagt Tufty. «Was machst du hier, Kumpel?»

«Ah, der!», sagt Mr. Devlin.

Tufty packt ihn am Oberarm und zieht ihn auf die Füße. «Was machst du hier drin?»

Leon schaut von dem blendenden Lichtstrahl weg. Er sieht, dass sein Rucksack aufgeplatzt ist und Mr. Devlins Babykopf herausgefallen ist. Er liegt auf dem Boden und sieht zu Mr. Devlin hoch, als wäre er lebendig. Mr. Devlin hebt ihn auf und drückt ihn an sein Herz.

«Du? Du hast ihn genommen», sagt er. «Warum hast du ihn genommen? Warum?»

Tufty hält Leon immer noch am Arm fest.

«Das ist mein Sohn!», schreit Mr. Devlin. «Du hast ihn gestohlen. Er ist alles, was ich habe.»

«Was ist nur los mit dir, Kumpel? So was macht man nicht, man nimmt nicht einfach anderer Leute Sachen, Mann.»

Mr. Devlin hält den Kopf in seinen Armen, als ob der Rest des Babys noch dranhinge. «Wie würdest du es denn finden, wenn jemand dich beklauen würde?», fragt er. «Wenn dir jemand etwas Wertvolles wegnehmen würde.»

«Genau», sagt Tufty. «Na los, sag dem Mann, dass es dir leid-tut.»

Leon betrachtet Tufty und Mr. Devlin. Ihre Gesichter sehen im Licht der Taschenlampen ganz merkwürdig aus. Sie sind Teufel. Sie sind Sozialarbeiter und Ärzte und Carols Freunde und sein Dad, als er ins Gefängnis ging, und die Lehrer in der Schule, die ihn alles wiederholen lassen, und der Besitzer des Süßwarenladens und der Mann im Sportwagen und Tina und ihr Freund und Ohrring mit seinem Füller und dicke Polizisten, die Blumen zertrampeln, und die verrückte Rose und Sues mit Kuchen vollgestopfter Mund und der tote Castro. Jedes Gesicht, das er je gesehen hat, drängelt sich in den Schuppen. Er hört, wie sie atmen, wie sie darüber nachdenken, was sie mit ihm langfristig und kurzfristig anstellen werden, wie sie Kratzge-räusche auf Papier machen und flüstern, wie sie ihn loswerden, damit sie sich einen Hund anschaffen können. Leon macht sich von Tufty los.

Er bückt sich, hebt den Rucksack hoch und setzt ihn sich auf. Tufty steht in der Tür. «Komm, Kumpel. Sag dem Mann, dass es dir leidtut, dann bringe ich dich nach Hause.»

«Es tut mir nicht leid», sagt er. Er versucht, sich an Tufty vor-beizudrängen.

«Was?», sagt Mr. Devlin. «Was hast du gesagt? Verstehst du überhaupt, was das für mich bedeutet? Mein Sohn ist tot. Tot, hörst du? Er ist gestorben, als er noch nicht mal so alt war wie du. Wie kannst du es wagen …»

«Schon gut, schon gut», sagt Tufty. «Lass ihn. Er sieht nicht gut aus. Lass ihn, komm, wir gehen.»

Aber Mr. Devlin packt Leons Arm und reißt ihn zurück. «Du gehst nirgendwohin, ohne dass du dich vorher bei mir entschul-digst.»

«Lass ihn», sagt Tufty. «Siehst du nicht, wie spät es ist? Was macht er hier noch so spät? Wo sind deine Klamotten?»

Aber Mr. Devlin hört nicht zu. «Du musst Respekt haben vor dem Eigentum anderer Leute. Er gehört mir. Nicht dir.»

«Was machst du hier drin, Kumpel?», fragt Tufty. «Es ist viel zu spät für dich. Hier draußen ist es gefährlich. Wo ist dein T-Shirt? Zieh dich an. Ich bring dich nach Hause.»

Leon spürt, wie seine Zähne aufeinander reiben. Er spürt das sägende Geräusch in seinen Schläfen, das Knirschen in den Ohren.

«Ist mir egal», sagt er.

Beide Männer gleichzeitig: «Was?»

«Ist mir egal», wiederholt Leon.

«Das kannst du nicht sagen», sagt Tufty.

«Ist mir egal!», schreit er. «Allen ist es egal!»

«Schon gut …»

Aber Leon ist noch nicht fertig. Er ballt seine Hände zu Fäusten und reckt sie in die Luft wie Black Power. «Ich bin allen egal. Mein Bruder ist allen egal. Ich habe auch ein Baby. Er ist mein Baby. Er ist ein richtiges Baby, kein Holzbaby. Aber das ist allen egal. Ich darf ihn nicht sehen. Ich bitte und bitte immer wieder darum, aber ihr kümmert euch nur um euch selbst. Alle klauen mir Sachen.»

Mr. Devlin richtet den Strahl der Taschenlampe auf die Decke, und im ganzen Schuppen wird es hell. Leon weiß, dass sie die Tränen in seinem Gesicht sehen, und er weiß, dass sie denken, dass er sich wie ein Mädchen verhält, aber da liegen sie falsch, wie üblich. Er ist wie sein Dad, und er wird die Tränen lassen, wo sie sind, und sie nicht abwischen, auch wenn sie jucken. Stattdessen klatscht er sich mit der Handfläche auf die Brust.

«Warum darf ich meine Sachen nicht haben? Alle anderen dürfen ihre haben. Die Leute lügen mich die ganze Zeit an. Sie tun so, als wäre ich ihnen wichtig, aber das stimmt gar nicht.»

Sie starren ihn an und hören ihm zu, ganz still. Er lässt den Rucksack von seinem Rücken gleiten und hält ihn in einer Hand. Mit der anderen wühlt er darin herum.

«Aber es ist mir sowieso egal, weil ich nämlich für mich selbst sorgen kann. Und ich kann für meinen Bruder sorgen. Hab ich schon gemacht. Also ist es mir auch egal, wenn ich nicht mit ans Meer darf.»

Leon spürt, wie er immer stärker wird. Er sieht, dass sie ihm glauben. Sie sehen erst einander an und dann ihn. Er ist groß. Er ist stark und mächtig, genau wie Maureen gesagt hat. Und er hat sehr lange über seine Pläne nachgedacht.

«Und ich habe ganz viel Geld und genug zu essen, deshalb brauche ich eure Sachen gar nicht, und der Kopf sieht sowieso nicht aus wie Jake.»

Mr. Devlin öffnet den Mund, aber Leon holt das Gartenmesser heraus und lässt es in der Faust durch die Luft sausen.

«Nein!», schreit er. «Sag nichts, ich hör sowieso nicht zu. Mir hört auch keiner zu, also höre ich denen auch nicht zu.»

Es ist schön zu sehen, dass zwei erwachsene Männer von ihm erschreckt werden können. Das Messer fühlt sich glitschig und schwer in seiner Hand an; er sieht, dass Mr. Devlin und Tufty erstarren, weil sie Angst haben, sie sehen, wie groß er ist, und sie wissen, dass er sie niederstechen wird, wenn sie ihm in die Quere kommen. Leon schwingt das Messer von rechts nach links, und beide Männer weichen zurück.

«Ruhig, Mann», sagt Tufty. «Ganz ruhig, Kumpel.»

«Jetzt hab ich das Sagen», sagt Leon. «Und ich muss nicht zuhören. Ich muss nicht ruhig bleiben.»

Er sticht in die Luft zwischen ihnen, bis Tufty zur Tür zurückweicht.

«Warte, Kumpel! Na komm. Sprich mit mir, Mann.» Tufty hat die Hände hochgehoben, als ob man ihn ausrauben will, auch Mr. Devlin macht ein paar Schritte zurück. Das Heulen der Polizeiautos und Feuerwehrwagen ist laut und reißt nicht ab. Man hört auch Geschrei, weit entfernt, wie von einem Fußballspiel oder einer Party.

Als Mr. Devlin spricht, tut er es ganz leise und langsam. «Lass ihn. Der Junge hat recht. Er hat jetzt das Sagen. Er hat die Waffe.»

Leon nickt. Er spürt die Angst, die in der Luft liegt, zwischen ihm und den beiden Männern. Zwischen ihm und dem Rest der Welt.

«Ja. Ich hab jetzt das Sagen.»

«Ja», sagt Mr. Devlin. «Du hast das Sagen. Das sehen wir.»

Mr. Devlin und Tufty wechseln einen schnellen Blick. Mr. Devlin streckt seine Hände aus. «Was möchtest du jetzt tun?», fragt er Leon.

«Ich fahr jetzt in die Dovedale Road und hole meinen Bruder.»

«Verstehe», sagt Mr. Devlin. «Dovedale Road.»

«Ja», sagt Leon, «und dann suche ich meine Mum, weil sie ihn braucht.»

«Verstehe», sagt Mr. Devlin. «Deine Mutter. Verstehe. Hast du ihre Adresse?»

«Bristol. Das Halbwegshaus.»

Tufty macht den Mund auf und wieder zu. Mr. Devlin nickt.

«Gut. Erst in die Dovedale Road und dann nach Bristol? Das ist ein weiter Weg. Stimmt doch, Mr. Burrows?»

«Ja, Mann. Du brauchst jemanden, der mitgeht, Kumpel.»

Die halten ihn wohl für blöd. «Ich gehe jetzt», sagt Leon.

Mr. Devlin weicht noch mehr in den Schuppen zurück und zieht Tufty von der Tür weg.

«Ja, natürlich», sagt er. «Wir halten dich nicht auf, nicht wahr?»

Tufty runzelt die Stirn.

«Aber zuerst», fährt Mr. Devlin fort, «solltest du dich vielleicht anziehen. Oder vielleicht möchtest du etwas essen. Oder trinken. Dovedale Road ist ziemlich weit weg.»

«Nein», sagt Leon. Er richtet das Messer auf die beiden und öffnet die Tür mit dem Fuß. Leon hat das schon ganz oft bei *Ein Duke kommt selten allein* gesehen. Wenn man fliehen will, muss man die Waffe die ganze Zeit auf die Feinde gerichtet halten. Sie könnten sich auf einen stürzen. Sie könnten ihre eigenen Waffen in ihren Socken versteckt haben. Sie könnten Verstärkung holen. Die ganze Zeit muss man die Waffe hochhalten, ganz fest in der Hand. Augenkontakt halten. Mutig sein.

Aber sie rühren sich nicht. Sie stehen zusammen an der Hinterwand des Schuppens. Leon ist jetzt der Bestimmer. Sonst niemand. Die Tür steht offen. Er tritt rückwärts hinaus, das Messer hält er hoch. Er beobachtet sie ein paar Sekunden lang, und dann rennt er los. Er hört sie hinter sich. Er hört ihre Schritte hinter sich auf dem Weg, die Strahlen der Taschenlampen tanzen überallhin, also hält sich Leon in der Nähe des Gebüschs, das sich um das Schrebergartengebiet herumzieht. Er duckt sich ganz weit runter wie ein Soldat und hält immer wieder an. Ducken, halten. Ducken, halten. Zweige und Brombeerranken peitschen ihn, aber er schleicht weiter. Ducken, halten. Er hört, wie sie sich anschreien, wie sie ihn jagen, wie sie wütend sind, weil er ihnen das Messer und den Babykopf gestohlen hat, weil er sich nicht entschuldigt hat. Mr. Devlin kann ihn nicht mehr leiden. Ducken, halten.

«Kumpel! Komm raus. Na komm schon. Das ist gefährlich.»

Tufty weiß, dass er klaut, und will ihn zu Maureen und Sylvia zurückbringen, aber die wollen ihn auch nicht. Sie wollen lieber einen Hund, der keinen Ärger macht, einen gut erzogenen kleinen Mischling. Ducken. Halten. Tufty und Mr. Devlin sind zum Tor gerannt und leuchten überall mit ihren Taschenlampen hin und schreien.

«Hey, Kumpel!»

«Wie heißt er eigentlich?»

Tufty antwortet nicht.

«Herrgott, du weißt nicht einmal, wie er heißt?», sagt Mr. Devlin.

«Danny. Nein. Ian, nein, Leo, so was.»

«Herrgott noch mal», sagt Mr. Devlin.

«Du hast doch mit dem Kind in deiner Hütte gehockt. Jetzt hör auf, mir Vorträge zu halten. Ich hab ihm nur ein bisschen was zu den Setzlingen erzählt.»

«Er hat dich gemocht.»

Mr. Devlin fängt jetzt an zu rufen. «Hallo! Hallo! Boy!»

«Sag nicht ‹Boy›», sagt Tufty. «Man redet Schwarze nicht mit ‹Boy› an. Niemals.»

«Aber was ist er denn dann? Er ist ein Junge. Ich sage doch nur, was er ist. Du nennst Leute doch auch ‹Mann›, oder? Das hab ich genau gehört.»

«‹Boy› bedeutet aber was anderes.»

«Heilige Mutter Gottes, jeder Junge in meiner Klasse war ‹Boy›, wenn ich wollte, dass er mir zuhört. Das bedeutet gar nichts.»

«So? Hängt davon ab, mit wem du sprichst.»

«Brasilianer. Jungs aus den Slums von São Paulo. Brasilianische Jungs in meiner Schule, die ich mit meiner brasilianischen Frau geleitet habe, du verdammter Blödmann. Schwarze Jungs, braune Jungs, weiße Jungs. Jungs eben.»

«Schon gut, schon gut. Wir verlieren nur Zeit.»

Tufty geht jetzt weg.

«Leuchte mal hierher», ruft Mr. Devlin, «ich gehe rüber zu den Atwals und am Gitter entlang. Wir müssen uns verteilen. Und immer nach unten gucken, er hockt irgendwo.»

«Wenn er noch hier ist.»

Leon bleibt in seinem Versteck. Die Bäume und Büsche sind tintenschwarze Umrisse vor dem violetten Himmel, und hin und wieder bewegt sich ihr Laub im Wind und flüstert, versucht, ihm etwas mitzuteilen, ihn zu warnen, ihm zu sagen, was er tun soll. Unsichtbares huscht zu seinen Füßen, hält inne, huscht weiter. Wie Leon wissen die kleinen Wesen, wie man sich nicht erwischen lässt. Leon riecht den Geruch von Lagerfeuern und brennendem Plastik. Irgendwo muss es ein Feuerwerk geben. Genau vor dem Tor steht eine Straßenlaterne, und wenn er sich zu früh aufrichtet, sehen sie ihn. Und er muss sowieso vor allem anderen noch sein Fahrrad holen, das er bei Mr. Devlins Hütte gelassen hat. Er will nicht den ganzen Weg zur Dovedale Road laufen müssen. Er hört sie kommen. Er krümmt sich zu einem Ball zusammen, so klein er kann, hinter einem Metalltrog voll schmutzigen Wassers.

«Der ist nach Hause gegangen», sagt Mr. Devlin.

«Nach Hause?», sagt Tufty. «Hast du nicht gehört, wie er gesagt hat, dass seine Mutter in Bristol ist?»

«Und sein Bruder. Was hat er damit gemeint?»

«Ich weiß nicht.»

«Das Kind sollte zu Hause sein.»

«Schau mal», sagt Tufty, «sein Fahrrad ist da bei deiner Hütte. Der geht nirgendwohin ohne sein Fahrrad.»

«Vielleicht», sagt Mr. Devlin. «Aber er ist verzweifelt.»

«Ja, wenn man verzweifelt ist, tut man verzweifelte Dinge.»

«Ist ja gut, Mr. Burrows. Ich verstehe schon.»

«Diese Leute auf der Straße …»

Mr. Devlin knurrt wie ein Hund. «Es reicht jetzt mit der Straße, der Straße. Ihr Typen seid so verdammt bescheuert! Ihr kriegt es ja nicht einmal hin, euch zu organisieren.»

«Wen nennst du hier bescheuert?»

«Ist doch lächerlich, was ihr hier tut. Ihr habt gar keinen Plan, keine Struktur, keine Befehlskette …»

Leon muss nur abwarten. Irgendwann streiten sie sich garantiert wieder und vergessen ihn. Aber dann fängt Tufty an zu lachen. Es ist ein Lachen wie das von Sylvia, mit kein bisschen Spaß darin, bitter und müde.

«Ich streite mich nicht mit dir, Mann.» Leon hört, wie Tufty tief durchatmet. «Du bist ein alter Mann, und ich bin mir dafür zu schade. Ich bin kein Kämpfer. Ich hasse die Menschen nicht. Ich kämpfe nicht mehr.» Mr. Devlin will etwas sagen, aber Tufty schreit ihn an. «Kümmere dich um deine Angelegenheiten, Mann!», brüllt er. «Na los. Reparier das Tor. Ich suche meinen Freund. Er kommt bestimmt raus für mich. Na los. Geh nach Hause.»

Tufty geht zu Leons Fahrrad. Leon hat seine Chance verpasst. Er hätte abhauen sollen, als sie noch wütend aufeinander waren. Er kann gerade so eben erkennen, dass Tufty das Fahrrad aufhebt und es zum Tor schiebt. Mr. Devlin atmet irgendwo in der Nähe und leuchtet mit seiner Taschenlampe in langen, gleichmäßigen Bögen über die Schrebergärten. Leon muss rennen.

Er rappelt sich auf, flitzt los und schleicht an der Hecke entlang. Er kommt zu dem Weg, und danach ist das Gelände offen. Er muss Tufty das Fahrrad abluchsen und zum Tor rennen. Er hat immer noch das Messer.

«Hey! Hey!», schreit Tufty.

Leon rennt auf ihn zu und zerrt an dem Fahrrad, aber Tufty entreißt es ihm wieder. Er ist so stark, dass er gewinnt.

«Hey, Kumpel! Warte.»

Leon rennt direkt an ihm vorbei, dabei schlägt er Haken, sodass Tufty ihn nicht erwischen kann. Er hört, wie auch Mr. Devlin rennt und näher kommt.

«Halte ihn auf!», ruft Mr. Devlin. «Lauf ihm hinterher.»

Aber Leon ist fort. Sie sind alt. Sie können ihn nicht einholen. Er ist frei.

In Leons Körper ist alles durcheinander. Er hat Hunger, und gleichzeitig fühlt er sich voll. Sein Blut ist ganz heiß und blubberig, am liebsten würde er die ganze Zeit rennen, aber gleichzeitig ist ihm kalt, und er ist so müde, dass er sich auf dem Bürgersteig zusammenrollen und einschlafen könnte. Er will kämpfen. Männer und ältere Jungs rennen mitten auf der Straße, schreien und bemerken ihn gar nicht. Er will gegen sie alle kämpfen. Er will, dass sie stehen bleiben und ihm helfen.

Überall riecht es nach Rauch – er dringt in seine Haut, in den Stoff seiner Hose, seine Kopfhaut, seinen nackten Rücken, seine Haare –, und wenn er zu Hause wäre, würde Sylvia ihm sagen, dass er in die Badewanne gehen und sich danach etwas anderes anziehen soll. Sie würde die Fenster schließen und sich eine Zigarette anzünden, sie würde den Fernseher anschalten und ihm ein Tütchen Chips und etwas zu trinken geben. Maureen würde sich Sorgen machen, woher der ganze Rauch kommt und wessen Haus wohl brennt, aber Sylvia nicht.

Er rennt in die nächste Straße. Wie weit ist die Dovedale Road entfernt? Welcher Bus fährt dorthin? Wie viel kostet eine Fahrt? Er bleibt vor einem Geschäft stehen und nimmt seinen Stadtplan aus dem Rucksack. Er ist völlig durchweicht, und als er daran zieht, reißt er in der Mitte durch. Die Limoflasche ist in seinem Rucksack zerbrochen. Sein Atem geht jetzt stoßweise, gleichzeitig mit dem Hämmern seines Herzens, jäh und scharf. Hinter sich hört er, wie etwas explodiert, und der Lärm fühlt sich an wie ein Schlag in den Magen. Er duckt sich, für den Fall, dass etwas vom Himmel auf ihn herunterfällt, und flitzt in den Eingang eines Geschäftes, dessen Fenster zerbrochen sind.

Ein wütender Geist aus schwarzem Rauch wälzt sich die Straße herauf. Wenn Leon bleibt, wo er ist, wird er überrollt und verschlungen. Er spürt, wie die Limonade aus seinem Rucksack tropft und hinten an seinen Beinen entlangrinnt. Davon möchte er Pipi machen, und dann muss er wieder weinen.

«Ich weiß nicht, wo ich bin», sagt er.

Vor dem Geist weglaufen. Den ganzen Weg zur Dovedale Road rennen. An die Tür des Hauses klopfen, in dem Jake wohnt. Dort fragen, ob er bleiben kann. Vielleicht wollen sie ja noch einen Jungen. Vielleicht hat nie jemand sie danach gefragt. Kein Klauen mehr. Keine Lügen. Kein Herumschleichen und Lauschen mehr. Der Fernseher immer leise gestellt. Versprochen.

Er läuft um eine Ecke und sieht ein Auto, das auf der Seite liegt. Dicke Rauchwürste winden sich aus den zerbrochenen Scheiben und winken ihm zu. Etwas in dem Auto zischt wie Fett in einer Bratpfanne. Leon dreht um und rennt zurück. Die nächste Straße ist ganz verlassen. Die Straßenlaternen sind kaputt, aber in jedem Haus sind die Lichter an, und eine Frau steht in der Ecke, bedeckt das Gesicht mit den Händen und weint. Zwei Männer mit Turbanen auf dem Kopf schreien ihn an.

«Runter von der Straße! Siehst du nicht, was hier los ist? Geh nach Hause!»

«Nein! Komm mit uns. Hierher.»

Leon macht ein paar Schritte auf sie zu. «Ich habe mich verlaufen», sagt er.

«Holt ihn rein.»

«Runter mit ihm von der Straße.»

Leon weicht zurück. «Dovedale Road!», ruft er.

«Nicht wegrennen», sagen sie, aber Leon ist schneller. Er flitzt eine Gasse entlang und tritt dabei Flaschen und Steine aus dem Weg. Er muss zu den Schrebergärten zurück und sein Fahrrad holen. Er kann den Weg zur Dovedale Road mit dem Fahrrad fahren. Er ist stark. Er schafft das. Die Gasse ist ewig lang, aber ganz am Ende ist ein helles Licht. Er rennt darauf zu, stolpert und stößt gegen die Ziegelwand. Er hört seinen Atem, und Worte kommen aus seinem Mund, obwohl da niemand ist, der sie hört. Er möchte aufhören, mit sich selbst zu reden, aber er hat zu viel Angst.

«Ich habe mich verlaufen. Ich weiß nicht, wo ich bin. Helft mir.»

Er stürzt aus der Gasse, mitten auf eine Straße, und der Lärm ist plötzlich abgedreht wie ein Wasserhahn. Die Straße und die Bürgersteige sind voller Ziegelsteine und Flaschen und Scherben und Metallteile. In der Mitte liegt ein Fahrrad. Es könnte ihn den ganzen Weg zur Dovedale Road bringen. Er macht zwei Schritte darauf zu.

«Nieder mit Babylon!»

Etwas zischt über seinen Kopf, und als es auftrifft, explodiert es in einer Feuerpfütze, die Flammen springen vom Asphalt hoch. Leon dreht sich um und rennt, und dann sieht er sie. Unmengen schwarzer Männer am anderen Ende der Straße, die vorwärtsdrängen und zurückweichen, wie ein wilder Löwe, der sich zum Angriff bereit macht. Leon starrt sie an, aber sie schauen an ihm vorbei zum anderen Ende der Straße, wo eine Wand aus Schutzschilden und Knüppeln steht, Hunderte Polizisten, die dort aufgereiht sind.

Die Worte aus dem Lautsprecher klingen zornig. «Machen Sie die Straße frei. Gehen Sie auseinander und machen Sie die Straße frei.»

Leon wischt sich mit dem Arm über das Gesicht. Er will nicht, dass die Polizei seine Tränen sieht. Er will sich gerade zum Gehen wenden, als ein Ziegelstein neben seinen Füßen landet. Er dreht sich zu der Menschenmenge am anderen Ende der Straße um. Alle zusammen schreien sie jetzt. Skandieren wie aus einem Mund. «Gerechtigkeit! Gerechtigkeit! Gerechtigkeit!» Jemand schreit dazwischen. «Nieder mit Babylon! Nieder mit den Schweinen!» – «Beschissene Säue! Brutale Bullen! Mörder!» – «Rassisten! Mörder!»

Derselbe Polizist wiederholt, was er gesagt hat. «Gehen Sie auseinander und machen Sie die Straße frei.»

Leon formt einen Trichter um seinen Mund. «Dovedale Road!» Seine Worte gehen unter. Die Stimmen der schwarzen Männer erheben sich und werden zu einem einzigen Grollen, wie das Brüllen eines Ungeheuers, das beißend und schnappend über Leons Kopf hinwegrollt, über die Scherben und die Ziegelsteine und das Feuer und die Metallteile, über die Schutzschilde hinweg. Niemand beachtet Leon. Niemand hört ihm zu. Nie hört ihm jemand zu. Niemand nimmt jemals Notiz von ihm.

Leon nimmt seinen Rucksack ab und legt ihn zu seinen Füßen hin. Er öffnet ihn und nimmt Mr. Devlins Pistole heraus. Die Polizisten links von ihm haben Knüppel und Schutzschilde. Die wütenden Männer rechts von ihm haben Ziegelsteine und Flüche. Leon hat eine Pistole. Er reckt sie den Polizisten entgegen. Dann wendet er sich um und zielt auf die schwarzen Männer.

Alles wird still. Leon steht gerade aufgerichtet da und hebt den Kopf.

«Hey!», schreit er.

Der Lautsprecher kreischt.

«Leg die Waffe hin!»

Leon dreht sich zurück zur Polizei um, hält sich die Pistole vor die Augen und späht den Lauf entlang. Mr. Devlin hat seine Pistole gut gepflegt. Das dunkle Holz ist geölt und glänzt. Die Waffe hat einen kleinen Abzug und ein kleines Visier am Ende des Laufs.

«Dovedale Road!», ruft er. «Bringen Sie mich in die Dovedale Road!»

Die zornigen Männer bewegen sich vorwärts auf Leon zu, der ihnen den Rücken zugewandt hat.

«Er hat eine Scheißwaffe!»

«Das Kind hat eine Pistole!»

«Holt euch die beschissene Waffe, Mann!»

Sie kommen näher, und Leon hört, dass sie anfangen, sich gegenseitig anzurempeln.

«Bedrängt ihn nicht!»

«Packt ihn!»

Dann hört Leon eine Stimme, klar und süß übertönt sie alle anderen.

«Hey, Kumpel!»

39

Tufty! Es ist Tufty! Er winkt mit beiden Armen. «Kumpel!»

Leon hebt die Waffe und winkt damit, und alle lassen sich auf den Boden fallen. Einige rennen zur Seite, zu den dunklen Häusern und den Geschäften mit den zerbrochenen Fensterscheiben. Die Polizisten ducken sich hinter ihre Schutzschilde.

Dann rennt Mr. Devlin auf die Straße. Er winkt der Polizei und der Menschenmenge. «Sie ist aus Holz!», schreit er. «Sie ist nicht echt. Sie ist aus Holz!» Er dreht sich immer um die eigene Achse, wedelt mit den Armen und kommt Leon dabei immer näher. Er streckt die Hand nach der Waffe aus. «Guter Junge», sagt er. «Gib mir die Pistole. Gib sie mir. Leg sie hin.»

Leon weicht zurück. Er hebt seinen Rucksack auf und weicht zurück.

«Gib mir die Pistole. Du verstehst das nicht. Gib sie mir.» Er macht eine schnelle und plötzliche Bewegung auf Leon zu und packt ihn am Arm. Eine Flasche zerbirst zu Leons Füßen. Noch eine Flasche und ein Ziegelstein folgen. Etwas trifft Mr. Devlin am Kopf. Leon sieht, wie er schwankt.

Die Flaschen kommen jetzt in schneller Folge, sie zerbersten auf dem Boden, Glasscherben fliegen überallhin. Ein Stein trifft Leon am Bein, etwas schrammt an seinem Rücken vorbei. Er schreit auf.

«Lauf!», sagt Mr. Devlin. Blut tropft von seiner Stirn in sein Auge, dann trifft ihn etwas an der Schulter. Er schreit auf und geht zu Boden. «Lauf, Junge!», sagt er und stößt Leon von sich. Unter seinen Füßen spürt Leon die Erschütterung der Polizeistiefel. Sie stampfen auf ihn zu, geduckt hinter ihren Schutzschilden, und die ganzen wütenden Männer rennen von rechts auf ihn zu, johlend und brüllend. Sie sind nur noch ein paar Meter von ihm entfernt.

Tufty packt Mr. Devlin am Arm. «Steh auf, Mann!»

Doch Mr. Devlin rührt sich nicht.

«Hilf mir, Kumpel!», schreit Tufty. «Wir müssen hier weg. Schnell!» Aber sie schaffen es nicht, Mr. Devlin auf die Beine zu bekommen, und die Leute schreien und rennen nun von allen Seiten an ihnen vorbei. Tufty schirmt Mr. Devlin mit seinem Rücken ab, aber Mr. Devlin stöhnt nur, und Blut fließt über sein Gesicht auf seine grüne Jacke.

«Hilf mir!», ruft Tufty. «Nimm seinen Arm.»

Leon wirft die Pistole weg und packt Mr. Devlin unter dem Arm. Er zerrt und zerrt, aber Mr. Devlin ist sehr schwer und hilft auch nicht mit. Schließlich legt Tufty beide Arme um Mr. Devlin und hievt ihn auf die Füße. «Steh auf, Mann!»

Überall stolpern Leute herum und rempeln sie an. Mr. Devlin fällt wieder hin.

«Steh auf, Mr. Devlin!», schreit Leon. «Du musst aufstehen!» Er versucht es wirklich. Leon sieht, dass er es versucht. Er streckt die Hände nach Leon und Tufty aus, aber in seinen Augen ist Blut.

«Na los!», sagt Leon und legt sich Mr. Devlins Arm über die Schulter. Tufty hilft mit. Mr. Devlin rappelt sich auf die Füße, und Leon nimmt seine Hand.

«Hier lang», sagt Tufty, «da rüber.»

«Geh, Mr. Devlin», sagt Leon. Tufty führt sie zurück in Richtung der Gasse. Sie schieben und drücken. Hinter sich hören sie Schutzschilde gegen Arme und Köpfe und Brustkörbe prallen.

Es klingt wie ein Kampf. Tufty und Leon und Mr. Devlin wühlen sich durch die Menge. Sie finden einen Platz am Rand. Sehen die Gasse. Schnell. Plötzlich fällt Tufty hin. Beim Fallen gibt er einen schrecklichen Laut von sich, und als sich Leon umdreht, sieht er einen Polizisten, der einen Knüppel in die Höhe gereckt hat.

«Du beschissener Nigger!», schreit er, beugt sich über Tufty und schlägt mit dem Knüppel wieder und wieder und wieder auf Tuftys Rücken ein. Tufty krümmt sich auf dem Boden und hält sich die Arme vors Gesicht. Der Polizist schlägt so heftig auf Tufty ein, dass ihm der Helm vom Kopf fällt und wegrollt.

«Lass ihn!», schreit Leon. Er schubst den Polizisten aus dem Weg. «Lass ihn in Ruhe!»

Der Polizist stolpert und fällt beinahe um. Als er sich wieder aufgerichtet hat, schreit er Leon an. «Du kleiner schwarzer Scheißkerl!» Er hebt seinen Knüppel und beugt den Arm. Er keucht, sein Mund ist furchtbar aufgerissen. Leon rührt sich nicht und schaut zu ihm hoch. Niemand anders ist da. Mr. Devlin liegt auf dem Asphalt. Auch Tufty rührt sich nicht. Vielleicht ist er tot. Jetzt ist der Zeitpunkt gekommen, an dem es wirklich niemanden mehr gibt, der für ihn sorgt. Der Polizist blinzelt, und ein dünner Speichelfaden löst sich von seiner Unterlippe. Leon breitet seine Arme aus.

«Krieger sind wir alle nicht», sagt er, «wir haben Würde und auch Wert.»

Dem Polizisten bleibt der Mund offen stehen, schlaff und lose. Den Knüppel hält er noch immer in die Luft gereckt, als hielte er die Hand hoch, um sich in der Schule zu melden. Leon nickt.

«Wir haben Dinge gesät», sagt er. «Scarlet Emperor. So was machen wir.»

Der Polizist starrt ihn an. Am anderen Ende der Straße schreien und fluchen die Leute, grölen sich gegenseitig an, brüllen wie die Feuer in den Mülltonnen und in den Autos und in den Geschäften. Die Sirenen der Feuerwehr und der Krankenwagen stimmen mit ein. Menschen laufen an ihnen vorbei, andere liegen auf dem Boden. Aber in diesem Moment, an diesem Ort, gibt es niemanden sonst.

Es ist, als starrten sich Leon und der Polizist Stunden um Stunden an, und Leon weiß, dass der Polizist Angst hat. Die Angst liegt in seinem Blick. Der Polizist möchte am liebsten fragen: «Kannst du mir helfen?», und deshalb sagt Leon es an seiner statt.

Er geht rüber zu dem Helm, hebt ihn auf und hält ihn dem Polizisten hin. «Kannst du mir helfen?»

Der Polizist lässt den Arm sinken, und der Knüppel schwingt vor und zurück und bleibt dann ruhig hängen. Er nimmt den Helm und setzt ihn auf. «Verpiss dich», sagt er. «Na los, verpiss dich nach Hause und frag deinen Dad.» Dann dreht sich der Polizist um und rennt zurück in die kämpfende Menge, den Knüppel in die Höhe gereckt.

Leon muss Tufty aufhelfen. «Na los, Tufty. Mr. Devlin braucht uns.» Er zieht an seinem Arm, und Tufty schreit auf. Er zieht am anderen Arm und dreht Tufty um. Er packt Tuftys Hemd und zerrt und zerrt, gibt sich alle Mühe, strengt sich an, bis Tufty sich aufsetzt. «Steh auf, Tufty, steh auf!»

Tufty rollt sich auf die Seite, hebt die Knie und kommt wackelig auf die Beine. Er geht, als wäre er betrunken. Dabei hält er sich an Leons Schulter fest, und sie schleppen sich zu Mr. Devlin. Tufty weint nicht wirklich, aber die Geräusche, die er macht, sind dieselben. Mit vereinten Kräften zerren sie Mr. Devlin auf die Füße.

Eine Flasche zerbirst an der Häuserwand.

«Bewegt euch», sagt Tufty. «Bewegt euch.»

Sie quetschen sich in die Gasse. Sie bekommen keine Luft, nur

Rauch, und hier ist es ganz dunkel, bloß ganz hinten ist in all der Schwärze ein etwas hellerer grauer Fleck. Sie stolpern dorthin, fallen ständig gegeneinander. Leon tastet sich Ziegelstein um Ziegelstein weiter, zerschrammt sich die Ellenbogen an der Wand, spürt sie kalt und feucht auf seiner Haut. Seine Füße gleiten auf den glitschigen Steinen aus. Mr. Devlin folgt, er schleppt sich vorwärts, stößt immer wieder gegen die Mauer, und Tufty stützt sich die ganze Zeit auf Leons Schulter. Sie treten hinaus auf eine Straße, in der es totenstill ist; nur das brennende Auto steht dort und raucht vor sich hin. Mr. Devlin lässt sich auf eine niedrige Ziegelmauer fallen, und im Haus bewegt sich ein Vorhang.

Mr. Devlins Gesicht ist ganz rot vor Blut, und Tufty tropft das Blut von der Kopfhaut. Sein eines Auge ist halb zu. Er hält seinen Kopf mit beiden Händen und spricht durch seine Finger. «Wo sind wir? Welche Straße ist das?»

Leon zeigt auf ein Straßenschild. «Moreton Street.»

«Moreton Street. Moreton Street», wiederholt Tufty. «Wir müssen runter von der Straße. Schnell.»

Gemeinsam richten sie Mr. Devlin auf und ziehen ihn hinter sich her. Er murmelt und stöhnt genauso wie in seiner Hütte, und Leon nimmt seinen Arm.

«Sollen wir den Krankenwagen rufen, Tufty?»

«Nein», sagt Mr. Devlin, «nein. Mir geht's gut.»

Tufty blinzelt ihn mit dem gesunden Auge an. «Keinem von uns geht's gut, Mann.» Sie gehen weiter und biegen um die Ecke, biegen wieder um die Ecke, und Leon weiß wieder, wo er ist.

«Das ist die College Road», sagt er.

Tufty knurrt. Er wechselt den Arm, mit dem er Mr. Devlin stützt, und geht weiter.

«Ich wohne hier», sagt Leon. Er zeigt den Hügel hinunter, wo Sylvia wohnt. «Dort», sagt er. «Genau dort.»

40

Leon klopft an die Tür. Er versucht sich zu erinnern, wie lange er fort gewesen ist, aber er weiß es einfach nicht. Es muss sehr lange gewesen sein. Die Tür öffnet sich. Sylvia steht da.

«Er ist es! Mo! Er ist es! Mo!» Dann sieht sie Mr. Devlin und Tufty. «Verdammte Scheiße, was ist passiert?» Sie packt Leon und nimmt sein Gesicht in beide Hände, dann dreht sie ihn im Kreis und mustert ihn von oben bis unten. «Bist du verletzt? Mo! Schnell! Wer ist das?» Sie nimmt Mr. Devlins Arm. «Sie kommen lieber rein.»

«'tschuldigung», murmelt er.

«Vorsicht, hier entlang», sagt Sylvia und hilft ihm hinein.

Dann kommt Maureen. Sie hat ihren Mantel an und das Portemonnaie in der Hand. Ihr Gesicht ist ganz rot, und die Lippen bewegen sich, aber ohne dass sie etwas sagt. Leon steht neben Tufty, weil er nicht weiß, ob sie wütend ist, weil er abgehauen ist oder weil er wieder da ist. Also bleibt er neben Tufty stehen, und vielleicht muss er Tufty fragen, ob er bei ihm übernachten darf, bis er die Dovedale Road suchen kann. Er hat immer noch seinen Rucksack, nass und schmutzig, und sein Geld, aber er braucht einen neuen Stadtplan. Maureen schüttelt den Kopf, macht den Mund auf, um etwas zu sagen, klappt ihn wieder zu.

Tufty legt die Hand auf seinen Hinterkopf, und als er sich seine Handfläche ansieht, ist sie ganz blutig. Er stöhnt und geht die Stufe runter auf den Weg. «Sie müssen den Jungen im Auge behalten», sagt er.

«Und Sie sind?», schreit Maureen ihm hinterher und stopft ihr Portemonnaie zurück in ihre Tasche.

«Das ist Tufty Burrows», sagt Leon. «Er ist Gärtner.»

Maureen sieht Leon streng an und winkt Tufty dann zurück. «Hey! Warten Sie! Wohin wollen Sie in diesem Zustand? Na los. Kommen Sie rein. Ich sehe mir Ihren Kopf an. Wo haben Sie ihn gefunden? Nein, sagen Sie es nicht. Ich weiß nicht, ob ich das ertragen kann.»

Sie redet die ganze Zeit, während Tufty reinkommt und sie ihn in die Küche führt.

«Wir haben es auf allen Nachrichtenkanälen gesehen. So etwas habe ich noch nie erlebt. Furchtbar. Ein Polizist ist halb tot, und jemand ist in einer Polizeizelle zu Tode geprügelt worden. Ich weiß nicht, ich weiß wirklich nicht.» Sie setzt Tufty auf einen Küchenstuhl und wringt ein Tuch aus. «Bürgerkrieg, das ist das meiner Meinung nach. Was ist passiert? Wart ihr darin verwickelt? Nein, erzählt mir nichts.» Sie tupft Tuftys Hinterkopf ab, redet dabei die ganze Zeit vor sich hin und sieht Leon nicht an. «Ich schulde Ihnen meinen Dank, so viel habe ich verstanden. Sie haben ihn zurückgebracht, und das ist alles, was zählt.»

Sie sagt nichts zu Leon. Sie schimpft nicht mit ihm. Beachtet ihn nicht. Sylvia kümmert sich um Mr. Devlin, redet und tupft und macht sich Sorgen um Stiche und Ärzte und die Notaufnahme und fragt sich, ob man die Polizei anrufen soll.

«Nicht», sagt Mr. Devlin. Sein eines Auge ist zugeschwollen. «Ich will keine Polizei. Ich habe gesehen, was sie ihm angetan haben.» Er dreht sich zu Tufty um. «Danke», sagt er.

Leon steht in der Tür. Er nimmt den Rucksack ab und legt ihn auf den Boden. Er weiß, dass Maureen es gesehen hat.

«Kann ich aufs Klo gehen, bitte?», fragt er.

«Ich weiß nicht», antwortet Maureen. «Ich wohne hier nicht. Frag lieber Sylvia.»

Aber Sylvia antwortet ihm nicht. Sie tut beschäftigt und ein wenig herrisch wie immer und schüttelt die ganze Zeit den Kopf und sieht Maureen an, dann wieder Mr. Devlin und füllt eine Schüssel mit heißem Wasser und macht weiter mit ihrem Getue.

Leon geht durch den Flur zum Klo. Er wäscht sich die Hände und sieht sich im Spiegel an. Dort, wo die Tränen langgelaufen sind, haben sie schmutzige Spuren hinterlassen. Ein paar Blätter stecken in seinem Haar, und auf dem Rücken und den Armen hat er Kratzer, wo ihn die Dornenranken erwischt haben. Er hat sogar Blut auf der Brust, Tuftys oder Mr. Devlins. Maureen hat es bestimmt bemerkt, aber sie hat nichts gesagt. Er macht lange Pipi und spült dann. Er schließt den Deckel und setzt sich darauf. Sein eines Bein zittert, und er spürt schon wieder, wie sich die Tränen in seinen Augen sammeln und rauswollen.

Jetzt ist es zu dunkel, um wegzugehen. Er könnte von einem Stein oder einem Polizisten getroffen werden. Es war sogar mit Stadtplan sehr einfach, sich zu verlaufen. Sein Fahrrad ist bei den Schrebergärten, und er hat viel zu viel Angst, jetzt dort hinzugehen und es zu holen. Er geht zurück ins Wohnzimmer. Maureen führt Tufty zum Sofa.

«Setzen Sie sich, na machen Sie schon. Setzen Sie sich hin. Ich bringe Ihnen eine Tasse Tee. Na kommen Sie schon, setzen Sie sich. In diesem Zustand können Sie nicht auf die Straße. Na setzen Sie sich schon. Hier sind Sie sicher.»

Tufty drückt sich ein Tuch an den Kopf und lehnt sich zurück.

Maureen steht vor ihm. «Gut, das wär's. Und du», sagt sie schließlich zu Leon, «du setzt dich jetzt neben ihn. Hast du Pipi gemacht? Du brauchst noch ein Sandwich, bevor du ins Bett gehst. Ich wette, dass du halb verhungert bist, nicht wahr?»

Er kann ihr Gesicht nicht sehen, weil sie schon auf dem Weg in die Küche ist, aber ihre Stimme klingt ganz zittrig und dünn.

«Ja», sagt er, und plötzlich kommt sie zurück ins Wohnzimmer getrampelt, stellt sich vor den Fernseher und stemmt die Hände in die Hüften.

«Was zum Teufel ist eigentlich mit dir los, Leon?»

Alle verstummen. Sylvia hat aufgehört zu reden, und Tufty senkt den Kopf.

«Weißt du eigentlich, was wir heute Nacht durchmachen mussten? Weil wir keine Ahnung hatten, wo du warst? Ich war fünfzigmal auf der Polizeiwache, aber sie hatten keine Zeit. Offenbar. Keine Zeit, um sich mit einem zehnjährigen Ausreißer zu befassen. Das Sozialamt habe ich nicht angerufen, weil ich schließlich nicht will, dass du in so einem verdammten Heim endest. Ich will nicht, dass die hierherkommen und behaupten, ich könne mich nicht um dich kümmern.» Sie wischt sich das Gesicht mit einem Geschirrtuch ab. Ihre Brust hebt und senkt sich, ihr Atem geht heftig und stoßweise. «Wohin wolltest du, und warum? Warum bist du halbnackt? Was in Gottes Namen ist in dich gefahren? Worum geht es hier eigentlich, Leon?»

Sylvia kommt aus der Küche und legt die Arme um Maureen. «Mo, meine Liebe. Beruhige dich. Du bist doch gerade erst aus dem Krankenhaus gekommen, Mo. Beruhige dich.»

Aber Maureen macht sich von ihr los. «Mir geht es gut», sagt sie. «Ich bin ganz ruhig. Wirklich. Er ist ja wieder zu Hause.»

Maureen und Sylvia gehen zusammen in die Küche. Tufty guckt Leon an und hebt die Augenbrauen.

Als Maureen wiederkommt, bringt sie einen riesigen Teller

mit Sandwiches, den sie auf den Couchtisch stellt, eine Dose
Cola für Leon und eine Tasse Tee für Tufty.

«Zucker ist hier drin», sagt sie. Sie setzt sich in Sylvias Sessel
und schließt die Augen. «Du bist wieder da. Das reicht erst einmal.»

Tufty knufft Leon und nickt in Maureens Richtung. «Ent-
schuldige dich», flüstert er.

Leon hat den Mund voll Käsesandwich. Er guckt Tufty böse
an, weil er sich nicht entschuldigen will, und Tufty hat sowieso
keine Ahnung von Maureens und Sylvias Plänen.

Tufty knufft ihn noch mal und runzelt die Stirn. «Na los»,
zischt er.

«Entschuldigung, Maureen», sagt Leon.

Sie öffnet die Augen halb. «Ab ins Bett, wenn du aufgegessen hast. Nein, warte, vorher wäschst du dich noch mal, ganz
gründlich von Kopf bis Fuß. Du schläfst in meinem Zimmer auf
dem Boden. Das Fenster klemmt, und ich schiebe mein Bett vor
die Tür. Glaubst du, du kannst mich nachts beiseiteschieben,
Leon?»

Er schüttelt den Kopf.

«Da liegst du verdammt richtig», sagt sie und schließt wieder
die Augen.

Ein greller Sonnenstrahl dringt durch die Vorhänge und in Leons
Augen. Er sieht nur Pink und Punkte aus Farbe und Licht wie in
dem Kaleidoskop, das er früher mal hatte. Er hört das Klappern
von Töpfen und Pfannen in der Küche und das Radio, das Sylvias
Musik spielt. Er hört Sylvias Lachen. Er erinnert sich, dass er die
Erwachsenen reden gehört hat, als er gestern ins Bad gegangen
ist. Er hat kurz gedacht, dass Tufty und Mr. Devlin und Sylvia
und Maureen miteinander lachen, aber vielleicht haben sie auch

299

gestritten. Er erinnert sich nicht, wie er ins Bett gekommen ist. Er hat nicht geträumt.

Er macht die Augen auf und sieht, dass er auf ein paar Kissen auf dem Boden zu Füßen von Maureens Doppelbett liegt. Unter dem Bett ist es staubig. Sylvia hat wohl vergessen, dort staubzusaugen. Er rappelt sich auf und öffnet die Tür. Er hat großen Hunger.

41

Irgendwas ist anders an Maureen. Sie hat nicht gerade schlechte Laune, aber sie sagt auch nicht viel. Sie ist nicht krank, trotzdem wohnen sie immer noch bei Sylvia, und die nötigt sie ständig, sich hinzusetzen und Salat zu essen. Maureen behauptet, dass Salat einen langsam tötet, im Gegensatz zu Kuchen, der einen schnell umbringt. Sie hat Leon ganz früh aufgeweckt und ihm gesagt, dass er seine besten Sachen anziehen soll. Sie hat Lockenwickler in ihr Haar gesteckt und es damit ganz durchsichtig aufgeplustert. Sie hat eine flauschige Strickjacke angezogen, die Diamanten als Knöpfe hat, und ein neues Paar Alte-Frauen-Turnschuhe mit Klettverschluss. Dann hat sie den ganzen Tag nicht mehr gesprochen. Wenn sie was gesagt hat, dann nur «Hm» und «Vielleicht» oder «Mal gucken, wie der Tag so verläuft».

Aber der Tag ist bisher ziemlich langweilig gewesen. Zuerst sind sie ganz lange mit dem Zug gefahren, kilometerweit immer nur durch Felder. Maureen hat gesagt, er könne einen Schokoriegel vom Snackwagen haben, und sie haben Karten gespielt, aber sie hat gar nicht aufgepasst, und Leon hat mühelos gewonnen. Nach einer Weile haben sie sich zurückgelehnt, und Leon muss eingeschlafen sein.

Endlich hält der Zug, und alle steigen aus. Maureen nimmt ihn tatsächlich an die Hand, als ob er ein kleiner Junge wäre, aber als sie aus dem Bahnhof kommen, lässt sie los. Sie müssen Schlange stehen, bis sie ein Taxi bekommen, und als sie endlich eins haben, schaut Maureen die ganze Zeit in ihren Stadtplan. «Man muss ein Auge auf diese Leute haben», sagt sie. «Die fahren sonst Umwege.»

Sie fahren über eine Brücke und gehen dann ein paar Schritte auf einem breiten Fußgängerweg, von dem aus man über den Fluss schauen kann. Am gegenüberliegenden Ufer liegt ein riesiges Kriegsschiff, und Leon fragt Maureen, ob sie dort hingehen und es sich anschauen können.

«Später», sagt sie. Das ist ihr Lieblingswort des Tages. Sie bleibt stehen und schaut hoch und runter, nach links und rechts, und dann dreht sie sich um. «Sind wir hier richtig?» Sie schaut wieder auf die Uhr. «Wird wohl stimmen.»

Sie setzen sich neben einem Betongebäude auf eine Bank, damit Maureen wieder zu Atem kommt. Sie öffnet eine Tupperdose mit Sandwiches. «Bitte schön, Schinken und Käse.»

Leon kann in ihre Tasche schauen. Sie hat Schokolade und Chips und zwei Dosen Cola gekauft, also werden sie wohl eine Weile hierbleiben. Maureen isst keinen Bissen. Sagt, sie ist nicht hungrig.

«Stell dich mal dorthin und sieh dir den Fluss an. Na los. Er ist wirklich schön.» Sie legt die Finger auf seinen Nackenpo und schiebt ihn ein bisschen, und Leon geht los. Er lehnt sich an eine niedrige Mauer am Ufer. Einige der weiß-grauen Möwen schaukeln auf den Wellen, andere schwingen sich in die Luft und werden unsichtbar vor der niedrigen Wolkendecke. Ein schrammeliger Lastkahn, so breit wie ein Haus, tuckert durchs Wasser. Hunderte gelbe Container sind darauf gestapelt, die aussehen wie riesige Legosteine. Auf einem anderen Boot, das ganz viele Fenster hat, stehen Leute und zeigen auf Gebäude und machen Fotos, aber verglichen mit dem Kriegsschiff sieht alles andere aus wie Spielzeug. Es hat Masten und Flaggen und riesige Geschütze,

Schornsteine und Ketten, und zwei dicke, verzweigte Antennen ragen aus den Schornsteinen raus. Wahrscheinlich hat jeder Matrose seinen eigenen Fernseher.

Wenn er Matrose wäre, würde Leon auf dem Kriegsschiff wohnen und in einer Hängematte schlafen, die von der Decke hängt. Er würde sich einen Anker auf den Arm tätowieren lassen und sein weißes Unterhemd in die Hose gesteckt tragen, und wenn das Kriegsschiff in den Krieg ziehen würde, wäre er derjenige, der die Geschütze lädt. Er hat das mal in einem Film gesehen. Zuerst fällt der Torpedo aus seiner Halterung, dann schiebt man ihn dem Nächsten hin, der ihn in das Torpedorohr steckt. Man muss das Rohr verschließen, damit er nicht nach hinten schießt und einen tötet, und dann muss man einen Knopf drücken und von fünf runterzählen. Aber man braucht zwei, um das zu schaffen, weil es wichtig ist, dass man keinen Fehler macht. Leon sieht sich selbst, verschwitzt, voller schwarzem Öl im Bauch des Schiffes. Dann öffnet man das Torpedorohr und wiederholt alles, bis das feindliche U-Boot zerstört ist. Man weiß, dass es zerstört ist, wenn der Kapitän es auf dem Radar erkennt, oder durch sein Periskop schaut.

Leon kneift ein Auge zu und zieht das Periskop zu sich herunter. Er hält es mit den Fäusten fest. Er sieht ein Gitternetz und den blinkenden grünen Punkt, der das deutsche U-Boot darstellt. Dann, bum, nichts. Der grüne Punkt verschwindet, und Metalltrümmer fliegen über der Wasseroberfläche in die Luft. Hurra! Im Maschinenraum und in der Torpedokammer und auf der Brücke und überall jubeln die Matrosen, und die anderen Männer klopfen Leon auf die Schulter, weil sie jetzt in Sicherheit sind.

Als er die Augen aufmacht, steht Maureen neben ihm. «Hier ist jemand, der dich treffen möchte, Herzchen.» Sie tritt zur Seite, und Leon sieht seine Mum, die auf einer Bank sitzt. Er sieht Maureen an, und sie leckt ihren Finger an und wischt ihm damit etwas aus dem Gesicht. «Sie wartet auf dich. Na geh schon.»

Er rennt. Er braucht nur vier Sekunden, dann steht er vor ihr.

«Mein Gott», sagt sie, «sieh dich nur an.» Carol drückt ihre Zigarette aus und steht auf. «Du bist ja schon größer als ich.» Sie misst sie beide, indem sie die flache Hand über ihre Köpfe hält. «Wie mein Vater. Daher hast du das.» Sie nimmt seine Hand und drückt sie, aber sobald sie sitzen, legt sie beide Hände flach neben sich auf die Bank. Sie beginnt das Holz mit ihren gelben Fingern zu streicheln, zupft an Splittern herum und streicht sie wieder glatt. Ihre Arme sind dünner als früher, ihre Beine auch, ihr Gesicht, ihr Pferdeschwanz. Dünne, fusselige Härchen stehen um ihr Gesicht herum ab, sie sieht ein bisschen aus wie eine Pusteblume. Und sie hat Sommersprossen, braune Flecken im Gesicht, die er noch nie gesehen hat.

«Geht es dir gut, Mum?», fragt er.

«Mir? Super. Ja. 'türlich. Eigentlich müsste ich dich fragen, wie es dir geht.»

«Wir gehen nachher auf dieses Kriegsschiff.»

«Gut», sagt sie. «Wie läuft's in der Schule?»

«Es sind Sommerferien.»

«Hattest du einen schönen Geburtstag?»

«Ja.»

«Ja?»

«Ja.»

«Das ist gut. Ich habe an dem Tag an dich gedacht, weißt du. Bin aufgewacht, und da ist es mir sofort eingefallen. Hab zu meinem Freund gesagt: «Heute ist der Geburtstag meines Sohnes», und ich hab dir auch was gekauft, aber vergessen, es mitzubringen. Ich muss es per Post schicken.»

Leon sieht, dass Maureen sich bemüht, nicht herzuschauen. Carol merkt es ebenfalls.

«Ist sie nett zu dir?»

«Sie musste ins Krankenhaus, aber jetzt geht es ihr besser. Wir müssen bei Sylvia wohnen, das ist ihre Schwester, bis sie sich wieder erholt hat. Oder es ihr sogar noch bessergeht als früher.»

«Ich gehe nie hierher», sagt Carol. «Bei Flüssen muss ich immer ans Sterben denken. Es ist immer kalt, wenn man am Meer wohnt. Oder an einem Fluss. Wasser lässt einen frieren. Wusstest du das? Es ist immer ein paar Grad kälter am Wasser.»

Während Carol erzählt, nimmt Leon wieder ihre Hand. Manchmal ist es leichter, eine Hand zu drücken, als zu reden.

«Leon», sagt seine Mum, «ich möchte dir etwas sagen.»

Er drückt ihre Hand, aber sie drückt nicht zurück. Ihre Stimme klingt ganz dumpf und kratzig.

«Ich kann mich nicht richtig um dich kümmern, das weißt du, oder?»

«Warum nicht?»

«Weiß ich nicht. Ich kann es eben nicht.»

«Warum nicht?»

«Ich weiß es wirklich nicht, Leon. Bitte. Ich kann nicht.»

Carol ist kleiner geworden, seit er sie zum letzten Mal gesehen hat. Niemand kümmert sich um sie, und er versteht nicht, warum sie nicht einfach kommt und mit ihm und Sylvia und Maureen zusammenwohnt. Sie könnte bei ihm im Zimmer schlafen und ganz viel essen und gut schlafen und sich erholen. Maureen könnte ihre Sachen waschen und ihr zeigen, wie man besser aussehen kann. Vielleicht würde Sylvia ihr sogar ein bisschen Schminke leihen. Er weiß, dass er das nicht sagen sollte, aber es kommt einfach so aus ihm heraus.

«Ich? Mit der?» Sie legt den Kopf zurück und pikt sich mit dem Zeigefinger in die Brust. «Ich? Bei der wohnen?»

«Und bei mir», sagt Leon. «Sie hätte sicher nichts dagegen.»

«Kinder haben Pflegeeltern, Leon, Erwachsene nicht. Ich brauche keine Pflegefamilie. Denkst du, dass ich Pflegeeltern brauche oder ins Krankenhaus gehen sollte, denkst du das, dass ich krank bin oder so was oder unfähig, erzählen das die Leute über mich?» Ihr Kopf ist ganz zittrig und wackelig, und ihre Schultern zucken hoch und runter.

«Ich meine nur, dass wir alle zusammenwohnen könnten. Das ist alles. Du und ich.»

Maureen kommt zu ihnen. «Alles in Ordnung? Geht es Ihnen gut, Carol?»

Carol setzt sich auf ihre Hände und schaukelt dreimal vor und zurück. «Mir geht es prima», sagt sie.

Maureen lächelt und tätschelt Carol den Rücken. Carol räuspert sich.

«Ich habe ihm gerade gesagt, dass ich mich nicht um ihn kümmern kann. Ich habe ihm gesagt, was wir besprochen haben. Du hast das verstanden, oder, Leon? Also rennst du jetzt nicht mehr weg, okay? Weil du nämlich nicht bei mir wohnen kannst, aber die Frau sagt, dass du mich besuchen kannst, wann immer du willst. Und wenn du mir rechtzeitig Bescheid sagst, können wir uns bald wieder hier treffen. Okay?» Carol steht auf und sieht sich so ratlos um, als hätte sie sich verlaufen. «Ich muss jetzt zurück», sagt sie. Sie streckt die Hand aus, und Maureen schüttelt sie.

«Danke, Carol», sagt sie. «Das war wirklich wichtig. Ich rufe wieder an.»

Carol küsst Leon auf die Wange. Sie riecht nach Zigaretten und dem Haus, in dem sie früher gewohnt haben, wo Leon seine

Spielsachen lassen musste. Er ist jetzt zu alt für sie, aber er hätte sie trotzdem gern, einfach um zu sehen, ob sie so sind, wie er sie in Erinnerung hat. Er schaut ihr nach, als sie geht, und bleibt sitzen. Er sieht zu, wie sie sich die Handtasche über die Schulter hängt, und bleibt sitzen. Auf dem Betonweg kleben überall weiße Kaugummis, und Leon überlegt, ob Maureen wohl Kaugummi für den Nachhauseweg kauft, weil sie das eigentlich immer tut, wenn etwas Wichtiges passiert. Ein paar Sekunden lang verschwindet seine Mutter aus seinem Blickfeld, und er bleibt immer noch sitzen, aber dann rennt er und rennt, packt sie von hinten und klammert sich an ihr fest, damit sie sich nicht umdrehen kann und nicht sieht, dass er weint. Sie sagt nichts, sondern bleibt nur stehen. Sie scheint plötzlich ganz weich zu werden, ohne auch nur einen Muskel zu rühren. Und dann fragt Leon sie endlich.

«Weißt du, wo er ist, Mum?»

«Nein, mein Schatz. Weiß ich nicht.»

«Hast du ihn immer noch lieb?»

Sie sagt nichts, aber er spürt, dass ihr ein kleiner Japser rausrutscht. Sie löst seine Arme von ihrer Taille und dreht sich um.

«Und dich», flüstert sie. «Ich hab dich immer noch lieb.»

Dann lächelt sie wie früher und krabbelt mit ihren Fingern auf seiner Brust. Sie küsst ihn und geht ein paar Meter rückwärts. Sie macht einen kleinen Knicks, als ob er ein König und sie eine Dienstmagd wäre. Sie dreht sich um und ist fort.

Nach dem Kriegsschiff kauft Maureen ihnen ein Eis. Es sind sehr viele Menschen unterwegs, und sie müssen eine lange Strecke gehen, dann nehmen sie den Bus bis zum Bahnhof. Sie sind viel zu früh da, deshalb müssen sie auf einer anderen Bank sitzen und warten, bis ihr Zug kommt. Endlich sitzen sie einander gegenüber im Waggon, zwischen ihnen ein beigefarbenes Tischchen, das in Maureens Bauch drückt.

«Einen kleinen Imbiss?», fragt Maureen und holt einen Schokoriegel heraus. Sie bricht zwei Stückchen ab und schiebt ihm den Rest über den Tisch. Leon kann kaum glauben, wie viele Leckereien sie mitgebracht hat und dass sie nicht mit ihm schimpft, weil er sie auch noch isst. Er hatte schon den ganzen Tag Zahnschmerzen, und die Süßigkeiten machen sie nur schlimmer, aber er nimmt die Schokolade trotzdem. Sie schmilzt in seinem Mund, und er drückt mit der Zunge gegen den hinteren Backenzahn. Der Schmerz wird fast angenehm und rutscht in seinen Hinterkopf mit all den anderen Dingen, an die er sich nicht erinnern will.

«Ich wollte dir was sagen», sagt Maureen.

Leon schaut aus dem Fenster. Sie fahren an den Rückseiten der Häuser vorbei, überall sind Graffiti an den Wänden, magere Bäumchen wachsen aus dem Beton, Unterhosen und Hemden sind in den Gärtchen zum Trocknen aufgehängt, Planschbecken stehen dort, weggeworfene Kühlschränke, Büsche, alte Fabriken, wieder Häuser. Er stellt sich vor, wie es wohl wäre, so nah an einem Bahnhof oder an den Gleisen zu wohnen, und wenn er in einem dieser hohen, schmalen Häuser wohnen würde, ob er dann wohl bis zum Gartenzaun laufen, drüberklettern und auf einen vorbeisausenden Zug springen könnte. Schon wieder denkt er ans Weglaufen, ans Wegfahren auf dem Dach der Waggons mit dem Rucksack auf dem Rücken.

«Hörst du mir zu?», fragt sie.

Leon nickt, und Maureen beugt sich vor.

«Du gehst nirgendwohin», sagt sie, und sie sagt es so langsam, als wäre er erst fünf. «Du bleibst bei mir», wiederholt sie und quetscht ihre schwere Brust auf dem Tischchen platt.

«Am Meer?»

«Leon», sagt Maureen und schüttelt ganz leicht den Kopf. «Ich erkläre dir mal, warum es so gefährlich ist, nur die Hälfte eines Gesprächs zu kennen.»

Sie wartet darauf, dass er etwas sagt, also sagt er: «Ja.»

«Man zieht voreilige Schlüsse. Weißt du, was das bedeutet?»

«Falschzuliegen.»

«Ganz genau. Ich ziehe nicht ans Meer. Sylvia zieht nicht ans Meer. Du ziehst nicht ans Meer. Ich besorge mir keinen verdammten Hund. Glaubst du mir das?»

«Ja.»

«Also, zum zehnten Mal, wir gehen nicht ans Meer. Außer vielleicht mal für einen Tagesausflug.»

«Wann?»

«Ich weiß nicht, wann.» Sie lehnt sich zurück. Leon kann direkt in ihren Kopf schauen. Er sieht, dass sie überlegt, was sie ihm sagen kann, und es ist bestimmt etwas Schlechtes, weil sie aussieht, als ob sie gleich wieder losheult, und er hat all die heulenden Frauen so satt. Er weint nur, wenn es wirklich schlimm ist, aber die weinen die ganze Zeit, manchmal ewig, und ihre Lippen werden ganz dick und die Gesichter fleckig. Aber diesmal kommen Maureens Tränen nicht raus. Stattdessen zwinkert sie ihm zu. «Als ich in deinem Alter war, na ja, eigentlich fünfzehn, habe ich mir den Arm gebrochen und hatte ewig einen Gips. Es war in den Sommerferien. Die Schulspielplätze grenzten an unseren Garten, und ich war damals ein richtiger Junge, ja, stell dir das mal vor, Leon. Jedenfalls bin ich immer über das Gitter geklettert, bin im Sand für den Weitsprung gelandet, habe die Zweige der Bäume weggebogen und habe versucht, in die Schule einzubrechen. Dabei hatte ich vorher immer da weggewollt. Jedenfalls habe ich mir den Arm gebrochen, weil ich mich von einem Baum habe fallen lassen und komisch aufgekommen bin. Mein Gott, der Arm hat verdammt schlimm gejuckt in der Hitze. Ich habe mir die Stricknadeln meiner Mutter geholt und sie in die Lücke zwischen Arm und Gips gesteckt und gekratzt, aber ich bin nicht an die richtige Stelle gekommen. Weißt du, was ich meine? Ich konnte nicht an die Stelle kommen und habe mich gewunden und gekrümmt, um endlich ein bisschen Erleichterung zu bekommen. Sylvia musste mir helfen – manchmal hat sie auf den Gips geklopft, aber das hat gleichzeitig weh getan. Manchmal habe ich geheult vor Ärger und Schmerz und weil ich in diesem beschissenen Gips festsaß und nicht rauskonnte, und ich war so dermaßen unglücklich. Ich habe diesen Sommer gehasst, wirklich gehasst.»

«Ja», sagt Leon.

«Was ich mit diesem lausigen Beispiel zu sagen versuche, ist Folgendes, Leon: Das hier ist nicht dein ganzes Leben, Herzchen. Es ist nur ein Teil deines Lebens. Dir kommt alles ganz furchtbar schrecklich vor, das weiß ich, mit deiner Mum und Jake und …» Sie nimmt ein Taschentuch aus ihrer Handtasche und gibt es ihm. Sie öffnet eine Familienpackung Pfefferminzdrops und streut ein paar davon auf das Tischchen, und sie rollen in alle Richtungen.

«Die Sache ist die, und du musst mir das glauben. Ich habe eine Abmachung mit dem Jugendamt. Ich arbeite schon seit Wochen daran, aber ich wollte es dir nicht sagen, bis es offiziell ist. Es hat ewig gedauert, alles zu organisieren. Jedenfalls, die Sache ist die, du bleibst bei mir, bis du mit der Schule fertig bist, und danach auch noch, wenn du willst. Ich bekomme dich. Du bekommst mich. Das ist der Vertrag. Aber es gibt Bedingungen. Weißt du, was das bedeutet?»

«Ja.»

«Was?»

«Dass da Dinge drin sind?»

«Nein. Na ja, ja. Es bedeutet, wenn wir den Vertrag miteinander abschließen und es richtig machen, sodass wir nicht einfach davon zurücktreten können, dann musst du mir etwas versprechen. Und wenn du mir dein Versprechen gibst, dann kannst du es nicht brechen. Zwei Versprechen eigentlich, Leon.»

«Ja.»

«Wisch dir das Gesicht ab.» Sie schnieft und hält zwei Finger hoch, aber nicht die Schwurfinger. «Erstens», sagt sie, «musst du mir sagen, wenn was los ist. Egal, was es ist, und egal, ob ich es vielleicht bin, die daran schuld ist. Und ich behaupte nicht, dass ich es wiedergutmachen kann, weil ich nämlich nicht alles wiedergutmachen kann. Ich bin ja keine Hexe, nicht wahr?»

«Nein.»

«Zweitens, renn nicht noch mal weg.»

«Ja.»

«Wie bitte?»

«Nein, mach ich nicht.»

«Gut. Dann haben wir einen Vertrag.»

«Ja.»

«Eine Woche lang keine Süßigkeiten. Weder für mich noch für dich. Wir haben heute übertrieben, und morgen muss ich zum Wiegen.» Sie zwickt sich ins Fett ihrer Oberarme. «Mist.»

Am Tag der königlichen Hochzeit kommt Mr. Devlin ganz früh am Morgen vorbei. Er klingelt, bevor Sylvia und Maureen aufgestanden sind, also muss Leon zur Tür rennen.

«Gut», sagt er, «immerhin einer ist wach.» Er kommt rein und setzt den Kessel auf. «Sylvia hat gesagt, ich soll früh da sein», sagt Mr. Devlin, und Leon läuft los und klopft an Sylvias Tür.

«Sylvia», sagt er, «er ist hier.»

«Victor? Scheiße, Scheiße, Scheiße …», zischt sie. «Gib mir zehn Minuten.»

Leon läuft zurück in die Küche.

«Also», sagt Mr. Devlin. «Wir müssen noch eine Menge vorbereiten für eure Party.»

«Es ist nicht meine Party», sagt Leon.

«Meine auch nicht», erwidert er. «Das ist nicht meine Königin, er ist nicht mein Prinz. Ich halte nichts von königlichem Irgendwas.»

«Warum nicht?»

«Das ist eine komplizierte Geschichte, und ich hatte noch nicht einmal Kaffee.»

Leon nimmt einen Becher aus dem Schrank und zeigt Mr. Devlin, wo der Kaffee ist. Sylvia macht immer Mr. Devlins Kaffee, also wird sie nichts dagegen haben. Leon nimmt sich eine Schüssel und schüttet sich Cornflakes hinein. «Ist Ihre Königin in Irland?», fragt er.

Leon muss an den Zuckertopf, bevor Sylvia in die Küche kommt und ihn erwischt. Mr. Devlin lehnt sich an die Küchenschränke und verschränkt die Arme.

«Es gibt keine Könige und Königinnen, Leon. Das sind normale Leute. Diese Hochzeit ist eine Hochzeit zwischen zwei Leuten, einem Mann und einer Frau, mehr nicht. Vielleicht lieben sie sich, vielleicht nicht, aber es ist ganz sicher kein Märchen. Es ist eine ganz normale Hochzeit. Gefeiert wird leider von Leuten, die an Hexen und Zauberer glauben und an Prinzessinnen, die aus Türmen gerettet werden müssen.»

«Kommen Sie trotzdem?»

«Ja.»

«Warum?»

«Weil man mich eingeladen hat», sagt er und nickt Sylvia zu, die in der Tür steht und den Gürtel ihres Morgenmantels zuzieht.

«Morgen, Vic», sagt sie. «Ganz schön früh, oder?»

Sylvia hat Furchen im Gesicht, und sie hebt dauernd mit den Händen ihre Haare hoch. Sie sieht aus, als ob sie noch schläft. Mr. Devlin stellt sich gerade hin.

«Tut mir leid, ich dachte, ich breche in aller Frühe auf. Ich kann ja später noch mal wiederkommen.»

«Mach mir einen Kaffee, dann denke ich darüber nach.»

Sie geht an ihm vorbei und öffnet die Hintertür. Sie zündet sich eine Zigarette an und bläst den Rauch den Gartenweg hoch.

«Sag bloß nichts», schreit sie über die Schulter. «Dieses Gespräch führe ich nicht noch einmal. Ohne Zigarette komme ich morgens nicht in die Gänge.»

«Das Schlimmste ist immer das, ohne das man nicht kann», sagt Mr. Devlin.

«Bezieht sich das auf Männer?», entgegnet sie, und er lacht.

Mr. Devlin ist neuerdings nüchtern und zieht sich anders an. Leon hat gesehen, wie er sich die Hände in der Regentonne neben der Hütte gewaschen hat, bevor er zu Sylvia gegangen ist.

Weil keiner hinsieht, streut sich Leon noch mehr Zucker über seine Cornflakes. Mr. Devlin merkt das sowieso nicht, weil er seit einer Weile nur noch Sylvia anguckt, und sie redet kompletten Unsinn, zum Beispiel sagt sie: «Victor denkt, dass es jetzt noch mehr Unruhen gibt», oder: «Victor findet, dass Nordirland nur das Symptom einer weit schlimmeren Krankheit ist.» Und Maureen zwinkert Leon dann immer zu und verdreht die Augen. Sylvia hat im Fernsehen eine Lederjacke gesehen und gesagt, dass sie sie für Mr. Devlin kaufen will, damit er nicht mehr seine Armeejacke tragen muss, aber Leon glaubt, dass er bestimmt dämlich darin aussieht, so als ob er sie sich von Tufty geliehen hätte.

Mr. Devlin trinkt seinen Kaffee aus und stellt den Becher zur Seite. «Gut, Leon und ich können anfangen. Mr. Atwal bringt die Tapeziertische in seinem Lieferwagen. Von euch brauche ich die Dreiecke und die Flaggen.»

Sylvia lacht. «Dreiecke? Das sind Wimpel, du verdammter Trottel, Wimpel. Wie oft muss ich dir das noch sagen?»

«Ach ja, Wimpel», sagt er, aber Leon weiß, dass er sie auf den Arm nimmt.

Maureen kommt in ihren neuen violetten Pantoffeln in die Küche geschlurft. «Tja, die passen», sagt sie und streicht ihren Morgenmantel über dem Bauch glatt. «Danke, Leon. Wobei ich nicht weiß, wie du es geschafft hast, das Geld zusammenzubekommen und zu meinem Lieblingsladen zu gehen und die richtige Größe zu finden.»

«Ich …»

«Er hat Unkraut für mich gejätet», sagt Mr. Devlin und zwinkert ihm zu. «Als wir die Erlaubnis vom Vorstand bekommen haben, mussten wir loslegen, damit der Schrebergarten für die Party rechtzeitig fertig wird, deshalb hat er mir geholfen.»

«Hm», macht Maureen, scheucht ihn aus dem Weg und setzt den Kessel auf. «Ich wusste ja gar nicht, dass ich in ein Haus voller Verschwörer gezogen bin. Sylvia hat beschlossen, keinen Kuchen mehr zu kaufen, keine Kekse, keine Schokolade und nichts, was gut schmeckt, vielen Dank auch, Sylvia», schreit sie. «Leon ist nie zu Hause und kriegt den Dreck unter seinen Fingernägeln nicht mal mehr mit Kernseife weg, und was dich angeht ...»

«Was ist mit ihm?», fragt Sylvia, die gerade aus dem Garten hereinkommt.

«Er macht aus dir eine Sechzehnjährige, das ist mit ihm.»

«Halt die Klappe, Mo. Du bist doch nur eifersüchtig.»

Sie knuffen sich gegenseitig mit den Ellenbogen in die Seiten und fangen an zu kichern wie kleine Mädchen, aber die Küche ist zu klein, also holt Leon seinen Rucksack und setzt ihn an der Haustür auf. Dann geht er ins Wohnzimmer und macht den Fernseher an.

«Kommt gar nicht in Frage, Mister», schreit Maureen. «Nicht heute.»

Ab dann muss Leon zum Schrebergarten und einen Auftrag nach dem anderen erledigen. Sie scheinen einfach nicht zu kapieren, dass er nicht an zwei Orten gleichzeitig sein kann. Halt das mal, bring mir dies, warte hier, kriech mal da drunter, stell das mal da hoch, hol mir dies, halt das gerade, ein bisschen mehr nach links, höher, wo ist mein dies, hast du ein das. Das geht den ganzen Morgen so bis zur Hochzeit. Als alle verschwinden, um sie sich im Fernsehen anzusehen, beschließen Leon, Tufty und Mr. Devlin zu bleiben, wo sie sind. Sie setzen sich auf die Klappstühle und warten darauf, dass Mr. Devlins Grill heiß wird, und Tufty nimmt ein paar Dosen Cola aus seiner Badewanne.

«Dürfte ich vielleicht fragen, ob Sie an die richtige Musik gedacht haben, Mr. Burrows?», fragt Mr. Devlin. «Bitte nehmen Sie ein wenig Rücksicht auf Ihre Nachbarn. Nicht alle von uns mögen afrikanische Musik.»

«Reggae, Mann. Roots, Rockers, Dub.»

«Exakt. Heute wollen wir das nicht. Zumindest werden die Damen das nicht wollen. Mir ist es egal.»

«Ja, gut.»

Leon mag es, wenn sie so tun, als würden sie sich zanken wie früher. Er steht auf und stochert mit der Grillzange in den Kohlen herum.

«Was meinst du, Leon?»

«Sie sind gleich fertig.»

«Gut», sagt Mr. Devlin, «und vergiss nicht, deine Pflanzen zu gießen, bevor die Gäste ankommen. Es wird ziemlich heiß.»

Leon trinkt seine Limonade aus, nimmt seinen Rucksack und geht zu seiner Parzelle rüber. Es hat wochenlang gedauert, aber jetzt sind endlich ein paar seiner Scarlet-Emperor-Bohnen reif. Sie sind so groß, dass sie in gewundenen Ranken von der Spitze ihrer Wigwams hängen, und überall sprießen winzige kleine Bohnenschoten.

Leon nimmt die Gießkanne und füllt sie auf. Er gießt seine Scarlet-Emperor-Pflanzen, bis er sicher ist, dass sie alles haben, was sie brauchen. Er war schon immer gut darin, sich zu kümmern. Wenn Maureen kommt, will er die besten Bohnen für sie abpflücken, aber die ganz winzigen lässt er noch ein bisschen länger in der Sonne. Tufty hat ihm gesagt, dass er ein paar Bohnen an der Pflanze hängen lassen muss, damit sie ganz lang und dick werden können, und am Ende des Sommers muss er sie dann abpflücken, sie zum Trocknen in seinem Schuppen aufhängen und sie dann für nächstes Jahr in ein Glas legen. Mr. Devlin hat gesagt, dass er nächsten Frühling eine halbe Parzelle haben darf statt nur ein Viertel.

Eine der jungen Schoten hängt ganz tief, direkt vor Leons Gesicht. Er pflückt sie vorsichtig ab und bricht sie auf. Darin liegen fünf winzige schwarze Böhnchen, kleiner als der Nagel seines kleinen Fingers. Er nimmt eins heraus und hält es in die Sonne. Es glänzt und ist ganz feucht von seinem Schotenbett und so leicht, dass er es kaum auf seiner Handfläche spürt. Es ist so schwarz wie die Mitte von Jakes Augen und genauso glänzend. Wenn Jake hier wäre, würde Leon ihn das Böhnchen kurz halten lassen, aber er würde vorsichtig sein müssen, falls er sich noch immer alles in den Mund steckt.

Leon rollt das Böhnchen zwischen den Fingern und spürt, wie es unter der Haut nachgibt. Es ist eine merkwürdige Vorstellung, dass dieses kleine schwarze Böhnchen einmal zu einer großen Pflanze wird und dass diese Pflanze wieder ihre eigenen Böhnchen haben wird, aus der dann wieder eine neue Pflanze und neue Böhnchen werden, und dass das immer und immer so weitergeht, jahrelang, und er erinnert sich an das, was Maureen über Jake gesagt hat. Er ist nicht für immer fort.

Leon hört, dass Maureen nach ihm ruft. Bestimmt hat sie wieder einen Auftrag für ihn, und er soll was tragen oder ihr einen Stuhl besorgen. Er zieht den Reißverschluss seines Rucksacks auf und leert ihn aus, seine Gartenwerkzeuge und seine Samentütchen liegen auf dem Boden. Er zieht mit seiner Handschaufel eine gerade Linie und drückt zehn kleine Mulden hinein. Er nimmt das Päckchen mit den «Mal gucken, was kommt»-Samen und schüttet die Körnchen in seine Handfläche. Sie sind ganz klein und braun, mit runzeliger Oberfläche, und man weiß nicht, was darunter schläft. Er legt sie vorsichtig in die Mulden und bedeckt sie mit Erde. Er wird sie gießen und sich um sie kümmern und auf das Beste hoffen. Er hat noch ganz viele Samen, die er aussäen muss, aber heute hat er zu viel zu tun, und außerdem ruft ja Maureen nach ihm.

«Leon!»

Er dreht sich um und rennt los.

«Ich komme!»

Danksagungen

Viele Menschen haben mir während des Schreibens geholfen. Ihr wisst schon, wer gemeint ist: Händchenhalter, Tränentrockner, Köche, Zuhörer und Lacher, Kritiker, Ratgeber, Strategen, Modeberater, Kosmetiker, Trainer, Architekten, Weise und Optimisten ebenso wie die lieben, stillen Menschen mit ihrem unerschütterlichen Zutrauen, die mit ihrer Zuneigung, Tee und Keksen immer im Hintergrund bleiben. Danke an euch alle: Caroline Smith, Anna Lawrence, Steph Vidal-Hall, Elisabeth Charis, Rhoda Greaves, Bart Bennett, Justin David, Nina Black, Esther Moir, Lezanne Clannachan, Matt Hodgkinson, Renni Browne, Leslie Goldberg, Julia Bell, Annie Murray, James Hawes und an all die engagierten Schriftsteller der Oxford Narrative Group, und außerdem an Julia de Waal, Edmund de Waal und Alex Myers.

Danke auch an die beängstigend talentierten Leute von den Leather Lane Writers: für eure Unterstützung, euren Scharfsinn und euer Engagement für das Handwerk.

Ich stehe bei Venetia Butterfield und dem Viking-Team in tiefer Schuld, außerdem bei Millicent Bennett von Simon & Schuster in den USA für ihre präzise, brillante Lektoratsarbeit. Ein besonderer Dank und meine ganze Wertschätzung gehen an Jo Unwin, meine weise und schlaue Agentin, die für mich da war und mich weitergebracht hat.

Danke an Marcus Gärtner vom Rowohlt Verlag in Deutschland, an Melissa van der Wagt von der Uitgeverij Cargo in den Niederlanden und an Deborah Druba von Editions Kero in Frankreich für all die Energie und Begeisterung, die sie von Anfang an für Leons Geschichte hatten.

Ich danke auch meinen Brüdern, Conrad und Dean, und meinen Schwestern Kim, Tracey und Karen – ich kann es nicht in Worte fassen, aber vielleicht muss ich das auch gar nicht. Immer.

Danke an John für seine Liebe und Unterstützung. Und zu guter Letzt: Bewunderung, unendliche Liebe und meine tiefe Dankbarkeit an meine wunderbaren Kinder Bethany und Luke, die mich dazu angeregt haben, Leons Geschichte zu erzählen.